北京外国语大学王佐良外国文学高等研究院出品

长篇小说《日瓦戈医生》的叙事艺术

外国文学研究丛书

孙磊 著

外语教学与研究出版社
FOREIGN LANGUAGE TEACHING AND RESEARCH PRESS
北京 BEIJING

图书在版编目（CIP）数据

长篇小说《日瓦戈医生》的叙事艺术／孙磊著． —— 北京：外语教学与研究出版社，2019.11
　　（外国文学研究丛书）
　　ISBN 978-7-5213-1319-2

　　Ⅰ．①长… Ⅱ．①孙… Ⅲ．①长篇小说–小说研究–苏联 Ⅳ．①I512.074

中国版本图书馆 CIP 数据核字 (2019) 第 256339 号

出 版 人　徐建忠
责任编辑　周渝毅
责任校对　都楠楠
装帧设计　奇文云海
出版发行　外语教学与研究出版社
社　　址　北京市西三环北路 19 号（100089）
网　　址　http://www.fltrp.com
印　　刷　三河市北燕印装有限公司
开　　本　650×980　1/16
印　　张　24.5
版　　次　2019 年 12 月第 1 版　2019 年 12 月第 1 次印刷
书　　号　ISBN 978-7-5213-1319-2
定　　价　61.00 元

购书咨询：（010）88819926　电子邮箱：club@fltrp.com
外研书店：https://waiyants.tmall.com
凡印刷、装订质量问题，请联系我社印制部
联系电话：（010）61207896　电子邮箱：zhijian@fltrp.com
凡侵权、盗版书籍线索，请联系我社法律事务部
举报电话：（010）88817519　电子邮箱：banquan@fltrp.com
物料号：313190001

记载人类文明
沟通世界文化
www.fltrp.com

"外国文学研究丛书" 编委会

丛书总序

由北京外国语大学王佐良外国文学高等研究院策划、外语教学与研究出版社出版的"外国文学研究丛书"就要与读者见面了。近年来，我国外国文学界同仁一直在积极探索有效途径，提升我们的学术研究水平，增强我国学者的国际学术话语权。王佐良外国文学高等研究院专门策划了这套外国文学研究丛书，旨在将我国学者在外国文学研究领域取得的最新优异成果及时介绍给国内学者，也希望以此丛书，促进我国学者与世界同领域学者的学术对话，借此提升我国外国文学学科在世界学术界的影响力。

"外国文学研究丛书"定位于国内具有影响力的学者以中文撰写的外国文学研究专著。这是一套开放性丛书，范围包括以下五个方向的内容：外国文学理论与批评研究、经典作品与作家批评、比较文学理论与批评、外国文学史研究、文化批评研究。高等研究院邀请了国内知名学者加入编委会，向我国外国文学界学者征集研究书稿并参与审稿。

近年来我国外国文学学者中学术造诣深湛之人很多，他们为我国外国文学研究倾注了大量心血，在外国文学作品与作家、理论与思潮、历史与文化等方面做出了精到的解读。在世界文学格局不断发生变化的今天，他们的研究为我们了解外国文学的发展进程打开了一个窗口。我们希望通过这样一套丛书，展示他们在外国文学研究领域取得的成就，也为广大的研究者提供一个学习、对话、交流的平台。相信他们的著作将为读者带来思想的震撼、精神的启迪和阅读的快感。

这套丛书的出版，得到了我国诸多外国文学学者的鼎力相助和大力支持，也得到了外语教学与研究出版社的全力配合，特此表示衷心的感谢！

北京外国语大学　金莉

2017年7月18日

本书序言

与其他学科一样，外国文学研究也有个"代际转换"的规律，就是说，一代学人有一代学人的学术视野、研究对象和研究方法，除了传承，还在不断地更新和超越。这既是不断更新的文学批评理论引领的结果，还是学术发展的内在需求使然，更是新一代学者学术推进和创新的努力所在。

回望新中国将近70年俄罗斯文学研究的历史进程，研究的"话语体系"大约经历了三代人的打造。前30余年的第一代学者有着丰厚的人生体验和积累，对文学创作的社会历史语境有着身临其境的真切认知，因而也更多地为时代的实用理性所牵绊，除了时代色彩的意识形态，较少见到现代的理论批评观念和自洽的论述体系。80年代后踏上研究之路的第二代学人开始从较为单一的社会历史学批评、主题和艺术特色研究转向更为开阔的人文批评、艺术批评、文化学研究的理路，有了不少新的视野、思路和审美思考。但从整体看，由于理论前提和方法大多是拿来的，所以真正的创新和属于自己的话语仍然十分有限，实现由"编者"向"著者"、由"借鉴"向"原创"的转换还有较大的距离。在21世纪进入俄罗斯文学研究队伍的新生代学者有了更加开阔的学术视野，在学习并借鉴俄罗斯和西方的新思想、新理论、新方法的同时，已经开始把这些充满现代性的新知当作一个支点，走向自觉地反思与实践、探索自己的研究思路上来了。他们已不再是简单地变异求新，而是希望追求一种新的学术价值的体现，努力寻求活力与超越的可能。

摆在大家面前的专著《长篇小说〈日瓦戈医生〉的叙事艺术》就是这样的一个范例，作者所做的学术推进和创新的努力全都凝结在了这本篇幅并不宏大的书上。全书立足于这部长篇小说研究的核心与前沿话题，即作家帕斯捷尔纳克获得诺贝尔文学奖的原因之一——"叙事文学传统领域所取得的重大成就"。作者从长篇小说《日瓦戈医生》这一经典文学个案出发，聚焦作品的艺术建构、叙事形态，关注作家独特的生命论特质和叙事伦理，以其创新的、深刻的、颇具现实性的理论思考，对文学现象做出了敏锐、具体、言之成理的深入分析，实现了对小说艺术创新研究、思想深度与社会现实问题观照三者有机的结合。这部富有开拓精神的学术著作隐隐呈现出我国青年学者建构俄罗斯小说叙事学研究学术范型的令人可喜的气象，很值得关注。

毋庸置疑，在当代俄罗斯小说中最能引起中国读者，特别是中国作家关注，研究最多且热度至今未减的作品（没有"之一"）就是帕斯捷尔纳克的长篇小说《日瓦戈医生》。这不仅是因为帕斯捷尔纳克获得了诺贝尔文学奖，还因为他的这部经典已经成为东西方学者眼中的"人类文学史和道德史上的重要事件"，"与二十世纪最伟大的革命相辉映的诗化小说"，"兼备了《战争与和平》与《芬尼根守灵》的双重经典特色"。小说是叙事的艺术，叙述创新是小说的生命。对于一部思想深邃、艺术独特且产生了世界性影响的长篇小说来说，其思想价值和艺术成就的丰富内涵并不完全体现在那些表述明晰的思想观念和显在的人物精神特征上，而是深藏于小说内在的叙事艺术及叙事伦理的意蕴中。专著作者的"叙事艺术"研究正好应和了小说诗学创新的这个第一要义。

全书要解决的核心问题是这部长篇小说"是怎样叙述的"。显然，"怎样叙述"不能出自纯粹的想象，更忌讳用一种外在的叙事学思路、观念和范式来强行套用，而必须走向文本并深入文本，通过自己精细的阅读，客观、准确、到位地概括和分析文本中的具体话语形式及其表达的思想，从而发现小说在叙事领域的诗学创新。专著作者聚焦于小说的叙事结构、视角、话语形态三个方面，具体、真切、有力地解答了"怎样叙述"这一重要问题。

专著作者以文本细节实例为证，令人信服地做出了具有原创性的"节点式空间叙事"的结构概括，彻底改变了长期以来一些读者和部分研究者头脑中的"结构松散、杂乱、缺乏统一性"的根深蒂固的印象，同时也为读者阅读小说的方法论提供了有益的启迪和借鉴。而且，论者没有停留在叙述相对显的结构层面，还在小说情节的原型、母题层面的"潜结构类型"，以及小说与诗歌合成的内在文本结构方面做出了有理有据的分析。前者打通了当代俄罗斯小说经典与欧洲文学经典的关联，后者在更深的层次上揭示了"诗人小说"结构的独特性，令人耳目一新。

书中的叙事视角和叙事话语形态部分是国内第一次对长篇小说《日瓦戈医生》叙事视角和话语形态的具体分析、探讨。研究者认为，与托尔斯泰不同，作家在保留俄罗斯现实主义文学全知全能叙事传统的同时，还采用了人物视角和摄像式外视角，它们既延长了叙事的距离感，也提高了人物心灵刻画的丰满度，还体现了作家对读者主体性阅读的充分尊重。作者在专著中展现了小说中相互"转换、交织、融合、呼应"

的不同视角的审美功能与效果，让我们具体、真切地看到了帕斯捷尔纳克小说叙事视角的独特性。而对以对话性为主体、非对话性为辅助的人物话语类型的分析让读者认识到，人物、叙述者话语类型对揭示小说作者的情感意志、宗教情怀和哲学思辨确实有着不可低估的作用。对一部现实主义作品中这些现代性叙事元素的言之有据的发现、挖掘和分析有效地拓宽了对这部小说的艺术认知。

研究"长篇小说叙事艺术"这个题目的难点不在于如何揭示作品在叙事方面的一个个特点，而在于研究者不仅要还原小说文本叙事的真实面貌，而且还必须找到一种合适的"框架"来统摄和清理尚显得散乱、破碎的叙事特点所呈现的思想及其逻辑。只有当小说文本的叙事形式和思想意蕴能够接通的时候，才算实现叙事艺术研究的真正的成功。专著第四章的"叙事伦理"恰恰是完善这一叙事框架的"接通式"建构，它使得全书更有感情、温度、筋骨。这一章与传统的意识形态批评的根本不同在于，作者对独特叙事艺术所呈现的反暴力叙事、自由个体叙事、宗教神性叙事的责任伦理不是在社会政治功利层面的，而是在人类进步、历史发展、人的自由幸福的超越性和共时性层面的，具有终极关怀的伦理思考。这种思考具有巨大的思想张力和丰富的精神意蕴，是有深度和高度的，是专著作者对帕斯捷尔纳克传承俄罗斯文学经典伟大精神的精准把握。

如果我们仔细地阅读作者在专著中所做的详尽的梳理和悉心的解读，就能发现，作者并不缺乏"问题意识"和"当代眼光"。她力图站在比研究对象和文本更广的领域和更高的层次上对小说文本进行透析和总结。这个更广的领域就是包括苏联小说在内的俄罗斯小说历史的和审美的语境，这个更高的层次就是现实主义传统诗学和现代主义诗学相比较的视野。基于对这部长篇小说叙事形式和叙事伦理的分析，作者认为，《日瓦戈医生》的诗学创新和精神传承就在于它是"一部以'个体（日瓦戈）的内在精神生活'为结构中心的、带有现代主义结构元素的一部创新小说"，是20世纪作家"对传统现实主义长篇小说叙事所做的开创性贡献"，"帕斯捷尔纳克无疑是伟大的叙事艺术家与思想家"。这些结论胜出目前多样的批评研究认知。

　　最后我还有一点要说的是，专著作者是20世纪80年代后期出生的学者，一个年轻人将自己读硕士、博士的整整六年的时光搁在一个作家的一部作品上，这在国外不是件稀罕事，但在中国这个一切都在迅速变迁、更替、趋新、跟潮的国度里，似乎显得有些"保守"与"落伍"，更何况《日瓦戈医生》还是一个已经被人们谈了半个多世纪的作品。但我却从中看到了一种锲而不舍的精神，一种力求自我呈现和发声的精神，从这一点来看，我们有理由期待作者的俄罗斯文学研究未来能有更大的突破。

张建华

2018年9月19日

于北外

目　录

绪　论

无论是俄罗斯文学，还是世界文学，无论在诗歌领域，还是在小说领域，20世纪的文学没有了帕斯捷尔纳克都是不完整的。20世纪英国著名的思想家以赛亚·伯林说，帕斯捷尔纳克是"俄罗斯文学史上所谓'白银时代'最后一位，也是其中最伟大的一位代表。在世界上任何地方都很难再想出一位在天赋、活力、无可动摇的正直品性、道德勇气和坚定不移方面可与之相比的人"[1]。

帕斯捷尔纳克首先是一位诗人，他的诗歌在20世纪璀璨的世界文学星空中绚烂夺目、熠熠生辉，他被称为最具诗歌纯粹性的诗人。这位以诗名世的作家，在1958年10月23日因"在现代抒情诗创作中的巨大成就和对伟大的俄罗斯长篇小说叙事文学传统的继承"[2]获诺贝尔文学奖，这充分表明帕斯捷尔纳克在诗歌之外的小说创作领域的世界性影响。长篇巨著《日瓦戈医生》的问世无疑赋予了帕斯捷尔纳克杰出小说家的地位。

1．德·贝科夫：《帕斯捷尔纳克传》，王嘎译。北京：人民文学出版社，2016年，封底。

2．Бавин С., Семибратова И. Судьбы поэтов Серебряного века. М.: Книжная палата, 1993. С. 344.

作家在创作的不同阶段曾多次表示，"小说是最具现代性的体裁"，"抒情诗已经不能够标新我们经验的宏大规模与广阔空间"，"诗歌是为了未来的构思，为了最终呈现宇宙思维的创作（指《日瓦戈医生》——笔者注）"[1]。小说给了帕斯捷尔纳克新的视野、思想、情感深度和广度，他本人高度评价这一创作体裁在其一生创作中的巨大价值和重要意义。他说，"我不知道我的《日瓦戈医生》作为一部长篇小说，写得是否完全成功，但不管如何，我认为，它即使有种种缺陷，仍然比我早年的诗作具有更大的价值。它比我青年时代的作品更丰富多彩，更有人情味"[2]。他在给作家弗谢沃洛德·伊凡诺夫的信中写道："我不是说，我的长篇小说是部多么辉煌的作品，多么富有才华，多么成功。但这是一个转折，是一种抉择，是一种渴望，我想把一切都说透，用一种前所未有的明晰，全面地对生活做出评价。如果说先前我热衷于各种不同的诗体格律，那么在这部长篇小说中我开始——尽管这只是一种愿望——从世界的视野来写。"[3]

20世纪美国最著名的文学与文化批评家之一，被称为美国"知识分子良心"的埃德蒙·威尔逊称《日瓦戈医生》是"人类文学史和道德史上的重要事件"，是"与二十世纪最伟大的革命相辉映的诗化小说"，它"兼备了《战争与和平》与《芬尼根守灵》的双重经典特色"[4]。这部划时代的作品因其极为丰沛的思想和艺术魅力，自问世以来始终受到世界各国

1.　Пастернак Б. Л. «Доктор Живаго», с комментариями В. Борисова и Е. Пастернака. М.: Тройка, 1994. С. 453-454.

2.　帕斯捷尔纳克：《人与事》，乌兰汗、桴鸣译。北京：生活·读书·新知三联书店，1991年，第365页。

3.　Пастернак Б. Л. «Доктор Живаго», с комментариями В. Борисова и Е. Пастернака. М.: Тройка, 1994. С. 455.

4.　赵一凡：《埃德蒙·威尔逊的俄国之恋——评〈日瓦戈医生〉及其美国批评家（哈佛读书札记）》，载《读书》，1987年第4期，第35页。

读者和研究者的广泛关注和高度重视，以至于在某种程度上《日瓦戈医生》成了帕斯捷尔纳克的代名词。

　　由于种种原因，这部长篇小说与苏联读者和中国读者的见面已经是在它问世的30年以后，即上世纪80年代的中后期。在对这部长篇小说研究的初期，无论在苏联，还是在中国，由于普遍受到意识形态批评的拘囿，研究者多用一种功利的眼光对作品内容和人物进行审视，关注的多是主人公日瓦戈及作者帕斯捷尔纳克之间的关系，小说中其他人物与作家身边的朋友、亲人、作家、政治人物的对应关系，以及小说中人物对革命的态度等社会政治问题，而对于"小说之所以为小说"的艺术特征却很少涉及。正如俄罗斯学者В. 丘帕所言，"《日瓦戈医生》的出版风波、在世界的传播、作者被褫夺公民权等一系列众所周知的事件在很长时间里取代了人们对这部长篇小说艺术价值探究的兴趣"[1]。从上世纪80年代到90年代，在我国的帕斯捷尔纳克研究中，特别是对《日瓦戈医生》的研究中，思想、文化方面的研究占了绝对比重，而有限的艺术形式探讨多局限于小说的抒情性、音乐性、文体的独特性等几个命题上。得到诺贝尔文学奖评审委员会高度肯定的这部小说的"俄罗斯叙事文学传统"却鲜有研究者关注和重视。迄今为止，在学界对小说的社会、伦理、文化意义的重要性研究与对其美学价值的研究间仍存在较大的语义断层，这极大地影响了学界对这位叙事艺术家创作成就的认知，以及对他本人所言的创作"转折""选择""渴望"的解析。小说极富创新性和异质性的结构以及叙事领域中的一系列重要问题至今还未能获得合理的、令人

---

1. Тюпа В. И. и др. Поэтика «Доктора Живаго» в нарратологическом прочтении. Коллективная монография, под ред. В. И. Тюпы. М.: Intrada, 2014. С. 3.

满意的阐释。比如，如何确定小说中叙述的结构类型和文本的体裁属性；小说的叙事视角与传统现实主义小说中的叙事视角相比出现了哪些变化；作品的散文[1]部分与诗歌部分是按照怎样的原则融合在一起的；为何诗歌延续小说的章节编码，以第17章尾章的形式呈现；小说独有的叙事形式所呈现的作家的责任伦理又是怎样的，等等。

　　形成上述接受现状的原因是多方面的，其中一个重要的原因就是长期以来围绕着作品的命运遭际和意识形态内容的阐释对其美学命题的挤压和排斥，使得这部长篇小说整体的审美品格被遮蔽、遭质疑。但从根本上来说，无视或否定《日瓦戈医生》的艺术成就的原因在于研究者多局限在旧有的小说审美观念上，尚未认识到这部作品在叙事美学上的创新。换个角度看，对《日瓦戈医生》艺术成就的争议在某种程度上也正印证了其创新的"异质性"，对于该小说的争议正是促使我们再次探究其审美形式的一个理由和契机。众所周知，每当文学发展到一个新的阶段，创作形式都会随之发生变化，其固有的结构、话语、伦理内蕴也必然遭到冲击。从这个意义上说，长篇小说《日瓦戈医生》的审美形式非常值得我们进一步分析、研究。更为重要的是，它还是我们了解20世纪俄罗斯长篇小说发展、变化、转型的一个突出实例。

　　帕斯捷尔纳克不仅是一位具有重大思想发现的叙事思想家，还是一位对长篇小说诗学形式有着重大创新的叙事艺术家。《日瓦戈医生》在长篇小说创作领域的巨大成就和重要创新是苏联时期小说现代性转型的一个重要标志。帕斯捷尔纳克在小说中继承19世纪俄罗斯文学叙事传统（史

---

1. 本书中"散文"一词，系指小说中非诗歌的文字部分，即除第17章"尤里·日瓦戈的诗作"之外的前16章。

诗性、悲剧性等）的同时，极大地丰富了其审美手段，特别是将现代主义小说的叙事元素融入现实主义的叙事中。小说与诗歌两种不同体裁的有机融合更是在体裁方面的一个创新。对小说叙事艺术的深入研究不仅可以更好地揭示这部小说的审美形式特点，还为我们深入发掘作品丰沛的历史文化意蕴、了解作家的创作立场带来有益的启迪。

帕斯捷尔纳克在《日瓦戈医生》的创作中对小说叙事本身给予了高度关注。他对小说叙事结构、叙述者的在场及其讲述方式、人物话语形态、叙事视角等的重视，大大超过了其他形式要素。相对而言，我们认为，帕斯捷尔纳克更为重视的是小说的话语层面，而非小说显在的一系列事件相继发生、简单接续的故事层面。从阅读心理学意义上说，小说中暗藏的作家精心设计的叙事机关才是我们解读小说的重要抓手。本书对小说叙事艺术研究的要义在于通过探讨小说的艺术形式来发现作家对历史文化意义表达的独特性。探究形式并不是对社会历史性的偏离，而是阐释达成它的方式。艺术形式的重大变化几乎总与历史激变相伴生，所以艺术形式本身就能够提供历史真实、人性真实的可能性和丰富性。正如有学者所言，"对形式的关注，也是如何从形式批评中获得新的批评智慧的问题"[1]。这就是本书以经典名著《日瓦戈医生》的叙事艺术为研究对象，从研究现状出发，从围绕着经典的审美价值的争论出发，从经典研究的理论本义出发，从小说的叙事本质出发，选择"长篇小说《日瓦戈医生》的叙事艺术"作为研究课题的缘起和意图所在。

长篇小说《日瓦戈医生》问世至今已经有60多年了，但是围绕着这

---

1. 陈太胜：《新形式主义：后理论时代文学研究的一种可能》，载《语言的幻象：后理论时代的文学研究》。长沙：湖南人民出版社，2016年，第24页。

部20世纪经典的争论、研究却从未停止过。作为一部世界文学经典,《日瓦戈医生》的人文光芒没有随着时间的消逝而褪去,其思想成就和艺术遗产至今仍然是研究者关注的重要对象。对小说指向人类终极关怀的哲学、伦理、宗教等丰盈的思想、文化意蕴及其充满现代性的艺术价值的研究仍远未穷尽。尤其在21世纪的近20年,这一研究热潮非但没有消退,反而还有愈益升温的趋势,这不仅说明对这部文学经典的言说是难以穷尽的,还说明对小说思想意义、艺术成就和当代价值的研究仍在继续深入。

苏联国内对《日瓦戈医生》的评价始于小说出版后的50年代。

20世纪50年代末,苏联社会和文学批评界对《日瓦戈医生》空前激烈的批判和挞伐有其特定的时代背景,是东西方政治对峙、意识形态左右文坛的时局使然。苏联国内对该小说的认知偏差表现为单纯而绝对的意识形态政治批评,小说一度沦为政治斗争的牺牲品,客观、冷静的艺术审美批评的缺失也就可想而知了。这表现为,小说出版之初,在苏联便出现了大肆攻击这部小说的言辞。仅举一例予以说明,早年的"崩得"[1]中央委员、批评家、政论家 Д. 扎斯拉夫斯基[2]在《真理报》上以《文学杂草丛中甚嚣尘上的反动宣传》为题撰文,说这是一部"政治谤言",是"穿着文学外衣、拙劣缝补起来的反动政论作品"[3]。显然,此间类似的言论与真正的文学批评相去甚远。在以政治是非为主要文学

---

1. 崩得(Бунд),立陶宛、波兰、俄罗斯犹太工人总联盟。

2. 早年的"崩得"中央委员,后反戈一击,由斯大林亲自推荐加入苏联共产党,在后斯大林时代一度享有盛誉。

3. Заславский Д. Ф. Шумиха реакционной пропаганды вокруг литературного сорняка // Правда. 1958, 26 октября.

批评话语模式的当时，作品深邃的思想性、艺术性未能引起重视。直到"重建"时期的1988年，《日瓦戈医生》在苏联本土问世后[1]，情况才发生了改变。

　　1988年，文艺理论家利哈乔夫院士在《新世界》杂志上发表了《对帕斯捷尔纳克的长篇小说〈日瓦戈医生〉的思考》一文。论者认为，小说是帕斯捷尔纳克的"精神自传"，他指出："《日瓦戈医生》甚至不是一部长篇小说。在我们面前的是一部自传，而这部自传以令人惊讶的艺术形式使得作品的内容与作者现实生活的外部事实并不相吻合。"[2]这一评论在苏联国内掀起了《日瓦戈医生》研究的热潮。围绕着小说的争论吸引了此间众多知名的批评家。时任《文学问题》杂志主编Д.乌尔诺夫在《真理报》上发表了文章《狂妄地超越自己的力量》。由于意识形态批评的惯性，他在小说主人公日瓦戈身上看到的仍然是"空虚的灵魂""知识分子的个人主义"。在他看来，国外热捧《日瓦戈医生》及授予作者诺贝尔文学奖，完全是出于政治原因。批评家П.戈列洛夫也持相似观点，他认为日瓦戈不是人民的知识分子，而是个人主义的知识分子。也有评论家表达了与上述看法不同的观点。А.古雷加在《文学报》撰文，认为小说主人公日瓦戈充满创作精神，他是个劳动者和有非凡直觉力的医生和诗人，过着紧张而富有成果的内心生活；他不是个人主义者，他给人治病，为他人而生活，不论从职业还是精神气质上都倾向于他人[3]。基列耶夫说，日瓦戈

1.　1988年《新世界》杂志第1—4期首次刊载了《日瓦戈医生》。

2.　Лихачев Д. С. Размышления над романом Б. Л. Пастернака «Доктор Живаго» // Новый мир. 1988, №1.

3.　包国红：《风风雨雨"日瓦戈"——〈日瓦戈医生〉》。昆明：云南人民出版社，2001年，第154—155页。

并不是"空虚的灵魂",而是充满勇气和尊严的大诗人[1]。这些批评,不管其意识形态取向如何,基本上仍拘囿在文学话语中的政治是非问题上,体现了苏联上世纪80年代后期对《日瓦戈医生》批评的整体状貌。

20世纪90年代,俄罗斯批评界对《日瓦戈医生》的研究逐渐走出了单一的意识形态政治取向和庸俗社会历史学批评范式,走向了一个人文批评的新阶段,对小说艺术形式的研究开始进入批评者的视野,这表现为以下两方面。

首先,学界对小说的体裁与风格有了新的认识。"我的史诗","它与我过去写的东西相比,更属于叙述体文学"[2]——帕斯捷尔纳克对小说体裁的自我定义成为批评者研究的重要基点。А.沃兹涅先斯基认为,这是一部特殊类型的"富有诗意的小说"[3]。Ю.奥尔利茨基在《〈日瓦戈医生〉——"诗人的小说"》一文中指出,该小说符合雅各布森所说的"诗人的散文"的主要特征:抒情性、主观性、情节的弱化、形象体系的转喻、诗化思维、小说结构以节奏韵律为基础等[4]。И.斯米尔诺夫认为,这部小说类似于陀思妥耶夫斯基的《卡拉马佐夫兄弟》,它游离于"文学的体裁之外"[5]。此外,与作家多有通信往来的О.弗雷登别格则认为这是一部

1. 包国红:《风风雨雨"日瓦戈"——〈日瓦戈医生〉》。昆明:云南人民出版社,2001年,第155页。

2. 帕斯捷尔纳克:《人与事》,乌兰汗、桴鸣译。北京:生活·读书·新知三联书店,1991年,第290页。

3. 包国红:《风风雨雨"日瓦戈"——〈日瓦戈医生〉》。昆明:云南人民出版社,2001年,第154页。

4. Орлицкий Ю. Б. «Доктор Живаго», как «проза поэта»: опыт экстраполяции одного якобсоновского термина // Материалы международного конгресса: 100 лет Р. О. Якобсону. Москва, 1996.

5. Смирнов И. П. Роман тайн «Доктор Живаго». М.: Новое литературное обозрение, 1996. С. 208.

类似于《创世记》的书，В.古谢夫认为它"或是行传，或是人物生平"，В.巴耶夫斯基认为它是历史小说，Г.波梅兰涅茨则把它看作具有"导报"功能的作品。凡此种种，不一而足。批评界对小说体裁风格的延伸性探讨为以文学的方式研究这部长篇小说提供了指南。

其次，对《日瓦戈医生》独特的诗学建构的探讨为小说的形式研究提供了更多的空间。Б.加斯帕罗夫认为"小说是以不同形式的对位的方式被建构起来的，这一形式同样也是对位的思维模式"，作家得以用这种方式营造了一幅多元的、非直线的（"对位的"）世界图景，这一图景与19世纪下半叶在科学和艺术中占据主导地位的经验主义认识和历史直线式发展的实证论思想完全对立[1]。И.孔达科夫揭示了这部长篇小说与作家此前的创作（包括小说和诗歌）的关系，他指出，《日瓦戈医生》"不只是诗人和小说家帕斯捷尔纳克之前全部创作的总结，而且也是作家此前的创作集中的、'糅合'在一起的完整体现"[2]。А.沃兹德维仁斯基发现小说在传统的现实主义结构框架中体现出一些现代主义的特征与元素，作家对人生荒诞感、个体异化以及非理性的认知使其与现代主义文学达成了某种契合，这部长篇小说是按照抒情诗的表现法则建构起来的叙事作品。其间亦有对小说的诗学建构提出批评的声音。

巴耶夫斯基在《重读经典：帕斯捷尔纳克》一书中指出："小说缺少一种为作家所掌控的，使读者始终处于紧张状态的某种强烈的、引人入胜的张力，而这种张力对于大型长篇小说而言是必备的，这也是陀思妥

1.　Гаспаров Б. М. Временной контрапункт как формообразующий принцип романа Пастернака «Доктор Живаго» // Дружба народов. 1990, №3, C. 236.

2.　Кондаков И. В. Роман «Доктор Живаго» в свете традиций русской культуры // Известия АН СССР. Сер. лит. и яз. 1990, Т. 49, №6, C. 527.

耶夫斯基小说风格的固有特点。"[1]还有评论家称:"总的来说小说的主体和结构十分松散,甚至琐碎,读后,这些或那些篇章形不成一个总体的画面,自始至终杂乱无章。"[2]质疑小说整体结构的学者认为"帕斯捷尔纳克的小说文本在艺术上不够完美,甚至是有缺陷的"[3]。对小说诗学建构方面的争论在一定程度上深化了研究者对小说诗学形式的认知,20世纪90年代出现了一些有分量的关于该小说诗学形式的研究成果[4]。研究者或考察小说的话语层次,或探究小说的情节构筑,或揭示小说冲突艺术的奥秘,或专注于小说的"乌拉尔地缘诗学",从不同角度揭示了该小说的艺术价值。

　　20世纪90年代末,特别是进入21世纪以来,俄罗斯学界对《日瓦戈医生》的研究呈现出多元化、多样化的趋势。

　　首先,这一时期出现了一系列关于这部小说创作的"文化场"的专著,如Б.索科洛夫所著的《解码帕斯捷尔纳克:日瓦戈医生何许人也?》、Е.帕斯捷尔纳克夫妇合著的《鲍里斯·帕斯捷尔纳克的一生:纪实性叙事》、О.伊文斯卡娅和她的女儿合著的《与帕斯捷尔纳克在一起的岁月及他离开之后》、В.利瓦诺夫所著的《一个不为人所知的鲍里斯·帕斯捷尔纳克》、Н.伊万诺娃所著的《帕斯捷尔纳克和其他人》、Д.贝科夫所著的人物传记《鲍里斯·帕斯捷尔纳克》、А.格拉特科夫

1.　Баевский В. С. Перечитывая классику: Пастернак. М.: МГУ, 1999. С. 65.

2.　冯玉芝:《帕斯捷尔纳克创作研究》。北京:人民文学出版社,2007年,第12页。

3.　Смирнов И. П. Роман тайн «Доктор Живаго». М.: Новое литературное обозрение, 1996. С. 3.

4.　Лавров А. В. «Судьбы скрещенья»: теснота коммуникативного ряда в «Докторе Живаго» // Новое литературное обозрение. 1993, №2; Гаспаров Б. М. Литературные лейтмотивы. Очерки по русской литературе XX века. М.: Наука, 1993; Смирнов И. П. Роман тайн «Доктор Живаго». М.: Новое литературное обозрение, 1996 и т. д.

所著的《曾经与帕斯捷尔纳克的那些会面》等。这些著作试图解答人们在阅读小说过程中存在的一些文本史料学疑问，比如小说的自传性因素、小说中的人物原型、作家与斯大林以及其他同时代人的关系、围绕这部小说所发生的一些社会历史文化事件、作家获诺贝尔文学奖来龙去脉的历史真实等等。大量有关作家情感、思想、人生命运的鲜为人知的材料的发掘无疑对深入了解作家的思想观、艺术观和创作观有着重要意义。

其次，在这一时期，对小说的现代性认识仍众说纷纭。《文学问题》杂志前主编乌尔诺夫于2008年，即《日瓦戈医生》于苏联本土出版后的20年之际，在《我们的同时代人》杂志上发表了一篇回忆性的文章——《〈日瓦戈医生〉：1988年》。作者结合贝科夫写的《帕斯捷尔纳克传》，介绍了《日瓦戈医生》出版后的接受状况，学界、普通读者和作家身边的友人对这部小说的认识和态度，以及作家获得诺贝尔文学奖前后的历史真实。乌尔诺夫不认同这部小说是现代主义的，他说："《日瓦戈医生》完全是一部传统意义上的小说，至于在其中看到的现代主义成分，我认为，再简单不过了，是因为那是在现实主义框架下没有充分完善而已，就像没有充分掌握学院派画技的艺术家被贴上了先锋主义标签一样。可以看出，从帕斯捷尔纳克的小说中发现的现代主义特征，全都是作家本人所安排的却没有完成的寻常的叙述手段。"[1]而评论家O.克林格却在《鲍里斯·帕斯捷尔纳克与象征主义》[2]一文中从历时的角度细致入微地考察了帕斯捷尔纳克所受到的俄罗斯现代主义流派——象征主义的影响，特

1．Урнов Д. М. Доктор Живаго. Год 1988-й // Наш современник. 2008, №4, С. 277.
2．Клинг О. А. Борис Пастернак и символизм // Вопросы литературы. 2002, №2.

别是勃洛克和别雷的影响。克林格试图说明，《日瓦戈医生》中具有鲜明的象征主义元素，如小说中的"上帝"形象便是全书拯救力量的象征。《帕斯捷尔纳克传》的作者贝科夫也认为，《日瓦戈医生》是象征主义之后的象征主义小说，具有现代主义文学的元素，是一部充满隐喻的寓言式的作品。他在《帕斯捷尔纳克传》中称帕斯捷尔纳克是"先锋美学与传统美学（如果不说是清教伦理的话）的集大成者"[1]，他写道，"如果把《日瓦戈医生》视为一部传统的现实主义小说，我们就会遇到许多牵强附会和无法解释的奇谈怪论。这些荒诞之说的简单罗列，只能让那些希望看到文学准确反映时代的人厌恶这部作品"[2]。"在某种程度上，《日瓦戈医生》也是对十九世纪兴起的俄国心理小说之否定——自1919年至1936年，帕斯捷尔纳克书写一部长篇小说的所有努力，均遭到全面的失败，一群意欲按照各自信念与志向行事，却又只能听从于社会决定论的小说人物也随之化为泡影。唯有凭借音乐性的、某种意义上甚至是神秘主义的历史观，彻底抛开传统的心理主义，抛开'多余人'形象与主题的僵固理解，书写一部长篇诗化小说、一部无须在其中寻找日常真实性的小说——童话才成为可能。"[3]

对小说中是否存在现代主义元素的争论是由帕斯捷尔纳克在俄罗斯当代小说的现代性转型中的作用、价值和意义引发的，它涉及的是小说创作中的传统继承和诗学创新的重要命题，而这一命题也成为此间学术研究的一个新亮点。B.弗兰克在对托尔斯泰和帕斯捷尔纳克创作的对比分析中提出了"托尔斯泰尺度"，即托尔斯泰建构的俄国文学中的长篇小说传

1. 德·贝科夫：《帕斯捷尔纳克传》，王嘎译。北京：人民文学出版社，2016年，第828页。
2. 同上书，第813页。
3. 同上书，第829页。

统。他认为，这一经典的传统尺度并不适用于分析《日瓦戈医生》，帕斯捷尔纳克的小说叙事是对19世纪经典现实主义叙事传统的超越和创新，使用这一传统尺度分析《日瓦戈医生》会使人感到小说的叙事有一种让人难以忍受的牵强。学者 A. 波波夫在《论帕斯捷尔纳克的小说〈日瓦戈医生〉中的"托尔斯泰尺度"》一文中另有看法，他力图证明帕斯捷尔纳克在《日瓦戈医生》中所表现出的世界观与托尔斯泰有很多相近的地方。作家不仅在思想上受到托尔斯泰的影响，而且其中的许多意象（比如火车、蜡烛等）也与托尔斯泰创作中的意象有相似之处。他以"火车"这一意象为例指出，为了解释历史发展的规律，托尔斯泰在《战争与和平》中引入了火车头的隐喻，而在《日瓦戈医生》中火车的运动也居于中心地位。在小说中帕斯捷尔纳克常常直接或间接地引用托尔斯泰的话，与托尔斯泰就对基督教的理解进行争论，并评判托尔斯泰有关历史和哲学的观点等[1]。

第三，此间，俄罗斯学界对小说创作题旨、人文精神的探究更加深刻且富于新意。Л. 科洛巴耶娃的文章《帕斯捷尔纳克的长篇小说〈日瓦戈医生〉形象结构中的"鲜活的生命"》[2]强调了小说人文精神中的神性维度。她指出，"鲜活的生命"是指生命的情感、对生活的爱，在《日瓦戈医生》中，这一理念体现在："上帝和生命之间，上帝和个人之间，上帝和女人之间，多么接近，多么平等！"[3] 生命、个人和女性，这是意蕴生

---

1. Попофф А. О «толстовском аршине» в романе Пастернака «Доктор Живаго» // Вопросы литературы. 2001, №2, C. 321, 326.

2. Колобаева Л. А. «Живая жизнь» в образной структуре романа «Доктор Живаго» Б. Пастернака // русская словесность. 1999, №3.

3. 帕斯捷尔纳克：《日瓦戈医生》，蓝英年、张秉衡译。北京：人民文学出版社，2006年，第400页。本书所有相关引文均出自此译本，后文只在圆括号中标注页码，不再一一加注。

动的三位一体，在其背后隐含着万能的第四个方面：上帝。如此一来，这三个命题决定了帕斯捷尔纳克基本的价值定位、对主要人物的塑造，以及整个形象体系的建构。论者还指出，"鲜活的生命"的理念还体现在小说的整体结构上，体现在人物心灵获得充实的瞬间而达到的情节高潮上，这种瞬间贯穿在小说中对爱情、个体的自我牺牲、文学创作以及主人公与大自然的亲密接触的叙写中，在它们与宇宙、上帝的联系中。"鲜活的生命"以其自身的悲剧性命运不事声张地、有力地抗拒着误入歧途的历史暴力。学者 C. 福米乔夫指出了小说中的"铁路主题"，认为铁路主题是小说的几个核心主题之一，他指出，"在作家笔下，与托尔斯泰创作中末世论的启示录形象不同，铁路是联系的保障，它意味着世界、艺术和生活的统一，神启和日常生活的结合。在帕斯捷尔纳克的诗学中，大自然和铁路两者之间完全没有不和谐与对立，相反，就像帕斯捷尔纳克在早年的作品草稿中所揭示的那样，它们之间隐含着一种固有的联系"[1]。

俄罗斯国立人文大学的丘帕教授长期以来一直注重小说的艺术形式研究，是一位较早、较系统地从事帕斯捷尔纳克小说诗学研究的学者。21世纪以来，他采用叙事诗学的研究视角，撰写了多篇关于《日瓦戈医生》的颇有影响的学术论文，如《〈日瓦戈医生〉的结构与建构》《〈日瓦戈医生〉的类诗结构：兼论作者与叙述者的关系》《〈日瓦戈医生〉中错综复杂的叙事情节》《〈日瓦戈医生〉的"原始隐迹文本"诗学》等。他所带领的叙事学研究小组取得了一系列显著的成果。2014年底，由丘帕教授主编并由多位学者共同参与撰写的专著《叙事学视野中的〈日瓦戈

---

1. Фомичев С. А. «вперед то под гору, то в гору бежит прямая магистраль...» Железная дорога в романе Б. Пастернака «Доктор Живаго» // Русская литература. 2001, №2, С. 57.

医生〉诗学研究》[1]问世。专著结合俄罗斯的传统诗学理论和西方叙事学话语，从艺术整体、叙事行为、体裁诗学、情节诗学、主题诗学、叙事的民族文化原型、叙事的终结话语（小说的诗章研究）、读者接受话语等八个方面对长篇小说《日瓦戈医生》的诗学特征进行了全面、深刻的考察，是迄今为止俄罗斯学界对这部小说诗学研究的最新、最重要的成果之一。需要指出的是，尽管专著采用的是叙事学视角，但全书的基本结构与阐述方式与俄罗斯传统的诗学研究有更多的相似之处，与西方更重视叙事的话语形态、叙事视角的叙事学研究在对象、内涵与方法上均表现出了差异。

西方学界对《日瓦戈医生》的关注与研究始于作品出版之后。当时多数西方学者对《日瓦戈医生》的评论掺杂着鲜明的冷战思维和强烈的政治意识。有西方学者表示："根据《日瓦戈医生》的精神，应该取消全部和任何唯物主义理论。……在小说《日瓦戈医生》中，帕斯捷尔纳克的甚至最抽象的议论均在潜意识中否定共产主义和唯物主义的信条……而关于基督教义的思想则起到了更强烈的反抗作用。"[2]这是当时极具代表性的批评话语，甚至被看作帕斯捷尔纳克获得诺贝尔文学奖的主要原因。但即使在这种主流的意识形态政治批评的背景下，仍有一些作家和批评家对小说做出了相对客观的评价。法国作家阿尔贝·加缪认为，"《日瓦戈医生》这一伟大的作品是一本充满了爱的书，并不是反苏的。

1. Тюпа В. И. и др. Поэтика «Доктора Живаго» в нарратологическом прочтении. Коллективная монография, под ред. В. И. Тюпы. М.: Intrada, 2014.

2. Гаев А. Б. Л. Пастернак и его роман «Доктор Живаго» // Сборник статей посвященных жизни и творчеству Б. Л. Пастернака, Мюнхен, 1962. С. 30.

它并不对任何一方不利，又是具有普遍意义的"[1]。秘鲁作家巴尔加斯·略萨指出，"人物在生与死的体验中所感受的点点滴滴，却与人类精神、个性自由、艺术创作和个人命运的神秘世界有着密切的关系，而不只是社会现状和政治事件"[2]。俄裔美国苏联文学研究者马克·斯洛宁强调，"《日瓦戈医生》是一部关于俄罗斯知识分子的编年史，而非政治性作品"[3]。在当时的时代背景下，这些更多关注这部长篇小说内容的批评话语较为客观地揭示了小说的审美内涵与思想价值。

除了对小说意识形态政治内涵的研究，对《日瓦戈医生》去政治化的艺术形式研究随后也有了不少成果。许多西方学者把关注的目光首先集中在小说的体裁特点上。美国作家托马斯·默顿把小说看成一部具有宗教神秘主义的"创世记式"的作品。他在给帕斯捷尔纳克的信中写道："您这部书是一个世界：天堂与地狱，神秘的人物日瓦戈和拉拉如亚当和夏娃，他们穿行在只有天主才知道的黑暗之中。他们所踏行的土地因他们而变得圣洁。这是俄罗斯神圣的大地，大地上有令人神往的命运，它是神秘的、隐蔽的，藏在神的思维中。"[4]英国作家彼得·格林把《日瓦戈医生》称为"一部不朽的史诗"[5]。意大利《现代》杂志主编尼古拉·奇亚洛蒙特也认为，《日瓦戈医生》是史诗性巨著，它概括了俄国历史上最重要的一段时期。他称："继《战争与和平》后，还没有一部作品能够概括

---

1. 包国红：《风风雨雨"日瓦戈"——〈日瓦戈医生〉》。昆明：云南人民出版社，2001年，第121页。

2. 同上书，第144页。

3. Слоним М. Л. Роман Пастернака // Критика русского зарубежья. М.: АСТ, Олимп, 2001. С. 138.

4. 包国红：《风风雨雨"日瓦戈"——〈日瓦戈医生〉》。昆明：云南人民出版社，2001年，第120页。

5. 帕斯捷尔纳克：《日瓦戈医生》，蓝英年、张秉衡译。北京：人民文学出版社，2006年，译者序第3页。

一个如此广阔和如此具有历史意义的时期。"[1]与威尔逊的观点一致，思想家伯林也把这部小说看作"伟大的诗化小说"[2]。而美国学者艾娃·汤普逊则认为它是跨体裁小说，指出《日瓦戈医生》"似乎是由各色人等生活中截取的情节松弛地连接起来的故事集"，它"不能归入任何一种欧洲模式：它不是风俗小说，不是历史小说，不是战争小说，不是忏悔小说，不是教育小说"[3]。

需要指出的是，有西方学者在研究早期就关注到了小说的叙事主题。威尔逊从历史文化批评的视角指出，这部小说阐释的是"革命——历史——生活哲学——文化恋母情结"[4]主题，这里的"文化恋母情结"指的是小说中超验的爱情主题。威尔逊不认同"'泛政治化'解说，便用人物象征和心理分析的拿手戏，指拉拉为俄国文化女神。以此作全书的'眼'，分头去透视小说中三个主要男性（科马罗夫斯基、帕沙和日瓦戈）为争夺女神归属权而发生的历史冲突。得出的不是西方文学中惯有的多角罗曼司，也不是红楼梦式的'好了歌'和色空观，而是俄国诗人对祖国文化的形象思维图腾"[5]。美国学者代明·布朗认为，"爱"的主题贯穿整部小说。他指出，《日瓦戈医生》"不仅是对20世纪俄国历史发展的审视与回顾，同时也是一部诗经，一曲生活赞歌，一部俄罗斯文化的缩影。整篇小说弥漫着帕斯捷尔纳克的宿命思想和生与死的主题，充满生机与

1. 帕斯捷尔纳克：《日瓦戈医生》，蓝英年、张秉衡译。北京：人民文学出版社，2006年，译者序第3页。
2. 拉明·贾汉贝格鲁：《伯林谈话录》，杨祯钦译。南京：译林出版社，2002年，第16页。
3. 艾娃·汤普逊：《理解俄国：俄国文化中的圣愚》，杨德友译。北京：生活·读书·新知三联书店，1998年，第239—240页。
4 赵一凡：《埃德蒙·威尔逊的俄国之恋——评〈日瓦戈医生〉及其美国批评家（哈佛读书札记）》，载《读书》，1987年第4期，第38页。
5. 同上文，第39页。

活力的自然界与人类活动交相辉映，渗透在小说的字里行间。总括一切的主题就是爱——爱自然、艺术，爱男人和女人，还有全人类"[1]。伯林指出，《日瓦戈医生》的主题是"普世性的，与大多数人的生活（人的出生、衰老和死亡）密切相关"[2]。略萨认为，小说的主题并非是政治性的，"虽然《日瓦戈医生》也经历了许多重大政治事件，然而书中人物在生与死的体验中所感受的点点滴滴，却与人类精神、个性自由、艺术创作和个人命运的神秘世界有着密切的关系，而不只是社会现状和政治事件"[3]。

知识分子形象也是西方研究者普遍论述的对象，他们对小说中俄国知识分子的代表人物日瓦戈普遍持肯定态度。布朗认为日瓦戈是对苏联文学中"正面人物"的断然否定，是一个回应俄罗斯历史发展的哈姆雷特，渴望保持知识分子的独立性、内心自由和真实自我。他的情绪、幻想、直觉和生活感觉（自然、艺术和爱情）组成了小说的整体构架[4]。斯洛宁则把主人公日瓦戈解读成一个"和世纪相争辩"，以个人信念反对集体主义神话的知识分子，他坚决捍卫人的权利与尊严，以"不卷入"的态度保持思想的独立。略萨认为日瓦戈的价值在于，尽管表面上他对历史的暴风骤雨是妥协的，实际上却坚持了个人的自主权，捍卫了个人尊严

1. 包国红：《风风雨雨"日瓦戈"——〈日瓦戈医生〉》。昆明：云南人民出版社，2001年，第125页。
2. 帕斯捷尔纳克：《日瓦戈医生（下卷）》，白春仁、顾亚铃译。上海：上海译文出版社，2012年，封底。
3. 包国红：《风风雨雨"日瓦戈"——〈日瓦戈医生〉》。昆明：云南人民出版社，2001年，第144页。
4. 邓鹏飞：《〈日瓦戈医生〉的历史主题》。成都：四川大学文学与新闻学院，2004年，第5页。

与个性自由[1]。伯林指出，小说的主人公"处于社会的边缘，与社会发展的趋势和命运密切关联，但又不与之同流合污，在面对各种毁灭社会、摧残和消灭许许多多其他同类的残暴事件时，仍然保持着人性、内在的良心和是非感"[2]。

对于小说的艺术形式特色，很多西方学者表达了不同的观点。略萨称赞该小说是"现代伟大创作之一，是我们时代文学的一个里程碑"，却揶揄小说"松散的故事令人想起19世纪旧小说上那粗糙的木匠活，想起那些旧小说中情感虚假、追求轰动效果的次要情节，想起那些小说中种种不寻常的意外巧合，想起那些不时地把对话变成演说的大段大段浪漫主义的长谈"[3]。在《俄国文学手册》中，论者指出了小说诗学形式上的缺陷："在叙事中打破事件的因果关系，不注意历史时间顺序，不保持环境特点的真实性"，"把中心人物的面目弄得模糊不清"[4]。当然，也有学者不认同这种看法，高度肯定小说的艺术成就。斯洛宁指出："这部小说摆脱了结构周密、叙述流畅的故事传统，它创造了高度个性化的形式，实现了戏剧性和抒情性因素的融合，将单纯的语言、复杂的情感和深奥的哲学结合在了一起。"[5]

我们大体可知，早期西方学界对长篇小说《日瓦戈医生》的评价整

1. 邓鹏飞：《〈日瓦戈医生〉的历史主题》。成都：四川大学文学与新闻学院，2004年，第5页。
2. 帕斯捷尔纳克：《日瓦戈医生（下卷）》，白春仁、顾亚铃译。上海：上海译文出版社，2012年，封底。
3. 包国红：《风风雨雨"日瓦戈"——〈日瓦戈医生〉》。昆明：云南人民出版社，2001年，第144—145页。
4. 李毓榛：《〈日瓦戈医生〉在苏联的看法种种》，载《外国问题研究》，1990年第2期，第37页。
5. Слоним М. Л. Роман Пастернака // Критика русского зарубежья. М.: АСТ, Олимп, 2001. С. 138.

体上是肯定的，只是批评的话语立场和价值判断因个人的世界观相异而各有不同。其中一些批评家没有摆脱所在时代的局限，特别是其自身所产生的政治偏见，这是时代政治与文学研究的"互文"所致，是对这部长篇小说的研究的历史真实，恰也为日后帕斯捷尔纳克研究的话语转向和在新的诗学观念下开展研究提供了参照。

从20世纪80年代后期开始，西方批评界对《日瓦戈医生》艺术形式的研究逐渐增多。这也从另一个角度说明，迷失于政治批评，迷失于一味地进行"内容分析"的意义乱流已告一段落，"回归审美"成为近30年来西方对这部长篇小说研究的一个重要特点。

英国学者亨利克·伯恩鲍姆的学术论文《〈日瓦戈医生〉诗学的深层思考：结构、技巧与象征主义》对小说独特的结构特点、作家使用的叙述策略与手法以及小说与象征主义的关系做出了深入解析。挪威学者比奥特涅斯的文章《长篇小说〈日瓦戈医生〉的基督主题》则对小说中的宗教主题进行解析，阐释小说中的福音书潜文本以及形而上的宗教内涵。

这一时期还出现了一系列关于《日瓦戈医生》的专著，如美国学者埃利奥特·莫斯曼的《〈战争与和平〉与〈日瓦戈医生〉中的历史隐喻》、盖·德·马拉克的《鲍里斯·帕斯捷尔纳克：他的生活与艺术》、英国学者理查德·福瑞博的《俄国革命小说：从屠格涅夫到帕斯捷尔纳克》等。这些专著或从小说与其他经典名著的对比中揭示小说独特的艺术手法，或从作家的生活与艺术观来发现小说表达的审美内蕴，或从经典文学的发展进程中探究小说的价值。新世纪以来对《日瓦戈医生》的研究也出现了一些有分量的专著，如瑞典学者苏珊娜·维特的《创作中的创作：对帕斯捷尔纳克的〈日瓦戈医生〉的阐释》、美国的帕斯捷尔纳克研究专家拉扎尔·弗莱什曼的《从普希金到帕斯捷尔纳克：俄罗斯文学的诗学与历史研究选集》《鲍里斯·帕斯捷尔纳克与诺贝尔文学奖》、弗·格里菲斯和斯·拉比诺维奇的《第三罗马：古典史诗与俄国长篇小说——从果戈理到帕斯捷尔纳克》等。这些专著或从创作艺术观的角度阐释小说的艺术特色，或围绕着作家获得诺贝尔文学奖前后的历史真实来探究作家的创作心理，或将小说置于经典文学的发展进程中进行审视。

　　总体来看，西方学者对《日瓦戈医生》的研究整体上显得较为宏观，倾向于将《日瓦戈医生》乃至帕斯捷尔纳克的整体小说创作放置在俄国文学发展进程中予以考察，揭示其审美内涵与艺术特色的经典性与创新性。细致的文本层面上的阐述显得有些欠缺，如何更精准、更具体地把握小说自身的叙事特色，讲述作家在小说中"如何叙述"的问题，有待细化和深化。

　　帕斯捷尔纳克的名字首次见诸中国报刊是在作家被授予诺贝尔文学奖的1958年。基于中苏友好关系以及我国的社会政治气候，20世纪50年代中国关于帕斯捷尔纳克的这部长篇小说的观点基本上和苏联批评界一致，将《日瓦戈医生》视为一部反社会主义的政治作品。"诺贝尔［奖］奖金是怎样授给帕斯捷尔纳克的？""杜勒斯看中了《日瓦戈医生》""痈疽、宝贝——诺贝尔［奖］奖金为什么要送给帕斯捷尔纳克？""市侩、叛徒日瓦戈医生和他的创造者帕斯捷尔纳克"[1]，这些充满讽刺、挞伐的话语与此间苏联文坛的批评话语如出一辙。张建华教授指出："20世纪80年代前，中国对帕斯捷尔纳克小说批评的基本格调是意识形态中心主义，

1.　张建华：《新中国六十年帕斯捷尔纳克小说研究之考察与分析》，载《外国文学》，2011年第6期，第41页。

论者用一种高度功利的眼光，因社会政治、历史政治意识的无限膨胀而生发对小说内容和人物的病态审视，在政治话语中寻找对小说思想内容与艺术的认知。"[1]

20世纪80年代，顺应我国外国文学研究整体走向活跃与繁荣的态势，特别是随着《日瓦戈医生》在苏联解禁，我国对这部小说的研究开始活跃。我国外国文学界对这部小说的译介走在了其本土出版的前面。从1986年开始，三个译本[2]在短时间内的集中问世，加上此间我国文化思想界所形成的独特的时代语境，很快便引起了文学界对这部小说强烈的研究兴趣。

对于《日瓦戈医生》的批评分析，学界起先出言谨慎，研究者大多指出，这是一部反映知识分子思想和精神轨迹的小说，同时指出这部小说存在着对其中所反映的历史时代正面评价过少的不足。尽管如此，其间仍不乏对该作品独立的、个性的分析与思考。对帕斯捷尔纳克的创作，特别是对《日瓦戈医生》在中国的研究的开展做出开创性贡献的薛君智研究员在这一时期共撰写了五篇论文，并著有《回归：苏联开禁作家五论》（1989）[3]一书。论者指出，"日瓦戈对一切事件与人物的看法，不从社会历史概念出发，没有阶级分析观点，并缺乏科学的理性的判断，而是完全从抽象的人性论出发来辨论是非与区分善恶"[4]。在论者看来，日

1. 张建华：《新中国六十年帕斯捷尔纳克小说研究之考察与分析》，载《外国文学》，2011年第6期，第41页。
2. 1986年，漓江出版社最先推出了由力冈、冀刚翻译的《日瓦戈医生》中文全译本；翌年，蓝英年、张秉衡合译的《日瓦戈医生》由人民文学出版社出版；同年，白春仁、顾亚铃合译的这部小说由湖南人民出版社推出。
3. 薛君智：《回归：苏联开禁作家五论》。北京：社会科学文献出版社，1989年。
4. 薛君智：《帕斯捷尔纳克的生活与创作道路——兼论〈日瓦戈医生〉》，载《外国文学研究》，1987年第4期，第23页。

瓦戈是一个庸夫俗子型的"小人物"，一个新时代的"多余人"[1]，但他不是一个"反革命分子"。论者同时指出，《日瓦戈医生》不是一部政治小说，而是一部"反思历史，呼唤人性"的作品[2]。何满子、耿庸在《关于〈日瓦戈医生〉的对话》一文中，对小说中心人物日瓦戈是"小人物""多余人"的这一定性有所保留，颇富见地地指出，小说反映的是"一场个体意识和群体意识之争"[3]，日瓦戈的思想超越了时代，这才是他悲剧的本质所在。郭小宪与何满子、耿庸持基本相同的观点，在《从格利高里到日瓦戈——〈静静的顿河〉和〈日瓦戈医生〉主人公之比较》一文中比较了《静静的顿河》中格利高里与日瓦戈在相似的时代背景下不同的生命经历和最终共同的人生悲剧。对于悲剧的原因，论者指出："格利高里的意识层次落后于时代的要求，日瓦戈的意识层次却超出了时代的发展；他们都背着沉重的历史文化积淀，心灵深处均带着根本无法洗掉的阴影。在那个大动荡的历史阶段，各自固有的心理结构的瓦解就导致了他们性格的矛盾分裂，行为的飘忽不定，也促使他们走向可悲的结局。"[4]王步丞于1987年发表的题为《风波·悲剧·思考——漫谈〈日瓦戈医生〉》的文章也充满了理性的分析和中肯的评价。论者发现了《日瓦戈医生》在苏联文学中的特殊性与异质性，指出该小说经历坎坷不平的命运的原因在于："与传统的苏联文学作品不同，作者没有让他的主人公在经历了一段'苦难历程'之后，踏上'脱胎换骨'的新途，更没有用批判的笔

1.　帕斯捷尔纳克：《日瓦戈医生》，力冈、冀刚译。桂林：漓江出版社，1986年，序第9页。

2.　薛君智：《〈日瓦戈医生〉其书及其他》，载《外国文学评论》，1987年第1期，第72页。

3.　何满子，耿庸：《关于〈日瓦戈医生〉的对话》，载《外国文学评论》，1988年第2期，第77页。

4.　郭小宪：《从格利高里到日瓦戈——〈静静的顿河〉和〈日瓦戈医生〉主人公之比较》，载《西北大学学报》（哲学社会科学版），1988年第3期，第110页。

触把他描绘成一个反派角色，而是用同情和忧伤的笔调刻画并塑造了日瓦戈的悲剧的形象，这在苏联文学中无疑是一种异常现象。"[1]

上世纪90年代我国文评界对《日瓦戈医生》的批评话语总体上也是从小说的内容方面着眼，这一时期的批评在一定程度上仍然沿袭了80年代意识形态批评的思路，但政治色彩逐渐趋向淡薄。与此同时，学界逐渐开始了对这部长篇小说艺术形式的探讨。

学界对《日瓦戈医生》的接受从一片空白、爱憎分明到渐趋客观的变化在世界文学和俄苏文学教材的相关资料中体现得较为明显。或许受到当时资料欠缺的影响或其他原因所致，许贤绪先生的《当代苏联小说史》（1991）和曹靖华先生主编的《俄苏文学史》（第一、二卷，1992；第三卷，1993）中并没有提及这一作家和作品。这种情形在一年后的由中国社会科学出版社出版的《苏联文学史（第二卷）》（1994）中有所改变。该书用不多的文字谈及帕斯捷尔纳克的《日瓦戈医生》，论者说："认为它是'仇恨社会主义'的'反动'作品，当然是没有道理的，但是作者未能突出伟大时代人民的精神道德面貌却是事实。"[2]论者认为这部作品并不是无可指摘，而是有着种种失误。四年之后出版的《俄罗斯二十世纪非主潮文学》（1998）一书中论者虽然也对小说做了一些正面评价，但总体上认为，《日瓦戈医生》的思想问题不少，它渲染了革命中人的悲惨遭遇和悲剧命运，淡化了阶级矛盾，渲染了革命后的惨象，从本质上否定了十月革命的历史意义[3]。同年出版的《20世纪俄罗斯文学史》（1998）持

---

1. 王步丞：《风波·悲剧·思考——漫谈〈日瓦戈医生〉》，载《河北大学学报》，1987年第2期，第74页。
2. 叶水夫：《苏联文学史（第二卷）》。北京：中国社会科学出版社，1994年，第59—60页。
3. 李明滨：《俄罗斯二十世纪非主潮文学》。太原：北岳文艺出版社，1998年，第307—327页。

相似的立场，论者认为："不能把日瓦戈看作是反革命，不过他是信奉福音书的，是一个抽象人道主义者。他标榜反对一切暴力，主张个性绝对自由。他拿这种观点去观察事物，评判革命，从而得出否定十月革命的结论。而作者在这些问题上显然也是同情自己的主人公的。应该指出的是，这部小说的轰动主要不是它在艺术上的成功，而是它的政治效应。"[1]

刁绍华先生在其所编的《二十世纪俄罗斯文学词典》（1999）中表达了与上述学者不同的观点。在讲到《日瓦戈医生》时他指出，"这是一部长篇历史小说，作者以独特的方式令人信服地描写和解释了革命事件"，"小说并没有直接的政治针对性，始终是富于诗意地描写人生及其与命运的复杂交织"[2]。相较于同一时期的评论而言，这一观点表现出了较为理性的审美立场。这一时期，不少评论文章，如《生命：沉重的象征——读帕斯特尔纳克的长篇小说〈日瓦戈医生〉》[3]、《诗的小说，心的自传——论〈日瓦戈医生〉》[4]、《历史与人性的冲突：读〈日瓦戈医生〉》[5]、《〈日瓦戈医生〉：主体命运的反思》[6]等都指出了小说在谱写人类永恒价值方面所表现出的超越的共时性特点，揭示了小说的思想魅力。

需要指出的是，90年代后半期鲁有周的《〈日瓦戈医生〉的艺术魅力

1.　李辉凡，张捷：《20世纪俄罗斯文学史》。青岛：青岛出版社，1998年，第101—102页。

2.　刁绍华：《二十世纪俄罗斯文学词典》。哈尔滨：北方文艺出版社，1999年，第501页。

3.　刘士林：《生命：沉重的象征——读帕斯特尔纳克的长篇小说〈日瓦戈医生〉》，载《郑州大学学报》，1990年第4期。

4.　周成堰：《诗的小说，心的自传——论〈日瓦戈医生〉》，载《四川外语学院学报》，1991年第2期。

5.　李华：《历史与人性的冲突：读〈日瓦戈医生〉》，载《社会科学战线》，1998年第2期。

6.　刘守平：《〈日瓦戈医生〉：主体命运的反思》，载《国外文学》，1998年第4期。

浅探》[1]以及刘亚丁所著文学史中的相关内容是这一时期为数不多的对小说艺术特色进行分析的文字。鲁有周指出，小说所具有的史诗性叙事艺术特征、人物形象塑造的多重手法和现代主义的诗学手段是这部小说的内在艺术魅力所在。刘亚丁对小说诗学形式的认知则从与作家生活有着密切关系的音乐中获得灵感。他认为："《日瓦戈医生》是现代隐士的悲怆音诗，小说的悲怆基调具有感人至深的力量，他的融会诗歌和音乐的技巧的非史诗性叙述方式，飘逸出独特的艺术魅力。"[2]论者将小说的艺术形式概括为"非史诗性的、非情节性的、非空间性的叙述方式"[3]。尽管两位学者在该小说是否具有史诗性及其审美特色方面持不同观点，但他们在分析小说思想意蕴的同时兼顾文本（形式、结构）的批评方法是回归小说"文学性"研究的有益尝试。

此外，这一时期也不乏学者从宗教文化批评的视角阐释这部作品。何云波的两篇文章《二十世纪的启示录——〈日瓦戈医生〉的文化阐释》[4]和《基督教〈圣经〉与〈日瓦戈医生〉》[5]为小说的宗教文化批评开创了先声。董晓在《〈日瓦戈医生〉的艺术世界》一文中从小说所表现出的丰富、厚重的思想意蕴出发，指出小说是对俄罗斯文化、历史和命运的深沉反思。论者指出："作者没有直接表现自己的政治激情，没有将社会政治历史事件表面化、简单化地处理，而是通过日瓦戈这个精心塑造的典型的俄国知识分子的形象，通过他的内心世界的感受，他的命运，他的爱情

1.　鲁有周：《〈日瓦戈医生〉的艺术魅力浅探》，载《江淮论坛》，1995年第3期。

2.　刘亚丁：《苏联文学沉思录》。成都：四川大学出版社，1996年，第121页。

3.　同上书，第135页。

4.　何云波：《二十世纪的启示录——〈日瓦戈医生〉的文化阐释》，载《国外文学》，1995年第1期。

5.　何云波：《基督教〈圣经〉与〈日瓦戈医生〉》，载《俄罗斯文艺》，1999年第3期。

经历来表现那动荡的世界，来抒发作者自己那超越了普通的政治层面的哲学的、道德的、伦理的观念。"[1]

纵观上世纪80—90年代的《日瓦戈医生》的批评情况，可以看出这样几个特点与趋势：第一，拒绝庸俗社会历史学批评，由对小说"历时性"价值的思考走向对其"共时性"永恒价值的肯定；第二，重在对小说人文精神分析的批评仍然挤压了对小说诗学创作形式的观照；第三，随着新史料、新资料的涌现，研究向更加深入、更为广阔的层面推进，除了主题（革命、历史、个人、生命、爱情、自然、生与死等）研究、文化批评，对小说审美形式的分析也有了一定进展。

进入21世纪，随着历史文化精神的张扬和审美意识的高涨，对这部长篇小说的研究"内外兼顾"，走向了更加丰富多样、思想多元的学术空间。在21世纪将近20年的时间里，国内学界对《日瓦戈医生》的批评表现出以下几个新的特征。

第一，对小说研究的文学史视野更为广阔和深入。李毓榛先生在其主编的《20世纪俄罗斯文学史》（2000）中表达了对历史发展进程中"个性"生命行为的关注。论者认为，在日瓦戈身上，有一种在种种苦难和厄运残害下的人性的光辉。但同时论者指出："他的个人生活悲剧向我们昭示，任何游离于社会之外、独善其身的做法都是行不通的。"[2]尽管论者的这种批评仍然拘囿于社会历史学思考，但这一看法不能不引发读者对作家在小说中所表达的真实的个性观的思考，关注小说中日瓦戈身上如何曲折地寄托着帕斯捷尔纳克关于个性的理解与表达，即"我"的声

1.　董晓：《〈日瓦戈医生〉的艺术世界》，载《艺术广角》，1998年第2期，第39页。

2.　李毓榛：《20世纪俄罗斯文学史》。北京：北京大学出版社，2000年，第298页。

音是如何从宏大的历史和人群中区别出来的。这不仅是一个诗人和小说家、一只书写的手，它已经成为强大的生命主体，文学由此与语言、与生命、与世界重新建立了关系。而在翌年出版的李明滨先生著的《二十世纪欧美文学史（3）》（2001）中论者言及这部长篇小说的特点时指出，《日瓦戈医生》是"一部哀歌、挽歌和颂歌的综合体"，它"不是从辩证唯物史观而是从唯心史观出发去反思那段具有伟大变革意义的历史"[1]。论者揭示了帕斯捷尔纳克的一种新的，并非基于辩证唯物史观的文学创作方法。任光宣、张建华和余一中三位先生主编的《俄罗斯文学史》（俄文版，2003）中对小说的评价更关注小说的诗学风格及其对经典现实主义的传承。论者认为，帕斯捷尔纳克在《日瓦戈医生》中把19世纪俄罗斯经典文学的优良传统展现得显豁无遗，作家把对生活的史诗性概括和列夫·托尔斯泰的道德情感的纯洁性书写、陀思妥耶夫斯基作品中的对话性、屠格涅夫的抒情性与心理刻画完美地结合在了一起[2]。

第二，对小说共时性的永恒性超越价值的认识更为深刻。董晓在《〈日瓦戈医生〉：我心目中的经典》一文中指出："文学的本质就是对现实的审美化的否定与超越。如果没有了对现实生活的否定与超越精神，艺术的生命也就不复存在。这是艺术的基本价值所在，艺术的天性使然。"[3]论者认为，《日瓦戈医生》正是对20世纪俄罗斯社会现实的审美化的否定与超越。关于小说的超越性价值，刘再复在《罪与文学》（2011）一书中说："《日瓦戈医生》是不朽的，它的不朽在于它以俄罗斯革命为观

---

1. 李明滨：《二十世纪欧美文学史（3）》。北京：北京大学出版社，2001年，第307页。

2. 任光宣，张建华，余一中：《俄罗斯文学史》（俄文版）。北京：北京大学出版社，2003年，第243—244页。

3. 董晓：《〈日瓦戈医生〉：我心目中的经典》，载《俄罗斯文艺》，2000年第4期，第50页。

照的对象而超越了关于俄罗斯革命的具体的是是非非和恩恩怨怨，作者完全站在良知的立场审视一场20世纪最震动人心的革命；它的不朽在于帕斯捷尔纳克的写作是完全听命于自我良知的写作，他完全拒绝他那个时代的主流写作倾向。"[1] 上述观点和看法对于21世纪的《日瓦戈医生》研究具有指向性的意义。

第三，对小说的文化批评，特别是宗教批评有了进一步拓展和深化。张建华教授在《新中国六十年帕斯捷尔纳克小说研究之考察与分析》一文中的总结很有说服力，他说，从20世纪90年代后期到新世纪，"文化批评者的理论和思考方式主要在俄罗斯民族'历史－文化'层面上展开，即试图从政治范畴以外，比如宗教意识、经典意识、悲剧意识、圣愚文化等方面来寻求作家和作品的价值依据，在相关批评概念、批评思路和阐释策略上都呈现出较为丰富多样的态势"[2]。的确，这一批评特点在《日瓦戈医生》研究的一系列成果中得到了有力的印证。刘亚丁与何云波在世纪之初关于《日瓦戈医生》的对话中指出，该小说存在着作者与基督教文化的对话，与宗教文本的对话，中心人物日瓦戈强调的是基督历史带来的个性自由和视生命为牺牲的观念[3]。之后，何云波在其专著《回眸苏联文学》（2003）中进一步发展了他对《日瓦戈医生》的文化解读，指出小说中存在着一种俄罗斯精神文化的"圣母崇拜"，具有一种"文化恋母情结"。在论者看来，女性形象中所体现出的纯洁、善良、母性温柔、自我牺牲精神，与古老的俄罗斯文化中的那种纯朴的道德风尚、精神纯洁

1.　刘再复，林岗：《罪与文学》。北京：中信出版社，2011年，第95页。

2.　张建华：《新中国六十年帕斯捷尔纳克小说研究之考察与分析》，载《外国文学》，2011年第6期，第44页。

3.　刘亚丁，何云波：《雷雨中的闲云野鹤——关于帕斯捷尔纳克的对话》，载《俄罗斯研究》，2001年第3期，第75页。

感有一种对应关系[1]。胡凤华也揭示了这一圣母崇拜主题，在《〈日瓦戈医生〉中的俄罗斯命运》[2]一文中揭示了该小说与俄罗斯民间文学在主题和结构上的关系。论者认为，小说始终是与俄罗斯独特的文化和历史命运紧密相关的。季明举在《生命的神性书写——〈日瓦戈医生〉中的价值超越维度》一文中指出，日瓦戈是基督般的圣徒式人物，他一生在寻求生命的真谛，这一艺术形象获得了形而上的、渴求永恒的精神价值。通过分析这一精神价值所呈现的三个维度，即"知识分子与革命、爱情的真谛、生命与救赎"，论者发现，这部长篇小说不是一般的普通的社会历史书写，而是"神性书写"，即"将创作视为一项体悟生命意义、揭示生命本真价值的严肃的事业"[3]。王志耕在《宗教精神的艺术显现——苏联文学与宗教》一文中指出了小说的永恒的宗教精神价值。论者认为，从宗教文化的视野来看，日瓦戈的存在不仅是历时超越性的，同时也是共时超越性的。

就小说主人公日瓦戈究竟是基督式的人物，还是东正教中的圣愚形象，学者们展开了讨论。如上文所述，季明举认为日瓦戈是一个基督般的圣徒式人物。与其观点不同，王志耕指出，日瓦戈是一个存在于现存世界之上、存在于既有秩序之上的"程式化圣愚"[4]。之后，他又在《日瓦戈与圣愚》[5]一文中进一步阐释了这一思想。黄伟与王志耕的思想殊途

1. 何云波：《回眸苏联文学》，长沙：湖南人民出版社，2003年，第233页。
2. 胡凤华：《〈日瓦戈医生〉中的俄罗斯命运》，载《山东外语教学》，2006年第1期。
3. 季明举：《生命的神性书写——〈日瓦戈医生〉中的价值超越维度》，载《当代外国文学》，2010年第2期，第35页。
4. 王志耕：《宗教精神的艺术显现——苏联文学与宗教》，载刘文飞编《苏联文学反思》。北京：中国社会科学出版社，2005年，第80页。
5. 王志耕：《日瓦戈与圣愚》，载《外国文学评论》，2006年第2期。

同归，前者较早地把日瓦戈形象与圣愚联系在一起。在《使徒和圣愚：日瓦戈形象原型的跨文化阐释》[1]一文中，论者试图从俄罗斯深层的民族意识中为日瓦戈的精神个性寻得答案。他还指出："日瓦戈的精神谱系源于俄罗斯非主流文化传统——圣愚。日瓦戈的精神谱系不是'多余人'，不是'基督使徒'，而是俄国圣愚。"[2]汪介之对此持不同观点，他认为，无法拿圣愚与日瓦戈的形象相提并论，后者自身负载着更为丰厚的文化意蕴[3]。任光宣则从宗教文化入手，诠释了小说的诗章中蕴含的"爱、受难与忏悔"的主题，论者认为，小说中的两位中心人物日瓦戈和拉拉让人想起了宗教中的人物——基督和抹大拉[4]。刘锟同样也在对这部小说和日瓦戈形象的解读中引入了基督教文化视角，认为日瓦戈是一个耶稣式的人物[5]。这些研究者以跨文化视野，从宗教神性维度拓展了作品的文化意蕴。

第四，对小说中俄罗斯知识分子精神历程的思考也取得了新的进展。这一俄罗斯19世纪经典批判现实主义文学的传统命题，在对《日瓦戈医生》的研究中得到了新的思考和阐发。何云波与刘亚丁在《精神的流浪者——关于俄罗斯知识分子的对话》一文中坚持帕斯捷尔纳克是日瓦戈医生的自我写照之说。论者指出，作为一个普通的俄国知识分子，帕斯捷尔纳克在讲究高度统一的时代，却始终坚守着独立的个性，保持

1．黄伟：《使徒和圣愚：日瓦戈形象原型的跨文化阐释》，载《求索》，2004年第11期。
2．黄伟：《〈日瓦戈医生〉的精神谱系探源》，载《江西社会科学》，2005年第6期，第104页。
3．汪介之：《关于〈日瓦戈医生〉的一种跨文化诠释——论艾娃·汤普逊对作品的误读》，载《当代外国文学》，2012年第1期。
4．任光宣：《小说〈日瓦戈医生〉中组诗的福音书契机》，载《俄罗斯文艺》，2007年第3期。
5．刘锟：《基督教文化背景下的〈日瓦戈医生〉》，载《西南民族大学学报》（人文社科版），2004年第6期。

着难能可贵的主体意识，他笔下的日瓦戈就是"帕斯捷尔纳克的自我写照"[1]。同年，两人在题为《雷雨中的闲云野鹤——关于帕斯捷尔纳克的对话》[2]的文章中重申了这一观点，认为小说反映了知识分子在20世纪俄罗斯的命运。之后两位学者在《知识者的寻求——20世纪俄罗斯知识分子的选择与命运》一文中进一步指出，对于小说中的知识分子日瓦戈和作家帕斯捷尔纳克而言，"人的个体的理性自觉，个性自由，成了历史的最高真谛"[3]。任光宣在其主编的《俄罗斯文学简史》（2006）中指出，日瓦戈是十月革命前后俄罗斯知识分子的一个概括现象，在他身上表现出俄罗斯知识分子的自由的精神追求和独立的思想探索，表达出作家帕斯捷尔纳克相信人性救世的思想[4]。吴晓东从《日瓦戈医生》中看到了俄罗斯民族精神的基因和俄罗斯知识分子的特质，他说："帕斯捷尔纳克代表了俄罗斯知识分子所固有的一种内在的精神：对苦难的坚忍承受，对精神生活的关注，对灵魂净化的向往，对人的尊严的捍卫，对完美人性的追求。帕斯捷尔纳克是俄罗斯内在的民族精神在20世纪上半叶的代表。他的创作深刻表现了一个知识分子虽然饱经痛楚、放逐、罪孽、牺牲，却依然保持着美好的信念与精神的良知的心灵历程。"[5]刘雅琴与吴晓东的观点一致，她指出，小说中的主人公日瓦戈不仅为帕斯捷尔纳克代言，也为那

1. 何云波，刘亚丁：《精神的流浪者——关于俄罗斯知识分子的对话》，载《俄罗斯文艺》，2001年第3期，第28页。

2. 刘亚丁，何云波：《雷雨中的闲云野鹤——关于帕斯捷尔纳克的对话》，载《俄罗斯研究》，2001年第3期。

3. 何云波，刘亚丁：《知识者的寻求——20世纪俄罗斯知识分子的选择与命运》，载《俄罗斯文化评论》，2006年辑，第185页。

4. 任光宣：《俄罗斯文学简史》。北京：北京大学出版社，2006年，第336页。

5. 吴晓东：《历史：缺席的"在场"——〈日瓦戈医生〉与俄罗斯精神传统》，载《名作欣赏》，2010年第16期，第42页。

个时代的知识分子代言，知识分子的良心和思想者的睿智都使日瓦戈能深刻剖析时代社会的痼疾，日瓦戈医生更是一位社会的医生、人生的医生[1]。除了对小说中日瓦戈医生这一知识分子形象进行审视，还有学者对小说中的其他知识分子形象进行了细致的研究与分析。张晓东在其专著《苦闷的园丁："现代性"体验与俄罗斯文学中的知识分子形象》（2009）中专门辟出一章集中审视了小说中的安季波夫－斯特列利尼科夫这一形象。论者指出，这一形象作为知识分子中的一员，是作家特意设置的。作家赋予这一形象一种不同于日瓦戈的新的类型化特征，他就像一列代表历史正确方向的、一往无前的火车，但在某个特定的时间，这列火车冲出了轨道。论者认为，小说中这一知识分子的悲剧同他以一种怨恨的心态参加革命有着很大的关系，而这种心态在那一时期的知识分子当中具有很大的普遍性[2]。傅星寰在《〈日瓦戈医生〉中的"俄罗斯男孩"主题刍议》一文中分析了帕斯捷尔纳克在小说中塑造的性格各异的知识分子群像：日瓦戈、戈尔东、杜多罗夫、安季波夫等形象。论者认为，作家借助于这一组"俄罗斯男孩"群像揭示了知识分子个体在历史中的茫然、抗争、肉体毁灭和精神再生，同时他们的命运也表明，"在历史之中人的命运不只有被动，人可以通过在历史中的选择确定其生存意义"[3]。

　　日瓦戈的精神禀赋也给国内一些作家、学者带来了巨大的心灵撞击，促使他们反思我国文学自身的欠缺。诗人王家新指出，帕斯捷尔纳克的人生经历与小说中日瓦戈医生这一形象让国内知识人反躬自省。汪

1. 刘雅琴：《"日瓦戈医生"：精神探索者》，载《名作欣赏》，2012年第6期，第65页。
2. 张晓东：《苦闷的园丁："现代性"体验与俄罗斯文学中的知识分子形象》。北京：人民文学出版社，2009年，第151—152页。
3. 傅星寰：《〈日瓦戈医生〉中的"俄罗斯男孩"主题刍议》，载《外国文学研究》，2010年第2期，第103页。

介之认为，帕斯捷尔纳克对知识分子命运出色的艺术表现使中国知识者读出了自己的精神传略，为中国知识分子提供了反思自身的契机[1]。谢有顺则以《日瓦戈医生》为例分析了西方文学的精神内核——灵魂叙事，并借此指出了中国文学中灵魂、精神维度缺失的历史与现实："中国文学一直以来都缺乏直面灵魂和存在的精神传统，作家被现实捆绑得太紧，作品里的是非道德心太重，因此，中国文学流露出的多是现世关怀，缺乏一个比这更高的灵魂审视点。"[2]他呼唤："中国当代文学急需重建这种叙事伦理。尤其是其中的生命关怀、灵魂叙事，作为写作中必不可少的精神维度，更为当代文学之所需。"[3]

　　第五，值得关注的是，这一时期学界对小说创作艺术特色的研究进入了一个新的阶段。刘玉宝、万平的文章《〈日瓦戈医生〉的诗意特征》揭示了小说的抒情性、形象性和哲理性，论者认为这是小说最为突出的"诗意"特征所在。其中的"形象性"是指小说对大自然的独特处理。作家在小说中借助多种修辞手段，通过对自然现象与事物的具象化及人格化处理成功地构建了《日瓦戈医生》中富有生气、极具动态的大自然形象体系[4]。汪介之在《〈日瓦戈医生〉的历史书写和叙事艺术》一文中对小说叙事艺术中的隐喻展开研究。论者指出，小说是一种隐喻模式中的历史投影，是由一系列场景、意象、象征和暗示呈现出来的历史个性存

---

1. 汪介之：《世纪苦吟：帕斯捷尔纳克与中国知识者的精神关联》，载《探索与争鸣》，2007年第9期，第48页。

2. 谢有顺：《中国小说的叙事伦理——兼谈东西的〈后悔录〉》，载《南方文坛》，2005年第4期，第37页。

3. 同上文，第39页。

4. 刘玉宝，万平：《〈日瓦戈医生〉的诗意特征》，载《俄罗斯文艺》，2007年第2期，第34页。

在[1]。而后，论者在文章《关于〈日瓦戈医生〉的一种跨文化诠释——论艾娃·汤普逊对作品的误读》中，通过对美国学者汤普逊对《日瓦戈医生》研究的分析，对小说的结构和叙事特色重新进行审视，进而指出，这部小说并不像一些研究者所说的结构混乱。虽然小说中人物众多，但角色层次分明，空间处理和场景设置别具匠心，小说中"由各色人等生活中截取的情节"都是作家严密而巧妙的艺术构思中不可或缺的组成部分，都疏密不一地联系于主人公的命运和精神生活史[2]。冯玉芝、薛兴国合写的文章《帕斯捷尔纳克与肖洛霍夫小说艺术比较》[3]则从时空、人物的性格特征、人物的现实存在与心理存在三个方面比较了20世纪的两部文学经典《静静的顿河》和《日瓦戈医生》的诗学特征以及审美效果。

　　值得指出的是，随着西方叙事学理论在我国的传播和国内叙事学研究热的兴起，近些年的研究中出现了一些年轻学者对这部长篇小说叙事诗学研究的新成果。

　　张纪的《〈日瓦戈医生〉的细节诗学研究》[4]、《叙事要素的重构与叙事话语的转型——以〈日瓦戈医生〉为例》[5]、《〈日瓦戈医生〉中诗意的叙述主体》[6]等文章从文本出发较为具体地揭示了这部小说的诗学特征：细节

1. 汪介之：《〈日瓦戈医生〉的历史书写和叙事艺术》，载《当代外国文学》，2010年第4期，第10页。

2. 汪介之：《关于〈日瓦戈医生〉的一种跨文化诠释——论艾娃·汤普逊对作品的误读》，载《当代外国文学》，2012年第1期，第11页。

3. 冯玉芝，薛兴国：《帕斯捷尔纳克与肖洛霍夫小说艺术比较》，载《俄罗斯文艺》，2002年第1期。

4. 张纪：《〈日瓦戈医生〉的细节诗学研究》，载《俄罗斯文艺》，2013年第2期。

5. 张纪：《叙事要素的重构与叙事话语的转型——以〈日瓦戈医生〉为例》，载《学习与探索》，2013年第5期。

6. 张纪：《〈日瓦戈医生〉中诗意的叙述主体》，载《南京师范大学文学院学报》，2010年第2期。

艺术，散文诗化，重空间、轻时间的叙事结构，"第三人称"叙述者与人物视角相结合的特殊叙述方位等。张珊的文章《〈日瓦戈医生〉中的环形结构》重点探讨了小说叙事结构的特点。论者发现，小说在篇章布局、主要情节、人物关系和场景设置中都存在环形结构，即一种复现、呼应和对称的文本结构，如作品散文部分与诗歌部分间的相互观照，在某些篇章设置上的对称性等。论者认为环形结构的功能在于"使小说具有一种平衡对称的几何美感，同时也起到强化主题、补充叙事、开拓内蕴等作用。此外，环形结构本身也包含了一些颇具哲理性的深层意蕴，体现出理性与非理性的交织和时间的延续性"[1]。《日瓦戈医生》的诗歌文本与散文文本之间的互文性结构也引起了研究者的普遍关注。谭敏通过对《日瓦戈医生》诗歌文本与散文文本的互文解读来揭示作品的内涵，探索作品的写作风格和结构特征[2]。吴为娜的文章《论〈日瓦戈医生〉附诗与全书内容的关系》[3]也是对小说结构"互文性特征"的研究。汪磊在《试论〈日瓦戈医生〉的时空叙事艺术》一文中详细阐释了小说叙事的时间与空间特色。论者指出："《日瓦戈医生》中的时间包含故事时间与文本时间。帕斯捷尔纳克对故事时间的处理采用了两种方式，一是围绕主人公所发生的事件，依据日历时间交代故事进程；二是通过大自然运动过程中光线、色彩、形状、声音的变化表达出时间的流逝。文本时间方面，作者的叙事原则是忽略日瓦戈、拉拉等主人公的成长经历，而注重他们的心路历程。艺术空间的建构则折射出作家对客观世界的理解，帕氏对小说

---

1. 张珊：《〈日瓦戈医生〉中的环形结构》，载《俄罗斯文艺》，2013年第3期，第19页。
2. 谭敏：《〈日瓦戈医生〉诗歌文本与散文文本的互文解读》。南京：南京师范大学外国语学院，2007年。
3. 吴为娜：《论〈日瓦戈医生〉附诗与全书内容的关系》，载《青年文学家》，2009年第4期。

空间的处理建立在主人公个体生命的体验之上，人物的内心世界成为外在物质世界在空间上的延伸与拓展，文本的社会、历史及人物心理等主要艺术空间充满寂寥、感伤的色彩。"[1]陈新宇的文章《〈日瓦戈医生〉经典性之形式特质》则从体裁革命、象喻体系、情节偶然性三个方面分析了小说经典性的形式表现。论者认为，小说的情史对峙、诗文互见的体裁革命，情节的偶然性以及由意象之群和象征之网构建的象喻体系是构成该作的形式特质和诗学魅力的三大要素[2]。

21世纪，小说综合性、整体性研究方面的成果逐渐显现。包国红撰写的《风风雨雨"日瓦戈"——〈日瓦戈医生〉》是我国第一部研究《日瓦戈医生》的专著。该书介绍了帕斯捷尔纳克的生平与创作、小说的成书过程等信息性的资料，并且分析了小说的艺术特色和其中几位主要人物的形象，如日瓦戈、拉拉、安季波夫等。同时，这部出版相对较早的专著也介绍了海外几位著名的帕斯捷尔纳克研究者的观点。张晓东的专著《生命是一次偶然的旅行：日瓦戈医生的偶然性与诗学问题》集中对小说的偶然性诗学问题进行了阐释。论者发现，小说中无论是主人公形象的塑造方式，还是小说的叙事手法、情节推动以及时空结构都被赋予了一种显豁的"偶然性"特征，而这种偶然性乃是作家世界观的体现，小说正是通过普遍法则无法理解的东西的偶然性表达其最深层的本质[3]。冯玉芝的专著《帕斯捷尔纳克创作研究》考察了作家的整体创作，具体谈及了小说《日瓦戈医生》的艺术特色，并且把它与俄国文学中两部伟

---

1. 汪磊：《试论〈日瓦戈医生〉的时空叙事艺术》，载《国外文学》，2015年第1期，第144页。

2. 陈新宇：《〈日瓦戈医生〉经典性之形式特质》，载《外国文学研究》，2014年第5期，第138—146页。

3. 张晓东：《生命是一次偶然的旅行：日瓦戈医生的偶然性与诗学问题》。哈尔滨：黑龙江人民出版社，2006年。

大的史诗性作品《战争与和平》及《静静的顿河》做了诗学上的比较。汪介之于2017年出版的论著《诗人的散文：帕斯捷尔纳克小说研究》[1]以研究者较少关注的作家早期的中短篇小说为研究对象，将帕斯捷尔纳克的中短篇小说和长篇小说《日瓦戈医生》视为一个整体，对作家的全部小说创作进行综合研究，勾画出帕斯捷尔纳克小说创作发展演变的诗学轨迹，肯定了作家在小说领域的创作成就，揭示了"诗人的散文"的艺术特质，还原了艺术家帕斯捷尔纳克的完整形象。

　　对帕斯捷尔纳克研究史的考察是21世纪对帕斯捷尔纳克及其长篇小说研究的新成果。陈建华的《中国俄苏文学研究史论（第3卷）》对国内的帕斯捷尔纳克研究，特别是小说《日瓦戈医生》的40年研究历程做了简介和综述[2]。汪磊、王加兴在《俄罗斯关于〈日瓦戈医生〉叙事诗学研究概述》[3]一文中将俄罗斯对这部小说叙事诗学方面的研究做了概述与评价。张建华先生在《新中国六十年帕斯捷尔纳克小说研究之考察与分析》一文中对国内帕斯捷尔纳克六十年的研究状况进行了全面、深入的梳理和总结，指出了当前国内学界对帕斯捷尔纳克（包括对小说《日瓦戈医生》）研究的不足："对帕斯捷尔纳克研究的文化批评隐藏着一种令人担忧的趋向：研究对象被人谈得最多的还是其思想、伦理、文化意义，而作为一个作家的艺术品质，却不太得到评论界的高度关注，对以作品为中心的审美细读批评有所忽略，对作品仔细研读、敏锐发掘有所缺失。"[4]在研究

1.　汪介之：《诗人的散文：帕斯捷尔纳克小说研究》。北京：北京大学出版社，2017年。
2.　陈建华：《中国俄苏文学研究史论（第3卷）》。重庆：重庆出版社，2007年。
3.　汪磊，王加兴：《俄罗斯关于〈日瓦戈医生〉叙事诗学研究概述》，载《当代外国文学》，2013年第3期。
4.　张建华：《新中国六十年帕斯捷尔纳克小说研究之考察与分析》，载《外国文学》，2011年第6期，第46页。

基础上，他为国内帕斯捷尔纳克研究的开拓与深化提出了三点建设性意见："一是批评主体价值观的确立，即要通过帕斯捷尔纳克的研究来'阐释中国的焦虑'，依靠批评者的价值理念对作家的创作、乃至对中国文化语境作出自己的分析判断，确立中国学者的声音；二是强化对创作的诗学研究，即对作为20世纪经典作家帕斯捷尔纳克创作的经典性做出有理、有力、有见地的艺术分析；三是研究范围应包括帕斯捷尔纳克的诗歌和他的早期小说，以呈现出一个完整的帕斯捷尔纳克。"[1]前辈学者的意见为我们的学术进取指出了方向，也促使我们在这一研究思路上做出新的拓展。

　　不同的研究方法、探索路径、言说视角充分表明，文学研究若仅仅局限在社会政治层面，与意识形态捆绑得过紧，过分看重批评的社会和政治责任，则难以获得文学研究的根本性突破。文学研究的深化和拓展需要兼顾经典的人文主义传统和作品的文学性探究，国内外对长篇小说《日瓦戈医生》的研究实践充分证明了这一点。《日瓦戈医生》的研究史是一部不断确立文学话语的本体地位及经典文本内在规律的历史。

　　长篇小说《日瓦戈医生》的经典化进程远未结束，帕斯捷尔纳克的研究仍是当下我国外国文学研究的重要存在，而回归对小说的文学性研究是对目前研究越来越被文化研究边缘化的趋向做纠偏的重要任务。

---

1. 张建华：《新中国六十年帕斯捷尔纳克小说研究之考察与分析》，载《外国文学》，2011年第6期，第46页。

第一章

《日瓦戈医生》的叙事结构

　　叙事结构是小说叙事话语的基础和核心。巴赫金将小说的艺术书写、艺术整体区分为"结构"（композиция）与"建构"（архитектоника），即文本呈现的外在形式和主客体共存的内在结构两部分。他指出，前者是以显性方式呈现的文本外在秩序，目的是实现"结构大厦"各部分的有序性，后者是创作主体"必须通过直觉的，且又非偶然的安排，紧紧围绕'核心价值'，将章节与部分结合成完整一体的具体而统一的内在联系"[1]。近年来一直从事小说叙事学研究的俄罗斯学者丘帕教授在此基础上指出，"艺术作品整体的建构（即内在结构）需要通过审美来感知，而它的外在结构则需要以逻辑思维来分析、描述并加以总结"[2]。叙事结构并非纯粹的形式，它有着深刻的内容支撑，包含着内在深层的意蕴层面与外在的形式层面两部分，是语义结构与形式结构的统一，两者互为表里，构成小说叙事的有机整体。所以，在探究《日瓦戈医生》叙事结构的谜团时，我们须兼顾其外在形式与内在意蕴。

1.　Бахтин М. М. Собр. соч.: в 7 т. Т.1. М.: Русские словари, 2003. С. 70-71.

2.　Тюпа В. И. и др. Поэтика «Доктора Живаго» в нарратологическом прочтении. Коллективная монография, под ред. В. И. Тюпы. М.: Intrada, 2014. С. 7.

第一节 "节点式"的空间叙事

评论界有研究者常以19世纪经典现实主义小说的叙事模式为参照来对比《日瓦戈医生》的叙事特点，从而做出这部小说结构松散、杂乱、缺乏整一性的判断。如评论家巴耶夫斯基就认为该小说故事情节结构松散，"缺少一种为作家所掌控的，使读者始终处于紧张状态的某种强烈的、引人入胜的张力，而这种张力对于大型长篇小说而言是必备的，这也是陀思妥耶夫斯基小说风格的固有特点"[1]。笔者认为，一些研究者之所以诟病《日瓦戈医生》叙事的不成功，原因有二：一是在这些研究者的意识中，已经有先入为主的现实主义长篇小说的结构定式；二是他们未看到这部小说叙事内在结构的独特性与创新性。同样是现实主义小说，创作于20世纪中期的《日瓦戈医生》与19世纪经典现实主义小说的叙事已经显现出很大的不同。

以托尔斯泰的《战争与和平》为例，该小说具有现实主义最为经典的叙事模式——"因果式的线性结构"。这种结构模式有两个不可或缺的要素：第一，主要以事件的因果关系为叙述动力来推动叙事发展；第二，叙事以线性时间展开，较少设置打断时间进程的插曲式叙述。如小说中围绕四大家族的故事情节以及人物性格的展现无不按时间顺序展开，情节环环相扣，细节精致，逻辑严密，因果关系明晰，故事完整饱满。托尔斯泰的小说叙事绝不凌乱，他十分注重小说整体布局的有序性和完整性，着眼于叙事的流畅、结构的严谨、思想的真切、认知的通达和意义的明晰。但经典现实主义小说的叙事模式也有其不足，缺点在于

---

1. Баевский В. С. Перечитывая классику: Пастернак. М.: МГУ, 1999. С. 65.

"叙述进程与现实生活的实际流程保持着某种契合和同步性，使读者陷入对事件外部流程的关注而不知不觉地成为叙事操纵的捕猎物"[1]。与托尔斯泰的《战争与和平》相比，《日瓦戈医生》的叙事表现出了叙事模式意义上的不同。

一、节点叙事

从整体来看，《日瓦戈医生》采用的也是按时间先后讲述故事的线性叙事，但作家打破了环环相扣的"链式结构"，小说中大多数事件不具备开端、发展、高潮和结局的完整性。小说中常常会出现一些留白，有些故事并没有被完全交代清楚。无论是从两个主要人物日瓦戈和拉拉的命运中，还是从冬妮娅、安季波夫、韦杰尼亚平、杜多罗夫、戈尔东等人物的生命遭际中，读者都会发现人物活动的逻辑和因果关系的不同程度的缺失，会发现许多"叙事盲点"。比如，日瓦戈为什么会在妻儿去往异乡之后几乎不闻不问，全然没有一个丈夫应有的担忧、眷恋、思念，更没有一个父亲对子女应有的柔情和关心？拉拉为何鬼使神差地在瓦雷金诺与日瓦戈诀别，重新落入恶魔科马罗夫斯基手中，追随他去往远东？拉拉在远东都做了些什么，又如何历尽艰险返回莫斯科？安季波夫在与妻子离别后具体经历了什么，他的人生以及他与当局的关系发生了怎样的变化？这些问题在小说中都未做具体交代。此外，冬妮娅随家人出国，此后音信杳然，在小说中不再出现，甚至不再被提及。神父韦杰尼亚平更是独来独往，何去何从无从知晓……这些故事线索或是在事后人物的对话中有些许透露，或是全然没有交代，难怪小说给人一种松散、

---

1. 张薇:《海明威小说的叙事艺术》。苏州:苏州大学，2003年，第23页。

杂乱、缺乏整体性的感觉。然而，笔者认为，这并非帕斯捷尔纳克叙事的"错漏、失误"，作品中的一个个故事"留白"恰恰是作家在小说叙事中的有意之举。帕斯捷尔纳克没有将真实、具体地再现历史语境和塑造典型环境中的典型性格作为创作的最终目的，也没有把生活和人物性格"细节的真实"当作描述的主要对象。作为现代派诗人的作家没有选择现实主义小说传统的言说方式和"线性链式结构"的经典模式，现代主义的诗性思维使他另辟蹊径，选择了另一种叙事结构——"节点式"叙事。

"节点式"叙事，顾名思义，着眼于关键之点，着重于要害之处。无论是故事的完整性、情景的细节，还是人物的肖像、行为、性格刻画，都不在作家的叙事要义中。因此，我们便不会对巴耶夫斯基所说的"在《日瓦戈医生》中看不到托尔斯泰那种对崇高艺术的炉火纯青的细节描写"[1]感到困惑了。

《日瓦戈医生》的"节点式"叙事具体表现在以下三个方面。

第一，历史叙事的简扼性。小说反映的是20世纪前半期的俄国历史，但作者并不以全景式的历史描叙为追求，对社会生活的历史评价也不是帕斯捷尔纳克最终的创作目的，他的创作任务在于写出这一历史背景中知识分子的生活、思想、情绪、心理与精神追求。因此几次重要的历史事件——四次战争（日俄战争、第一次世界大战、苏俄国内战争、卫国战争）和三次革命（1905年第一次资产阶级民主革命、二月革命、十月革命）在小说中都是以简单交代的方式呈现的，这些"历史节点"揭示了人物生活和人性在重大历史转折关头的种种复杂性

---

1. Баевский В. С. Перечитывая классику: Пастернак. М.: МГУ, 1999. С. 65.

和可能性，都与人物的，特别是主人公的人生命运、生命体悟、历史思考息息相关。

如关于1905年第一次资产阶级民主革命，叙事文本中出现了极为简练的表述："同日本的战争还没有结束，另外的事件突然压倒了它。革命的洪流激荡着俄罗斯，一浪高过一浪"（21）。此后关于莫斯科铁路枢纽的骚动，从莫斯科到喀山全线的铁路罢工，作者用寥寥数语就让读者体会到了汹涌澎湃的社会形势，而在这一时代背景下凸现的分别是男女主人公生命中的重要时段。革命前夕，母亲去世、父亲自戕的孤苦少年尤拉由监护人舅舅带往杜普梁卡，由此开始了他在舅舅韦杰尼亚平影响下的追求自由、真理、幸福的人生旅途。也正是此时，社会动乱前后，是吉沙尔太太与女儿拉拉凄苦、屈辱人生的起始。小说中关于二月革命和十月革命的直接描述也是缺失的，社会状况大都通过人物的情绪、思虑呈现。从一战前线返回莫斯科的途中，在列车卧铺上"辗转反侧的尤里·安德烈耶维奇所思考的，是关于越来越广泛地席卷整个俄国的信息，是关于革命及其面临的不祥而艰难的时刻，关于这场革命可能取得的伟大结局"（156）。此后在闹饥荒的莫斯科的家中，日瓦戈听到了人们关于战争与革命的论争。"战争进行到第三年，老百姓逐渐相信前方和后方的界限迟早要消失，血的海洋会逼近到每个人的脚下，溅在所有企图逃避、苟且偷安的人身上。这场血的洪流就是革命。"（176）两场革命由小说人物或叙述者简略提及，目的不仅在于呈现巨大的历史风暴，更重要的是表达这一历史语境中日瓦戈所面临的物质和精神的双重困境。关于卫国战争，小说中也只有相当简单的交代："一九四三年夏天，红军突破库尔斯克包围圈并解放奥廖尔后，不久前晋升为少尉的戈尔东和杜多罗夫少校分头回到他们所属的同一部队"（481）。而这一交代是通过日瓦戈青年时代的两位好友对自我与社会，对历史、现实与未来的思考，围绕着两人政治思想的"清醒"与"解放"来进行的。日瓦戈去世二十余年之后出现了黑暗散去后的"曙光"，戈尔东和杜多罗夫内心深处有所醒悟，他们"脚下的街道上已经能感触到未来了，而他们自己也步入未来，今后将永远处于未来之中"（493）。小说这一审美意蕴的完成也正是小说故事情节的最终结束。

第二，男女主人公生命遭际的"节点性"。小说将两个核心人物日瓦戈和拉拉，特别是前者生命历程中具有重要意义的一个个"节点"作为叙事重心，略去了与历史关联相对松散且不影响揭示男女主人公心灵和阐发思想题旨的故事枝蔓。倘若让我们来转述男女主人公的人生故事，我们或许无法高度细节化地说出在他们短暂的人生中发生的每一件具体的事件。然而，由他们的一系列生命"节点"确立的"自我"的绝对性却成功地凸显了以社会转型为历史背景的知识分子的精神形象。

日瓦戈的人生历程大致可分为五个节点：对生死、大千世界懵懂的少年尤拉；对社会变革、美好未来充满浪漫主义遐想的青年日瓦戈；对革命后的现实充满迷惘、困惑并力图寻找新生活的日瓦戈；向往人格独立、心灵自由，远离社会现实并充满个性特质的日瓦戈；对人生、历史、宇宙、宗教有着深刻洞察的诗人兼哲人日瓦戈。拉拉的人生节点有四个：混沌、受辱的少女拉拉；对家庭生活充满向往的妻子安季波娃；追求真实、平凡的生活及崇高的爱情，人格、思想独立的拉拉；在漂泊、绝望中被历史车轮碾碎的拉拉。男女主人公生命中的每个关键"节点"都发生在不同时期，展现的是不同的心灵侧面、不同的生命旋律，并最终汇成人生的交响。这一个个"节点"背后是整个纷乱的世界，作者将这一世界细碎化，让人物穿行其中，把个人的心灵史与对历史的反思一起融汇其中。

　　小说一开始，幼年的尤拉跟随舅舅韦杰尼亚平为母亲送葬的情节是日瓦戈对生命思考的一个重要的情节起点。日瓦戈与拉拉的结识、相爱，他与安季波夫的几次相遇、交流都不是当事人的刻意安排，而是他们人生旅程中的偶然。少女拉拉与科马罗夫斯基的掺杂着欲望的情感纠葛不仅是女主人公人生磨难的重要表征，也是她生命觉悟的起点。拉拉与日瓦戈在尤里亚金的相遇、相爱既是两个生命个体灵与肉的融合，也是现代人摈弃社会、历史的宏大理念，对生活、生命、个性价值、个体幸福的永恒追求。小说所建构的男女主人公人生中一个个"节点"的叙事语义是作者对国家、社会、历史与个人命运，对永恒真理和普遍人性的哲理思考。

　　第三，相对次要的人物形象的"点状"的碎片化描叙。作者对小说中的次要人物几乎没有相对完整的生命轨迹的描述，对这些"偶现偶失"的人物的外在特征、心理细节几乎没有言说，只是选择了他们与主人公命运以及历史叙事有重要关联的一个个"节点"。可以说，作者对这些人物的描述是不无"功利"的，具有为主人公做"对比"和"注解"的"功利性"，是对日瓦戈精神、情感、心灵、人性的一种眺望。作者对日瓦戈和拉拉隐秘的人生焦虑、彷徨苦闷、恐慌无助以及个体对现实的逃离等情状的描叙，在很大程度上得益于对这些人物的"节点式"叙事。

　　小说中相对次要的人物整体上都是以"偶现""偶遇"的方式出现的，白军军官加利乌林就是如此。他是日瓦戈童年时代的一个朋友，首次出现在小说的第2章第6节，他是看门人吉马泽特金的儿子，在工厂当学徒时遭到了工长胡多列耶夫的殴打。他第二次出现在读者的视野中已经是在小说的第4章第9节，此时的他已经是一战中的俄军准尉，对前来当兵的当年的工长实施报复。他当上少尉后偶然又与儿时的好友安季波夫在一个团里相遇。此后他在小说文本中一度消失，直至这一章的第14节，他突然又与受伤的日瓦戈在陆军医院的伤员病房里相遇，还在病房里遇见了在前线医院当护士的拉拉。自此之后，日瓦戈在打算离开前线回莫斯科时才又再次见到了加利乌林。之后加利乌林再次被提及是在第7章第20节，日瓦戈在举家迁往瓦雷金诺的途中，听说加利乌林在指挥白军武装攻占尤里亚金，小说中提及尤里亚金被白军占领期间他曾庇护过拉拉母女。在此之后加利乌林这个人物便在主人公的视野和小说的情节中彻底消失了。小说中有许多类似加利乌林这样的人物，他们只是起穿针引线的作用，来之无因，去之无踪。又如机车修配厂的老工长胡多列耶夫，他在整部小说中只出现过两次，一次是在工厂里殴打学徒，另一次是在军队里遭到已是军官的学徒的报复，此后就再也没有出现过。他的功能只是引出白军军官加利乌林这一人物。小说中还有一个人物——马克西姆·阿里斯塔尔霍维奇·克林佐夫－波戈列夫席赫，他在小说中也只出现过两次，其主要的功能就是陪伴日瓦戈从一战前线回到莫斯科，通过在火车上与日瓦戈的争论，使读者清晰、明确地看到日瓦戈对战争、革命等的看法发生的根本性转变。

除此之外，小说中对安季波夫、科马罗夫斯基、戈尔东、杜多罗夫等人物无不是按照这样的"节点式"叙事方式来塑造的。读者很难转述这些人物人生历程中的每一个具体细节，对这些人物的有限认知无不来自其破碎、琐细的人生中的一个个重要"节点"。然而，他们的任何一个捉襟见肘、进退维谷甚至艰辛苦难的人生节点都是日瓦戈生活观、生命观的一种绝妙对照。作者在无法找到主人公思想宣泄口的地方，通过一种独特的"移花接木"，生动而令人信服地展现出其思想追索。安季波夫临终前向日瓦戈所做的感人至深的道白是两个人物人生中至关重要的节点，可视为对人生的一种终极观照。人物心灵的伤痛、精神的创伤，以及通过死亡彰显的向死而生的存在意义，都在其中得到了极为充分的表达。作者没有以日瓦戈自白的方式，而是以安季波夫对生命、死亡的思考来侧面呈现日瓦戈对生命与死亡的认知。日瓦戈始终在为人生探寻一盏灯，探寻存在的真正价值。

小说第16章"尾声"中日瓦戈已经去世，拉拉也在集中营里失去下落。戈尔东和杜多罗夫突然发现了日瓦戈与拉拉的女儿——洗衣女工塔尼娅（小说此前对这个人物没有做任何交代，读者对她的情况一无所知）。塔尼娅与一位将军相遇，这位将军竟然是日瓦戈的弟弟——她的亲叔叔（这也是个时隐时现的神秘人物），这位将军还要将她从前线接走……一个个凌乱无序、缺乏关联的故事都"节点式"地在小说尾声中通过叙述者的交代一一道出。作者是要表达塔尼娅个人遭际在宏大历史背景下的偶然性、传奇性、错乱性，呈现畸形时代的畸形人生？或是希望通过书写小塔尼娅与亲人的幸遇来弥补日瓦戈坎坷的苦难人生？或是想通过不同的人生体验，在诠释历史的过程中增加更多的可能性和问题性？不同的读者会从这些琐碎、偶然的叙事中做出各自的意义阐释。

节点原则摈弃了环境、性格的细节描写与追求前因后果的链式叙事。小说中人物形象的特征、从外部肖像到具体行踪、从心理活动到最后的命运结局都缺少足够的清晰度与完整性。对这种"节点式"叙事，索尔仁尼琴曾有过形象的表述，他说史诗巨著《红轮》的叙事遵循的就是一种"节点原则"（принцип «узлов»）。对这一原则的要义，他解释道："数学中有一个概念叫节点，若要画出一条曲线，无须将线上所有的点都找到，只需找到特别的折点、拐点和重复点即可……这就是节点的意义所在。在将这些节点连接起来后，曲线的形状就一目了然了。"[1]

帕斯捷尔纳克遵循"节点式"叙事的原则，不追溯往昔，不展望未来，不在历时性的时间变化中去表现事件或人物外在的矛盾冲突过程。应该说，小说结尾高度的开放性和不确定性无不得益于"节点式"叙事。正因为小说的叙事动力和张力均来自那些与历史意蕴、人物命运相关的重要"节点"，情节之间的关联必然不会像传统现实主义小说中那么紧密，故事中人物活动的时间、逻辑和因果关系的缺失也就势在必然。

二、空间叙事

与节点式的小说叙事相辅相成，作者在叙事时空坐标的选择上更倾向于"空间叙事"。叙事时间的朦胧或缺失是小说一个显在的特点，是作者凸显空间场域的有意之举。小说上、下两卷各章的大部分标题都有明确的空间场域指向："五点的快车""来自另一个圈子的姑娘""斯文季茨基家的圣诞晚会""莫斯科宿营地""瓦雷金诺""带雕像房子的对面"等，即使是"旅途中""抵达""在大路上"这样的标题也都指向主人公生命的存在空间与行走的精神路径。

为凸显叙事的空间场域，小说的叙事时间给读者的第一感觉是破碎的、松散的、不完整的。小说中大量出现的是在片刻时间内容纳的事件、记忆、意象、人物，还有故事间形成的多线索空间性并置。有时小说中的时间几乎停滞，或者进行得非常缓慢，这时小说描叙的似乎不是

1.　Урманов А. В. Творчество Александра Солженицына. М.: Флинта-Наука, 2003. C. 244.

情节的发展进程，而是一个个不同场域中的人物的言行。它们所呈现的是一种空间形态，一种被空间化了的时间叙事方式。

小说第1章关于尤拉母亲死亡的叙事省略了关于死者生命时间的任何交代，而成为十岁的尤拉接受母亲死亡的一种独特的儿童心理叙事。小说第9章前9节是日瓦戈在瓦雷金诺写下的札记，对冬春更替的笼统的时间交代一共只有四处："到了冬天""春天临近的时候""晴朗的寒夜""春天到了"。季节与其说映现的是具体时间，莫如说传达的是主人公由严酷的社会空间走向自由欢畅的个人空间——一种赢得了心灵自由、实现了个性复苏的精神空间。从一战前线返回莫斯科的途中，日瓦戈似乎忘记了生命的时间和人生的内容："三年间的各种变化，失去音讯和各处转移，战争，革命，脑震荡，枪击，种种死亡和毁灭的场面，被炸毁的桥梁，破坏后的瓦砾和大火——所有这一切霎时都化为毫无内容的巨大空虚"（159）。关于主人公对时间记忆朦胧甚至缺失的叙事还出现在革命发生后的莫斯科："如此可怕的三个冬天接踵而来，一个跟着一个，而且这一切也并不是像从一九一七年跨入一九一八年的人那样觉得都发生在当时，有些或许是稍后才发生的事。因为这三个接连的冬天已经融为一体，很难把它们相互区别开。"（190）"……在游击队里度过的十八个月，仿佛都不存在了。他把它们忘了。"（363）从游击队回到尤里亚金，日瓦戈首先看见的是那栋"带雕像的深灰色房子"，是房子引发的空间记忆才使他从内心深处意识到回家了。小说第15章日瓦戈生命蜡烛燃尽的情节是在时行时停的电车空间以及日瓦戈猝死的莫斯科街头空间里呈现的。

值得指出的是，小说中的时间有时还被作者有意简化，甚至有所隐匿、错漏。关于日瓦戈死亡的时间，按照小说的故事情节推算出来是1929年8月，因为小说第15章第12节提到，1929年，在"八月末的一天早

上"，日瓦戈从电车上下来后倒毙街头。但学者弗兰克认为，此日期有
误，按照小说第15章第5节所描写的内容，主人公去世的日子不会早于
1931年8月，他认为小说下卷中的时间顺序是错乱的[1]。然而，读者不会因
为时间可能发生的错讹而质疑小说叙事意蕴的完整性，因为故事之间的
一个个相互关联的"节点"保持着深刻的、高度统一的叙事语义。

　　早在20世纪30年代，雅各布森就指出帕斯捷尔纳克的早期小说《柳
维尔斯的童年》（1918）中时空、因果关系的错乱。他指出，"事件的时
间先后失去了其确定性，任何一种关联都可被理解为一个原因列，作家
大量使用的表示原因的词'因为'（ввиду того）常常纯粹是一种并不存
在的原因"[2]。青年时代的帕斯捷尔纳克在其撰写的哲学论文中就曾批评过
建立在纯理性主义世界观基础上的因果论和主观主义原则[3]。他将这一哲
学思考融进了《日瓦戈医生》的写作中，在小说的叙事中执着于呈现
在特定空间里的矛盾与冲突，这使得小说的故事情节需要读者自己去
串联完成。在不同的生命场域中呈现的生活、故事细节等一个个"节
点"只提供给读者一些线索，确定而又多义的空间世界的意义需要读
者自己去揭示和完善。读者在这种"二次创作"中才能完成自身对这部
小说的意义建构；在串联节点碎片的过程中，小说深藏的意义才得以慢
慢呈现。

　　应当指出的是，关于四次战争和三次革命的"节点式"叙事之所以
没有使小说变成重大的历史叙事话题和人物行踪变化的故事系列，而始

1. Франк В. С. Реализм четырех измерений // Мосты. 1959, №2, С. 66-68.
2. Якобсон Р. О. Заметки о прозе поэта Пастернака // Якобсон Р. О. Работы по поэтике. М.: Прогресс, 1987. С. 332.
3. Ляляев С. В. Роль ментативных компонентов в романе Б. Л. Пастернака «Доктор Живаго» // Новый филологический вестник. 2010, №12.

终作为一个统一的意义整体存在，主要依靠的是作者安排的"空间场域"。作者以一个个空间场景的置换来替代传统小说情节的时间延续，由发生在不同空间场域的众多情节单元组合实现了小说思想意义的整一性。安魂祈祷场、情感场（爱情及家庭）、广场、战场、大自然旷野、莫斯科、瓦雷金诺、尤里亚金构成了小说叙事八个基本的话语空间，是小说叙事意义建构的基本空间，是日瓦戈短暂人生故事的基本语境。这些不同的地域空间时而呈现出鲜明的对立性：强制性的社会空间（广场、战场）与隐秘的个人空间（安魂祈祷场、情感场）、宁谧的自然空间（大自然旷野、瓦雷金诺、尤里亚金）是以二元对立的形态存在的，其叙事功能在于对前者的深刻质疑和对后两者的诗意化赞美。安魂祈祷场对应充满功利的社会人生场，是日瓦戈思考生命存在、灵魂永恒等哲学问题的文化场域所在；与充满杀戮的战场截然对立的是温馨的家庭生活；与煽动对立、仇恨、斗争的大众广场截然对立的是充满理解、爱抚的二人世界的情感场；与充满动乱的都市截然对立的是穷乡僻壤的瓦雷金诺和尤里亚金，后两者象征着平和、温暖、理解、爱，以及自由的艺术创作。日瓦戈与拉拉的生命记忆无不与他们的生存场域密切相关，莫斯科、广场、战场、尤里亚金、瓦雷金诺成了定格在读者脑海中不可磨灭的空间场域。这种空间格局的划分及其意义建构为我们深入探析小说的叙事结构提供了十分有益的路标。英国学者迈克·克朗在他的《文化地理学》一书中提出，"作为一种文学形式，小说具有内在的地理学属性"[1]。文学创造空间，并赋予空间不同的意义，从而提供认识世界的不同方法。

---

1. 迈克·克朗：《文化地理学》，杨淑华、宋慧敏译。南京：南京大学出版社，2005年，第39页。

从空间视角切入的《日瓦戈医生》的叙事的确是帕斯捷尔纳克对传统现实主义小说叙事的一种创新。基于二元对立的空间思维模式，作家对充满混乱、动荡、屠戮、灾难、死亡的强制性社会空间进行了大量的负值性书写，同时也对个体的日常生活、爱情生活、大自然等自由的个人空间做了更多的正面描述和充满诗意的想象性建构。在这种充满诗意的想象性建构中，爱情、家庭、劳动、艺术创作、大自然连同远离社会生活的"世外桃源"——瓦雷金诺，成为主人公温暖的心灵港湾，成为作者抚慰苦难心灵的精神乌托邦。

在被掳参战的"林中战士"日瓦戈医生的记忆中，战场是"枪毙叛乱分子，帕雷赫砍死妻子和儿女，没完没了地杀人，把人打得血肉模糊"的地方。"白军和红军比赛残酷，你报复我，我报复你，使暴行成倍增加。鲜血使他呕吐，涌进他喉咙，溅到他的头上，浸满他的眼睛。"（361—362）然而，一想到自己的家与亲人，"在游击队里度过的十八个月，仿佛都不存在了。他把它们忘了。他的想像中只有自己的亲人"，"冬妮娅出现在眼前。她抱着舒罗奇卡在刮着暴风雪的野地里行走……两手抱着孩子，可周围没有人帮助她……"（363）小说更是用饱含深情的笔触将与社会空间绝缘的大自然空间写得诗意盎然。即使在游击队作战，只要置身于大自然的怀抱中，日瓦戈便"融化在阳光和树叶的万花筒中，同周围的环境合成一体，像隐身人那样消逝在大自然里"，"他倒在一块铺满金色树叶的小草地上，树叶都是从周围的树枝上飘落下来的。树叶像一个个方格似的交叉地落在草地上。阳光也这样落在这块金色地毯上。这种重叠交叉的绚烂多彩照得医生眼睛里冒金星。但它像读小字印刷品或听一个人单调的喃喃自语那样催人入睡"（337—338）。从游击队逃离，回到瓦雷金诺后，日瓦戈暂时恢复了平静的生活，他再次被大自然深深吸引，他在札记中写道："我们是初春来到瓦雷金诺的。不久草木便披上了绿装，特别是米库利钦房子后面的那条叫作舒契玛的山谷，野樱、赤杨、胡桃更是一片碧绿。几夜之后夜莺开始歌唱。我仿佛头一次听到夜莺的歌唱，我再一次惊奇地感到，夜莺的啼啭同其他的鸟鸣何等不同啊！……"（283）与对变革、动乱、战争的负值性书写不同，作者正是用这样的诗意化书写来表现对现存的社会现实空间强烈的精神焦虑。正是基于对社会现实空间真善美缺失的焦虑，家庭、爱情、劳动、创作、大自然、日瓦戈一家相依的瓦雷金诺以及日瓦戈与精神伴侣拉拉十二天相恋相守的尤里亚金才会被书写得如此富有诗意。

　　需要指出的是，小说对人物书写与空间书写的价值取向表现出惊人的一致，具有高度的同构性。这种同构性主要呈现为一种基本模式：特定空间的人物与其所依存的空间具有和谐一致的伦理特征。身处社会之中，却又置身于时代潮流之外，始终坚守自我的日瓦戈和拉拉有着属于他们自己的生存场域和与此紧密相关的精神空间。大自然旷野、情感场、艺术世界、瓦雷金诺、尤里亚金成为男女主人公追求生活本真、精神独立、生命自由、情感真挚的生命伦理的主要空间场域。追求人类本应有的真实、幸福、快乐、自由生活的男女主人公却处处遭遇苦难，这无疑是从另一个方面对强制性社会空间的批判。相反，时代弄潮儿与其所依存的社会空间都代表了一种负值性伦理，尽管他们中的一些人并不是固有的假、恶、丑人性的代表者，而是人性异化的可悲者。从革命一开始便置身于社会潮流中的红军士兵帕姆菲尔"仿佛永远斜着眼睛"，这个"阴沉、孤僻的大力士是个不完全正常的怪物，因为他毫无心肝，单调乏味，缺乏吸引他和他所感到亲近的一切"（341）。他不仅在二月革命期间杀害过无数革命者，还无缘无故地杀害了一个孩子。他说："我自己也不明白这是怎么一回事儿。就像有人把我的手推了一下。"（343）原本善良、真诚、聪慧、正义的安季波夫在强制性的社会空间中变得六亲不认，成为罪恶的制造者、残酷无情的斯特列利尼科夫[1]。小说将对空间的书写与对社会、人的描写紧密结合起来，印证了空间式书写与人的命运诉说的密切关联。空间本身"既是一种'产物'，是由不同范围的社会进程与人类干预形成的，又是一种'力量'，它要反过来影响、指引和限定人类在世界上的行为与方式的各种可能性"[2]。读者既可以从空间角度去诠释人，也可以从人切入去了解空间，两者互为因果，相互印证。

还需要强调的是，小说的空间叙事不是散乱的，而是高度有序的，是以"向心型"形式呈现的。这种"向心叙事"集中表现在人物体系所呈现的一种内在的"蛛网"结构上。小说是由日瓦戈的生命"网丝"以及偶然闯入蛛网的不同人物的网丝生命体组成的。蛛网的基础与核心是日瓦戈这个独特的生命个体，蛛网上每一个并非完整、清晰的人物形象都以不同方式、不同侧面完成对日瓦戈精神世界的揭示、佐证，无不向着这一中心形象辐辏，同时，他们也借助于日瓦戈的生命网线而相互连接、贯通。每一个生命个体都有着各自不同的形象与特定的生命轨迹，但他们更重要的使命是通过自身的命运彰显日瓦戈的生命轨迹、思想品格、精神力量和信仰追求。随着生命网丝的延伸和网圈的扩大，日瓦戈阅尽沧桑，他在不同时刻遇到的不同的人正是对他丰富人生的注脚。也就是说，小说多节点、多场域的空间叙事始终围绕着一个叙事轴心，即帕斯捷尔纳克在小说创作过程中一直试图确立和建构的坚实的"价值核心"——日瓦戈

---

1. Стрельников俄文含枪杀之意。
2. 阎嘉主编：《文学理论精粹读本》。北京：中国人民大学出版社，2006年，第137页。

的生命世界。《日瓦戈医生》——小说标题便充分说明了这一判断的正确性，日瓦戈的生命道义便是小说的核心话语所在，也是小说深层的哲学意义所在。对日瓦戈这一极具个性和活力的个体的精神世界的揭示成为文本中"众声喧哗"的话语中心，也是整部小说叙事的"向心力"。

文艺理论家德·扎东斯基指出，"向心力"小说的出现是现代长篇小说不同于传统现实主义长篇小说创作的一个重要表现。经典现实主义长篇小说是"离心的"，小说家"先把出场人物多按其位地加以安排，然后才提供情节的推进——于是一页页地扩大的生活全景便缓缓地、井然有序地开始展开"[1]。而"向心力"的小说的作家往往"倾向于以某种个体的意识去反映、折射、'分解'生活"，在这类小说中，"情节不是被铺陈开来，相反，而是围绕着主人公所体验的转折性的、决定性的时机而集中起来。一些弯弯曲曲的、若断若续的反射线向着故事的人物中心延伸过来……它不是简单地把人当作主要对象，而是当作一种中心、集中点和从中可看出整个现实生活图景的缩影"[2]。扎东斯基指出的这些"转折性的、决定性的时机"正是小说中的一个个情节"节点"，它们以各种方式投射到小说故事的中心人物。从众多人物的心灵放射出来的思绪和感受繁复纷呈，它们都从不同侧面、不同角度指向同一个中心——日瓦戈医生的内心世界。正因为有了这个中心，整个文本亦在表面的"混乱"中获得了某种立体的空间并置秩序。

"节点式""向心型"的空间叙事是帕斯捷尔纳克对传统现实主义长篇小说叙事所做的开创性贡献。这一贡献也被中外研究者关注和认同。

---

1. 德·扎东斯基：《向心力》，载吕同六主编《20世纪世界小说理论经典（下卷）》。北京：华夏出版社，1995年，第196页。
2. 同上文，第196—197页。

俄罗斯学者 H. 波谢里亚金说，"'节点'（узел）这个概念可以看作《日瓦戈医生》艺术空间独特性的关键之一"[1]。批评家 A. 拉夫罗夫指出，"这部长篇小说的整个布局都建筑在由偶然的相遇和巧合构成的情节节点上……"[2]国内学者汪介之教授也指出该小说的这一特点，他认为，《日瓦戈医生》中"'由各色人等生活中截取的情节'都是作家严密而巧妙的艺术构思中不可或缺的组成部分，都疏密不一地联系于主人公的命运和精神生活史"[3]。

英国小说家弗吉尼亚·伍尔芙在《论现代小说》中指出，现代作家应该把变化多端的、不可名状的、不受限制的内在精神——不论它可能显得多么反常和复杂——用文字表达出来。这种以人的内在精神生活为言说取向的长篇小说结构方式是现代小说典型的结构方式，而《日瓦戈医生》正是一部以"个体（日瓦戈）的内在精神生活"为结构中心的、带有现代主义结构元素的一部创新小说。

第二节　情节的"潜结构类型"

任何一部伟大的小说都是创作主体认识、把握、建构世界的一种艺术范式，都是一种与叙事的原型结构高度契合的艺术创造。我们在对小

1. Поселягин Н. В. Узловая структура сюжета // Тюпа В. И. и др. Поэтика «Доктора Живаго» в нарратологическом прочтении. Коллективная монография, под ред. В. И. Тюпы. М.: Intrada, 2014. C.168.

2. Лавров А. В. «Судьбы скрещенья»: Теснота коммуникативного ряда в «Докторе Живаго» // Новое литературное обозрение. 1993, №2, C. 242.

3. 汪介之：《关于〈日瓦戈医生〉的一种跨文化诠释——论艾娃·汤普逊对作品的误读》，载《当代外国文学》，2012年第1期，第11页。

说文本的社会历史学价值、思想文化价值进行探究之外，还可以从结构原型的角度去审视小说的经典价值。

"永恒的故事"是小说，尤其是长篇小说的基础，是读者理解小说审美价值的基本保证。经典的叙事结构与故事元素暗中支持了新经典不朽的文学魅力，而那些受意识形态强烈"召唤"的作品有可能正是这种经典结构元素缺失或是变得稀薄的作品。或许，这样的探究不仅能摆脱传统的对小说审美形式研究的范式，而且还会为小说的研究带来一种新的视角。

"潜结构类型"这一概念源于申丹教授在《叙事、文体与潜文本——重读英美经典短篇小说》一书中提出的"潜文本"概念，她在对英美经典短篇小说的研究中深入探讨了文本潜在的"深层审美价值"[1]。我们试图从这一叙事理念出发对文本深层意义的生成形式——情节的"潜结构类型"做一些探讨，通过对《日瓦戈医生》情节结构中文学经典的审美经验与叙事语义的阐释来重新审视这部作品的基本格局与意义谱系。

早在1895年，法国作家、文艺学家、戏剧研究学者乔治·波尔蒂（又译普罗蒂，1867—1946）就出版了《三十六种戏剧模式》一书，对戏剧文学的情节结构做了具有普遍意义的类型学解析。20世纪初，弗洛伊德在其《梦的解析》一书中，以索福克勒斯的《俄狄浦斯王》与莎士比亚的《哈姆雷特》为研究材料，分析出著名的"俄狄浦斯情结"，这是对文学作品中的"潜文本"与"潜结构"较早的分析。20世纪20年代，作为结构主义叙事学源头之一的俄国文艺理论家普罗普在他的《故事形态学》

---

1. 申丹：《叙事、文本与潜文本——重读英美经典短篇小说》。北京：北京大学出版社，2009年，第11页。

中对民间故事的叙事结构及其功能规律表现出高度关注。他认为，民间
故事中的角色行为或功能是不变的，因而基本的故事结构也总是不变
的。在对各种神奇故事的情节结构进行比较研究之后，他做出这样的判
断："这似乎相当于动物学中对脊椎与脊椎，牙齿与牙齿等的比较"[1]。法
国的结构主义叙事学家托多罗夫则对小说叙事的"普遍语法"做了规律
性的研究。此后还有不同的叙事学家对小说、戏剧的情节结构做了不同
的归类与分析。他们的结构主义叙事学理论不仅是对民间故事、小说、
戏剧等不同体裁作品的叙事结构研究中的重要理论资源，还成为我们理
解小说情节"潜结构类型"的重要依据。

　　小说的情节由"事件"构成。按照洛特曼的定义，小说中的"事
件（событие）是构成情节的最小的不可分割的整体"，"文本中的事件就
是人物穿越语义场的界限而发生的位移"，"事件乃是一个尽管不应该发
生，但已经发生的事情"，"事件永远是对某种禁忌的违逆，是一种不应
该成立，但业已成立的事实"[2]。"事件"是情节的基础。"事件"与现实中
真实发生的"本事"（фабула）不同，前者是经过创作主体改造、加工、
精心构筑后的情节要件，同时也是小说情节结构的最基本单位。

　　"事件"有其对应的空间存在形式。比如与穷人世界相对应的是贫民
窟、大杂院、阁楼等，而与富人世界相对应的则是大街、宫殿、华丽的
楼房等。小说中与日瓦戈的父亲相关联的空间是"公馆""银行""公寓
大楼""幽静的园林"；科马罗夫斯基所居住的彼特罗夫大街"两旁是对
称的建筑，都有雕塑精致的大门……还有高级的烟草店和考究的餐厅"，

1．普罗普：《故事形态学》，贾放译。北京：中华书局，2006年，第154页。
2．Лотман Ю. М. Об искусстве: структура художественного текста. СПб.: Искусство-СПБ, 1998. C. 222, 224, 226.

他"在这里租下的一套讲究的独身住宅是在二层楼上，通到那里的是一条有宽大、结实的橡木栏杆的宽楼梯"（43—44）。而"莫斯科最可怕的地方，聚居着马车夫，有一条街道专供寻花问柳，又是许多下等妓女穷困潦倒的所在"（22）。养路工安季波夫经常所处的空间则是铁路和机车修配厂空间。

作为情节的构成要件，"事件"所遵循的结构原则是"语义的二元对立原则"，即一种违逆常理的故事。比如，拉拉与日瓦戈的爱情本不该发生，却发生了。叙述者对于他们的爱情这样描述道："他们彼此相爱并非出于必然，也不像通常虚假地描写的那样，'被情欲所灼伤'。他们彼此相爱是因为周围的一切都渴望他们相爱：脚下的大地，头上的青天，云彩和树木。他们的爱情比起他们本身来也许更让周围的一切中意：街上的陌生人，休憩地上的旷野，他们居住并相会的房屋。"（478）这种爱情显然不是各自有家庭的男女主人公的一种必然的人生选择，而是或然的人生图景；是生活中的偶然，但又蕴藏着作家创作主旨的必然；是作家通过对生活内在矛盾和本质的透视而发掘的违背某种"禁忌"的艺术"事件"。它恰恰成为这部小说十分重要的情节构成。

俄罗斯学者索克鲁塔指出，每一部长篇小说中的事件都包含着不同的"事件视界"（горизонт событий），它们成为作者审视人生、社会、历史、世界、宇宙的出发点。通常"事件视界"由两部分构成：一是"经验视界"，即人物生命记忆中发生的事件和现实中感受到的事件，如人物的人生回忆，人物所经历的战争、革命、爱情、日常生活的具体体验；二是"想象视界"，即叙述者、人物对生活、生命的认知，对往昔的思考，对未来的憧憬，对灵魂永恒、精神重生的认知，等等[1]。作家正是通过这两种不同的"事件视界"在小说中展开了对历史、现实、人生、社会、宇宙等一系列重大命题的思考，使作品获得了非同寻常的思想容量。

在《日瓦戈医生》中，"想象视界"在"事件视界"中占有主导地位。从小说第1章开始，"想象视界"便涉及了《新约》所探讨的人类行为的本质层面。"历史就是要确定世世代代关于死亡之谜的解释以及对如何战胜它的探索……为了有所发现，需要精神准备，它的内容已经包括在福音书里。首先，这就是对亲人的爱，也是生命力的最高表现形式，它充满人心，不断寻求着出路和消耗。其次，就是作为一个现代人必不可少的两个组成部分：个性自由和视生命为牺牲的观点。"（10—11）解释福音书真谛的这一"想象视界"不是纯理性的或纯神性的事件，在小说中它与生活中的其他事件一样，存在于人物的日常生活中。帕斯捷尔纳克认为，任何伟大的箴言都应该基于并服务于日常生活和人与人之间正常、友善的关系。对浸透了东正教文化精神的俄罗斯而言，福音书是俄罗斯人生活和生命中的重要内容。小说中神父韦杰尼亚平说，"直到现在还公认，福音书当中最重要的是伦理箴言和准则。我以为最要紧的是应该懂得，耶稣宣讲的时候往往使用生活中的寓言，用日常生活解释真理。从这里引出的看法是：凡人之间的交往是不朽的，而生命则是象征性的，因为它是有意义的"（42）。丘帕教授认为，"福音书事件与现实事件同样融进了小说的描叙对象中，它作为事件在小说的情节发展中

---

1. Сокрута Е. Ю. Полисюжетная основа романного нарратива // Тюпа В. И. и др. Поэтика «Доктора Живаго» в нарратологическом прочтении. Коллективная монография, под ред. В. И. Тюпы. М.: Intrada, 2014. С. 156.

有着非同小可的作用，而非仅是象征或是隐喻"[1]。这是帕斯捷尔纳克用神性思维审视历史的一种尝试，也是他对俄罗斯文学神性传统的一种继承。

俄罗斯研究者指出，"《日瓦戈医生》的事件视界可与巴尔扎克、歌德、狄更斯、陀思妥耶夫斯基的作品相比较，而且往往能找到呼应……或近或远的情节的相似性"[2]。也就是说，《日瓦戈医生》具有与此前的文学经典相似的，乃至相互呼应的经典叙事方式，与它们在叙事规定性和内在结构方面保持一致。所以，考察这部长篇小说叙事结构独特性与创新性的同时，还需要深入地考察它结合和暗含了文学经典"潜结构类型"的哪些元素。

除了"事件视界"，"潜结构类型"还包括小说创作的"原型""母题"以及叙事功能的类型和文化的集体记忆，或"集体无意识"等。一部不朽的长篇小说在一定程度上必然暗合了以往文学经典的结构范式，古老的小说的形象、故事、叙事范式如同某种基因，会不断"转世、投胎、变形"，卷土重来并获得新的生命。譬如古希腊神话中的人物、故事、叙事方式一直都是人类文学书写不竭的源泉。文学叙事的"潜结构类型"为作品的内在语义提供了深度解析的可能性。这种深度与强加给文本的文化与政治属性不同，这种文本对读者具有真正的吸引力，是作品可以在无垠的历史时空里流传，始终保持其思想与艺术魅力的原因所在。小说思想意义的"经典性""共时性""永恒性"往往通过这样的经典叙事

---

1. Тюпа В. И. и др. Поэтика «Доктора Живаго» в нарратологическом прочтении. Коллективная монография, под ред. В. И. Тюпы. М.: Intrada, 2014. С. 158.

2. Сокрута Е. Ю. Полисюжетная основа романного нарратива // Тюпа В. И. и др. Поэтика «Доктора Живаго» в нарратологическом прочтении. Коллективная монография, под ред. В. И. Тюпы. М.: Intrada, 2014. С. 158.

形式来呈现，它表达的是人类对历史、文化、哲学、宗教等问题的共同思考。现代小说家们都在讲述古老却"永恒的故事"：城市是现代人生活、相会、交往的基本场所；回归自然、回归本真、回归自我一直都是人类共同的追求；人们试图克服文化的、种族的、语言的障碍，寻觅人类生命共同的意义和价值；死亡是人类生命无法回避的命题，而精神的复活、灵魂的永生是不同宗教、不同信仰的人们的生命探索。

一、莫斯科

作为20世纪俄罗斯文学最伟大的经典之一，《日瓦戈医生》讲述的正是一个"永恒的故事"。故事发生的地点——莫斯科就像荷马史诗中的特洛伊城，它是小说中作家着力刻画的第一空间，是身份迷失后的俄罗斯人生存状态的写照。叙述者在小说"尾声"一章中将"辽阔无垠的莫斯科"称作"长篇故事中的一个主角"（493）。日瓦戈的"文章和诗都是同一个题材。它的描写对象是城市"（467）。借助于"城堡"这一叙事功能项，我们可以揭开莫斯科在小说叙事中的重要地位和作用。帕斯捷尔纳克研究学者弗拉索夫教授指出："莫斯科——首先是小说中的一个'人物'，是发生在主人公生活中所有事件的积极参与者，并且主人公的这种生活与其说是'外部'的、'生平性'的，莫如说是内部的、精神的、创造性的。"[1]

贯穿小说始终的"莫斯科"形象既有现代都市混乱、动荡、无序、沦落的种种标记，又有革命前温暖、平和、安宁的气息，寄寓着深厚的

---

1. Власов А. С. «Стихотворения Юрия Живаго» Б. Л. Пастернака, Кострома, КГУ имени Некрасова, 2008. С. 152.

俄罗斯历史文化内蕴。从日俄战争、俄国第一次资产阶级民主革命到两次世界大战，都市随着历史的变迁而发生的巨大变化充分显示了俄罗斯人命运的变迁与其所经受的巨大灾难。神父韦杰尼亚平离开动荡的彼得堡是为了"来到莫斯科这个安静和睦的地方写一本已经构思成熟的书。谁知根本不可能！他如同从火里出来又掉到炭上。每天都要讲演，作报告，没有喘息的机会。……真想到瑞士去，拣一个到处是森林的偏远的县份"（39）。莫斯科布满了"十字路口"的街道意象也蕴含着时代前进的十字路口的寓意。韦杰尼亚平"又回到了自己也搞不清的那个十字路口，站在谢列布良内和莫尔昌诺夫斯卡的街角上"（187—188）。莫斯科在1905年革命前后的状况表现了在动荡的社会空间中生存的俄国知识分子难能摆脱的命运安排，神父的人生蹉跎与焦躁的情绪状态代表了那个时代知识分子的精神状态。

莫斯科是小说中所有主要人物的会聚地。它是日瓦戈与冬妮娅成婚立家并有了第一个新生儿的地方，也是拉拉与安季波夫结婚的地方，还是日瓦戈与拉拉结识的地方，是日瓦戈在经历了一战前线战火的洗礼后渴望回家的去处。同时，它还是日瓦戈听到革命事件发生后由衷地赞美其是一场"高超的外科手术"的地方。日瓦戈一家被迫与莫斯科的道别，像是在与世界道别。日瓦戈的漂泊始终是与莫斯科联系在一起的。日瓦戈在尤里亚金时曾经做过两个关于莫斯科的梦。在第一个梦中，他梦见了革命后的莫斯科，他把革命比作"从几世纪寒冷和黑暗积蓄的峡谷中冲击下来的山洪"，那是把儿子吓坏的"发出轰鸣的飞瀑"（380）。在第二个梦中，他回到了熙熙攘攘的革命前的莫斯科，那是一个充满欢乐的热闹都市。后来，日瓦戈再次回到莫斯科，马林娜的父亲马克尔说，"我们在这儿挨过了饥饿和白军的封锁"（458）。由此我们还可以断定，针对莫斯科的进攻与防卫是小说中关于苏俄国内战争的主要情节线索之一。亲人聚会的莫斯科一度成了一个沉寂的、血腥的、饥饿的城市。

　　莫斯科与特洛伊城的故事以及日瓦戈与阿喀琉斯相似的非凡命运的叙事要素中存在众多的吻合与一致。与特洛伊战争中存在的猜忌、纷争、仇恨、无序、战乱、屠戮的原因无法追究一样，在帕斯捷尔纳克看来，20世纪俄罗斯社会的混乱、变革、战争作为历史的以往亦难究其发生的根由，其背后蛰伏的仍是人类、世界、宇宙中存在且难以解决的利益、荣耀、欲望、权力的纷争。只是"神祇的战争"被置换成了"革命与反革命的较量"，"种族的仇恨"被置换成了残酷的阶级斗争。战争时期的形势"应验了一句古谚：人比狼更凶狠。行路人一见行路人就躲；两人相遇，一个杀死另一个，为了自己不被对方杀死。还出现了个别人吃人的现象。人类文明的法则失灵了。兽性发作。人又梦见了史前的穴居时代"（367）。与阿喀琉斯一样，日瓦戈也经历了无数的磨难，只是外在的磨难因受到别样的"现实逻辑"的制约和人物自身心灵追求的需要，使得日瓦戈的精神磨难有了更为丰富、复杂、隐性的内容。不仅如此，在日瓦戈的身上还隐含着被阿喀琉斯所杀的特洛伊城的英雄的原型要素，后者是城堡的物质文明、精神文明的忠实守卫者。

　　在日瓦戈的心中，莫斯科的形象除了与混乱、动荡、无序、沦落相关，还代表了都市主义、现代新艺术，成为城市原始意象的再现，是生活和诗歌艺术的象征。小说第15章第11节有一则日瓦戈的札记，讲述了他对"城市"（莫斯科）的看法：

　　　　一九二二年我回莫斯科的时候，我发现它荒凉萧索，一半已快变成废墟了。它经历了革命最初年代考验后便成为这副样子，至今仍是这副样子。人口减少了，新住宅没有建筑，旧住宅不曾修缮。

但即便是这种样子，它仍然是现代大城市，现代新艺术惟一真正的鼓舞者。

把看起来互不相容的事物和概念混乱地排列在一起，仿佛出于作者的任性，像象征主义者布洛克[1]、维尔哈伦、惠特曼那样，其实完全不是修辞上的任意胡来。这是印象的新结构，从生活中发现的，从现实中临摹的。

正像他们那样，在诗行上驱赶一系列形象，诗行自己扩散开，把人群从我们身边赶走，如同马车从十九世纪末繁忙的城市街道上驶过，而后来，又如二十世纪初的电气车厢和地铁车厢从城市里驶过一样。

在这种环境中，田园的纯朴焉能存在。它的虚假的朴实是文学的赝品，不自然的装腔作势，书本里的情形，不是来自农村，而是从科学院书库的书架上搬来的。生动的、自然形成并符合今天精神的语言是都市主义的语言。（467—468）

日瓦戈的这则札记阐述的是这样一种思路：莫斯科—现代新艺术的代表者（象征主义者勃洛克）—新的艺术—充满了矫揉造作的教科书语言与都市语言的对立。日瓦戈最终确立了自己心向往之的生动、自然的都市语言，而莫斯科正是这种现代语言的诞生地。在他看来，莫斯科是充满现代性意味的城市空间，时刻酝酿着创造新鲜感受、孕育现代灵魂的可能。

---

1. 通常译为勃洛克。——笔者注

接下来日瓦戈在札记中进一步写道：

> 我住在人来人往的十字路口。被阳光照得耀眼的夏天的莫斯科，庭院之间的炽热的柏油路面，照射在楼上窗框上的光点，弥漫着街道和尘土的气息，在我周围旋转，使我头脑发昏，并想叫我为了赞美莫斯科而使别人的头脑发昏。为了这个目的，它教育了我，并使我献身艺术。
>
> 墙外日夜喧嚣的街道同当代人的灵魂联系得如此紧密，有如开始的序曲同充满黑暗和神秘、尚未升起、但已经被脚灯照红的帷幕一样。门外和窗外不住声地骚动和喧嚣的城市是我们每个人走向生活的巨大无边的前奏。我正想从这种角度描写城市。（468）

在日瓦戈眼中，使之献身于艺术的最主要的原因是为了"赞美莫斯科"——知识分子心灵的归宿地。莫斯科在小说中已经不仅仅是一个地理坐标，而是现代灵魂的发源地，是个体走向生活的巨大无边的前奏。男女主人公正是从莫斯科开始了各自的生命之路，莫斯科是他们各自精神求索之路的起点，也是终点。

二、寻觅

"寻觅"是《日瓦戈医生》中第二个重要的情节要素和叙事主题，它在小说中具有主导性地位。伊阿宋为获得伊俄尔科斯王位领导了阿尔戈英雄的远征，他不畏艰险取回金羊毛的故事被帕斯捷尔纳克在小说中演化为日瓦戈的一种伟大的"精神寻觅"。

日瓦戈在其一生中寻觅与探索的范围十分广阔，领域和对象也在不断地发生变化。"在中学、大学度过的整整十二年里，尤拉钻研的是古代史和神学，传说和诗歌，历史和探讨自然界的学科，都像钻研自己的家史和族谱一样亲切。现在他已全然无所畏惧，无论是生还是死，世上的一切，所有事物，都是他词典中的词汇。"（84）他寻找爱情与艺术的真谛，寻求自己在社会与历史中的位置，探究个体生命存在的方式，寻觅人生、社会、历史、世界、宇宙中一些难题的答案。

伊阿宋见到美狄亚的画面我们同样能在日瓦戈与拉拉的爱情中找到一种呼应。仍是懵懂少年的尤拉见到了遭到羞辱后的拉拉，"……尤拉的感情被这些从未体验过的力量揪成一团……而现在出现在尤拉眼前的正是这种绝对物质的、模糊的力量，既是毫无怜悯的毁坏性的，又是哀怨并且求助的。他们的童稚哲学到哪儿去了？尤拉现在该怎么办？"（60）这是少年尤拉对身陷精神痛苦的拉拉的一种强烈的怜悯与倾心。日瓦戈与拉拉的爱情最终没有获得世俗意义上的幸福，但是一种对共同的心灵、精神存在的向往将他们牢牢地结合在了一起，使他们的爱情获得了永恒的意义，走向了最终的宇宙空间，他们"享受共同塑造的世界，他们自身属于整幅图画的感觉，属于全部景象的美，属于整个宇宙的感觉"（478）。

伊阿宋曾求助妻子美狄亚帮他实现取得王位的心愿，但未果。伊阿宋寻得金羊毛归来之后，不仅没有得到王位，反而被逐出了伊俄尔科斯。伊阿宋后来爱上了科任托斯王克瑞翁的女儿克瑞乌萨，日瓦戈也在冬妮娅离去后与拉拉相爱，在沉疴遍地的时代中共同寻觅自我与个体价值。他不仅收获了爱情，也获得了自我的生存意义。

日瓦戈在对精神生活的坚守中保存了自我，实现了自我的价值。他始终能在精神生活中找到生命的立足之地。精神生活在小说中突出地表现为他对文学创作发自内心的巨大热情，这种热情成为一种重要的保护系统。日瓦戈不仅试图通过这个保护系统来驱除现实中的失落感，还最终通过诗歌实现了精神的永恒。诗人日瓦戈对诗歌的热爱带有某种宗教的热情。在瓦雷金诺，他可以不与外界发生任何联系，当外部的社会现实无法实现他个人的生命追求时，他通过写作来保持内在精神生活的完整性。小说第6章，日瓦戈患了伤寒病，两个多星期始终处于谵妄状态，他在幻觉中写了一首名为《失措》的长诗，把外部世界和内心世界中所发生的一切都写进了诗中。这首长诗的结尾是他战胜了死亡，赢得了自我，最终获得了复活与永生。他在诗中写道："而且，醒来也是必须的。应该苏醒并且站立起来。应该复活。"（202）甚至之后他在瓦雷金诺听到的夜莺饱含深情的呼唤声也是"醒醒！醒醒！醒醒！"（283）（暗示着复活之意）。日瓦戈的内心独白是他不断追问自己和不断对爱情、艺术、生命永恒进行认知的过程的写照。

在日瓦戈的精神寻觅中充满了神秘的因素。一方面，他的话语、行为、内心的思绪、创作的札记都一览无余地呈现在读者眼前；另一方面，许多内心的未尽之言、谜一样的精神存在却总是显得那么神秘莫测，常引起读者的思索和猜测。"在动荡不定的环境中，在一连串哑谜似的事件中，在常常变换的陌生人的照料下，尤拉度过了童年。"（6）"在尤拉的心灵里，一切都被搅乱、被颠倒了，一切都是非常独特的——他的观点、习惯和禀赋。他极端敏感，他的见解之新颖是无法描述的。"（62）拉拉与尤拉第一次相见时，就感觉到他"真是个奇怪的耐人寻味的人"（123）。与日瓦戈共同生活了许久的妻子冬妮娅也对他说，"你可真奇怪。你整个人是由各种矛盾构成的"（232）。"这种奥秘的声音压倒其余的一切，折磨尤拉……"（63）"尤拉心里有一种甜蜜的紊乱，怡然而荒诞，悲痛而兴奋。"（84）读者从这些叙事中感受到的是一种呼之欲出而又不停地被压抑的个体的精神现实。日瓦戈的命运越复杂、艰辛，他寻找自我的失落感便越强烈，内心的寻觅越绝望。日瓦戈内心的自我询问常常会化作一种诉诸神秘、莫名的强烈呼唤。"'上帝的天使，我的至圣的守护神，'尤拉作起祷告，'请指引我的智慧走上真理之路，'……他向上天呼唤着，仿佛呼唤上帝身边一个新的圣徒。"（12）"你为何遗弃我，永不落的阳光，并把我投入可诅咒的黑暗中！"（382）"主啊，主啊！……为什么赏赐我的这么多？你怎么会允许我接近你，怎么会允许我误入你的无限珍贵的土地……"（421）

日瓦戈对于自身以及外在世界的追问是以艺术的形式，最终是借助诗歌直抵内心、世界、宇宙的。这个追问生命意义的诗人、哲学家"比任何时候都更清楚地看到，艺术总是被两种东西占据着：一方面坚持不懈地探索死亡，另一方面始终如一地以此创造生命。真正伟大的艺术是约翰启示录，能作为它的续貂之笔的，也是真正伟大的艺术"（87）。小说第1章里作者借叙述者的口说，这是"一本传记体的书，书中就像埋藏炸药似的把他所见到的并经过反思的事情当中感触最深的东西加进去"（63）。小说情节中日瓦戈最终创作出的那本《游戏人间》，也就是"当时岁月的日记或者札记，里面有散文和诗，还有各式各样的随笔杂感，都是在意识到半数的人已经失去了本来面目，而且不知道如何把戏演下去的启示下写出来的"（179）。诗人兼哲人的日瓦戈深谙生命、爱情、忏悔、永恒的真谛，他的哲思的一个重要功能是引导生命个体走出痛苦、走向自由。人生来就在枷锁中，但也始终生活在对自由的向往中，生活在寻觅自由的道路上。这是小说中"寻觅"主题言说的根本意义所在。

三、回归

《日瓦戈医生》情节要素中的"回归"与希腊神话中著名的英雄奥德修斯回归家园的情节一样，都是情节结构中为实现"完整的生命长度"以及个人命运的完整逻辑而设置的。

日瓦戈不止一次费尽周折地想要回到莫斯科，拉拉内心深处也始终惦念着要回归这个曾与日瓦戈居住过的城市，更重要的是回归被巨大的社会历史风暴遗弃的自我。在男女主人公的心中，莫斯科不仅是一座城市，还是全民族共同建造的生命绿洲和生活"结晶"。从一战前线返回莫斯科的火车上，萦绕在日瓦戈脑际的"是对冬妮娅、家庭和过去的生活的思念，想的是那充满诗情、虔诚而圣洁的日子。医生对这种生活感到惊喜，切盼它能完整无缺地保存下来，如今在这夜间飞驰的列车上，急不可耐地想要重新投入阔别两年的它的怀抱"（155）。"回归"莫斯科是日瓦戈头脑中不止一次出现的念头，只是人可以回归，而精神上已经无法回到曾经的那个莫斯科了。"在此后的几天里，他才领悟自己是多么孤独……朋友们都变得出奇的消沉了。每个人似乎都失去了自己的天地、自己的见解。在记忆中，他们的形象原本是更加鲜明的……"（169）

在小说情节中，日瓦戈始终反对全家离开莫斯科，他仿佛预见到了未来可能会遇到的身体与精神上的颠沛流离。一家人抵达瓦雷金诺后，陪伴他们的瓦克赫说："圣母啊！他们的财产跟朝圣的人一样。只有几个小包裹，一口箱子也没有。"（269—270）此后颠沛流离、贫困落魄成了日瓦戈生命的常态，直至他变成了一个"瘦弱不堪、久未洗脸因而显得脸色乌黑的流浪汉模样的人，肩上挎着一个背包，手里握着一根木棍……"（366）从游击队出逃后，他没能见到家人，但当他得知他们已经从瓦雷金诺回到莫斯科的时候，心里感到无比喜悦。"这么说他们在莫斯科了!""'在莫斯科了! 在莫斯科了!'他第三次沿着生铁楼梯往上爬的时候，每迈一步都从心里发出这样的回声……"（377）除了日瓦戈，小说中的另一个重要人物——拉拉的丈夫安季波夫也始终在寻找着"回家"的路。在去往乌拉尔途经尤里亚金的时候，已升迁为革命军官斯特列利尼科夫的他透过列车的窗口看见了城门附近的一个地方。他想："那里曾经有他的家。也许妻子和女儿还在那儿? 那可应该去找她们! 现在立刻就去!"（247）如果说，不同类型的出走与回归的故事建构是小说的题中之义，那么安季波夫的迷失、有家难归的情节同时也丰富了这一主题的内涵，共同印证了时代的矛盾与困厄。

这部小说贯穿始终的"回归"所指向的终点正是莫斯科。"他在新经济政策开始的时候回到莫斯科……路上，他又渐渐把值钱的衣物脱下来换面包和破烂衣服……当他出现在莫斯科大街上的时候……他穿着这身衣服同挤满首都广场、人行道和车站的数不清的红军士兵没有任何区别。"（447）无论经历多少艰难险阻，日瓦戈走向莫斯科的"回归"是不可变更的，这是主人公的精神归宿。日瓦戈曾劝说拉拉回莫斯科，他也想回到莫斯科寻找家人，可当他最后回到莫斯科的时候，亲人早被驱逐到了异国他乡。于是，他又有了新的家庭，新的儿女，就这样走完了短暂的"回归"的一生。在外部形态上，日瓦戈没有完成其生命对幸福、爱情的回归，然而他通过诗歌在心灵、精神层面最终回归了自我。从这个意义上来说，他是一个"大写的"存在主义式的现代个体，他通过对历史和社会的质疑而获得了自我的价值。帕斯捷尔纳克遵从"潜结构类型"的"回归"主题带有鲜明的20世纪现代小说主人公的美学特征。

特洛伊城攻陷之后，奥德修斯扬帆回归故里，在海上漂流了十年，经历了种种艰险，最终回到家乡与忠实的妻子佩涅洛佩团圆。这一古希腊神话中"回归"的大团圆的喜剧性结局在《日瓦戈医生》中得到了别样的处理。作家有意消解了大团圆的结局，让日瓦戈倒毙街头，但是这一悲剧显然又是"普罗米修斯式"的，因为日瓦戈是普罗米修斯现代的模仿者与追随者，这个充满生命激情与理想的人物的自我牺牲精神是永恒的。小说最后通过日瓦戈的诗作所表达的意义是："面对复活更生伟力，死神也要悄然退避。"（498）"我虽死去，但三日之后就要复活。仿佛那水流急湍，也像是络绎的商队不断，世世代代将走出黑暗，承受我的审判。"（535）小说如果没有第17章诗章，不将死亡升华为永生，"回归"的题旨便无法实现，整个叙事的圆满性就会受到损害，壮伟的"喜剧美学"便无从建立。这应该是帕斯捷尔纳克遵从情节的"潜结构类型"做出的审美抉择。

四、神的死亡

"神的死亡"是希腊神话和《圣经》中的重要情节。无论是自残自戕的美少年阿提斯，还是被钉在了十字架上的基督，他们或因美而牺牲，或为了大爱、大善而献身。日瓦戈使真善美爱的光辉照拂大地，以理性的哲思探寻人类的自我救赎，以趋近诗性的澄明为世人确立了一个生命的时空坐标。他肉体生命的结束是精神重生、灵魂永恒的开始，他的精神先是在拉拉的身上呈现，随后又在少时的朋友戈尔东与杜多罗夫对未来的希冀中延伸。

读者还可以从那个自诩为战神的"超人"斯特列利尼科夫身上发现"神的自戕"这一情节结构类型。"这个人正是意志的完美无缺的化身。

他可以说是达到了随心所欲的境界，身上所有的一切都必然带有典范性。"（243）斯特列利尼科夫"喜欢让自己的想法有朝一日能在生活与败坏了生活的种种恶势力之间充当仲裁，目的在于捍卫生活并为它进行报复"（246）。安季波夫（即斯特列利尼科夫）是小说中一个重要的角色，他把自己看作神人，一个凌驾于众人之上、有权对世上的一切进行审判的法官。他为了心中抽象的理想而滥施淫威，从而走上了危机四伏的人生旅途，最后在极度的抑郁、孤独、无奈、痛苦、悔恨中自戕而亡。小说第7章第31节设置了斯特列利尼科夫在火车车厢里审判日瓦戈的场景。他对于日瓦戈来说一直是一个谜，在日瓦戈的观念中，他一开始是暴力革命的思想家。他将革命称为人世间"最后的审判"：

> "您能不能拿出教育人民委员部或者保健人民委员部签署的意见，说明您是'苏维埃的人'，是'同情革命人士'和'奉公守法者'？现在人间正在进行最后的审判，慈悲的先生，您也许是启示录中带剑的使者和生翼的野兽，而并非真正同情革命和奉公守法的医生。"（247）

从这段斯特列利尼科夫关于"末日审判"的话语中可以看出，他把革命当作启示录中拯救世界灾难的力量来接受，把暴力当作维持人类社会秩序的手段，但不同的是，这场灾难是人间的、俗世的。

帕斯捷尔纳克曾在德国马尔堡学习过哲学，他从叔本华的悲观主义哲学思想出发，认为放纵个人的意志只能带来虚无与痛苦。斯特列利尼科夫在准备自杀的前夜与日瓦戈进行了推心置腹的交流。他因目睹生活的罪恶而"把生活当战役"，然而最终却发现"一个世纪以来的特维尔大街和亚玛大街，肮脏和圣洁的光芒，淫乱和工人区，传单和街垒，依然存在"（442）。这暗示着他更深层的死因是一种对生命理想的绝望，他的死因此有了"赫拉克勒斯式"的英勇、无畏，获得了一种"零余者的悲愤"。假如我们将斯特列利尼科夫这一人物的"革命内涵"抽掉，这显然是一个复仇小说人物的"潜结构类型"，他的故事与古希腊神话中的美狄亚有呼应之处。古老小说中的故事元素成了《日瓦戈医生》"革命叙事"中的重要资源。

事实上，《日瓦戈医生》中情节的"潜结构类型"还具有更多的表现形式。在小说的情节结构中，除了古希腊神话外，我们还可以发现其他文学故事情节的蛛丝马迹。这些潜在的结构元素在文化和意识形态的作用下重新呈现，成为现代经典的内在根基与骨架，并暗中契合了读者的阅读期待与审美趣味。《日瓦戈医生》中情节的"潜结构类型"表明，该小说不仅是对时代和历史的叙说，同时是一部蕴含着生命经验与人类智慧的不朽之作。

20世纪80年代，博尔赫斯在对古希腊神话叙事结构的研究中将文学作品的情节结构划分成四个基本元素：城堡——被以阿喀琉斯为代表的英雄们攻陷的特洛伊城堡；回归——奥德修斯漂泊十年后回归家园并与妻子团圆；寻觅——伊阿宋航海外出，寻找金羊毛；死亡——神的自戕或被杀。在他看来，随着时代的变化，小说的故事内容、言说方式也会发生相应的变化，但是伟大作品的经典情节要素却会被保留下来。它们不仅是荷马史诗、《圣经》的基本结构，也成为近现代小说情节的"潜结构类型"。可以看出，《日瓦戈医生》作为一部经典作品，也蕴含了博尔赫斯论述的经典的情节要素以及其他情节结构中核心的"潜结构类型"。如果一个作家的创作旨在寻找获得人类和谐、美好的途径，寻找最能反映人类这一美好意愿的表达方式，那么他们必然会诉诸人类共同的小说叙事话语，寻找共同的情节、结构、意蕴。

第三节　散文与诗歌合成的文本结构

帕斯捷尔纳克是一位诗人，一位骨子里的诗人。这不仅因为他的文学之路始于诗歌创作——他一生都在写诗，创作诗歌的激情从来没有消失过——还因为诗人在他的眼中有着独特的使命和意义。在他看来，诗人对时代的认知有着永恒的视角，是"被时代俘虏的永恒的人质"[1]。对文学的这一诗性认知贯穿在他一生的文学创作中。

帕斯捷尔纳克在未来主义诗集《生活——我的姐妹》（1917）中就曾表示："我要对诗歌说再见了，我的迷醉/我要让您，/在长篇小说中与我相会"。在完成诗集后不久，帕斯捷尔纳克就开始了小说创作。中篇小说《柳维尔斯的童年》被茨维塔耶娃称为"天才之作"。女主人公叶尼娅·柳维尔斯的个性形成和思想成长的过程在作家日后的其他作品中都有鲜明的印迹。有研究者说："女主人公叶尼娅·柳维尔斯的形象伴随着作家的整个创作道路，并由于其生活体验和艺术追寻的不断丰富与演进而有所发展……叶尼娅的性格后来还在《日瓦戈医生》的女主人公拉莉莎（拉拉）的形象身上得到了进一步发展。"[2]

---

1. Русская литература XX века. 11 класс. Часть 2. Под редакцией Агеносова В. В. М.: Дрофа, 1996. С. 106.
2. 帕斯捷尔纳克：《最初的体验：帕斯捷尔纳克中短篇小说集》，汪介之等译。南京：译林出版社，2014年，第397页。

帕斯捷尔纳克在《斯佩克托尔斯基》（1930）中第一次尝试将小说叙事嵌入诗歌中，作家将"斯佩克托尔斯基的札记"作为结尾章。他曾说："小说的故事部分，写到战争年代和革命事件时我是用小说形式书写的，因为在这部分中人物的性格特征和书写方式自然而然地要求必须这么做，诗歌是无能为力的……"[1]非诗歌的"别样话语"后来还在长诗《施密特中尉》和《火光》中得到了进一步显现。

从20世纪30年代到40年代中期，帕斯捷尔纳克对现实社会的认知不断深化，他的小说创作也未停歇。自叙体小说《帕特里克手记》（1936）尽管尚无《日瓦戈医生》的构思和情节线索，但主人公的身上已有作者和日瓦戈的明显印迹。后来帕斯捷尔纳克还写了日后成为《日瓦戈医生》片段的一些草稿（小说中关于在游击队、西伯利亚的片段）。1944年3月，帕斯捷尔纳克在与莫斯科大学生的会面中朗读了自己的诗歌，并明确表示，"诗歌是为了未来的构思——最终呈现宇宙思维的习作"[2]。

这一为了呈现宇宙思维的"未来的构思"终于在1945、1946年之交的冬天开始付诸创作实践，十年后长篇小说《日瓦戈医生》问世。帕斯捷尔纳克曾在给作家弗谢沃洛德·伊凡诺夫的信中写道："我不是说，我的长篇小说是部多么辉煌的作品，多么富有才华，多么成功。但这是一个转折，是一种抉择，是一种渴望，我想把一切都说透，用一种前所未有的明晰，全面地对生活做出评价。如果说先前我热衷于各种不同的诗体格律，那么在这部长篇小说中我开始——尽管这只是一种愿望——

1.　Пастернак Б. Л. «Доктор Живаго», с комментариями В. Борисова и Е. Пастернака. М.: Тройка, 1994. С. 448-449.

2.　Там же. С. 453-454.

从世界的视野来写。而且是关于幸福的，回头的路已经不会再有了。"[1]诗性资质没有让帕斯捷尔纳克放弃诗歌，那字数不多却思绪绵绵、内涵丰沛、发人深思的终结诗章成了这部长篇小说不可分割的重要部分。阅读《日瓦戈医生》时我们可以发现，"宇宙思维""世界视野"的小说与诗歌美学达到了高度和谐。

对帕斯捷尔纳克的诗歌、小说创作之路的回顾让我们得出这样一个结论：诗歌是帕斯捷尔纳克的文学根基，小说则是他文学的思想发现与艺术发现的深化与归宿。无论是诗歌还是小说，它们都是作家诗学本源的构成，两种体裁的"合成"不是帕斯捷尔纳克的突发奇想，而是他一生文学创作探索、思考、发现的结果，而真正实现两种文学体裁有机结合的正是他的长篇小说《日瓦戈医生》。

俄罗斯文艺批评家加斯帕罗夫指出："《日瓦戈医生》艺术风格的原则是在不同类型艺术话语的结合与接续的形态上建构的。这一艺术话语是在诗歌文本与散文文本中不同的时间节奏和意义节律中展开的，是由不同的体裁和风格（创新的与传统的、崇高的与庸俗的）所构成的。其中的每一种文本都包含着哲理抒情和叙事，客观叙事与主观浪漫的言说，历史史诗与粗鄙、'残酷的'长篇小说故事……童话与都市生活的结合。"[2]需要强调的是，《日瓦戈医生》尽管充满了不同体裁类型言说风格的差异性，却是一个有机、和谐的整体。

---

1. Пастернак Б. Л. «Доктор Живаго», с комментариями В. Борисова и Е. Пастернака. М.: Тройка, 1994. С. 455.

2. Гаспаров Б. М. Временной контрапункт как формообразующий принцип романа Пастернака «Доктор Живаго» // Дружба народов. 1990, №3, С. 227-228.

一、散文与诗歌互为呼应的文本整体

"节点式"叙事的小说不以遵循情节的因果关系及连续性、塑造人物性格为最终的写作使命。以日瓦戈为中心的小说叙事和诗性言说重在通过对主人公心灵世界的揭示，提出与个体生命存在、人类幸福相关的一系列重大命题。因此从外在形态来看，散文与诗歌文本合成结构的统一性、完整性主要是通过日瓦戈这个贯穿小说始终的人物的命运来呈现的，日瓦戈心灵世界的展开成为小说情节发展和思想意义推进的"主引擎"。在这一"主引擎"的推动下，借助于大量的意象，作家将散文部分与诗歌部分合成为一个统一的互相呼应的文本。

帕斯捷尔纳克不着意于营构冲突，在揭示主人公的心灵时，也不仰仗冲突性情节的展开，日瓦戈与其思想的异见者们并没有发生任何有实质意义的冲突。作家借助于主人公对自身、社会、历史、人类幸福的思索与判断来实现对其心灵的塑造。作为一个有着高度独立思考能力、充满智慧的知识分子，日瓦戈的言行、思考与判断有其独特的方式，作家在对他的描叙中使用了各种不同的意象。这些不同的意象恰恰是维系作品体裁合成结构中最为核心的形式要素。因此在探究小说体裁合成结构的统一性和整体性时，我们首先需要将注意力放在散文文本与诗歌文本相互呼应的意象的一致性上。

所谓"意象"（образ，俄文中与"形象"是同一个词），就是"艺术所固有的，通过创造具有审美作用的客体来再现、诠释和把握生活的一种方式……具有独立的生命和内涵……它不是别的，只是一种符号，完成思想交际的手段……一种被想象的存在的事实，它每次都会在对具有

'关键意义'的客体的想象中重新得以呈现"[1]。

"大海"是小说中表现日瓦戈情感的中心意象，它多与日瓦戈人生中与他人一次次重大的相逢、相遇有关。这些相逢、相遇多以诀别结束，最终带给他无尽的生命苦难与精神痛楚。在作家笔下，日瓦戈与拉拉的诀别成为小说中最具代表性也最为感人的片段。

拉拉随科马罗夫斯基遥去远东后，日瓦戈陷入了痛苦的思绪中：

> "永别了，永别了！"医生在雪橇出现之前无声地、麻木地重复着，把这些微微颤抖的声音从胸中挤到傍晚的严寒空气中。"永别啦，我永远失去的惟一的爱人！"（433）

他哭诉道：

> "……我将在值得流传的诗篇中哭尽思念你的眼泪。我要在温柔的、温柔的、令人隐隐发疼的悲伤的描绘中记下对你的回忆。我留在这儿直到写完它们为止。我将把你的面容描绘在纸上，就像掀起狂涛的风暴过后，溅得比什么都有力、比什么都远的海浪留在沙滩上的痕迹……这是无穷尽地伸向远方的汹涌澎湃海浪的海岸线。生活的风暴就是这样把你冲到我身边，我的骄傲。我将这样描绘你。"（434—435）

1.　Литературная энциклопедия терминов и понятий. ИНИОН РАН. М.: НПК Интелвак, 2003. С. 670-671.

这是散文文本中日瓦戈与拉拉诀别后日瓦戈痛苦的内心独白。海浪、风暴、沙滩、海岸等共同构成了大海的意象,此中熔铸了社会、生活、爱情、苦难的多重喻义。这部分对应第17章诗章中的《分离》一诗,它是日瓦戈写给拉拉的赞歌,读者在这首诗中再次体会到"大海"这一中心意象以及与此相关的海浪、海岸线、潮水、险滩等次要意象具有的丰富内涵。

> 她那可亲可爱的面庞,
> 对他总是一个样,
> 像是漫长的一道海岸,
> 总要拥抱那涌浪。
>
> 潮水不断涌来又涌退,
> 淹没砂石一堆堆,
> 随同她的面影和形体,
> 他的心沉入海底。
>
> ……
>
> 在数不尽的困苦当中,
> 绕过多少个险滩,
> 携带着她的惊涛骇浪,
> 任她沉浮漂荡。
>
> ……

　　　　突然她似乎就在眼前，

　　　　手缝的内衣一件，

　　　　带着不曾抽出的针线，

　　　　泪水代替了语言。（517—518）

　　诗歌《分离》中的主要意象对应散文文本中的"大海"这一意象，诗歌在保持散文文本对这一意象的联想和想象、构筑广阔意蕴空间的同时，使得拉拉的形象更有具象感、紧张感。诗人日瓦戈以其独特的艺术才情，对爱情所具有的汹涌澎湃的特征展开了诗意的联想，那是浪涛对自由、辽阔、胸襟博大的大海的向往。诗人在更深层的意义上隐喻了遭受爱情苦难的男女主人公的精神跋涉。独特的象征、隐喻所造成的艺术效果带给读者一种爱情失意后的痛苦感受，使其进入一种更加理性、反思的阅读视域。这一"诀别"可以视作一个有关"控诉"的寓言。

　　　　他从门槛上向里张望，

　　　　认不出这就是家。

　　　　她的离去就像是逃亡，

　　　　把凌乱痕迹留下。

　　　　这儿一切都是乱糟糟，

　　　　看不出怎样才好，

　　　　因为两眼布满了泪痕，

　　　　只感觉头脑昏沉。

清早起就是嗡嗡耳鸣，

是梦中还是清醒？

为什么心中总是浮现

对那大海的思念？（517）

　　男女主人公的爱情悲剧是历史真实样态中无数普通人遭遇的缩影，成为小说表现时代的一个重要元素。

　　"梦"是贯穿散文部分与诗歌部分的重要意象，有着多重的隐喻意蕴，它传达的是身体和心灵的不适，同时还是精神死亡的代名词。但更为重要的是，"梦"之后接续的是个体灵与肉的苏醒、精神的复活与重生，使人产生对现实的深思，对灵魂、超验世界与存在意义的叩问。

　　小说中日瓦戈多次因为疾病进入昏厥、梦幻状态。在与岳父谈论革命（日瓦戈称赞它是一场"高超的外科手术"）后不久，日瓦戈就得了伤寒，一直在说梦话，"整整两个星期他断断续续地处在谵妄状态中"（202）。在持续的幻觉中，日瓦戈的脑海里出现了妻子、城市、生活、灯光等影像，这些幻觉激发了他的创作冲动。他开始构思长诗《失措》，描写人死后从收殓入棺到复活这三天的时光。复活前的三天是黑暗的，是备受痛苦折磨的："在那三天当中，一阵孳生了蛆虫的黑色泥土的风暴如何从天而降，冲击着不朽的爱的化身，一块块、一团团地甩过去，就像是飞涌跳跃着的潮水把海岸埋葬在自己身下。整整三天，这黑色泥土的风暴咆哮着，冲击着……"（202）紧接着，他的脑海中浮现出"两行有韵脚的诗句：接触是欢悦的，醒来也是必须。乐于接触的是地狱，是衰变，是解体，是死亡，但和它们一起乐于接触的还有春天，还有悔恨失足的女人，也还有生命。而且，醒来也是必须的。应该苏醒并且站立起来。应该复活"（202）。从"醒来"到"站立起来"，再到"复活"，这暗示着日瓦戈从精神死亡走向了重生。这是日瓦戈的精神转折点，也是他重新审视自我、时代、革命的起点。正是在此之后他对曾被自己称作"高超的外科手术"的革命有了不同的认知。

诗章强化了日瓦戈在梦幻中对灵魂叩问、精神复活的书写。诗章中两首诗歌《忏悔的女人》（之一）和《忏悔的女人》（之二）中的抹大拉的马利亚是散文部分出现的"悔恨失足的女人"——拉拉的原型。受尽苦难的抹大拉的马利亚在耶稣复活前向其进行虔诚的忏悔，这暗合了散文部分的情节：少女拉拉度过了如同梦魇般的屈辱生活后，于复活节前三天在上帝面前进行祈祷和忏悔。

忏悔的女人（之一）

死神入夜就要光临，

这是我一生的报应。

荒唐放荡的回忆，

会啮咬我的心灵。

被玩弄于男人的股掌，

我曾愚蠢而疯狂，

欢乐在繁华的街上。

……

假如在众人眼中，

苦痛使我与你同在，

宛如幼芽与母体不可分开，

那么罪恶、毁灭与地狱之火，

又会意味着什么？

我主耶稣，

你一旦双膝跪倒，

我会把木十字架拥抱，

若是将你埋葬，

我将无知无觉倒在你身旁。（530—531）

忏悔的女人（之二）

······

扑倒在你受难的十字架下，

我无言地紧咬双唇。

你双手拥抱了众人，

如今在十字架两端平伸。

为了谁人间会有如此宽广胸膛，

容纳这般深重苦难和强大力量？······（531—532）

这是诗人日瓦戈以抹大拉的马利亚的视角进行的忏悔书写，暗喻拉拉一生的精神求索，是对他挚爱的拉拉的诗性书写。在现实世界中，日瓦戈和拉拉的自我思索充满了对超验世界和永生的叩问，他们作为生命个体的成熟始终与叩问"不朽""永生"等命题联系在一起。散文文本中未尽的思索在诗章中得到了进一步延展：

经过这样的三昼夜，

抛落到无涯的虚空，

而在这可怕的间隙之中

我要为复活而重生。（532—533）

    "梦"的意象还在诗章的多首诗歌中出现。"然而现在只有这婚礼，/还有窗外传来的歌声，/衬托着瓦蓝色的鸽群，/还有这如睡如醒的梦"（508）（《婚礼》）；"就是梦见你们为我送行，/一个随着一个走在林中。/……/那是没有火的普通的光，/来自那基督变容的山上，/让秋日显现上天的征兆，/普天下的人都受到感召"（514）（《八月》）；"清早起就是嗡嗡耳鸣，/是梦中还是清醒？/为什么心中总是浮现/对那大海的思念？"（517）（《分离》）；"又一次听到你的声音，/多年后使我震惊。/整夜读着你的遗训，/似乎从昏厥中苏醒"（524）（《黎明》）；"他把众人唤醒：/'天父让你们与我同在，/却睡在这里一动不动。/人子的时刻已到，/他已被卖在罪人手中'"（534）（《客西马尼的林园》）。在这些诗歌中，"梦"的意象构成了话语的基本层面，通过这一意象我们或发现了美好，或读到了寻觅，或感悟了重生。散文部分与诗歌部分从不同的角度为我们呈现了作品所要表达的寻觅、追索、复活、重生的思想内涵。

    除了"大海""梦"之外，"烛光"也是小说中最重要的意象之一，可视作整部作品的"题眼"和中心意象，是一个内涵丰富、意义复杂的隐喻谱系。它第一次出现是在小说第3章第9节拉拉和安季波夫会面的场景中。"拉拉喜欢在烛光下面谈话。帕沙总为她准备着整包没拆封的蜡烛……"（76）而正好在那一晚，尤拉乘雪橇去参加圣诞晚会，途经拉拉住所时看到了窗户玻璃上被烛火融化出的一个圆圈。"桌上点着一根蜡烛。点着一根蜡烛……"（78）这是日瓦戈触景生情，吟诵出的第一首诗作——《冬之夜》中的诗句。温暖、柔美、明亮的烛光既是爱的象征，也是日瓦戈诗歌创作的第一个见证人。烛光的多义性从小说第14章"重返瓦雷金诺"的第8节开始显现，并逐渐发展为"灯光"的意象。日瓦戈在"明亮而诱人的"灯光下伏案写作，这时"光亮"已经成为创造力的象征。在这一光亮的烛照下，诗歌创作已经成为日瓦戈将生命献给艺术的方式。除了爱，烛光还被赋予了心灵灯塔的意义，日瓦戈是拉拉心中一盏永不熄灭的灯塔。

此后，小说叙述者将年轻政委金茨比喻成"表现得像是一支燃放出最崇高的理想之光的小蜡烛"（133），看似褒扬，实则隐藏着对这个天真、盲目的革命青年的愚忠的一种讽刺。在从一战前线返回莫斯科的列车上，日瓦戈遇到了无政府主义者波戈列夫席赫，当时"桌上一支滴着油的蜡烛光照得很亮，从稍稍放下一点的窗口吹来的风，使烛焰不住地晃动"（153），他联想到蜡烛主人的姓名"波戈列夫席赫"[1]：这烛光虽然时下很亮，但马上就要"燃烧殆尽"了。在生命的最后时刻，曾经不可战胜的斯特列利尼科夫在烛光前的自白表明了其内心深处的忏悔。他对日瓦戈说："要是您没点完我所有蜡烛的话——多好的硬脂蜡烛啊，难道我说得不对吗？——咱们再谈一会儿吧。咱们一直谈到您挺不住为止，咱们就奢侈一点，点着蜡烛谈一整夜"（440），"俄国不可磨灭的巨大形象在全世界的眼中同他并排站立起来，它突然为人类的一切无所事事和苦难燃起赎罪的蜡烛"（442—444）。此时，烛光从日常生活中被提炼出来，获得了崇高的意义和神圣的隐喻旨趣。我们不仅从中感受到了斯特

---

1. Погоревших俄文是"燃烧殆尽"的意思。

列利尼科夫沦入不幸境地的巨大失落与痛苦，还仿佛看到了他在教堂里幽暗的烛光前忏悔的场景。

　　散文文本中最后一次出现烛光的意象是在日瓦戈去世后拉拉来到日瓦戈的遗体旁。"于是她尽量回忆，想回想起圣诞节那天同帕沙的谈话，但除了窗台上的那支蜡烛，还有它周围玻璃上烤化了的一圈霜花外，什么也回想不起来。她怎么能想到，躺在桌子上的死者驱车从街上经过时曾看见这个窗孔，注意到窗台上的蜡烛？从他在外面看到这烛光的时候起——'桌上点着蜡烛，点着蜡烛'——便决定了他一生的命运？"（477）蜡烛成了日瓦戈与拉拉两人爱情、命运、精神、灵魂紧密相连的隐喻。

　　与散文文本相呼应，诗章中的《复活节前七日》《冬之夜》《圣诞夜的星》《受难之日》等诗歌中也常出现烛光的意象。如在《复活节前七日》中，整个大自然都在以自己的方式期待着耶稣的复活，而烛光给人以希望：

> 在坛口看到了灯光，
> 黑披风和蜡烛成行，
> 还有那悲哭的面庞——
> 遮住坛巾
> 捧送十字架的仪仗，
> 你要躬身低首施礼，
> 门外肃立两株白杨。（497）

　　《冬之夜》中四句重复的"桌上燃起了蜡烛一台"又一次将读者带入了对男女主人公充满磨难的人生与爱情的思索中：

没有了任何分界，

天地之间是一片白。

桌上燃起了蜡烛一台。

……

风雪在窗面凝挂，

结成圈圈道道冰花。

桌上燃起了蜡烛一台。

……

一切都已经消失，

风雪的夜是一片白。

桌上燃起了蜡烛一台。

……

整个二月是这样，

天地之间是一片白，

桌上燃起了蜡烛一台。(515—516)

《圣诞夜的星》一诗中跳动的烛火映现了耶稣基督的诞生：

跳动的烛火连成一线，

法衣的彩绣熠熠生辉……

......

> 天边那颗圣诞的星，
>
> 像临门的嘉宾把圣婴照亮。（522—524）

在《受难之日》一诗中诗人用烛火的意象营构福音书的主题和耶稣复活的奇迹：

> 穷苦的人聚了一群，
>
> 捧着蜡烛来到坟茔。
>
> 奇景吓灭了烛火，
>
> 复活的他正在起身……（530）

诗章中"蜡烛""烛光"的意象浓缩了小说中此意象的丰富、复杂的全部内涵，并深化了这一意象的审美内蕴。时代的斑驳面貌、主人公悲剧性的命运、基督精神、灵魂的永生——这些重要的主题都在诗章的烛光意象中得到了充分的体现。作家寄寓在"烛光"这一意象中的沉重慨叹和忧思萦绕在读者的心间。烛光里有高远的心灵，有对崇高爱情的渴望，有对自我价值实现的憧憬，更寄托着复活、永生的宗教理想。"烛光"这一贯穿散文文本与诗歌文本的重要意象再一次说明了作品合成结构的一体性。

需要指出的是，小说中的众多意象无不蕴含着深刻的作品题旨。如果说意象是维系作品合成结构的形式要素，那么其蕴含的题旨则成为维系作品统一性、整体性结构的思想基础。《文学百科词典》词条作者指出，"与艺术形式的其他组元不同，题旨更为直接地与作家的思想和感情世界相连，它们不具备相对'独立'的形象性与审美的终结性。只有在对其'动态过程'的具体分析中，在揭示其丰沛意义的确切性和个别性中才能获得其艺术意义和价值"，题旨所表达的"可以是社会的、政治的、哲学的，但本质上是与创作所要表达的一定的命题联系在一起的"[1]。

《日瓦戈医生》不以讲述社会历史、塑造人物形象为创作目的，作者关注的是个体的命运，沉思的是与个体乃至人类命运息息相关的重大命题。这些命题恰恰是通过众多意象以不同的题旨体现在小说中，形成小说语义结构统一和谐的整体。题旨维系着小说情节的连贯性，是作家对一系列命题沉思后做出的价值判断和具有永恒意义的思考，体现的是作家的世界观，其中包含了他的社会观、生死观、宗教观、历史观、艺术观等。我们将在此后的相关章节中进一步分析。

二、散文与诗歌互为注释的文本整体

对于《日瓦戈医生》中散文文本与诗歌文本的整体性结构，我们还可以从这两部分的审美功能来审视，即可以把散文文本和诗歌文本看作各自承担不同的叙事功能但互为"注释"的有机整体。若从这个角度来解读，则全书纷繁复杂的结构关系就会显得井井有条。

《日瓦戈医生》的散文文本承担着故事演绎的功能。历史背景的交

---

1. Литературный энциклопедический словарь, под общей редакцией В. М. Кожевникова и П. А. Николаева, М.: Советская энциклопедия, 1987. С. 230.

代、日常事物和生活细部纹理的呈现、具体情节的延展、人物命运的外在架构都是由这部分完成的。散文文本是故事内容的承载实体，它还承担着"引发""阐释"思想意义的功能。小说主人公日瓦戈以及与他相关的一切都是作为叙事对象由处于外位的叙述者陈述的，所以叙事无论如何"酷似真实"，也似乎难以触及灵魂"内里"。而诗章是诗人的"自述"，是他灵魂的自白。他将自己的生命体验融入诗歌文本中，讲述自己的哀苦与沉思，书写他心中的人生、世界、宇宙，高度浓缩地表达内心的思想。诗章表现的是省略了具体故事的日瓦戈的人生，它过滤了诗人人生中各种体验之间的显在联系，只留下了一个个看似孤零零的情感和心灵感受之"点"。如果说整部作品是日瓦戈的一部心灵史，那么散文部分是其人生和精神生活的故事性外化，而"观念化"（концептуализация）[1]地呈现这一心灵史的则是诗章部分，它蕴含着形而上的哲思和诗性。诗章是作品的情感与血液，是散文部分的"精神浓缩与升华"，它重在对命题、题旨的深化和提炼，承担着概括、升华整部作品思想意义的功能。正如俄罗斯学者阿利丰诺夫所说："诗歌不是这部长篇小说外在的附加物，不是主人公的辩解，没有它们，这部长篇小说是不完整的，没有它们便没有这部长篇小说"，诗章"强有力地肯定这部长篇小说的世界观、伦理哲学的'正面思想'，并将其说尽讲透，不使它淹没在'沉重而悲伤的情节中'。诗歌是一种了结，一种升华，是向永恒、不朽的突进"[2]。

　　然而，由于具体故事情节的缺失，即使在读完诗章中的所有诗歌之后，我们也很难像理解散文部分那样准确理解诗歌的全部内涵、把

1.　Власов А. С. «Стихотворения Юрия Живаго» Б. Л. Пастернака, Кострома, КГУ имени Некрасова, 2008. С. 201.

2.　Альфонов В. Н. Поэзия Бориса Пастернака. М.: Советский писатель, 1990. С. 287-288.

握诗人心灵深处的全部思想。因此，诗章的内容和意义只能在与散文部分的情节、意象、主题、题旨、命题等进行对应性研究与分析时，才能被完全理解。有研究者指出，"《日瓦戈医生》中的散文部分和诗歌部分构成了生动的、不可分割的辩证统一体。主人公的诗歌成为整部作品的第17章，即小说最后一章（紧跟在"尾声"之后），并且直接参与艺术文本整体的建构，从而获得了特殊的功能地位……散文部分的不同片段在与组诗中的诗歌进行对比研究时才能获得形象－隐喻性阐释，获得象征性的重新思考。组诗似乎是象征性地将小说的情节、行动转到了一个'更大的时间'范畴——一场无止境的、未完成的对话，'在这场对话中任何一种思想都不会死亡'"[1]。诗歌文本与散文文本是互为"注释"的文本。前者应和了散文文本中的人生故事，但不是精准对应。所以，我们可以在一些诗歌中找到与散文文本中的叙事情节潜在的对应性，而另有一些诗歌则让我们感到，那仅是日瓦戈的印象表达和情感抒发。诗人的这一特殊身份使他能摆脱小说家受制于其中的故事逻辑的缠绕，在生命故事与形而上思考之间不断交互、往返和互相求证，能在诗性直觉与理性认知中获得一种独特的平衡。这正是这一诗歌文本的"注释"特征。

需要指出的是，小说第17章诗章没有一个能概括整个组诗统一创作构思和思想主旨的标题，它仅以"尤里·日瓦戈的诗作"为题，即它并非独立的，而是作为主人公去世后留下的遗作被展示，是小说用来进一步揭示主人公精神世界的一个组成部分。有学者称，"日瓦戈的诗作是由

---

1. Власов А. С. «Стихотворения Юрия Живаго» Б. Л. Пастернака, Кострома, КГУ имени Некрасова, 2008. С. 200.

主人公展开描述的，是这部长篇小说整体的抒情对应物，这一书写使他由一个叙事主人公变成了一个抒情主人公"[1]。而从组诗的内在结构来看，这些诗作又是各自独立成篇、精心构思、高度有序化的。诗章记录了日瓦戈人生和精神成长道路中所闻所感的具有里程碑意义的一个个重要时刻。每一首诗不仅与散文文本中的人物、意象、题旨有着高度的呼应，互为阐释，而且都是主人公对生活、生命、历史、艺术、美、宗教认知等的高度概括、总结与升华。

　　按照小说第15章情节的交代，日瓦戈的诗歌手稿是由他同父异母的兄弟叶夫格拉夫收集、整理的，同时还得到了拉拉的帮助。显然，诗歌的取舍和顺序安排不是由日瓦戈自己完成的，而叶夫格拉夫或拉拉是按照什么原则选择诗歌并安排其顺序的，我们无从知晓。事实是，诗章中诗歌的顺序并没有按照日瓦戈创作的年代，而是根据内在的情节结构和思想意义的需要确定的。若按诗歌创作时间的先后，《哈姆雷特》这首诗不应置于诗章之首，因为它完成的时间最晚；按照小说提供的线索，它是日瓦戈在生命的最后一年完成的。而他最早写下的《冬之夜》一诗却被安排在了第15首。细心的读者可以发现，诗章除了在整体上与散文文本中对主人公人生道路的描述保持一致性外，25首诗歌的顺序隐含的内在语义结构是：人生命运—大自然—爱情—善与恶的搏斗—宗教救赎。宗教命题是全书的核心命题之一，它在与生活、大自然、爱情、历史、艺术等命题相互交织、印证的过程中愈益彰显，不断发展和深化，最终得到哲思的升华。

1.　Тюпа В. И. и др. Поэтика «Доктора Живаго» в нарратологическом прочтении. Коллективная монография, под ред. В. И. Тюпы. М.: Intrada, 2014. С. 377.

　　《日瓦戈医生》散文文本中对宗教主旨的表达主要通过人物的话语实现。神父韦杰尼亚平关于人类的拯救应该"以福音书为最重要的伦理箴言和准则""历史是从基督开始的"等话语揭示了小说宗教精神的主旨。随着小说情节的发展，读者根据人物围绕着宗教话题的争论、独特的宗教节日的时间坐标、圣诞节与复活节的弥撒周期、虔诚的西姆什卡对《新约》的阐释这样一些情节之间的关联，逐渐发现作者的宗教意识以及他关于"基督拯救人类"的思想。我们也能从主人公日瓦戈的人生轨迹中感悟到这个"人间基督"经历人生苦难直至肉体死亡、精神复活、灵魂永生的生命形态的发展过程。而最为集中、深刻的宗教命题，最为具体、鲜活的基督形象以及最为明晰的拯救、复活、永生的题旨都是在诗章中得到集中体现和升华的。

　　诗章中25首诗歌的8首——《复活节前七日》《圣诞夜的星》《八月》《神迹》《受难之日》《忏悔的女人》（之一）、《忏悔的女人》（之二）与《客西马尼的林园》，都直接与宗教主题相关，宗教内蕴逐渐增强。由这一主题引领的散文部分与诗歌部分内在的关联，包括意象、形象之间的关联，标题与文本的关联，诗行之间的关联等都在诗章中得到了体现。小说被命名为《日瓦戈医生》，顾名思义是写人物日瓦戈的，与基督、复活、永生似乎没有直接的联系，但是如果把小说中隐性的宗教叙事与诗歌中显性的基督形象和复活的主题联系起来，我们就可以发现，诗章提炼了日瓦戈人生中最核心、最本质的精神元素，不仅隐喻式地呈现了他作为人间基督的命运、灵性、品格，还直接书写了他的受难、死亡、复活，从而揭示了小说中关于生命不灭、灵魂永恒的伟大箴言。

　　《八月》一诗共12个诗段、48个诗行，描述的是基督变容节的场景。诗歌高度浓缩了抒情主人公的重要生命节点：梦幻—死亡—变容—苏醒—复活。他在清晨醒来（第1诗段），泪眼婆娑，因为看见了死神的来临（"潮湿的枕巾和我的卧床"，第2诗段），原来那是夜里凄苦的梦幻（第3诗段）。此后诗歌延续了"梦"这一意象：死亡前的道别（"就是梦见你们为我送行，/一个随着一个走在林中"，第3诗段）、基督变容节（第4、5诗段）、埋葬（"看着我已经逝去的面庞，/掘个墓穴比照我的身量"，第8诗段）、先知的"预见之声"（"那是已经预知天意的我，/说话的嗓音丝毫没有变：/永别了，在基督变容节/……/永别了，多年不幸时光：/……/永别了，伸展宽阔翅膀"，第9—12诗段）。"预见之声"中还融进了女性的话题："请用那女性温柔的手掌，/最后抚平我命运的创伤。/……/女人的变幻莫测的召唤，/无止境的卑微还有低贱，/一生我都在充分地承担。"（513—515）在基督变容节那天，抒情主人公与亲人的道别成为他心灵苏醒、精神复苏、生命跨入新境界的象征。基督变容节是抒情主人公生命的转折点，这一天显性日常的与隐性神秘的意蕴交织在一起。如果说，显性日常情景中的节日只是一种仪式，那么隐性神秘的内涵则是基督神灵的降临。在生命与死亡、光明与黑暗的搏击中，生命与光明赢得了胜利。《八月》这首诗赋予小说整体的悲剧性基调一抹暖色、一种乐观主义情怀。

　　这种乐观主义情怀在诗章的最后一首诗《客西马尼的林园》中得到了鲜明的体现："生命的诗篇已读到终了，/这是一切财富的珍宝。/……/请看，眼见的这些/都应验了箴言，/即刻就会实现。/……/我虽死去，/但三日之后就要复活。/……/世世代代将走出黑暗，/承受我的审判。"（535）这是以耶稣之口讲述的关于末世审判和复活的箴言，也是诗人日瓦戈对基督精神的一种祈祷，是帕斯捷尔纳克对小说中未竟的日瓦戈精神的一种预言方式。

诗章在题旨层次上的艺术概括是主人公在追寻个体价值的过程中对一系列问题的追问和思考。诗歌文本使散文文本中的生活叙事、历史叙事、心灵叙事有了更为坚实的"骨架"和哲理的升华。实际上，散文文本和诗歌文本中所有这些题旨的生发都始于以日瓦戈为代表的现代人的"离家"状态，以及他们探寻回归基督、福音书之路的执着的追求。在帕斯捷尔纳克看来，这既是每一个个体在生活中应当坚守的道德之路，更是人类实现自我拯救的归宿。由此看来，散文与诗歌文本的合成结构既是为故事的完整性设置的，也保证了作品在思想、题旨方面的一致性和整体性。弗拉索夫说，"这部长篇小说的内在结构与外在结构的各种形式特征所强调的仅仅是作品的散文部分与诗歌部分的完整统一，换句话说，强调的是一种内在的、超验的整体性"[1]。

诗章最终完成了对日瓦戈形象的塑造，全面展现了主人公内在的精神世界，为个体的生命存在和人类幸福命题提供了具有永恒价值的哲思。诗人王家新说："帕斯捷尔纳克完全是从个人角度来写历史的，即从一个独立的、自由的，但又对时代充满关注的知识分子的角度来写历史，他把个人置于历史的遭遇和命运的鬼使神差般的力量之中，但最终，又把对历史的思考和叙述化为对个人良知的追问。"[2]我们从诗歌中看到了帕斯捷尔纳克的世界观、人生观，用利哈乔夫的话来说，"在日瓦戈身上，我们看到了秘而不宣的帕斯捷尔纳克"[3]。

诗章是小说文本的"画外音"，是充满诗意的"娓娓动听的旁白"，

---

1. Власов А. С. «Стихотворения Юрия Живаго» Б. Л. Пастернака. Кострома, КГУ имени Некрасова, 2008. С. 26.

2. 王家新：《为凤凰找寻栖所——现代诗歌论集》。北京：北京大学出版社，2008年，第170页。

3. Лихачев Д. С. Размышления над романом «Доктор Живаго» // Новый мир. 1988, №1, С. 6.

应和着日瓦戈的话语和生命精神。由于诗章这一"画外音"的存在，小说不再是一个封闭的、终结的故事空间，而成了一个开放的文本空间。正是这种"画外音"的"注释结构"改变了传统小说的言说方式，它使小说结构更加独特、完整，使小说充满诗性，使两种体裁形式发生了关联与有机的融合。帕斯捷尔纳克在《日瓦戈医生》中开凿了一个诗章"大天窗"，他通过这扇"大天窗"将"画外音"传递了进来，使小说具有了独特的"注释结构"，从而大大扩展了小说的审美空间。

三、诗的艺术精神

作为一个知识分子，帕斯捷尔纳克有着艺术家的多重身份。他是最富文学"纯粹性"的未来主义诗人之一，是苏联时期最著名的莎士比亚和歌德的翻译家，也是同时代最具艺术创新性的小说家。帕斯捷尔纳克的所有艺术活动都与"诗性"有关。他的小说里始终渗透着诗歌的情感、风格和表达方式。雅各布森早在20世纪30年代就指出，帕斯捷尔纳克小说的独特之处在于它是一种典型的"诗人的散文"[1]。"诗人的散文"不仅是指包括小说在内的散文是由诗人帕斯捷尔纳克创作的，更是指他的这些散文作品充满了诗的艺术精神。

《日瓦戈医生》是一个庞大、复杂、精密的话语体系，而诗的艺术精神是引领这一话语体系的文学精神。这不仅是指诗歌这一体裁形式直接嵌入了小说的文本中，更是指贯穿小说始终的是关于"诗"的艺术命题、诗人日瓦戈强大的诗的艺术精神以及强烈的诗歌文体意识。

---

1. Якобсон Р. О. Заметки о прозе поэта Пастернака // Якобсон Р. О. Работы по поэтике. М.: Прогресс, 1987.

　　文学创作不仅是日瓦戈生命中的重要内容，还是他重要的思想和精神构成。日瓦戈从青少年时代起就"富有创造性的天资，对艺术形象的本质和逻辑思想的结构都有一定的见解"（76）。艺术是深刻的，它源于激越的生命，而激越的生命的价值在于对真理的寻觅。日瓦戈认为，艺术的力量就是真理的力量，就是对真理的发现、认知和诗化，对诗歌艺术的钟情就是对思想意义的追寻和对真理的崇尚。他在札记中强调，"艺术不是范畴的称谓，也不是包罗无数概念以及由此派生出的各种现象的领域的称谓，恰恰相反，它是狭窄而集中的东西。作为构成艺术作品原则的标志，它是作品中所运用的力量或者详尽分析过的真理的称谓"（278）。在这种艺术观的指导下，日瓦戈一直用诗歌精神来探究社会、人性的根本，对生活始终保持着独具慧眼的艺术关注。他对诗歌精神的探寻经历了一个不断完善、成熟的过程。从中学时代就开始诗歌创作的"尤拉宽厚地对待这些刚刚出世的诗的弱点，因为它们具有一种力量和独创性。尤拉认为，这两种品格，即力量和独创性，才是艺术中现实性的有代表性的特点，其余都是无目标的、空泛的、不需要的"（63）。主人公在少年时代确立的对诗歌本质——"激情与独创性"的认知实际上体现了他那时对生命的一种认知。日瓦戈一次次走在时代转折点的断裂地带，早年，他的社会批判与人性批判所燃起的一场场死亡与重生之火无不凭借着自发的、非理性意识的"激情"，并将这种激情转化为创作诗歌的强大动力。这一诗学观念实际上是青少年时代日瓦戈的个人化经验的生命哲学和生命诗学的呈现。

　　此后，小说中不时出现日瓦戈沉醉于诗歌创作的场景，诗歌在日瓦戈人生故事的演进和情节的发展中起着越来越重要的作用。随着对生命和艺术认知的深化，日瓦戈对诗歌创作的要义与精神的理解也悄然发生了变化：由创作主体认为"现实诗歌"要表达人的激情的观点，转变为诗歌在表达"激情"的同时更要注重"思想意义"的传达。如此一来，在日瓦戈的创作中先前处于首位的、自发的、"非理性的"生命的"激情"，最终让位于表现语言、祖国、美等的思想。"第一位的不是人和他寻求表达的精神状态，而是他想借以表达这种精神状态的语言。语言、祖国、美和含义的储藏所，自己开始替人思考和说话了，不是在音响的意义上，而是在其内在的湍急奔流的意义上，完全变成音乐了。"（420—421）

小说第6章，在一战前线的医院，时任主治医生的日瓦戈创作了一部名为《游戏人间》的札记，这部札记包含了小说与诗歌作品，"是在意识到半数的人已经失去了本来面目，且不知道如何把戏演下去的启示下写出来的"（179）。回到莫斯科后的日瓦戈在患伤寒病期间还写了一首名为《失措》的诗歌，描述生命的苦难、死亡，书写苏醒、复活的伟力，表达生命的坚韧。此时，日瓦戈开始用深刻的思想来表达其诗歌内涵。他深刻地了解自己在时代中的位置，敏锐地发现了社会转型时期知识分子的精神状态，表达了社会文化坍塌、理想失落之后的一种时代的迷惘与彷徨。

在小说第9章"瓦雷金诺"中，日瓦戈在远离动乱的世外桃源——瓦雷金诺一遍遍地阅读世界文学经典，再次满怀激情地投入到文学创作中。作者在此处第一次将叙事话语权由叙述者转交给了主人公。这一章的前9节"日瓦戈的札记"是主人公第一次大段的抒情性自白，它在整部小说由散文文本向诗歌文本的转向中具有十分重要的意义。从第9章开始，小说整个下卷中描写自然、心灵、情感、思想的浓浓的抒情已经远远超过了上卷中对历史和时代社会生活的记述。这种抒情性越接近小说的"尾声"就越强烈。诗人的心灵世界、情感世界、文学世界常常通过叙述者叙说和主人公自述相结合的形式，越来越具体、鲜明地展现在读者面前。"血肉相关的热气腾腾的和尚未冷却的东西便从诗中排除了，而代替淌血和致病的是平静之后的广阔，而这种广阔把个别的情形提高到大家都熟悉的空泛的感受上去了。他并未追求过这个目的，但这种广阔，自动而来……他喜欢诗中的这种使人精神高尚的印痕。"（435）诗歌充满了思想的力量，这力量从个人的感觉出发，最后通向具有永恒意义的思考。诗歌不仅是一种情感抒发，更蕴含着一种以期对世界发出有效呼应的"宇宙思维""世界思想"，日瓦戈打通了诗歌写作与哲学思考之间的隐秘通道。诗歌不仅是诗人与自我的精神对话，还在更深的层面上呼应了个体精神与时代境遇之间的紧张关系。

与此同时，日瓦戈对诗歌形式的追求也越来越执着。"他在删改各式各样旧作时，又重新检验了自己的观点，并指出，艺术永远是为美服务的，而美是掌握形式的一种幸福，形式则是生存的有机契机，一切有生命的东西为了存在就必须具有形式，因此艺术，其中包括悲剧艺术，是一篇关于存在幸福的故事。"（436）在诗人与社会、生命、存在彼此纠葛的精神困境中，诗歌作为一种特殊的言说方式，不仅成为个体的精神和情感体验的守护者，也是向人类敞开心胸，诉说情感、思想的艺术美的形式。

小说结尾，日瓦戈离开了他生命中最后一个女人马林娜，他失踪之后，全身心地投入到写作中。他要写"城市"，思考"墙外日夜喧嚣的街道同当代人的灵魂"（468）。他要用创作拯救人类，因为他发现，任何现世的拯救都无法解决人的精神、灵魂问题，现世的改造只能使自然、正常的生活"统统化为灰烬"，因此他逐渐转向内心，通过文学创作走向自我与人类的心灵救赎。在帕斯捷尔纳克看来，艺术是自我拯救与人类救赎的良方，这是他——一位曾经的未来主义诗人对艺术救世理念的重现。他认为，艺术创作有着比现世拯救更为重要的精神价值与意义，因为它是非实践的，是反思的、审视的。这种拯救就是小说中神父韦杰尼亚平所说的用"真理的声音"去诱导人的心灵，它虽然不能立竿见影地解决问题，但是却能深入事件的本质和人的心灵，让人类按照心灵指引的方向行进。缺少了艺术拯救，人类的生活将变得暗淡无光。这一艺术拯救、精神拯救的理念，就是帕斯捷尔纳克试图偿还世纪巨债、履行自己意识到并主动肩负的责任的一种方式。

　　小说"尾声"一章的第5节，日瓦戈的创作已经握在了他青年时代的好友戈尔东、杜多罗夫的手中。日瓦戈的著作集"他们不止读过一遍了，其中的一半都能背诵。他们交换看法，陷入思考之中……尽管战后人们所期待的清醒和解放没有伴随着胜利一起到来，但在战后的所有年代里，自由的征兆仍然弥漫在空气中，并构成这些年代惟一的历史内容。已经变老的两位朋友坐在窗前还是觉得，心灵的这种自由来到了，正是在这天晚上，在他们脚下的街道上已经能感触到未来了，而他们自己也步入未来，今后将永远处于未来之中"（493）。这是整部作品散文部分的终结，也是散文文本与诗歌文本的分界点。"尾声"的这一节汇聚了散文文本讲述的主要内容——从人物命运到基本的思想题旨。它们以暗示的方式，通过一系列诗性的语汇被表达出来："长长的故事"（«длинная повесть»)、"清醒"（«просветление»)、"解放"（«освобождение»)、"胜利"（«победа»)、弥漫在空气中的"自由的征兆"（«предвестие свободы»)、"心灵的自由"（«свобода души»)、整个大地感受到的"平静"（«спокойствие»)、"幸福的无声的音乐"（«неслышная музыка счастья»）等。充满抒情性的基调应和了诗章的诗性场域，可以说是诗章的"前言"。

主人公对诗歌艺术认识的不断深化源于他对生命、社会、历史、世界、自我认知的不断深化。他对诗歌创作本质的认识的变化以及对诗歌意蕴、思想、形式、美的深入关注与小说的体裁转化有着必然性的内在关联，是小说由故事叙事走向诗性抒情的必然结果。诗歌已成为两个诗人——显性的日瓦戈和隐性的帕斯捷尔纳克凝视俗世后的盘诘，是两者精神重生后的哲思，是对具有生命诗性和艺术诗性的小说整体结构的实现。

诗的艺术精神还体现在整部小说的"诗歌文体意识"中，有研究者指出，《日瓦戈医生》具有鲜明的"类诗结构"（стихоподобная композиция）[1]。

传统长篇小说的章节划分以情节和叙事对象的高度统一性为原则，各章节都相对较长，情节也比较完整。为了彰显情节、叙事内容，以及命题的统一性和相对独立性，有些作品仅以章划分，而略去了节的划分，其中不同章的转换是以情节、人物、叙事内容的变换为前提并加以命名的。每章少则数页，多则十几页，故事完整，内容与命题一致，意义明晰。但《日瓦戈医生》则不同，每章都设置了众多小节。文本的情节、主题统一性和完整性常被众多小节的划分肢解，各个被肢解的小节篇幅十分短小，也没有相应的标题。各小节的情节内容之间或保持一定的关联，或没有关联。小节之间的意义呼应不仅存在于相邻小节中，甚至还与

1. Тюпа В. И. Стихоподобная композиция «Доктора Живаго» // новый филологический вестник. 2012, №4, C. 8-18.

相隔较远的小节保持着"远距离"的一致性和连续性。抒情诗的"诗节原则"似乎被移用到了小说的小节叙事中，也就是说，很多小节的意义是不完整的，情节内容的完整性需要多个小节的叙事才能实现。有时，节与节也不像传统小说那样紧密和连贯，而像是长诗中的一个个诗节。

以小说第13章"带雕像房子的对面"为例。此章共38页（俄文50页）的篇幅被分成了18节，最少的一节不到1页，最多的3页。小节不仅篇幅短，而且情节发展的停顿多。第1节讲的是日瓦戈从游击队回到尤里亚金后看到了政府墙上的公告栏上贴着三张布告，布告的内容几乎占了小节的全部篇幅；第2节讲的是日瓦戈找到了拉拉的住所并看到了她留下的一张字条；第3节讲的又是日瓦戈看见了贴在墙上的政府指令；第4节，日瓦戈从街上又回到了拉拉的住所。原本相对完整的情节被破碎为4个小节，还出现了一些重复，从情节内容的连续性来看，这不是小说常有的小节划分原则。第1、2节都谈到了政府贴在墙上的公告，第3节又以墙上的公告讲起。第4节的开头是"他又上了楼"，结尾是"于是他又上街去了"。第5节讲日瓦戈找到了裁缝店，敲门。第6节讲的是主人开了门，日瓦戈进入裁缝店。第5节只有半页内容，第5、6两个小节划分的标志是日瓦戈敲门和进入裁缝店的两个连续性动作。从情节内容来看，这样的分节似乎多余。第6节以"这么说他们在莫斯科了！"结尾，第7节以"在莫斯科了！在莫斯科了！"开头。这样的重复很像茨维塔耶娃诗歌中常出现的断句移行现象（цветаевские межстрофные переносы），即将上一诗节的结尾移到下一诗节的开端。

在小说第13章中，日瓦戈似乎总处在一种刚刚逃离了游击队的精神恍惚之中，也许这正是作者有意将情节破碎化，以便更好地传达主人公凌乱、无序心境的缘由所在。从第13章第9节开始，叙事转向了生病的日瓦戈与拉拉之间的独处，第11—14节都是日瓦戈与拉拉的对话。按照小说的叙事内容和逻辑，它们应该放在同一节中，而男女主人公的"喃喃细语"却被细分成了4个小节，像是高度韵律化了的4个诗节。从这一章的故事情节来看，各小节的划分似乎是没有必要的，然而仔细分析就会发现，各小节的语义结构非常对称。记叙男女主人公一场对话的4个小节（第11—14节）与随后描写日瓦戈一年的人生动荡的4个小节（第15—18节）形成了十分对称的语义结构。

通过以上分析我们可以发现，小说中很多小节的划分不是由故事情节决定的，而是由特殊的诗歌结构原则决定的，这就形成了一种对称的、类似由诗行组成的诗节的结构类型。在小说的许多章节中我们都发现了这种特殊结构。

此外，充满诗性的话语表达、音韵的重复等都强化了小说的诗性色彩。小说第14章第3节，拉拉和日瓦戈意识到处境的危险后，决定重返瓦雷金诺，出发之前日瓦戈在和拉拉交谈时说：

"……我们可以按照自己的心意安排它们，把它们用在告别生命上，用在我们分手前最后的团聚上。我们同我们所珍惜的一切告别，同我们习以为常的概念告别，同我们如何幻想生活、良心又如何教导我们的一切告别，我们同希望告别，我们互相告别。我们再互相说一遍我们夜里说过的那些悄悄话，伟大而轻微的话，宛如太平洋这个名称。你并非平白无故地站在我生命的尽头，在战争和起义的天空下，我隐蔽的、禁忌的天使，在你童年和平天空下，你同样会在我生命的开端站起来。"（411）

«Воспользуемся же ими по своему. Потратим их на проводы жизни, на последнее свидание перед разлукою. Простимся со всем, что нам было дорого, с нашими привычными понятиями, с тем, как мы мечтали жить и чему нас учила совесть, простимся с надеждами, простимся друг с другом. Скажем еще раз друг другу наши ночные тайные слова, великие и тихие, как название азиатского океана. Ты недаром стоишь у конца моей жизни, потаенный, запретный мой ангел, под небом войн и восстаний, ты когда-то под мирным небом детства так же поднялась у ее начала. »

"首语重复"是诗歌中常用的一种修辞手法，在日瓦戈的这段话语中作者大量使用了这一修辞手法。我们可以找到两个层次上的"首语重复"。1）词汇层次上的"首语重复"：**Простимся** со всем, что нам было дорого, с нашими привычными понятиями, с тем, как мы мечтали жить и чему нас учила совесть, **простимся** с надеждами, **простимся** друг с другом. 2）句式上的重复：**Воспользуемся** же ими по своему. **Потратим** их на проводы жизни, на последнее свидание перед разлукою. **Простимся** со всем, что нам было дорого, с нашими привычными понятиями, с тем, как мы мечтали жить и чему нас учила совесть, простимся с надеждами, простимся друг с другом. **Скажем** еще раз друг другу наши ночные тайные слова, великие и тихие, как название азиатского океана.

不断出现的词汇、词组、句式的重复形成了一种特殊的韵律结构、一种诗意的语言建构，这时小说的修辞仿佛按照诗歌的韵律法则存在。在小说中，我们还能找到很多这样诗意化的片段。

还是在第14章"重返瓦雷金诺"中，拉拉被科马罗夫斯基骗去远东后，日瓦戈在内心深处对拉拉倾诉：

> "我永生永世忘不了的迷人的人儿。只要我的肘弯还记着你，只要你还在我怀中和我的唇上，我就同你在一起。我将在值得流传的诗篇中哭尽思念你的眼泪。我要在温柔的、温柔的、令人隐隐发疼的悲伤的描绘中记下对你的回忆。我留在这儿直到写完它们为止。我将把你的面容描绘在纸上，就像掀起狂涛的风暴过后，溅得比什么都有力、比什么都远的海浪留在沙滩上的痕迹。大海弯曲的曲线把浮石、软木、贝壳、水草以及一切它能从海底卷起的最轻的和最无分量的东西抛到岸上。这是无穷尽地伸向远方的汹涌澎湃海浪的海岸线。生活的风暴就是这样把你冲到我身边，我的骄傲。我将这样描绘你。"
> （434—435）

> «Прелесть моя незабвенная! Пока тебя помнят вгибы локтей моих, пока еще ты на руках и губах моих, я побуду с тобой. Я выплачу слезы о тебе в чем-нибудь достойном, остающемся. Я запишу память о тебе в нежном, нежном, щемяще печальном изображении. Я останусь тут, пока этого не сделаю. А потом и сам уеду. Вот как я изображу тебя. Я положу черты твои на бумагу, как после страшной бури, взрывающей море до основания, ложатся на песок следы сильнейшей,

дальше всего доплескивавшейся волны. Ломаной извилистой линией накидывает море пемзу, пробку, ракушки, водоросли, самое легкое и невесомое, что оно могло поднять со дна. Это бесконечно тянущаяся вдаль береговая граница самого высокого прибоя. Так прибило тебя бурей жизни ко мне, гордость моя. Так я изображу тебя.»

　　这段内心独白中有三个层次上的"首语重复"。1）词汇层次上的"首 语 重 复"：**Пока** тебя помнят вгибы локтей моих, **пока** еще ты на руках и губах моих, я побуду с тобой. 2）词组层次上的"首语重复"：**Я выплачу** слезы о тебе в чем-нибудь достойном, остающемся. **Я запишу** память о тебе в нежном, нежном, щемяще печальном изображении. **Я останусь** тут, пока этого не сделаю. 3）句式上的重复：Вот **как я** изображу тебя... **Так** прибило тебя бурей жизни ко мне, гордость моя. **Так** я изображу тебя.

　　这些不同层次上的"首语重复"宛如这段内心独白描绘的"大海"意象的内在隐喻的韵律对应物。主人公的思想如同海浪，在蓄积了新的力量之后回到起点，然后重新涌来，不断层叠。除此之外，这段话语还大量使用了诗歌中常用的"辅音重复"的修辞手法。如辅音"п"重复了20次，"б"23次，"р"20次，"с"30次，这几个辅音音响的重复使主人公的内心情感显得更深沉、悲怆。由于日瓦戈这段内心话语的韵律、风格和音响的特点，我们可将其视为小说中独特的诗歌体，与第17章诗章中的《分离》一诗对应，讲述着这首诗"先前的故事"，是这首诗的"前言"，并最终与之融为一体。在小说中，我们还能找到很多这样诗意化的片段。

俄罗斯学者塔波洛夫指出了《日瓦戈医生》中散文文本与诗歌文本言说方式的差异性。他说："诗歌部分和散文部分相互关联内容的叙事方式远非完全一致：抒情诗歌似乎是以陌生化的方式写的，使用的是第三人称，而作为'经验主义'的散文部分在关键性的地方是以第一人称的方式叙写的。"[1]的确如此，比如上述片段中日瓦戈内心独白的描写用的是第一人称，而诗章中与这一情节相关联的《分离》一诗是用第三人称写的。

> 他从门槛上向里张望，
> 认不出这就是家。
> 她的离去就像是逃亡，
> 把凌乱痕迹留下。
> 这儿一切都是乱糟糟，
> 看不出怎样才好，
> 因为两眼布满了泪痕，
> 只感觉头脑昏沉。（517）

弗拉索夫指出，"《日瓦戈医生》中的诗歌话语不仅仅是被描写的对象，而且是享有充分权利的、鲜活的描述性话语，补充并深化小说话语。尤里·日瓦戈没有被局限在他的文学本体框架中，他似乎超出了文本的界限，不再仅仅是主人公，或者是'消极的审美客体'（巴赫金语），

---

1. Власов А. С. «Стихотворения Юрия Живаго» Б. Л. Пастернака, Кострома, КГУ имени Некрасова, 2008. С. 116.

在读者的接受中实际上他已经成了积极的创作主体（与小说真正的作者地位相同），成了一个'合作者'。这已经不单纯是一种诗学体裁创新，一种'美学游戏'：这是'鲜活的与意义的'合成"[1]。这种合成被帕斯捷尔纳克视为最高的艺术。

　　长篇小说《日瓦戈医生》具有两种叙事话语类型——"客观－史诗"的小说话语和"主观－抒情"的诗歌话语，它们构成了整部小说不可分割的辩证统一体。我们必须对两种叙事话语类型进行对应性研究，才能完全阐释这部小说，才能深入理解整部作品的哲学、宗教内涵，深邃的思想，以及合成体裁的独特性。诗章中的25首诗由2种类型的诗构成：一类是描述日常生活层面的，如关于大自然、爱情和社会民俗的诗；另一类是具有强烈象征意义的诗。这2种类型的诗不矛盾，它们相互表现、相互作用、相互丰富。诗歌的排列不是随机的，也并非按创作的时间顺序，诗歌排列遵循的是语义原则：不断强化的宗教性、宗教元素和福音书主题的意义。与小说话语一样，诗歌话语亦由世俗层面逐渐进入形而上的永恒层面，由社会历史时空逐渐进入元历史、存在主义、超验的形而上的诗意时空，最终完成对日瓦戈形象的塑造，由外而内揭示这一人物。借助于散文部分的语境来分析诗章，读者可以看到作家形而上深刻思想的演进过程。通过对诗歌与相关散文部分的情节对比分析，读者就会发现诗歌构思的奥秘和规律，发现一些个别、独立的意象与整体诗歌意象的产生、形成与演变，进而看到诗歌的整个创作过程，即从作者最初印象式的诗歌创作冲动到整个诗章的构思是如何通过诗歌语言实现

1.　Власов А. С. «Стихотворения Юрия Живаго» Б. Л. Пастернака, Кострома, КГУ имени Некрасова, 2008. С. 201-202.

的。诗歌中形象和意象的产生和演变过程不是简单的、直线式的，而是通过审美的接受视角实现的，因此是个性的、个人化的，但是在更广阔的象征意义中这种个性被赋予了共通的、普遍的、全人类的意义。正是在这个意义上，《日瓦戈医生》融合了抒情诗和小说叙事，形成了一种具有象征意义的新的体裁形式[1]。

1. Власов А. С. «Стихотворения Юрия Живаго» Б. Л. Пастернака, Кострома, КГУ имени Некрасова, 2008.

第二章

《日瓦戈医生》的叙事视角

　　《日瓦戈医生》"精致主义"的叙事风格在很大程度上取决于它极富独特性和创新性的叙事视角。帕斯捷尔纳克不仅在叙事结构上，而且在叙事视角上也使用了现代小说的叙事方式，在促进俄罗斯传统现实主义长篇小说叙事的现代性转型中起到了不可忽视的作用。

　　叙事视角又称叙事视点（точка зрения повествования/point of view）或叙事聚焦（фокализация/focalization）。对西方叙事学产生了重大影响的俄国符号学家乌斯宾斯基认为，"视点就是叙述者对所述故事的态度"，"这一概念是由外在的和内在的、对事件的接受和表达产生影响的各种因素构成的"[1]。申丹指出，"传统上的'视角'（point of view）一词至少有两个常用的所指，一为结构上的，即叙事时所采用的视觉（或感知）角度，它直接作用于被叙述的事件；另一为文体上的，即叙述者在叙事时通过文字表达或流露出来的立场观点、语气口吻，它间接地作用于事件"[2]。中俄两位学者对叙事视角的定义尽管在表述上

1.　Шмид В. Нарратология. М.: Языки славянской культуры, 2003. С. 62, 67.

2.　申丹：《叙述学与小说文体学研究（第二版）》。北京：北京大学出版社，2001年，第175页。

有所不同，但实质上是一致的，都包括外在结构和内在语言文体两个层面。

叙事学对叙事视角的研究始于20世纪初，是伴随着现代小说创作中第三人称有限视角的运用以及形式主义文论的兴起而产生的。法国叙事学家热奈特于20世纪80年代提出了叙事学界广为认可的三大类聚焦模式："零聚焦""内聚焦""外聚焦"。以热奈特为代表的叙事学研究者尤其重视视角的运用，即叙事作品如何采用不同的视角来表达主题意义和强化审美效果。他们认为，叙事视角对于表达主题意义有很重要的作用，通过特定视角的运用或不同视角的转换可以获得不同的审美效果。

帕斯捷尔纳克是一位具有现代主义创作意识的作家，即使在现实主义小说的线性叙事中，他也注重传统叙事视角的现代性改造。在《日瓦戈医生》中，作者不再使用单一的"全知全能"叙事视角，而是采用不同的叙事视角并通过视角的自由转换、交叉、融合对人物及事件进行多重审视，进而引发读者的深入思考。叙事视角的多样性、复杂性、变换性是小说的重要特征。那么，《日瓦戈医生》具体使用了哪些叙事视角类型，其特点是什么？这些叙事视角又是如何切换、组合的？它们与传统现实主义小说中的叙事视角有何不同？多重的叙事视角具有怎样的叙事功能并赋予了小说怎样的审美意蕴？这些问题正是本章解读的重心所在。

第一节　多重视角形态

《日瓦戈医生》融汇了各种叙事视角，除了现实主义小说经典叙事采用的全知视角外，还使用了更具现代小说特征的人物视角及摄像式外视角。这三种视角类型共同构成了小说视角的多样性和合成性。作家充分发挥了不同视角各自的优势，又以其独特的创新使不同视角的艺术功能在小说叙事中得到了最大限度的发挥。

一、全知视角——史诗性的叙事形态

全知视角是20世纪现代主义小说出现以前小说叙事中发展最为成熟、运用最为普遍的视角。在全知视角叙事中，叙述者无所不知、无处不在，可以从任何角度观察、叙事。规模宏大、线索复杂、人物众多的史诗性作品常使用全知视角叙事。

《日瓦戈医生》展示了20世纪上半叶俄国社会激荡的历史风云，塑造了众多有血有肉的人物形象，是一部具有史诗品格的现实主义长篇小说，而全知视角自然而然地成为作家宏大叙事的主体视角。但是这种全知视角已经具备了新的特点：第一，它仅仅运用于现实背景的交代和故事场景的陈述中，而且这种基于"交代"和"陈述"功能的叙事是极为简略、浓缩的；第二，全知视角有时并不"全知"，小说中叙述者在很多地方都故意"限知"，以此制造悬念，激发读者的阅读期待；第三，全知视角并不具备"全能"的功能，小说中叙述者的叙说大多并不具备鲜明的评价功能和价值判断意义，有学者将这种全知视角称为"中性全知"[1]。与传统现实主义小说叙事中的全知视角相比，《日瓦戈医生》中使用的全知视角兼具以上三种新的特点。

全知视角在描述时代背景和总揽故事全局方面表现出明显的优势。

---

1. Friedman N. Point of View in Fiction: The Development of a Critical Concept[J] // PMLA, 1955, №5. p. 1160-1184.

小说中关于三次革命、四次战争的叙事采用的是全知视角。无论是日俄战争和俄国第一次资产阶级民主革命时期紧张的时代氛围，还是第一次世界大战的血腥画面，无论是二月革命、十月革命、苏俄国内战争的社会景观，还是卫国战争的背景交代，全知视角的宏大叙事都是其他视角难以胜任的。但需要指出的是，作者在描写时代风云时已无托尔斯泰式的挥洒、恣肆，他对全知视角的运用是十分谨慎和简略的。以小说的第2章第5节对1905年的时代氛围的描写为例，全知叙述者仅用寥寥几笔就勾勒出了日俄战争和此后汹涌的革命风暴："秋天，在莫斯科铁路枢纽站发生了骚动。莫斯科到喀山全线罢工。莫斯科到布列斯特这条线也应当参加进去。已经作了罢工的决定，不过在罢工委员会里还没有议定什么时候宣布罢工日期。全路的人已然知道要罢工，就是还得找个表面的借口，那样才好说明罢工是自发的。"（26）从莫斯科到喀山、布列斯特，从罢工委员会到全线铁路工人，从事件的表象到内幕，这些普通观察者难以尽知的信息，全知叙述者仅用几行文字便交代清楚了。读者对于全知叙述者的这种"超能力"持默认态度，不会质疑信息来源及真伪。假若换作限制性外视角或者人物有限视角，则叙述者必须用较长篇幅向读者交代各种信息的来源。由此可见，言简意赅的全知叙事为帕斯捷尔纳克描绘恢宏的世纪卷轴提供了很大的便利。

此外，在具体运用上，小说中的全知叙述者也并不总是无所不在、无所不知，相反，有时全知叙述者会主动限制自己"全知"的叙事权力，有意设置一些叙事谜团，制造悬念，将读者引入主动、积极的阐释过程。

小说第1章第7节讲述了火车上的一起自杀事件。叙述者的讲述扑朔迷离，自始至终没有指出受难者的真实身份，只是借众多目击者之口说死者是一个"很有地位的人""有名的富翁"（16），并且透露了他抛弃前妻和十岁左右的儿子等信息。至于死因，叙述者也不是按照自己的观察眼光和话语来确定的，而是依据目击者的观察认定他为自杀；同时还借邻车厢的小男孩米沙之口说死者生前受到持续的、强烈的精神刺激，已经有两个多月不能睡觉了，只有靠不断酗酒自我麻醉。叙述者没有明确指出杀人凶手是何人，但又多次暗示这一结局与死者同车厢的律师有关。此时叙述者全知全能的基本叙事功能仍在，但他大大简化了故事的陈述，事件的叙事远未做到清晰有序，而是设置了一个隐秘的"机关"，使读者觉得叙述者并非在场也并不全知，只是记录下了所听说的局部事件。这暗藏玄机的故事情节既激发了读者的想象性思维，也增强了人物命运的复杂性和悲剧色彩。

火车自杀事件告一段落后，叙述者笔锋一转，开始讲述"来自另一个圈子的姑娘"——拉拉的故事。拉拉跟随寡居母亲从乌拉尔来到莫斯科，被母亲的情夫——律师科马罗夫斯基诱奸，落入魔爪。拉拉母亲服毒自杀未遂，尤拉和他的小伙伴米沙来到事发现场。当米沙看到科马罗夫斯基之后，"不觉全身颤抖了一下"（60）。叙事至此，读者才获知，这个引诱了拉拉母亲的律师正是此前火车自杀事件的真凶，而死者不是别人，正是尤拉的父亲日瓦戈。证实了这一点后，再回过头来看叙述者在第1章第7节对科马罗夫斯基的描述，我们就会注意到叙述者当时就已经给出了很多细节暗示。科马罗夫斯基"身体健壮、神态傲慢"，"仿佛裹在汗湿的衬衣里的一头种畜"（15）。联想到科马罗夫斯基对拉拉母女的不齿行径，用"种畜"这个词语形容他实在是再贴切不过了。这显然是叙述者对人物的一种概括性定位，是叙述者看似不经意间为读者埋下的线索。在火车自杀事件中，叙述者有意不从当事者的角度直接展开叙述，而主要从旁观者和目击者的角度讲述。但此处与人物有限视角不同的是，人物眼光并没有完全取代叙述者的眼光。比如对围观群众反应的描写仍然是以叙述者（而非小男孩米沙）的视角进行的，从而将事情的真相原委搁置了整整一章的篇幅。叙述者有效地控制叙事的距离和节奏，使读者积极地参与到文本阐释中。当谜底不经意间被揭开时，读者方才恍然大悟，产生"原来如此"之感。没有和盘托出，少了具体细节，多了超脱——现代小说叙事的精巧、智慧可见一斑。

与此类似，全知叙述者主动"限知"的情节叙事还有斯特列利尼科夫的"传说之谜"、洗衣女工塔尼娅的"身世之谜"等等。有关这两个人物的故事讲述同样具有一定的悬疑色彩。在揭示这两个谜团时，叙述者刻意将自己的知情权限制在旁观者的角色中，只是在不同地方反复加以暗示，有时甚至还"故弄玄虚"地对人物进行身世调查。比如，拉拉的丈夫安季波夫上前线后失去了音讯，传闻说他非俘即死。这时一位赫赫有名的"枪决专家"——斯特列利尼科夫横空出世。在大家都对这个传奇人物的身份感到好奇的时候，全知叙述者煞有介事地对其身份进行了一番调查（第7章倒数第2节），还得出结论："不过，这人究竟是怎么回事？奇怪，一个鲜为人知的非党人士能被提拔担任这样的职务而且居然能胜任"（244）。之后，叙述者才揭示了他的身世："斯特列利尼科夫生在莫斯科，是个工人的儿子。父亲参加过一九〇五年的革命并因此而遭了殃。当时他由于年龄小而置身革命运动之外，后来在大学读书，因为是贫家子弟进了高等学府，对学习就更加重视和勤奋。富裕的大学生们的骚动并未触及他。他带着丰富的知识走出校门，以后又靠自己努力在原有历史、语文专业的基础上钻研了数学。按照法令，他可以免服军役，但自愿上了战场，以准尉的军阶被俘，后来知道俄国发生了革命，就在一九一七年逃回了祖国"（245）。虽然细心的读者可能会注意到斯特列利尼科夫与安季波夫经历的相似之处，但叙述者以无可置疑的口吻展开的详尽描述让读者相信，他已经坦白交代了一切。直到第8章的最后一节，叙述者才借传言表明，斯特列利尼科夫就是"复活"了的安季波夫。而最终谜底是由拉拉在第9章第15节才完全揭开的。

　　小说"尾声"一章才出现小女孩塔尼娅，读者对她的出现没有任何心理准备。读者只是隐约知道，日瓦戈和拉拉生了一个孩子，叙述者在讲述这个孩子的身世时也采用了同样的技巧。日瓦戈生前并不知道拉拉怀孕的确切消息，在两人离别之前，拉拉对是否怀孕也只不过是担心而已，并不确定。在日瓦戈去世之后，他的弟弟叶夫格拉夫在遗体告别仪式上偶遇拉拉，"他从她那儿知道了一件重要的事"（480）。在第16章"尾声"中，出现了一个洗衣女工塔尼娅。读者后来才知道，此人即日瓦戈和拉拉之女。关于塔尼娅的真实身份，叙述者并没有直接交代，而是让读者和书中不知情的人物一起慢慢发现。先是日瓦戈的童年好友戈尔东和杜多罗夫发现"塔尼娅一笑满脸开花，笑法跟尤里一样"（485），然后又说叶夫格拉夫在与塔尼娅交谈之后激动异常，承诺照顾她，而且有可能会认她作侄女。最后，在塔尼娅应戈尔东等人的请求再次讲述自己的身世后，读者才最终确定她就是日瓦戈和拉拉的女儿。

　　不难发现，叙述者一方面给出种种线索和暗示，一方面又"遮遮掩掩"。这种暂时掩盖事实真相、不直接指明人物之间或故事之间关联的叙事手法被谢格洛夫称为"暗合"，它让读者在阅读过程中充满迷惑和期待，获知后又能得到猎奇的愉悦[1]。叙述者对于全知视角的主动限制使小

1.　汪磊，王加兴：《俄罗斯关于〈日瓦戈医生〉叙事诗学研究概述》，载《当代外国文学》，2013年第3期，第37页。

说的叙事疑窦丛生、扑朔迷离，使读者对情节产生浓厚兴趣。读者在阅读中不断产生疑问，最后在真相大白之时恍然大悟，体会到生命的无常与命运的捉弄。这样的叙事大大延长了读者的接受过程，使其成为故事建构的积极参与者。

弗里德曼在《小说中的视角》（Point of View in Fiction）一书中区分了两种类型的全知视角，编辑性的全知和中性的全知。"这两种全知叙述之间的区别在于前者的叙述者常常站出来，发表有关道德、人生哲理等方面的议论，而后者的叙述者却不站出来进行评论。"[1]传统的现实主义小说采用的是编辑性全知视角，叙述者常常用权威的声音发表议论，以自我意识为核心，将其道德观念作用于读者，以建立一种权威的价值评判标准。相比之下，中性全知的叙述方式更符合现代小说所体现的自由叙事伦理，它"仅让人们面对生存的疑难，搞清楚生存悖论的各种要素，展现生命中各种价值之间不可避免的矛盾和冲突，让人自己从中摸索伦理选择的根据，通过叙事教人成为自己，而不是说教，发出应该怎样的道德指引"[2]。《日瓦戈医生》中的全知叙述视角就具有中性全知视角的特点。叙述者尽量减少"指点者"身份的在场，较少直接表达自己的主观判断与评价，不以"道德说教者"的身份说话，也不充当"裁判"的角色，只是作为"观察者""思想者"对事件和人物进行思考。日瓦戈在一战前线陆军医院服役时，曾见证了一个重伤员死去的过程。在这一场景中，小说中的几位主人公都在场，然而彼此却不知情：

---

1. 申丹：《叙述学与小说文体学研究（第三版）》。北京：北京大学出版社，2004年，第207—208页。

2. 刘小枫：《沉重的肉身（第六版）》。北京：华夏出版社，2012年，第7页。

> 死去的这个五官残缺不全的人是预备役的士兵吉马泽特
> 金，在树林里吵嚷的那位军官是他的儿子加利乌林少尉，护士
> 就是拉拉，戈尔东和日瓦戈亲眼目睹了这一切，他们都同在一
> 个地方，彼此就在近旁，可是互相都没有认出来，其他人更是
> 永远也不会知道，他们当中有些事永远无法确定，有些事只有
> 等下一次机会，等另一次萍水相逢，才会知道。（114）

叙述者遵从现实生活流的原则，使命运纠缠在一起的众多人物出现在同一场景中，但并不对发生的事件——士兵吉马泽特金的死做任何评价。看似简略的叙述者话语却有着重要的诠释性语义功能：揭示生命的偶然性与个体命运的无常。叙述者"先知预言"的话语功能使读者对人物的再次相见与命运纠葛产生强烈的阅读期待。

失去了"全知""全能"功能的叙述者构建的叙事套层为读者提供了一个较大的想象空间，使得小说故事既令人信服，又产生一种心理距离感。全知叙事削弱了人物自白和对白可能造成的断裂感，形成一种流动的叙事空间。正是这种流动的叙事空间为小说的审美意蕴增添了多种可能性，也为现实与回忆的不断切换提供了基础的叙述视点。需要指出的是，叙述者话语简略，小说的故事情节，人物的心理活动、行为动机、性格特征较多是由人物自己来呈现的。这一特征与作家在小说中对还原生活"现实"的追求有关，作家的目的是通过让叙述者与人物世界保持一定的距离，使读者自己去检视人物。

二、摄像式外视角——"多幕剧"的叙事形态

全知视角虽视野全面，视点高远、灵活，但虚构性较强，时常会

有损艺术的客观逼真性，这一点也常为现代小说理论所诟病。因此，作家常常有意识地限制全知叙述者的眼光，有时甚至使其仅仅充当一个旁观者或旁听者的角色，单纯地观察、记录人物的言行和心理活动。在小说叙事中常常能看到这样的情况：全知视角常常被遮蔽、隐去，叙事明显转换为一种独特的"摄像式外视角"。摄像式外视角指的是故事外的叙述者不再做任何叙事交代或价值评判，而仅仅"像是剧院里的一位观众或像是一部摄像机，客观观察和记录人物的言行"[1]，以至于读者甚至感受不到叙述者的存在。这种视角不仅有助于达到客观逼真的效果，而且能够大大增强小说的"演示性"。在《日瓦戈医生》中，摄像式外视角得到了广泛运用，它突出地呈现在小说中大量"独幕剧"形态的对话段落中。对话是长篇小说中占据重要地位的一种叙事方式，是作家试图将小说叙事与戏剧叙事相结合的一种重要手段，是小说"书写叙事"与"舞台叙事"技巧的巧妙融合。无论是对社会历史事件的书写，还是对人物性格及其内心世界的揭示，大多是借助对话来完成的。因此，有研究者指出，"对话式的场景是小说中最重要的叙事篇幅和叙事手段"[2]。

从外在形态和文体功能来看，小说中的对话有两种类型：一种篇幅较短、生动形象、富于表现力，主要用于刻画人物性格、制造戏剧性效果；另一种篇幅较长，多为叙事、议论，富于抒情性和思辨色彩，主要用于揭示人物精神风貌、展现人物内心世界、阐发思想哲理。两种对话类型设置的一个共同点是极少使用引导句，有时整场对话几乎完全是人

1. 申丹，王丽亚：《西方叙事学：经典与后经典》。北京：北京大学出版社，2010年，第95页。

2. 冯玉芝：《帕斯捷尔纳克创作研究》。北京：人民文学出版社，2007年，第102页。

物话语的交替回响，读来如同欣赏一幕幕话剧。帕斯捷尔纳克说："这篇小说中不光只有平铺直叙，它还要能够戏剧性地表现出情感、对话和人。"[1]小说中每一个对话场景几乎都像是一个独幕剧，它们有不同的话语场景、出场人物、对话内容和内在意蕴，而一个个独幕剧则形成了一个多幕剧的剧本。因此，有学者将这部小说称为"多幕剧的剧本"[2]。

我们先来看一个篇幅不长却妙趣横生的对话场景：

> 就在这个时候，人群里起了骚动。一个老太婆不知在什么地方喊叫：
>
> "往哪儿走，骑兵老爷，给钱哪？什么时候给过我，你这没良心的？喂，你这个贪得无厌的东西，人家喊他，可他只管走，连头也不回。站住，我说你站住，同志先生！哨兵！有强盗！抢东西啦！就是他，就是他。把他抓住！"
>
> "怎么回事？"
>
> "就是那个没胡子的，一边走还一边笑呢。"
>
> "是那个胳膊肘破了的？"
>
> "不错，就是。哎呀，老爷子们，抢东西啦！"
>
> "是那个袖口打了补丁的？"
>
> "不错，就是。哎呀，老爷子们，抢东西啦！"
>
> "出了什么怪事？"

---

1. 包国红：《风风雨雨"日瓦戈"——〈日瓦戈医生〉》。昆明：云南人民出版社，2001年，第65页。
2. 张纪：《〈日瓦戈医生〉中诗意的叙述主体》，载《南京师范大学文学院学报》，2010年第2期，第59页。

"那家伙要买老太太的馅饼和牛奶，吃饱喝足了，拔腿就

走。她不是在那儿哭嘛，真坑人。"

"不能白白放过他。应该抓起来。"

"别忙着去抓。没看见他身上缠满了子弹带。他不抓你就算

便宜了。"（214—215）

这段对话只有一句十分简短的引导句，叙述者没有对出场人物的外形、面貌进行任何描写，更没有涉及心理描写。叙述者只是作为一个身处站台、视线受阻的普通人，听到了"一个老太婆不知在什么地方喊叫"，并客观地将其听见的人物话语记录了下来。乍一看，这段对话似乎有些让人摸不清头绪，但仔细"听"来，却妙趣横生。"骑兵老爷，给钱哪？什么时候给过我，你这没良心的？"在老太婆的这两句话之间显然省去了一句骑兵老爷的答话："不是给过你了吗？"省略不仅让叙述简洁流畅，而且能够充分调动读者阅读的积极性。在接下来的对话中，由于叙述者没有交代，因此参与对话的人的数量和身份存在多种可能性。但至少是两名哨兵，且两人性格、立场、态度各有不同。"怎么回事？""是那个胳膊肘破了的？""是那个袖口打了补丁的？""那家伙要买老太太的馅饼和牛奶，吃饱喝足了，拔腿就走。她不是在那儿哭嘛，真坑人。""别忙着去抓。没看见他身上缠满了子弹带。他不抓你就算便宜了。"这五句话出自哨兵甲，其中前三句是他与老太婆的对话，后两句是他与哨兵乙的对话。从后两句话来看，他对老太婆明显持同情态度，但是碍于骑兵的势力不敢出头。由此反观前三句对话，哨兵甲显然仅仅是在敷衍老太婆，表面上假装不确定，实则是故意放走了强盗。"出了什么怪事？""不能白白放过他。应该抓起来。"这两句话属

于哨兵乙。他对于骑兵的谴责显然更为强烈，态度也更坚决，尽管并未付诸行动。

在上述这个采用摄像式外视角的对话场景中，叙述者是被遮蔽的，他仅扮演旁观者、旁听者的角色，对参与对话的各人物的形貌、神态没有做任何具体描写。四个活灵活现、有血有肉的人物形象仅凭对话塑造而成：抢东西的骑兵、被抢的老太婆，以及闻讯赶来的两个哨兵。抢东西的骑兵尽管未发一言，但形象却非常生动、具体。通过其他人物语言的侧面描绘，我们分明看到了一个衣服带补丁、浑身缠满子弹带、厚颜无耻、横行霸道的"骑兵老爷"形象。这段对话场景以老太婆的哭天喊地和哨兵的不平与无奈终结，视觉画面效果十分鲜明、强烈。在描写战事的篇幅中，这样的对话尽管是作为附属场景呈现的，却是一段民众的情绪宣泄，是对正在发生的战争的一种隐性评价。这种可视性极强的戏剧性效果与作家选用的视角有直接关系。整部小说中所有篇幅较短的对话都或多或少地呈现出这种叙事视角的特点。

除了这种短小类型的对话，小说中还充斥着大量的长篇对话，这构成了小说话语的另一个鲜明特色。在长篇幅的对话场景中，叙述者同样站在对话参与者的外围，充当旁观者的角色，只客观地记录人物的言行，有时甚至仅仅是"言"。作者在对话过程中很少使用引导句，甚至连"他（她）说"这样的引导词都很少出现。长篇幅对话场景在小说中比比皆是，小说中约有36个小节都是由这种对话场景构成的。一个个对话场景延展了小说的故事叙述，串联起主人公的生命成长过程和人生经历，展现出人物的生命遭际和内心感受。小说通过不同的对话呈现叙事视角、叙事语调的变化，从而形成不同的表意和评价角度，即不同的叙述声音，也就构成了叙事话语内部不同的思想对话。这一通过对话形式实现的叙述方式的变化使人物的立场更加多元多样、清晰鲜明，使小说的意蕴更为丰富生动。

　　小说第13章"带雕像房子的对面"中有一场日瓦戈与拉拉的长对话。对话背景是：日瓦戈从游击队营地逃到尤里亚金，重病一场之后与拉拉重逢。这场对话对于全书主题的表达至关重要。拉拉是这场对话中主要的倾诉者，她向日瓦戈坦露了自己对科马罗夫斯基的痛恨和鄙视、对丈夫安季波夫的忠贞和敬爱、对日瓦戈油然而生的爱恋，并且对导致家庭破裂、幸福破灭的罪魁祸首——残酷的战争、虚妄的社会动乱提出了强烈的控诉。这场对话持续了整整4个小节（第13章第11—14节），篇幅长达9页（383—391页）。其中前3个小节完全由两人的对话构成，无一句引导句，直到第14节才出现了几句十分简单的插入语或引导句：

> ……
>
> 她停顿了一会儿，继续说下去，已经平静多了。
>
> ……
>
> 她扑到他的怀里放声大哭。但她很快就镇静下来，擦掉眼泪说道：
>
> ……
>
> 等到她完全恢复常态后，她继续说下去：
>
> ……（390）

　　在这场长对话中，叙述者尽量隐藏自己，不打断人物的对话，仅在必要时对人物的情绪、状态做简要的交代。除此之外，叙述者几乎不做任何干扰，让人物自己站到台前，直抒胸臆、畅所欲言。叙述者退居台下，如同剧院里的一个普通观众，与大家一起观看人物表演、聆听人物心声。此处成功运用的"舞台叙事模式"堪称典型的摄像式外视角，其他类似的"剧本式"章节也均采用这种视角。作者之所以选取这种视角，主要是因为：《日瓦戈医生》是一部知识分子的心灵史，男女主人公以及主要人物大都是知识分子精英，他们长于思索，善于表达；采用摄像式外视角可以让人物直接表达心声，与读者进行交流，能够尽量客观、直接地展现人物的语言和思想，对塑造人物形象和揭示作品主题具有事半功倍的效果。因此，摄像式外视角是我们把握小说叙事不容忽视的一种叙事视角类型。

除了对话，摄像式外视角还表现在叙述者精心营造的舞台叙事方式上。帕斯捷尔纳克时而会放弃现实主义小说封闭、完整的琐细叙事，而利用舞台叙事方式，即以舞台形象塑造的整体氛围以及人物行为的片段来推动小说叙事、塑造人物形象。这类叙事片段为增强小说的视觉化效果起到了重要作用。比如，对于日瓦戈在尤里亚金图书馆借书时与安季波娃相遇的场景，叙述者的叙事重在场景的描绘，人物眼神、动作、情绪的刻画，以及内心独白的揭示。对日瓦戈临终前在电车上的一段描叙同样凸显了人物的眼神、身体动作、思绪等。叙述者没有展现事件进程的细节，读者看到的与其说是文字，不如说是某种表演、画面、场景，这种叙事方式极大地增加了叙事的厚度与情感的深度。

三、人物视角——现代小说的叙事形态

在现代小说的叙事中，人物不仅是叙事的对象，更是叙事的重要聚焦主体，这是现代小说叙事理论的一个重要发展。正如研究者所指出的，"20世纪初，随着人们精神生活的变化和艺术创作重心的转移，这种

虚构的叙述视角（指全知视角——笔者注）已不能满足时代的需求，在探索心灵活动的创作中，现代小说家开始尝试采用更深更细腻的'向内转'的聚焦方式来凸显内在的真实"[1]。

全知叙事视角存在真实感不足的缺点，加之读者与人物距离较远，难以与人物产生共鸣。与"无限"的全知视角不同，人物视角会受到不同程度的限制，是一种"有限"视角。人物视角指的是叙述者通过人物的眼光和心灵感知来观察、过滤、讲述、评价事件和人物的一种视角。也就是说，虽然叙述者在讲述，但由于"感知者"的在场，叙述者便转变了观察事件和人物的角度。故事的叙述声音来自叙述者，而叙述眼光——感知或聚焦角度则来自人物。根据叙事时使用的不同人称，人物视角可分为两种类型：第三人称的人物视角和第一人称的人物视角。但不管采用何种人称，人物视角体现出两个特点：直接性、有限性。所谓直接性，是指读者能零距离地看到人物的内心世界，因此可信度高；所谓有限性，是指人物视角受到限制，相对狭窄，但这样会提高真实感、增加纵深度，同时也有助于制造悬念。通过人物的眼光来展现外界，人物以亲身经历的形式来讲述故事，这极大地增加了故事的可信度，赋予作品真实性和生动性，同时叙述者也易于深入人物内心世界描摹其心理感受，展现事件对人物产生的影响。由于人物与读者的距离缩短，读者可以直接、深入地感受到人物情感，因此容易对人物产生共鸣，倾向于理解、赞同人物立场。一般而言，对某人物的内心活动展现得越细致，读者与该人物之间的距离就越近。

---

1. 廖宇蓉，廖婷：《现代小说叙事模式探析——以伍尔夫的〈达洛卫夫人〉为例》，载《江西社会科学》，2010年第7期，第48页。

　　深谙此道的现代主义诗人帕斯捷尔纳克在小说《日瓦戈医生》中便大量使用了人物视角，特别是主人公日瓦戈的视角。在小说第14章，日瓦戈为了拉拉母女的安全，说服拉拉跟随科马罗夫斯基前往远东。当他一个人留下来的时候，内心的痛楚可想而知。为了更好地表现人物的这种心理感受，小说叙事采用了日瓦戈的视角。小说中这样写道：

> 　　而这一刻终于来到了，来到了。绛紫色的太阳又一次显现在雪堆的蓝色线条上。雪贪婪地吮吸太阳洒在它上面的凤梨色的光辉。瞧，他们出现了，飞驰而过。"永别了，拉拉，来世再见面吧，永别了，我的美人，永别了，我的无穷无尽的永恒的欢乐。"现在他们消失了。"我这一生永远、永远、永远也见不到你啦。"（433—434）

　　为了使读者直接感受到主人公痛苦的内心感受，这段描写采用的是日瓦戈的视角，并且这一视角是通过两种人称——第三人称和第一人称呈现的。"绛紫色的太阳"描述的显然是日瓦戈的心理感受：饱受分离、诀别的痛苦，在他眼中连太阳都变成了绛紫色的。这一描写与《静静的顿河》中女主人公阿克西尼雅死在葛利高里怀中时葛利高里抬起头来看到的"黑色的天空"和天空中那轮"黑色的太阳"有着异曲同工之妙，人物视角使人物内心各种强烈的主观性成分得以充分展现。三个"永别了"和三个"永远"是以第一人称描写的日瓦戈的心理感受，淋漓尽致地表达了主人公内心深处生死诀别的痛楚。

　　小说在使用人物视角叙事时，叙述声音与观察角度不再统一于叙述者，而是分别存在于故事外的叙述者与故事内的聚焦人物这两个不同主体之中。叙述者的眼光已被故事中人物的眼光替代，此时读者无法超越人物的视野，只能随着人物的眼光和心灵体验来了解发生的一切，从而获得一种陌生化的体验。比如，小说中日瓦戈的弟弟叶夫格拉夫是一位充满神秘色彩的人物，他扮演着日瓦戈的守护神的角色。每次在日瓦戈性命攸关的时候他都能及时出现，以无所不能的"神力"帮助日瓦戈渡过难关。叶夫格拉夫的第一次出场（日瓦戈第一次见到弟弟）是以日瓦戈的眼光和视角来描述的：

> 站在他面前的是个十八岁左右的少年，身上是一件在西伯利亚常穿的那种里外翻毛的鹿皮袄，头上戴了顶同样的皮帽。这男孩脸色黝黑，长着两只窄细的吉尔吉斯人的眼睛。他脸上有某种出身高贵的气质，聪明灵活的神态一闪而过，还隐藏着一种似乎是从遥远的异国他乡带来的、在混血人脸上常见的那种纤细的表情。（188）

改全知视角为人物有限视角可以暂时隐蔽出场人物的身份，设置悬念，增加读者的阅读兴趣。在这里，叙述者没有交代少年的身份，而是采用日瓦戈的视角对其进行描述。在日瓦戈陌生眼光的审视下，少年的与众不同和神秘感十分突出。"西伯利亚""窄细的吉尔吉斯人的眼睛""某种出身高贵的气质""异国他乡""混血人"等描述性话语使读者对其身份的复杂性表现出浓厚兴趣；而"一闪而过""隐藏着""纤细的表情"等表述更让这个十八岁左右的少年显得神秘莫测。这样的出场为此后叙述者表现叶夫格拉夫的神通广大、无所不能埋下了伏笔。在整部小说中，叙述者对叶夫格拉夫的行为没有做任何具体的交代，对于他手眼通天的能力也没有给出任何解释，他的每次"神出鬼没"都是专门为了拯救日瓦戈，这个人物因此带有强烈的象征性色彩。在叶夫格拉夫首次出场时，叙述者借助日瓦戈的视角对这位陌生少年的刻画是恰到好处的，这样可以使读者对叶夫格拉夫的神秘特质有充分的心理准备。若采用全知叙述者的视角对少年做出更为详尽的描述，则会使人物失去神秘感。

除了上述第三人称的人物视角之外，小说中还大量采用第一人称的人物视角。日瓦戈以第一人称视角记录的札记使用的就是这种视角类型。日瓦戈的札记被置于作品的中心章——第9章，这是全书的重中之重，无论在小说结构上还是在内容上都占有举足轻重的地位。作为一种特殊的叙事话语模式，札记是日瓦戈与自我的心灵对话。作者在札记中可以畅所欲言、无所顾忌，因此这种叙事话语模式具有直接、真实、可信、深入等优势，是揭示人物内心世界最为有效的手段之一。

札记以日瓦戈的眼光观察外部世界和生活中发生的一切，以其心灵屏幕的折射反映世界中形形色色的人和事，从中我们可以看到他对一系列历时性问题与共时性问题的思考。这些充满了日瓦戈内心独白和思索感悟的文字集中展现了日瓦戈丰富的精神世界。与全知视角相比，第一人称人物视角在表情达意上无疑更加亲切，读者与人物的心理距离也更近。通过引入札记，叙述者让热爱艺术、善于思索、精神世界丰富而细腻的主人公直接向读者倾诉，最大限度地展现了人物的内心世界。同时，由于读者与主人公的距离缩短，读者会更加了解、赞同主人公的立场。

日瓦戈在札记中这样袒露自己对同父异母的兄弟叶夫格拉夫的感情：

> 真是怪事。他是我的异母兄弟，和我姓一个姓。可是说实在的，我比谁都不了解他。

这是他第二次以保护者和帮我解决困难的救世主的身份闯

入我的生活。说不定，在每个人的一生中，除了他所遇到的真

实的人物，还会有一种看不见的神秘力量，一位不请自至的宛

如象征的援救人物。莫非在我生活中扮演这种神秘行善角色的

人就是我弟弟叶夫格拉夫？（284—285）

如果说日瓦戈第一次见到叶夫格拉夫时作者是借助日瓦戈的第三人称人物视角对叶夫格拉夫进行刻画的话，那么此处则是以日瓦戈的第一人称人物视角对叶夫格拉夫进行的整体性解读和诠释。如此一来，由外而内，日瓦戈本人的观察和解说为叶夫格拉夫的形象赋予了艺术的真实性和说服力。叶夫格拉夫是日瓦戈的"保护者"和"救世主"，是冥冥之中命运的安排。由于札记体裁和第一人称主人公视角叙事所赋予的可信度，这段文字历来是研究者和读者解码叶夫格拉夫形象及其艺术功能的钥匙。

除日瓦戈、叶夫格拉夫之外，小说还塑造了众多栩栩如生、深入人心的人物形象。除了叙述者的描述外，他们都以独具特色的个性化语言讲述着自己，小说在某种程度上成了众多人物的"自白性故事会"。我们通过这种叙事方式得以了解不同年代、不同地区、不同阶层人物的命运和遭遇。人物在讲述故事的时候，采用的是第一人称，叙述声音和叙述眼光都统一于讲述者，基本没有其他人物的插话，完全是讲述者一个人的声音。这种人物视角的叙事方式和摄像式外视角一样，在作品的局部构成了主要的视角。

日瓦戈在重返莫斯科途中遇到了小男孩瓦夏，后者对其自身遭遇的讲述持续了几乎整整一节的篇幅（第15章第4节，451—454页）。而第16

章第4节的整整一小节，长达5页（488—492页）的篇幅是日瓦戈女儿对自己身世的讲述。两人在讲述各自的人生经历时，使用的基本上都是第一人称回顾视角，即用现在的眼光回顾过去发生的事情，属于外视角的一种。在瓦夏的讲述中有这样一段话："……后来的一切都是自然而然发生的。谁都没暗中使坏，谁都没有错儿。从城里派来红军战士。设立了巡回法庭。头一个审问的便是我。哈尔拉姆散布了我很多坏话，说我逃跑过，逃避劳役，煽动村里人暴动，杀死了寡妇。把我锁了起来。幸亏我撬开地板，溜走了，藏在地下的山洞里。村子是在我头上烧的——我没看见。就在我头上，我亲娘跳进冰窟窿里了，我当时并不知道……"（453）这段叙事中的"我没看见""我当时并不知道"等表述，表明他在叙事时加入了之后才了解的内容，使用的是第一人称回顾视角，从而使得故事变得完整，使故事的听众（小说中其他人物）和读者能更清晰地了解事情的来龙去脉。

　　第一人称体验性视角比回顾性视角更加逼真，在这部小说中时有应用，而在日瓦戈的诗作中也有使用[1]，比如诗章中的《沉醉》这首诗。

> 常春藤缠绕着爆竹柳，
> 树下把避雨的地点寻求。
> 一件风衣披在你我的肩头，
> 拥抱着你的是我有力的双手。

---

[1]　关于小说第17章"尤里·日瓦戈的诗作"，鲜有研究者从视角层面加以分析，但对分析小说整体的视角运用而言，日瓦戈的诗作也可以纳入我们的视角审视中。

原来这并不是常春藤，

却是浓密的酒花一丛丛。

那就更好让我们打开披风，

让它在自己身下宽舒地展平。（504—505）

这首诗清新隽永，短短八行诗就将一对情侣在酒花丛中避雨的浪漫温馨的画面展现了出来。暴雨突如其来，一对恋人慌不择路，跑到常春藤下避雨，后来才发现这是一丛酒花。从表达效果来看，人物视角的选用功不可没。毫无疑问，当诗人写下这首诗的时候，他早已知道，树下的植物并非常春藤，而是一丛酒花，但是他并没有直接指出这一点，而是根据人物当时经历这一时刻的眼光和感知过程来描述，让读者和人物一起回味当时那种温馨幸福的感受。不仅如此，诗中没有任何话语表明这是对往事的回忆，而是直接把画面呈现出来，让读者身临其境。

总之，不管是第一人称还是第三人称，人物视角在揭示人物心灵方面有着得天独厚的优势。在《日瓦戈医生》这部作品中，作家对于人物视角的运用更多情况下是与其他视角相结合，关于视角的结合、转换，以及达到的效果，我们将在下一节中论述。

第二节　视角的转换

不同的叙事视角本身并无优劣，作者选择何种视角要视具体情况而定。为了达到某种特定的艺术效果，作者在叙事时会不时地从一种视角转入另一种视角，进行不同视角的转换。视角转换的方式有两种：整体性的转换与局部、瞬间的转换。一般来说，前者有较为明显的标志，通常通过分节、插叙的手段来实现，而后者没有明显的标志，是在读者不知不觉中完成的。

一、整体性的视角转换

小说第13章的4个小节（第11—14节）是拉拉和日瓦戈的对话，在这一对话场景中，视角发生了明显的转换：通过对长篇对话进行分节的方式，全知视角转换为摄像式外视角。第10节叙事采用的是全知视角，叙述者讲述了昏迷不醒的日瓦戈如何在拉拉的精心照料下逐渐恢复健康。叙述者说："他们的低声细语，即便是最空泛的，也像柏拉图的文艺对话一样，充满了意义。"（382）紧接着的第11、12、13节，叙述者由台上退居台下，进而隐身不见，整整3个小节的内容完全由男女主人公的对话构成，没有一句插入语或引导句。男女主人公的长篇对话以小节的形式相间隔，通过全知视角向摄像式外视角的转换，变成了相对独立的三幕戏剧式场景。

小说第16章"尾声"采用的也是这种视角转换方式。第1节讲述的是日瓦戈的两位好友杜多罗夫和戈尔东不期而遇，在切尔尼小镇过夜，使用的是全知视角。这一节末尾叙述者的一句插入语——"他们低声地继续夜晚的谈话"（482）将叙事视角转换到了摄像式外视角，此后整个第2节都是叙述者"缺失"了的杜多罗夫和戈尔东的长谈。

在小说中的不同人物以第一人称视角讲述自我经历的"故事会"中，视角转换通常也是如此完成的。比如，第16章第4节中日瓦戈与拉拉的女儿塔尼娅的故事是这样引出的：

"你对将军讲的，"戈尔东请求道，"能不能再给我们讲一遍？"

"怎么不能呢?"

她给他们讲了自己可怕的一生。(487—488)

接下来整整一节都是塔尼娅讲述她的身世,小说叙事也自然地由全知视角转入了第一人称人物视角。

小男孩瓦夏对于自己人生遭遇的讲述也是如此引出的。小说第15章第3节的最后两句话是:"医生带瓦夏一起上莫斯科。路上他告诉了尤里·安德烈耶维奇许多可怕的事。"(451)此后整个一节都是瓦夏讲述其可怕的遭遇,小说视角由此发生了转换。

为了更好地揭示日瓦戈的生存状态与生命理念,第9章"瓦雷金诺"是从日瓦戈的札记开始的,小说叙事从之前的全知视角转换为第一人称人物视角。第9章的第1—9节的主体内容都是日瓦戈的"自白"。在第9章开头,叙述者用这样的话语开始了日瓦戈的札记:"到了冬天,尤里·安德烈耶维奇的时间多了,他开始记各种类型的札记。他在札记本上写道……"(274)在第9节结尾,叙述者用两句话结束了札记的第一人称人物视角:"尤里·安德烈耶维奇的札记就写到这里。他没再写下去。"(285)这两处插叙完成了日瓦戈札记的引入和退出,成为全知视角和第一人称人物视角发生转换的明显信号。这种视角的转换可以逼真地展示人物的内心世界,同时最大限度地拉近读者与人物的距离,使读者在不知不觉中对人物的思想感受产生共鸣。

通过上述分析可以看出,分节和插叙是视角转换的两种主要方式,通过这两种方式实现的叙事视角的转换相当顺畅。在视角发生转换之后,作者可以借助不同视角的独特性优势来达到不同的艺术效果。在《日瓦戈医生》中,视角转换自然流畅,不同视角优势互补、相得益彰。从小说中叙事视角的转换以及帕斯捷尔纳克对第一人称人物视角叙事的高度重视可以看出，在作者看来，小说的本质不再是呈现复杂的情节和人物行为、再现历史的时俗风尚，而是描述每个人心灵深处的状态。将存在于每个人心中的不同感受，特别是主人公的内心世界展现出来，这才是小说的根本意义所在。

二、局部、瞬间的视角转换

　　除了整体性的视角转换，在更多情况下，小说中的视角转换是在局部瞬间完成的。对于以全知视角为主体的小说中出现的这种瞬间的视角转换，一些叙事学研究者认为这并不构成视角转换，而是属于全知视角内的"视点切换"。这种说法有其合理性，但"视点切换"是同一审视主体的视点变化，而我们要探讨的是审视主体改变之后的"视角转换"，即由全知视角向其他视角的转换，并进一步对这种"视角转换"所营造的艺术效果进行分析。

　　在小说第2章第21节，拉拉的母亲吉沙尔太太试图自杀，少年尤拉和小伙伴米沙一起来到事发现场。小说中这样写道：

　　　　A.太太吞服的是碘，不是洗碗女工胡说的砒霜。屋里有一股嫩核桃果皮发出的酸涩难闻的气味，尚未变硬的果皮让人摸得发黑。

　　　　B.一个姑娘在屏风后面擦地板，床上躺着一个被水、汗和眼泪弄得浑身精湿的半裸的女人。她把头俯在一个面盆上大声哭号，粘成一缕一缕的头发披散下来。C.两个男孩子立刻把眼睛掉开，往那边看实在不好意思，不成体统。……（59）

在这段文字中，视角发生了转换。A、C两处文字使用的是全知视角，而B处使用的则是人物视角，采用的是两个男孩子的观察眼光。这里的视角转换没有明显的标志，但是读者不难发现那是两个男孩子的观察所见。因为，床上躺着的那个"半裸的女人"显然就是自杀未遂的拉拉的母亲吉沙尔太太，"一个姑娘"就是拉拉；如果使用全知视角的话，叙述者不会这样指代此前已经多次出现的人物。C处的话语也在提示这一场景是两个男孩子亲眼所见，他们因为见到一个"半裸的女人"感到害臊，而立刻把眼睛移开。

除了上面的这段文字，在这一节的叙事中，日瓦戈的眼光还被叙述者多次借用。比如，叙述者借助日瓦戈的陌生人眼光对拉拉和科马罗夫斯基两人进行描述：

> ……那边墙上挂了几张照片，地上放着一个琴谱架，书桌上堆满纸张和画册；铺着手织台布的餐桌的那边，一个姑娘坐在扶手椅上睡觉，双手拢着椅子扶手，脸也贴在上面。她大概疲乏到了极点，周围的吵闹声和人的走动并没有妨碍她睡觉。
>
> ……
>
> 从屏风后面出来的却是另一个人。这是一个身体健壮的男子，脸刮得干干净净，威风凛凛，十分自信。他把从灯架上取下来的那盏灯举在头顶上，走到姑娘睡觉的那张书桌跟前，把它放在灯架上。亮光惊醒了那个姑娘。她朝这人笑了一笑，微微眯起眼睛，伸了个懒腰。（59—60）

这两个片段采用的无疑是日瓦戈的视角。拉拉和科马罗夫斯基两人早已出场，读者已经比较熟悉他们，然而日瓦戈却是第一次见到他们。借助日瓦戈的视角，叙述者对已经出场的人物进行了细致入微的观察和描述，达到了"陌生化"的艺术效果。从叙述者对两人的描写可以看出十分鲜明的反差：对拉拉的描写突出了她的疲惫、柔弱，而对科马罗夫斯基的描写则突出了他的"健壮"与"威风凛凛"。由于借用的是陌生人眼光的直觉性描述，两人之间仿佛"狩猎者"与"猎物"的不对等关系迅速得到了凸显。

小说第12章结尾处讲到日瓦戈从游击队中逃脱，前途未卜。第13章第1节对日瓦戈只字未提，正当读者为日瓦戈的命运担忧、揪心时，第2节开头出现了这样一段文字：

> A. 一个瘦弱不堪、久未洗脸因而显得脸色乌黑的流浪汉模样的人，肩上挎着一个背包，手里握着一根木棍，走到看布告的人群跟前。他的头发长得长极了，但没有一根白发，可他满脸深棕色的胡子已经发白了。B. 这便是尤里·安德烈耶维奇·日瓦戈医生。（366）

很明显，在A处的叙事中，叙述者暂时放弃了全知视角，没有直接指明此人就是日瓦戈，而是像一台摄像机，从头到脚对人物进行了特写式描述。可以认为，这里的叙事视角由全知视角暂时性地转换为摄像式外视角。而B处则又转换为全知视角，点明了人物的身份。这种视角转换带来的"陌生化"艺术效果会使读者大吃一惊：日瓦戈为何会面目全非，变成流浪汉的模样？于是读者立刻就对日瓦戈一路上的颠沛流离、艰难困苦感同身受，同情和悲悯之情也就油然而生了。

三、不同视角的多次转换

上文所举的例子中，视角的转换均属于一次性的转换。不同视角在一个话语片段中的多次转换会营造出更加强烈的艺术效果。不同于一次性的、显见的视角转换，不同视角的多次转换迅速而隐蔽。因此在阅读过程中，读者往往只能体会到视角变得有些异样，若不仔细分析，或许并不能充分体会到视角转换的过程。

在小说第14章"重返瓦雷金诺"中，日瓦戈与拉拉母女为了躲避危险，在严冬时节躲藏在瓦雷金诺的密林深处。在这里，他们意外地发现了很多物资储备，显然是某个曾在此居住过的人放置的。叙述者在此埋下了一个伏笔，故意没有点明。后来，日瓦戈为保证拉拉母女安全，说服拉拉随科马罗夫斯基去往远东，独自一人留了下来。直到这时，他才偶然与物资储备的安放者见了面。这里叙事视角的转换较为频繁，使平直的叙事变得紧张、跌宕起伏，达到了极佳的艺术效果。

A.黄昏前，天还很亮的时候，他听见有人踏雪的咯吱咯吱声。有人迈着轻快而坚定的步子朝住宅走来。

B.奇怪。这能是谁呢？安菲姆·叶菲莫维奇一定坐雪橇来。荒芜的瓦雷金诺没有过路的人。"找我的。"尤里·安德烈耶维奇暗自确定。"传唤我回城里。要不就是来逮捕我。但他们用什么把我带走呢？他们必定是两个人。这是米库利钦，阿韦尔基·斯捷潘诺维奇。[1]他觉得他从脚步声认出了来的客人是谁，便高兴起来。C.暂时还是谜的那个人，停在扯掉插销的门

---

1. 根据上下文，此处应有后引号，但在译本中无后引号。——笔者注

旁，因为没在门上找到他所熟悉的锁，但马上又迈着自信的步子向前走来，用熟悉的动作，像主人似的打开路旁的大门，走了进来，又小心翼翼地带上门。

D．那人做出这些古怪动作的时候，医生正背对着门口坐在桌前。当他从桌前站起来，转过身去迎接陌生人的时候，那人已经站在门槛上，呆住了。

"您找谁?"医生无意识地脱口而出，没有任何意义；当没有听到回答的时候，尤里·安德烈耶维奇并不感到惊奇。

E．进来的人身体强壮，体格匀称，面容英俊，身着皮上衣和皮裤子，脚上穿着一双暖和的羊皮靴，肩上背着一支来复枪。

F．让医生惊讶的只是他出现的那一刹那，而不是他的到来。屋里找到的东西和其他的迹象使尤里·安德烈耶维奇有了这次会面的准备。显然，屋里储备的东西是属于这个人的。医生觉得他的外表很熟，在哪儿见过。来访者好像对于房子里有人也有准备。房子里有人居住并不使他感到特别惊讶。也许他也认识医生。

G．"这是谁? 这是谁?"尤里·安德烈耶维奇拼命回想。"主啊，我究竟在哪儿见过他呢? 这可能吗? 记不清哪一年的一个炎热的五月早上。拉兹维利耶火车站。凶多吉少的政委车厢。明确的概念，直率的态度，严厉的原则，正确的化身。对了，斯特列利尼科夫!"（437—438）

在这部分描述中，全知视角和人物视角频繁地转换。A、C、D、F处使用的是全知视角，而B、E、G处则使用了人物视角。人物视角与全知视角的一个根本区别在于：全知视角无所不知，是无限视角（除非叙述者自我设限）；而人物视角则在客观上受到不同程度的限制，是有限视角，造成疑窦丛生的描写效果。上述引文中最大的一个悬念是来者的身份。对于来者的身份，全知叙述者固然知情，但在讲述中却一直守口如瓶，仅将来人称为"暂时还是谜的那个人""来访者"，将揭开谜底的任务留给了日瓦戈。读者只能随着日瓦戈的眼光来观察，顺着他的思路去猜测。从疑问到期待，再到真相大白，读者的审美期待延迟了，从而获得了极为丰富的阅读体验。在B处，日瓦戈对来者的身份做出了种种或福或祸的猜测，读者也随着他的猜测对来者的命运时而担忧，时而欣喜，同时又充满了期待。当谜底最终被揭开时，读者惊讶和意外的感受丝毫不亚于日瓦戈——因为此前传闻斯特列利尼科夫已被枪决了，而此时"死者"却活生生地站在自己面前。这正是人物视角的运用所营造的艺术效果。人物视角在这里还达到了另一个目的，就是让读者借助日瓦戈的陌生化眼光对斯特列利尼科夫（即安季波夫）进行重新审视。读者对安季波夫的认知是逐渐变得完整、全面的：先是通过日瓦戈的听觉和感受获知，来人步伐轻快而坚定，自信而处变不惊；然后又通过日瓦戈的视线看到这个人的体形外貌——身体强壮、体格匀称、面容英俊、身着暖皮衣、肩背来复枪；最后叙述者通过日瓦戈的回忆对安季波夫进行了全面概括与总结。如此一来，读者心中就形成了这样一种印象：遭到内部清洗的安季波夫仍然不失英雄气概。这就与人物所遭受的不公正待遇以及被迫自杀的悲惨命运形成了鲜明而强烈的对比，极大地增强了人物的悲剧性，丰富了人物的审美意蕴。

第一人称回顾性人物视角和第一人称体验性人物视角虽然同为第一人称，但是从视角类型来说，前者属于外视角，后者属于内视角。使用

第一人称回顾性视角讲述故事时，讲述者会以"过来人"的身份对原来的事件进行重组和编排，会为叙述加上一些阐释性信息。而第一人称体验性视角则借助讲述者在经历事件时的眼光对自己的知情权进行限制，放弃事后获得的信息，还原事件发生时的情况。所以，相对而言，第一人称体验性视角的限制性更强，这种视角与第三人称人物视角一样，最适合用于制造悬念。申丹认为，第一人称体验性视角通常是"第一人称回顾性叙事中的一种修辞技巧，往往只是局部采用"[1]。在回顾"出乎意料""惊心动魄"的事件时，讲述者一般会采用这种视角。

日瓦戈与拉拉之女塔尼娅在讲述自己的身世时，和瓦夏一样，总体使用了第一人称回顾性视角。经常出现的"现在我才明白"等插入语表明，塔尼娅在自己的讲述中常常加入一些事后才获知的信息，以便对当时发生的事件进行补充说明。然而在讲到一天晚上的可怕经历时，讲述者采用了第一人称体验性视角：

> A."我和马尔福莎大婶刚躺下，便听见爹的马叫起来，我们的马车进了院子。爹回来得太早了点。马尔福莎大婶点着灯，披上上衣，没等爹敲门便去给他开门。
>
> B."开门一看，门槛上站着的哪是爹呀，是个陌生男人，黑得怕人。他说：'指给我卖牛的钱搁在哪儿啦。我在树林里把你男人宰了，可我可怜你是老娘儿们，只要说出钱在哪儿就没你的事儿了。要是不说出来，你自己明白，别怪我了。别跟我

---

1. 申丹，王丽亚：《西方叙事学：经典与后经典》。北京：北京大学出版社，2010年，第97页。

泡，我没空跟你啰嗦。'"（490）

（请比较："我和马尔福莎大婶刚躺下，便听见爹的马叫起来，我们的马车进了院子。我们还以为是爹提前回来了，马尔福莎大婶点着灯，披上上衣，没等敲门便去给他开门。开门之后，才发现门槛上站着的不是爹，而是个黑得怕人的陌生男人……"）

这段引文之后发生的情节是这个强盗杀死了塔尼娅养母的亲生儿子，养母神经错乱，几乎疯掉，塔尼娅在极度惶恐中幸运地被红军搭救。可以说，这一夜的可怕经历成了塔尼娅命运的转折点。在原文的这段描写中不难发现，塔尼娅在A小段中采用了经历事情时的眼光，即体验性视角，读者便会和人物一样，误以为是家人回来了，因此读者在B小段中发现门口站着强盗时会因毫无防备而大吃一惊。使用第一人称体验性人物视角可以让读者身临其境地体会到人物在突如其来的危险面前感到的恐惧。如果采用回顾性视角（请参见改写文字），则会使叙事变得平淡无奇，读者因为提前有心理准备而无法体味事件发生时的惊心动魄。

第三节　视角的交织与呼应

小说中不同视角通过交织与呼应的方式得以呈现。叙事视角的交织、呼应产生了新的叙事功能和叙事效应，使得小说的视角复杂多样，加强了审美效果和艺术感染力。

一、视角的交织

视角交织是指在一段相对完整的叙事片段中，有时我们难以确定哪一种视角是主导性的，因为它是由多种不同的视角类型构成的。它与不同视角多次转换的区别在于：不同视角多次转换是指使用相对单一视角的段落之间进行的多视角转换；而视角交织是指不同视角的共存，即一种"你中有我，我中有你"的视角合成。

如上文引用的日瓦戈首次见到拉拉和科马罗夫斯基时的文字是以日瓦戈的视角描写的，人物的眼光取代了叙述者的眼光。但在接下来的文字中，虽然叙述者也借用了日瓦戈的眼光，但是我们明显能感觉到叙述者的眼光并没有完全隐退，这可以视为人物视角与叙述者视角的交织：

这时，在姑娘和那个男人之间演出了一幕哑剧。两个人一句话也没说，只是交换一下眼色，但相互的理解简直像着了魔法似的。他仿佛是耍木偶戏的，而她就是任凭他耍弄的木偶。

脸上露出的疲倦的微笑使姑娘半闭着眼睛，半张开嘴唇。对那男人嘲弄的眼色，她则报以一个同谋者的狡黠的眨眼。两个人都很满意，因为结果如此圆满，隐私没有暴露，服毒的也没死。

尤拉死死地盯着他们。他从谁也看不见的昏暗中不转眼地望着灯光照亮的地方。姑娘屈从的情景显得不可思议的神秘而又厚颜无耻的露骨。他心里充满矛盾的感情。尤拉的感情被这些从未体验过的力量揪成一团。（60）

在这段描写中，无疑存在着少年尤拉的审视视角，因为若是全知视角的话，叙述者不会用"姑娘"和"那个男人"来指代早已出场、读者也很熟悉的拉拉和科马罗夫斯基。但从具体的文字表述来看，仍然可以明显感觉到叙述者视角的在场。因为有些话语，诸如"他仿佛是耍木偶戏的，而她就是任凭他耍弄的木偶""对那男人嘲弄的眼色，她则报以一个同谋者的狡黠的眨眼"，显然不是涉世未深的少年尤拉所能说出的话语和所能做出的独立判断。这段文字使用的是日瓦戈与叙述者的双重视角，通过人物有限的、外在的、陌生的眼光与全知叙述者无限的、内在的、洞察的眼光的相互重合，共同揭示了拉拉与科马罗夫斯基之间的关系——权力、情欲、被扭曲的人性纠缠在一起，女性成了男性权力和情欲的牺牲品。两种叙事视角以及意识、情感的细微变化所构成的对小说人物的审视、评价极大地强化了对人物的认知和审美意蕴的张力。情感细腻的少年尤拉和明察秋毫的全知叙述者构成的两重视角清晰地揭示出拉拉苦难的生存境遇以及少年尤拉内心深处强烈的不安、惶惑和恐惧。

在表现日瓦戈的心灵世界时，人物视角也常常会与叙述者视角交织。如小说第1章第6节，1903年，舅舅带着刚失去母亲的小尤拉来到杜普梁卡的朋友家做客。尤拉漫无目的地在主人别墅的房子周围散步，他心潮难平：

这儿真是个迷人的地方！每时每刻都能听到黄鹂用三种音调唱出清脆的歌，中间似乎有意停顿，好让这宛如银笛吹奏的清润的声音，丝丝入扣地传遍四周的原野。馥郁的花香仿佛迷了路，滞留在空中，被溽暑一动不动地凝聚在花坛上！这使人想起意大利北部和法国南部那些避暑的小村镇！尤拉一会儿向

右拐，一会儿又转到左边，在悦耳的鸟啼和蜂鸣中，似乎听到
了妈妈在天上的声音飘扬在草地上空。尤拉周身颤抖，不时产
生一种错觉，仿佛母亲正在回答他的呼喊，召唤他到什么地方
去。(12)

三个带有强烈主体意识的感叹号表明这是小尤拉的人物视角，这个
景色秀丽的地方带给他强烈的心灵震撼，使他回忆起和已故母亲生活的
经历。叙述者讲述的是少年尤拉的心境，表现了幼小的他对充满诗意的
大自然的热爱，以及对不久前逝去的母亲的强烈思念。这是小尤拉发自
内心的感受和思念。但是，如果我们深入思考就可以发现，辨别黄鹂三
种音调和类似"宛如银笛吹奏"的生动的诗意化比喻对于一个刚刚十岁
的孩子而言并不真实，实际上这里融入了叙述者的视角。然而，读者看
完后并不会感到不真实，因为这些话语完全符合此时此刻小尤拉的心
境。叙述者视角的介入极大地强化并深化了读者对幼年主人公敏感、灵
动和丰富的心灵世界的认知，为揭示成人后作为诗人和哲人的日瓦戈的
心灵世界做了成功的铺垫。

紧接着，小说中出现了一段尤拉的内心独白：

"上帝的天使，我的至圣的守护神，"尤拉作起祷告，"请
指引我的智慧走上真理之路，并且告诉妈妈，我在这儿很好，
让她不要牵挂。如果死后有知，主啊，请让妈妈进入天国，让
她能够见到光耀如星辰的圣徒们的圣容。妈妈是多么好的一个
人啊！她不可能是罪人。上帝啊，对她发慈悲吧，不要让她受
苦。妈妈！"……(12)

这段话是以小尤拉的视角发出的成人式自白，也是叙述者"隐蔽式参与"的自白，因为关于上帝、智慧、真理、天国、圣徒、罪人等的话语与概念对于幼年的尤拉来说不可能是十分明晰的，但叙述者以第一人称人物视角呈现的方式明确地告诉读者，这就是小尤拉的自白。叙述者视角的介入将年幼主人公的内心独白演化成了日瓦戈从宗教、哲学最基本命题出发的对信仰、母爱、智慧、死亡的认知。这是叙述者以文学想象的方式呈现的人物内心独白，既展现了主人公对生命苦难意识的认知，也表现了他自幼形成的强烈的宗教意识。以年幼主人公内心独白方式呈现的"交织性"视角塑造了一个从小受到宗教精神熏陶的个体形象，细腻地表达了他出于生命直感对上帝、真理、天国、复活的认知。与此同时，这样的视角交织也传达了创作主体对人物苦难人生的体恤之情，这也是俄国知识分子精英固有的一种宗教精神。

在小说第4章，拉拉为了去前线寻找丈夫而托人照顾女儿，她只身去一战前线当战地护士。当发现希望落空时，她准备尽快回到莫斯科，回到女儿身边。她并不接受别人给她的"战地女英雄"的称号，她认为没有必要继续充当战地女英雄。她十分思念女儿，一心想回到她的身边：

> 不知道卡坚卡现在怎么样？可怜的失去了父亲的孤儿（想到这里她又哭了）。近来的变化太大了。不久前还一心想的是对祖国的神圣责任，是军人的英勇和崇高的公德。可是仗打败了，这才是最主要的灾难，因此其余的一切也就失去了光彩，丝毫神圣的意味都没有了。
>
> 突然间一切都变了样儿，言论变了，空气也变了，既不会

　　思考，又觉得无所适从。仿佛有生以来就像个孩子似的让人牵着手走，如今骤然把手放开，要自己学着迈步了。而且周围既没有亲人，也没有权威人士。于是便想信赖最主要的东西，即生活的力量、美和真理，让它们而不是让被打破了的人类各种法规来支配你，使你过一种比以往那种平静、熟悉、逸乐的生活更加充实的、毫无遗憾的生活。不过在她这种情况下——拉拉及时地醒悟到这一点——无可置疑的惟一目的就是抚养卡坚卡。帕图利奇卡已经不在人世，如今拉拉只是作为一个母亲而活着，要把一切力量都倾注在卡坚卡这个可怜的孤儿身上。（123）

　　这是拉拉误认为丈夫已经牺牲，在前线继续逗留已经没有意义时对自己未来生活的思考，是以拉拉视角表达的内心思索，是她与自己的过去和未来的对话。这一内心对话的结论是：离开前线，回归家园，回到亲人身边，开始另一种属于自己的真实生活。由于叙述者视角的介入，这一"回归家园"的声音得到了进一步强化。叙述者在重复拉拉"回归家园"声音的同时，赞同并支持她坚守独立人格，实现自我生命价值的想法。叙述者做出的是与拉拉同质的价值判断。

　　这一主题并没有就此而止，同样的情感和话语紧接着又于在前线当医生的日瓦戈的内心独白中出现。

　　　　夜已经深了，尤里·安德烈耶维奇不断地克制着难耐的困倦。他一阵阵地打着盹儿，心想在这样紧张的一天过后，他不可能睡熟，而且现在真没睡着。在窗外，睡意惺忪般的微风似乎轻轻打着呵欠。如泣如诉的风声仿佛在说："冬妮娅，舒罗奇卡，多么想念你们哪，我是多么渴望回家去工作啊。"在这微风的喃喃低语声中，尤里·安德烈耶维奇时睡时醒，短暂而又令人不安地交迭着苦乐不同的心境，恰似这多变的天时和今晚这个捉摸不定的黑夜。（124）

战争已经进入尾声，日瓦戈医生、加利乌林中尉、护士拉拉等人尽管仍留在前线，然而他们始终萦绕于怀的，就是尽快摆脱这一切，赶回家园从事各自长远的事业。人物视角与叙述者视角相互交织，共同营构出一个对生活、家庭、亲人无比思念，渴望回归的温馨的家园主旨。日瓦戈的内心独白中没有作为战场上的英雄应有的豪言壮语，其审美内核都体现在"家"而非"国"的意念上。前线、战事、死亡非但没有削弱，反而强化了这些战地英雄的家园意识，经历了战火洗礼的他们更懂得生命的真正价值与意义。

叙述者视角与人物日瓦戈视角的交织还出现在诗章中的多首诗中。众所周知，小说第17章"尤里·日瓦戈的诗作"原本是作家帕斯捷尔纳克在创作《日瓦戈医生》前后的十余年间所写的，其中很多诗歌还曾单独发表过。这些诗歌只是在被引入小说框架之后才署上了日瓦戈的名字。因此，诗章中的每首诗都有两个"作者"，其中抒情主人公与诗作者的关系十分复杂、微妙。关于日瓦戈组诗的作者身份问题，有很多学者做过探讨。有学者指出，诗章中的某些诗显然不是出自日瓦戈之手，不符合日瓦戈的风格。确实如此，虽然很多诗是帕斯捷尔纳克在创作小说期间专门为日瓦戈"量身定做"的，但也有一些诗原为帕斯捷尔纳克自己有感而发创作的，在塑造日瓦戈这个人物形象的时候，作家将其移植到了日瓦戈身上。但我们认为，争论这些诗歌"创作权"问题的意义并

不大，因为理解这些诗歌最重要的一个出发点就是小说浓郁的精神自传
色彩。正如有研究者指出，"主人公越接近作者，主人公话语对作者来说
就越具权威性，就越难判定什么地方是作者的意向，什么地方是主人公
的。当作者和人物意向部分或完全重合时，诗歌话语的功能和意义就会
增强"[1]。诗章具备双重作者的独特性，从其标题来看，诗章的作者是日瓦
戈，诗歌使用的是日瓦戈的人物视角，但诗歌又是帕斯捷尔纳克所作，
所以诗歌便具备了诗人帕斯捷尔纳克与抒情主人公日瓦戈的双重视角。
试以诗歌《冬之夜》为例。

冬之夜

没有了任何分界，
天地之间是一片白。
桌上燃起了蜡烛一台。

像那夏日的蚊虫，
一群群地追逐亮光，
团团的雪花扑向门窗。

风雪在窗面凝挂，
结成圈圈道道冰花。
桌上燃起了蜡烛一台。

1.　Власов А. С. «Стихотворения Юрия Живаго» Б. Л. Пастернака, Кострома, КГУ имени Некрасова, 2008. С. 67.

烛光映照在屋顶，

投去手足交叉的影，

那是结合一起的运命。

脱下的两只小鞋，

落到地面发出轻响，

几点烛泪滴落衣裳。

一切都已经消失，

风雪的夜是一片白。

桌上燃起了蜡烛一台。

灯火在风中摇荡，

诱惑的天使在飞翔，

展开那两只爱的翅膀。

整个二月是这样，

天地之间是一片白，

桌上燃起了蜡烛一台。(515—516)

  这首诗讲述的是男女主人公的心灵感应与命运纠葛，散文文本的相关情节为此提供了线索，这首诗是日瓦戈对1907年圣诞夜的想象与回忆。那晚，日瓦戈和冬妮娅乘坐雪橇到斯文季茨基家参加圣诞晚会，日瓦戈在路上无意中从一家的窗户上见到了这个让他永生难忘的场景。

他们穿过卡梅尔格尔斯基大街。尤拉注意到一扇玻璃窗上的窗花被烛火融化出一个圆圈。烛光从那里倾泻出来，几乎是一道有意识地凝视着街道的目光，火苗仿佛在窥探往来的行人，似乎正在等待着谁。

"桌上点着一根蜡烛。点着一根蜡烛……"尤拉低声念着含混的、尚未构成的一个句子开头的几个词，期待着下面的词会自然而然地涌出。然而后面的词没有出现。（78）

在日瓦戈观察到的这间屋子里，拉拉正向未来的丈夫安季波夫表白心迹：

拉拉喜欢在烛光下面谈话。帕沙总为她准备着整包没拆封的蜡烛。他把蜡台上的蜡烛头换上一支新的，放在窗台上点着。沾着蜡油的火苗噼啪响了几声，向周围迸出火星，然后像箭头似的直立起来。房间里洒满了柔和的烛光。在窗玻璃上靠近蜡头的地方，窗花慢慢融化出一个圆圈。（76）

散文文本中日瓦戈情不自禁默念出的"桌上点着一根蜡烛。点着一根蜡烛……"最终成了诗章中《冬之夜》一诗的内容。在作品中反复出现、具有象征意义的"烛光"成了诠释拉拉和日瓦戈爱情的意象。烛光带来的光明与温暖尽管微弱，却让人受到鼓舞，在冬之夜的严寒与肃杀之下，愈加令人感到珍贵。因此，《冬之夜》这首诗完全可以视为诉说两人命运纠葛的心曲，使用的是人物视角，抒发的是日瓦戈对于爱情、命运的思考与感受。

然而，值得注意的是，无论是日瓦戈、拉拉，还是安季波夫，三个当事人都不知道，正是从这扇窗户透出的烛光将三人的命运紧紧联系在一起。十八年后，日瓦戈在与拉拉经历了相爱、别离之后，再次回到莫斯科，命中注定却又毫不知情地住进了这间屋子，并在这里迎来了死亡。日瓦戈葬礼之日，拉拉重履旧迹，再次踏入这间屋子，却意外地发现了放在其中的日瓦戈的灵柩。这时，拉拉不由地回想起自己当年与丈夫在烛光下的谈话，却不知道当年的烛光被日瓦戈注意到。

> "啊，那是在圣诞节那天，在决定向那个庸俗而可怕的怪物开枪之前，在黑暗中同还是孩子的帕沙在这间屋里谈过话，而现在大家正在吊唁的尤拉那时还没在她的生活中出现呢。"

紧接着是叙述者的一段话：

> 于是她尽量回忆，想回想起圣诞节那天同帕沙的谈话，但除了窗台上的那支蜡烛，还有它周围玻璃上烤化了的一圈霜花外，什么也回想不起来。
>
> 她怎么能想到，躺在桌子上的死者驱车从街上经过时曾看见这个窗孔，注意到窗台上的蜡烛？从他在外面看到这烛光的时候起——"桌上点着蜡烛，点着蜡烛"——便决定了他一生的命运？（477）

从叙述者的话语中我们不难判断出，日瓦戈至死也不知道，当年他看到的烛光正是拉拉点燃的，只是当时内心有一种莫名的震动，他更不会知道自己临终前住的屋子就是拉拉点亮蜡烛的那一间。而拉拉最终也不知道，当年她点亮的蜡烛的烛光恰巧被日瓦戈看到了。两个人被命运之绳如此紧密地联系在一起，却自始至终浑然不知。这让读者感到，冥冥之中命运的安排绝非人力所能左右。这种"生活的真实"正是帕斯捷尔纳克在其早期的未来主义诗歌以及后期的小说中对先验的迷恋、对前定的觉悟、对宿命的认同的根本原因。生活内在的和生命存在的逻辑远比人们想象的更隐秘、复杂，它们世世代代给予人类刻骨铭心的感受，却永远不能让人有彻底体味它的可能。这是诗人帕斯捷尔纳克和诗人日瓦戈共同的、永恒的生活和生命箴言。

日瓦戈创作《冬之夜》这首诗最初的动机是看到一家的窗户中的烛光有感而发，但当时他并不能预料未来的生活中拉拉将会出现。因此，这首纪念日瓦戈与拉拉的诗与其说是从日瓦戈的视角进行的创作，不如说是全知叙述者对于日瓦戈和拉拉宿命的一种解说。换言之，这里体现的是一种全知视角。当然，将日瓦戈认定为这首诗的作者也有可能：首先，这首诗的创作可能另有背景，是小说中并未提及的日瓦戈与拉拉在某个冬夜的经历；其次，即便二人并未有过这样的经历，但由于冬夜烛光的印象令日瓦戈魂牵梦绕，烛光与爱情、命运之间的联系根深蒂固，所以他以想象中的这一场景来纪念拉拉。因此，我们完全可以将这首诗看成全知视角与人物视角的交织与融合。

类似的视角交织与融合，还见诸诗章中的《分离》等多首诗歌中。

二、视角的呼应

除叙事视角的转换、交织之外，小说中的叙事视角还有另一种呈现形式，即呼应。视角呼应是指作者在小说的不同位置使用不同视角对同一故事、情节、意象进行重复描写。这种手法在小说中屡见不鲜，如上文已经提到的对"冬夜烛光"这一意象的反复描写，就涉及了全知视角、人物视角等不同视角的呼应。

小说中关于斯特列利尼科夫炮轰妻女所在城镇的情节先后讲述过三次，但使用的是不同的视角。一战爆发后，拉拉的丈夫安季波夫上了前线战场，后来化名为斯特列利尼科夫，当上了红军的高级指挥官，参与了苏俄国内战争，立下了汗马功劳。最后他遭到内部清洗，被迫自杀。安季波夫上战场之后整整六年没有回家与妻女相见。他带兵攻打尤里亚金，明明知道妻子和女儿就在城内，然而他非但没有回家探亲，反而毅然决然地向城内开炮。对于这件事，小说在不同章节用不同视角描写了三次。

第一次描写使用的是全知视角，第7章"旅途中"的末尾描写的是斯特列利尼科夫（当时小说中尚未揭示斯特列利尼科夫即安季波夫这一事实）的内心活动：他在亲情与革命事业之间犹豫不决，但最终建功立业的革命情怀占了上风。他没有去探望妻女，并不顾家人安全，坚持向城内开炮。叙述者在假装不知斯特列利尼科夫真实身份的情况下，对这件事进行了讲述，未予置评，只是说"革命给了他思想上的武装"（246）。

第二次描写是在第9章"瓦雷金诺"的第15节的拉拉与日瓦戈的谈话中，这里采用的是拉拉的视角，她表达了对丈夫行为的不解和埋怨。"他攻打尤里亚金，向我们打炮，他知道我们在这里，为了不泄露秘密，一次也没打听过我们是否还活着……人就在身边，竟然能顶住见我们的诱惑！这我怎么也想不通，超出了我的理解力。这是某种我不能理解的东西，不是生活……除了原则就是纪律……"（295—297）这时，读者会情不自禁地站在拉拉一边，对安季波夫的冷血、绝情予以谴责。

第三次描写是在第14章"重返瓦雷金诺"的末尾处。这时苏俄国内战争已近结束，遭到政治清洗的安季波夫为躲避政治迫害而逃离革命队伍，与日瓦戈偶遇。在回忆起这件事时，他哽咽地讲述了自己当时做决定时的种种不忍："……而她们，她和女儿就在附近，就在这里！我需要付出多大的毅力才能克制住奔向她们跟前，看见她们的愿望啊！但我想把毕生的事业进行到底！现在只要能再见她们一面，我愿付出任何代价……"（444）听了安季波夫内心的真实声音，读者又会对他产生同情，从而找到真正的罪魁祸首——残酷的战争和摧残人性、人情的意识形态政治。

客观中立的全知视角以及拉拉和安季波夫两位当事人的人物视角——这三种视角的叙事将一个人物的性格特征、生命形态立体化了。作家为不同的讲述人安排不同的出场次序，配合小说中其他事件的讲述，巧妙地引导读者得出自己的结论：安季波夫因为自我的执迷，亲手扼杀了自己作为丈夫和父亲的温情和人性，异化为一个为妻女所无法理解的冷血狂人，最终酿成了人生悲剧。但是通过他本人的视角叙事，读者也看到了他心灵深处的忏悔和自我救赎的渴望。在对日瓦戈倾诉之后，安季波夫结束了自己的生命，了结了自己苦难、罪恶的人生，以精神、心灵的忏悔完成了最终的自我救赎。叙述者通过使用不同叙事视角来控制叙事的距离感和分寸感，从而调节、整合、深化读者对这一人物形象的认识。安季波夫人生悲剧性的多重、复杂的内涵正是通过不同叙事视角的呼应来进行丰富和立体化的。

俄国二月革命爆发之后，从一战战场上撤离的部分逃兵在镇上的车站发动兵变，杀死了资产阶级临时政府派来的年轻政委金茨。事发时，日瓦戈正在小镇工作，得知了这件事情。后来，日瓦戈被游击队俘虏，在营地意外结识了杀害金茨后投奔游击队的士兵帕姆菲尔，又从后者口

中听到了当事人对此事的描述。对同一事件的两次呼应性描述分别出现
在小说的第5章和第11章，分别采用的是全知视角和人物视角。

全知视角：

近几个月以来，一种功勋感和发自内心的要高声呼喊的欲
望在他身上已经不自觉地与木板搭成的讲台或者椅子联系在一
起，只要一站到它们上面，就能向聚拢来的人群发出某种号
召，煽动性的言语就会脱口而出。

站房门前那座车站的钟下面有一只很高的消防水桶，严严
地盖着。金茨跳上桶盖，面对走近前来的人们断续地讲了几句
感人的、超人的话。在咫尺之内几步就可以跑进去的门旁，他
做出了一个愚蠢而勇敢的举动，使追上来的人目瞪口呆地站住
了。士兵们把举在手中的枪支放了下来。

这时，金茨走到木桶的边缘，踏翻了盖子。他一只脚踩到
水里，另一只悬到桶边上，整个人跨在桶边上。

他这副狼狈相引起士兵们一阵大笑，站在最前面的一个朝
他颈部开了一枪，把这个可怜人送了命，其余的赶上来向死者
捅了一阵刺刀。（149）

人物视角：

"我干掉过你们很多人，我手上沾满老爷、军官还有不知道
什么人的血。人数和姓名我记不住了。往事如烟嘛。有个孩子
我老忘不了，我干掉过一个孩子，怎么也忘不了。我为什么要

把小伙子杀死呢？因为他逗得我笑破了肚皮。我一时发昏，笑着朝他开了枪。毫无缘由。

"那是二月革命的时候。克伦斯基还当政呢。我们叛乱过。事情发生在火车站。派来一个鼓动家，是个毛孩子，他用嘴皮子动员我们进攻，让我们战斗到最后胜利。来了个士官生，劝我们克制。那么个屌头。他的口号是战斗到最后胜利。他喊着口号跳上消防水桶，消防水桶就在车站上。他跳上水桶是想站得高些，从那儿号召大家参加战斗，可脚底下的桶盖翻了，他扑通一声掉进水里，脚踩空了。哎呀，笑死人了。我笑得肚子疼。真要笑死了。哎呀，滑稽极了！我手里有枪。我笑个不停，一点办法也没有。好像他在胳肢我。我就瞄准他开了一枪，他当场完蛋。我自己也不明白这是怎么一回事儿。就像有人把我的手推了一下。

"这就是我白日见的鬼。夜里老梦见那个车站。当时觉得可笑，现在真可怜他。"（342—343）

在第一个片段中，叙述者以不容置疑的口吻毫无保留地揭示了金茨的内心世界，对他突然跳到水桶上的行为动机做出了权威性的解释：功勋感、对革命的狂热、出人头地的欲望。而在第二个片段中，底层小人物视角的叙事在讲述金茨行为时的语气自始至终是情绪化的、丑陋化的。两种不同视角互为依托、互为补充，同时也体现出语言表达上的差异：叙述者的语言逻辑严谨，多用长句和书面语，措辞得体；士兵的语言啰唆重复，充满口语色彩，措辞低俗。两种不同叙事视角下的话语的感情色彩也有差异。叙述者保持了最大程度的冷漠，而人物视角的叙事却极尽嘲笑之能事。叙述者的理性思考与人物的感性体悟结合在一起，相互映衬、沁润，形成了一种整体的立体性评价。这种分层多位叙事的特别设定最大限度地实现了对人物行为的鄙视、嘲弄与批判，塑造了一个典型的时代里可笑而又可悲的人物形象。

小说视角的选择就是叙述者对叙述眼光的选择。对于同一件事，不同人立场不同，感受也不一样，甚至完全相反。各种叙事视角之间无优劣、高下、主次之分，而是各有其功能，因此在小说的叙事中是优势互补的。不同叙事视角之间并无不可逾越的鸿沟，而是可以交织和互相转换的。帕斯捷尔纳克善于根据主题表达和人物刻画的需要，选择适当的视角，因此《日瓦戈医生》不仅有多种类型的叙事视角，而且还根据作品思想表达和艺术效果的需要，进行视角间的相互转换、交织、融合和呼应，以此控制叙事的距离并提高人物刻画的丰满度。这充分显示了作家运用叙事视角的高超技巧，也体现了作家对读者主体性阅读的充分尊重。

帕斯捷尔纳克是一位现代主义诗人和有着现代叙事意识的小说家，长期身处逆境却具有不断挑战苦难的核心精神价值。在日瓦戈苦难的人生、卓尔不群的性格、自由不羁的思想中无不充满帕斯捷尔纳克对人的生命形态的认知、对社会历史的凝视与反省。历尽生活磨难、充满生命悲情的艺术家有着对生活和生命"偶然性"的独特认知。多元、多样的小说叙事视角与艺术家的生命形态和生命哲学密不可分。

《日瓦戈医生》对叙事视角的选取和运用在20世纪苏联小说的现代性转型中具有重要意义。作家改变了许多苏联作家因过分关注作品社会历史意义与急切表达道德教诲而一味采取的全知全能叙事的传统模式，大大拓展了小说的叙事张力和内在的审美意蕴。不同的叙事视角为读者对历史事件、社会生活、人物形象的认知提供了多个角度，增强了小说的对话性、开放性，为读者的审美期待和创造性阅读提供了广阔的空间。

第三章

《日瓦戈医生》叙事的话语形态

《日瓦戈医生》在继承俄罗斯19世纪小说叙事传统的同时，也对传统的叙事话语做出了独具个性的创新，并增加了现代性元素。人物话语表达形式的选用便是现代性叙事创新的一个重要表现。小说最具特色、最突出的是对直接引语、自由间接引语[1]和自由直接引语的使用。作家对直接引语这种传统小说中最常用的人物话语形式进行了创造性的运用，同时恰到好处地使用了现代小说青睐的自由间接引语和自由直接引语形式，人物话语形式的多样和丰富强化了明暗对比的艺术表达效果。分析《日瓦戈医生》中的这三种人物话语形式的表达特点及其艺术功能有助于我们更具体地在话语层面了解小说的叙事以及作品中的主题是如何一步步被强化的。

第一节　对话性人物话语形态

直接引语是传统小说中最常见的一种人物话语形态，它包括对话、内心独白、自述等形式。同其他人物话语表达形式相比，直接引语具有

1.　俄语中这一语言现象叫作"准直接引语"（несобственно-прямая речь）。

直接性、生动性，对塑造人物发挥着重要作用。直接引语的使用能够缩短人物与读者之间的距离，摆脱叙述者的控制，使人物尽情展现个性风格和言说特点。在《日瓦戈医生》中，直接引语也是最主要的人物话语表达形式，它不仅被用来塑造人物形象、制造戏剧效果，同时也是推动情节发展、展现人物内心世界的重要手段。在小说中直接引语最突出和最集中的表现形态是人物对话，即对话性人物话语。《日瓦戈医生》颠覆了传统现实主义小说中刻画人物以叙述者讲述为主体的方式。在人物行为描述缺失的情况下，对话具备了揭示人物性格和捕捉人物内在心理活动的功能。帕斯捷尔纳克削弱了对人物形貌特征的刻画，甚至大大弱化了故事情节、人物行为和心理描写，而把对话当作最重要的塑造人物形象的手段之一。呈现在读者面前的是大量人物对话以及它们所揭示的人物的心理世界和精神世界。

小说中对话场景出现的频率非常高，全书40多个对话场景几乎占据了小说四分之一的篇幅。小说第1章"五点的快车"中的第5节，第3章"斯文季茨基家的圣诞晚会"中的第3、4、16节，第6章"莫斯科宿营地"中的第1节和第2节，第11章"林中战士"中的第5节和第9节，第13章"带雕像房子的对面"中的第11—14节，第14章"重返瓦雷金诺"中的第16节和第17节，几乎全由不同人物的对话场景构成。这些对话场景呈现了不同的声音，构成了不同精神世界的多种话语：日瓦戈医生叩问人性的话语、安季波夫洋溢着革命豪情的话语、拉拉寄寓着精神理想的话语、冬妮娅充满生活家园情致的话语、韦杰尼亚平充满宗教情怀的话语、杜多罗夫和戈尔东充满时代气息的话语，以及其他就重要性而言相对次要的话语，等等。在"大对话"命题的引领下，多种音调和音强的有机结合、相互碰撞营造了一个丰富的"对话交响"。

就小说中的对话形态而言，可以区分出"自白性"对话、"论争性"对话和"映衬性"对话三种类型，它们以各自的话语功能呈现言说者的人格情操、价值理念与精神世界。

一、"自白性"对话

"自白性"对话以人物的，特别是男女主人公的大段"独白型"对话为基本形式。在这一类对话中尽管存在两个对话人的声音，但其中一个对话人在场的意义或仅仅在于成为触发话语的起因，或是对另一方话语的聆听、应和、发问，因此，这种对话类型呈现出自白性特征。

日瓦戈与生病的岳母安娜·伊万诺夫娜关于死亡、复活、永生等命题的对话就是一例。

"复活，那种通常用于安慰弱者的最简陋的形态对我是格格不入的。就连基督关于生者和死者所说的那些话，我一向也有另外的理解……

"可是，同一个千篇一律的生命永远充塞着宇宙，它每时每刻都在不计其数的相互结合和转换之中获得再生。您担心的是您能不能复活，而您诞生的时候已经复活了，不过没有觉察而已。"

……

"……在别人心中存在的人，就是这个人的灵魂。这才是您本身，才是您的意识在一生当中赖以呼吸、营养以致陶醉的东西。这也就是您的灵魂、您的不朽和存在于他人身上的您的生命……"

……

"圣徒约翰说过，死亡是不会有的，但您接受他的论据过于轻易了……死亡是不会有的，因为这已经见到过，已经陈旧了，厌烦了，如今要求的是崭新的，而崭新的就是永恒的生命。"（65—66）

在这一对话场景中，安娜·伊万诺夫娜仅扮演着一个聆听者的角色，没有一句插话，读者在阅读和思考日瓦戈的话语时几乎忘记了她的存在。日瓦戈的讲述具有演说色彩，他面对的是一个对生与死缺乏独立认知和哲学体察的女人。与其说是"医生"日瓦戈在为病人开治病的"精神处方"，莫如说是"神父"日瓦戈在为即将离世的人宣读"安魂之曲"。实际上，这个对话是为揭示主人公对生与死的神性认知而设置的。

拉拉在小说中的地位举足轻重，她是身处动荡中的日瓦戈获得心灵安宁和依靠的精神支柱，也是日瓦戈心灵层面的对话者。两人的对话自始至终都是主述者与倾听者角色的转换，两者的"自白性"对话分别揭示了两个主述者的内心世界和精神理想。许许多多弥足珍贵的思想火花也是在这样的自述中迸发出来的。

两人的第一次对话是在一战前线的梅留泽耶沃小镇，日瓦戈是主述者，拉拉是倾听者。

"……这是史无前例的机遇。请想想看：整个俄国仿佛被掀掉了屋顶，我们和所有的老百姓都一下子暴露在光天化日之下。没有人再需要偷着看我们。真是天大的自由！这绝非口头上的和书面要求中的自由，而是真正的、从天而降的意外之物。不过，这也是偶然之间和无意之中的自由。"

……

　　　　"战争只做了一半的事，剩下的由革命完成了。战争是人为
　　　地使生命得到暂时的休息，完全像是可以把生存推迟短暂的一
　　　段时间一样（真是荒唐！）。革命违反着意志奔腾而出，仿佛是
　　　一股被阻滞得过长的空气。每个人和每件事物都苏醒了，获得
　　　了再生，一切都发生了转化、转变。也许可以说，每一个人都
　　　经历了两种革命，一种是自身的，另一种是共同的。我觉得，
　　　社会主义宛如一片海洋，所有个人的、单独的革命应该像无数
　　　溪流一样汇聚其中，这就是生活的海洋，自存自在的海洋……"
　　　（141—142）

　　在这一对话场景中，除了拉拉简短的一句插话"您说地上的树木和
满天的星星也参加了集会，这我理解。我知道您想说的是什么，我也有
过这种体验"（141）之外，几乎全是日瓦戈的自述。这一颇富激情的"自
白性"话语是日瓦戈精神探索的第一个阶段。他赞赏革命，信心满满地
希冀革命会给人们带来真正的自由与福祉，期盼着革命能使每个人都获
得新生。

　　日瓦戈与拉拉的另一次对话则是以拉拉为主述者的"自白性"对话，
对话中日瓦戈成了倾听者。小说第13章第13节，日瓦戈从游击队逃脱后
与拉拉在尤里亚金重逢时，拉拉说：

　　　　"……像我这样的弱女子竟然向你，这样一个聪明人，解释
　　　在现在的生活中，在俄国人的生活中，发生了什么，为什么家
　　　庭，包括你的和我的家庭在内，会毁灭？唉，问题仿佛出在人
　　　们自己身上，性格相同或不相同，有没有爱情。所有正常运转

的、安排妥当的，所有同日常生活、人类家庭和社会秩序有关
的，所有这一切都随同整个社会的变革，随同它的改造，统统
化为灰烬。日常的一切都翻了个个儿，被毁灭了。所剩下的只
有已经被剥得赤裸裸的、一丝不挂的人的内心及其日常生活中
所无法见到的、无法利用的力量了……"（389）

拉拉的自述整整延伸了第13、14两个小节。在这一对话场景中拉拉
显然是主述者，日瓦戈有限的几句话都是在附和、鼓励她继续讲下去，
如"多给我讲讲你丈夫的事""你还是给我讲讲你们革命前的生活吧""既
然你们如此相爱，什么破坏了你们家庭的和睦呢?"告诉我，我聪明的孩
子""说下去。我知道你下面要说什么了。你分析得多么透彻啊! 听你说
话多么快活!"（388—391）听到拉拉的讲述后，日瓦戈惊喜连连，他与拉
拉在许多问题上的观念、想法都非常一致，因此没有打断她，而是鼓励她
尽量充分、完整地表达。拉拉以一个女人对家庭、时代、社会、历史的切
身体验，道出了国家与个人、社会与家庭关系的本质。在她的话语中，
宏大的社会、时代伦理被具体、真切、与日常生活息息相关的家庭伦理
解构了。拉拉朴实的话语印证了日瓦戈对革命认识的不断深化。

从外在形态来看，拉拉在日瓦戈灵柩前与他的最后一次"对话"是
拉拉的心灵独白，是一场感人肺腑的"心灵对话"。虽然日瓦戈已经去
世，但他的灵魂不灭，这是他的心灵知音在与他的灵魂对话，诉说着他
生前未竟的话语。"对话"亦是自白，但这是两个心灵共同的自白，它强
化了日瓦戈超越死亡的精神的永恒性，也揭示了小说关于伟大的爱情不
灭、伟大的灵魂不朽的思想要义。

> "我们又在一起了，尤罗奇卡。上帝再次让我们重逢……生命的谜，死亡的谜，天才的魅力，质朴的魅力，这大概只有我们俩才懂。而像重新剪裁地球那样卑微的世界争吵，对不起，算了吧，同我们毫不相干。
>
> "永别了，我亲爱的知心人；永别了，我的骄傲；永别了，我的湍急的小河，我多么爱你那日夜不息的拍溅声，我多么想投入你那寒冷的波浪中。"（479）

拉拉凄楚而震撼人心的告白是对日瓦戈精神世界的终结性描述，是对她的精神知音灵魂永恒的高度赞美。日瓦戈不朽的灵魂在拉拉身上得到了延续。"死亡是不会有的"（«Смерти не будет»）——这不仅是小说手稿中一个十分醒目的章标题，也是帕斯捷尔纳克1946年在全书手稿本扉页上粗笔大写的字样[1]。

男女主人公在场或不在场的对话都具有同样的自白性特征，两者的"自白性"对话相互补充、互为印证，不仅成为揭示日瓦戈精神世界的重要手段，也成为小说叙事话语中一个非常重要的构成，叙事学家施密特把它称作"对话化的叙事独白"（диалогизированный нарративный монолог）[2]。

二、"论争性"对话

与"自白性"对话不同，这一形态的对话以"论争"为特征，但需

---

1. Пастернак Б. Л. «Доктор Живаго», с комментариями В. Борисова и Е. Пастернака. М.: Тройка, 1994. С. 456.

2. Шмид В. Нарратолологгия. М.: Языки славянской культуры, 2003. С. 59.

要指出的是，论争者不是对立的社会势力和不同阶级的代表，而是不同思想、精神、意识、理念、价值观的载体，这是不同声音、不同思想之间的对话。

在从一战前线返回莫斯科的火车上，日瓦戈与革命家的后代波戈列夫席赫相遇。后者是一个夸夸其谈的极端主义者，他欣喜地断定不久后会爆发一场毁灭性的社会动荡。日瓦戈内心深处认同这一看法，但却冷静地指出：

> "所有这些也许是可能发生的。不过我觉得在我们这一片混乱和破坏的情况下，在步步紧逼的敌人面前，进行这种冒险性的试验不合时宜。应该让国家有一段清醒的时间，从一个转折走向另一个转变之前要有喘息的机会。需要等待出现某种平静和秩序，哪怕只是相对的也好。"（158）

波戈列夫席赫反驳道：

> "您所说的破坏，正像您赞不绝口和喜爱的秩序一样，也是正常现象。这些破坏却是更广阔的创造性计划合乎规律的先行部分。社会发展得还很不够。应该让它彻底垮掉，那时候真正的革命政权就会在完全另外的基础上把它一部分一部分地重新组装起来。"（158—159）

对话的两个不同主体对同一问题的不同认知既展现了不同人物的精神世界和价值观立场，也深化了小说的思想意蕴。日瓦戈所流露的是对一种平静、和谐、有秩序的生活的向往，是他面对被战争破坏得一片狼藉的现实世界所发出的最为真实和现实的声音。波戈列夫席赫的"振振有词"却以"社会落后"为口实，以"破坏"为能事，以"彻底垮掉"为旨归。前者的"秩序话语"与后者的"动乱话语"形成了鲜明的对比。

日瓦戈与游击队队长利韦里关于手段与最终目标的争论发人深省。利韦里认为，必须改造现实，自由、幸福与和平才会到来。而日瓦戈认为：

> "改造生活！人们可以这样议论，也许还是颇有阅历的人，可他们从未真正认识生活，感觉到它的精神，它的心灵。对他们来说，这种存在是未经他们改良的一团粗糙的材料，需要他们动手加工。可生活从来都不是材料，不是物质。它本身，如果您想知道的话，不断更新，永远按着自我改进的规律发展，永远自我改进，自我变化，它本身比咱们的愚蠢理论高超得多。"（331）

如何拯救有缺陷的社会，如何认识世界与人的关系是小说的重大命题，也是日瓦戈与利韦里论争的核心所在，"私人话语"与"时代话语"的大对话被高度具体化了。在利韦里看来，需要通过暴力手段把人民从腐朽的黑暗社会中拯救出来，而日瓦戈在目睹了暴力带来的流血、牺牲、痛苦后开始质疑这样的拯救方式。他认为："所有这一切离现实还很远，可仅仅为了这些议论，人们就血流成河，目的抵偿不了手段。"（331）在日瓦戈看来，不能以牺牲实际生活为代价来遥望虚无缥缈的乌托邦。因此他一听见时代流行话语"改造生活"这类话就无法控制自己，心灵陷入绝望之中。

小说第15章中日瓦戈与少时的好友杜多罗夫和戈尔东的"论争性"对话也颇具深意。杜多罗夫和戈尔东是两个有文化、有教养却被时代、社会的政治思想驯服的知识分子。刚刚结束流放、重新回到大学执教的杜多罗夫向日瓦戈讲述自己的政治成长。戈尔东与他不谋而合。然而，这些话语却让日瓦戈十分反感，他没想到，儿时的好友竟然也未能逃脱时代"流行病"的传染，他说：

> "我们这个时代经常出现心脏细微溢血现象。它们并不都是致命的。在有的情况下人们能活过来。这是一种现代病。我想它发生的原因在于道德秩序。要求把我们大多数人纳入官方所提倡的违背良心的体系。日复一日使自己表现得同自己感受的相反，不能不影响健康……我听你讲到流放的时候你如何成长、如何受到再教育时感到非常难受。这就像一匹马说它如何在驯马场上自己训练自己。"（462—463）

戈尔东立刻反驳他说：

> "……你必须从睡梦和懒散中清醒过来，打起精神，改正毫无根据的狂妄态度。是的，是的，改正对周围的一切所持的不能允许的傲慢态度，担任职务，照旧行医。"（463）

杜多罗夫与戈尔东两人试图借助于一场大革命化解个人的"落伍之

忧"并实现光明的政治未来，从而将自身融汇到雄浑的革命激流和激越的政治事业中，将个体的故事变成革命的故事、时代的故事。这正是与政治伦理、时代精神背道而驰的日瓦戈所坚决反对的。他始终坚持精神自由、思想独立的人生原则，努力在时代洪流中坚持自我，把革命故事还原为生活故事，把国家原则还原为个体原则，把阶级伦理还原为人性伦理。

小说中有这样一段颇具深意的话："世界上任何个人的独自活动，都是清醒而目标明确的，然而一旦被生活的洪流汇聚在一起，就变得混沌不清了。人们日复一日地操心、忙碌，被切身的利害所驱使。"（13）如何面对一个充斥着各种"切身的利害"的世界？如何在精神、思想上拯救个性主体？叙述者的这段话语提出了一个颇具哲理意味的命题，那就是个体不仅要以思想，还要以生命的实践抗拒被"生活的洪流"推动的"他者化"。帕斯捷尔纳克通过叙述者之口所表达的理念让我们深切感受到作家因个性的沦陷而从内心产生的强烈危机感和焦灼感。帕斯捷尔纳克曾说，我们唯一能够支配的事是使发自内心的生命之音不要走调。在小说中他也借主人公日瓦戈之口强调坚持个体价值、保持主体意识的重要性："当一个人不符合我们的想像时，同我们事先形成的概念不一致时，这是好现象。一个人要属于一定类型的人就算完了，他就要受到谴责。如果不能把他归入哪一类，如果他不能算作典型，那他身上便还有一半作为一个人必不可少的东西。他便解脱了自己，获得了一星儿半点不朽的东西。"（293）

三、"映衬性"对话

"映衬性"对话是《日瓦戈医生》中一种独特的对话形态。小说中，主人公日瓦戈并不参与这种类型的对话，但对话却以一种间接的方式来映衬、传达主人公的心声、思想和观念。换句话说，这种对话是小说作者通过其他人物之口表达主人公思想、观点和理念的一种话语方式。在这类对话中，日瓦戈或在场，或不在场，但对话者总以各种不同方式表达或诠释日瓦戈对生活和生命的认知，从而起到凸显、丰满、完善主人公内心世界与精神成长历程的作用。需要指出的是，在这样的对话中，人物虽在，但人物的外貌、性格、动作、行为统统都不见了。我们能听到的仅仅是他的话语而已。读者面对的不是一个有血有肉、具体可感的人物，而是一个思想、观念的载体，他（她）叙说原本应该由主人公讲的话，由主人公表达的思想、观点、理念，或与主人公的观点形成鲜明对比的话语。完成这一功能后这个人物便不会再出现。小说的这些话语片段给读者留下印象的不是这个人物或与之相关的细节，而是这个人物的思想。这些人物包括日瓦戈少年时期的监护人韦杰尼亚平、拉拉的好友西玛等。

小说中，韦杰尼亚平与他人的对话不多，他与日瓦戈的直接对话更是鲜见。韦杰尼亚平与他人对话时，话语强劲有力且意义深邃、充满哲理。然而，韦杰尼亚平话语的叙事功能并不在于自我塑造，作者无意塑造这个远离并超越时代的哲人形象，因此呈现在小说中的这一形象整体上是贫瘠、苍白、缺乏血肉的，他的作用仅仅在于映衬、完善日瓦戈的艺术形象。作家从这一创作意图出发，将韦杰尼亚平这一人物及其话语作为日瓦戈人生叙事的起点来处理，通过该人物的"映衬性"对话对日瓦戈的宗教哲学思想的形成原因进行探究。实际上，作家正是凭借这样的话语设定成功将叙述者对日瓦戈精神、思想世界的叙述转换为由日瓦戈自己、韦杰尼亚平、西玛等人构成的多层"第一人称叙述者"的讲述。他们的对话功能是展现、映衬日瓦戈的心灵世界。换句话说，他们是日瓦戈同一个精神个体的多面。他们的对话话语构成了众多以"我"对世界和人的看法的口吻出现的第二、第三层面的日瓦戈的精神和思想陈述。

小说第1章韦杰尼亚平与激进青年维沃洛奇诺夫之间的对话为日瓦戈的宗教思想内蕴做了重要铺垫。维沃洛奇诺夫认为，生活在黑暗中的人民需要的是斗争与反抗。韦杰尼亚平说：

> "请等一等，让我谈谈自己的想法。我认为，如果指望用监狱或者来世报应恐吓就能制服人们心中沉睡的兽性，那么，马戏团里舞弄鞭子的驯兽师岂不就是人类的崇高形象，而不是那位牺牲自己的传道者了？关键在于千百年来使人类凌驾于动物之上的，并不是棍棒，而是音乐，这里指的是没有武器的真理的不可抗拒的力量和真理的榜样的吸引力。直到现在还公认，福音书当中最重要的是伦理箴言和准则……"（41—42）

对小说文本比较熟悉的读者不难发现，韦杰尼亚平的这些话语实际上是日瓦戈思想的"前置"，是长大成人后的主人公关于人类拯救的两种方式——实践活动与精神活动的思考。在小说此后的叙事中日瓦戈不止一次谈到对暴力的认知，"用暴力是什么也得不到的。应该以善为善……"（259），并在第17章诗章中的《客西马尼的林园》一诗中借耶稣之口说："收起你的剑，刀枪解决不了争端。"（534）与舅舅韦杰尼亚平的思想一致，日瓦戈认为，"监狱""鞭子"等人类历史上的暴力形式无法使人类获得终极拯救。人类的拯救靠的不是粗俗的暴力，而是"没有武器的真理的不可抗拒的力量和真理的榜样的吸引力"，即真理的救赎，精神、灵魂的救赎，是福音书中的伦理箴言和准则，即宗教的救赎、爱的救赎。

小说第13章中拉拉的好友西玛向其讲述自己对《圣经》的理解，日瓦戈无意中听到了西玛的讲述，并在心中暗暗赞叹她的言说精彩、独到。西玛说：

> "世界有所进展。罗马统治结束了，数量的权力结束了，以武器确定全体人口、全体居民生活的义务废弃了。领袖和民族已成过去。
>
> "取而代之的是个性和对自由的宣传。个别人的生活成了上帝的纪事，充满宇宙的空间。像报喜节的赞美歌中所说的那样，亚当想当上帝，但他想错了，没当上，可现在上帝变成人，以便把亚当变成上帝（'上帝成了人，上帝同亚当便相差无几了'）。"（398）

相比于韦杰尼亚平，西玛是个更为模糊的角色，小说对她没有进行任何外貌特征与性格特征的刻画，读者只闻其声。小说中她不是作为一个鲜活的、有血有肉的形象被塑造的，而是一个独特的宗教思想的载体。她对宗教精神的理解似乎并不符合她的身份和背景，更像是日瓦戈对人类历史、宗教本质的深刻理解，她道出的分明是日瓦戈的心声。日瓦戈在心中暗忖："这个女人多么有才华，多么聪明啊！"（400）正是拉拉与西玛的这段"映衬性"对话展现了日瓦戈一以贯之的宗教思想和历史哲学观：自由的个体才是上帝的纪事、宇宙的精义。正如有研究者指出的主人公的价值观："历史的形成不在于'人民'，而在于个性；只有个性是不朽的，正是个性在不断地创造着历史本身；在历史中生活的人，如果没有关于个性自由的思想，没有对于现实中人的爱，就不能生活和创造。"[1]

从上述例子可以看出，小说中几乎每一场重要的对话都有日瓦戈的直接参与或间接在场，或他不在场时有其他人物"代言"。无论是日瓦戈与岳母关于死亡与永生的对话，日瓦戈与拉拉关于爱情、家庭、时代与历史的对话，日瓦戈与岳父关于革命的对话，日瓦戈与游击队队长关于暴力手段的对话，日瓦戈与戈尔东关于政权与人民、宗教与民族的对话，还是韦杰尼亚平与他人的对话，西玛与拉拉关于《圣经》及宗教精神的对话，它们均具有浓郁的思辨色彩和哲理内涵，每一次不同内容的对话交锋和不同视角的心灵展现都是小说叙事环节中的一个个"思想症结"。

《日瓦戈医生》中各种对话类型的表现形态不同，但其功能取向却是一致的，即鲜明的"向心性"。上述所有对话形态都是围绕着中心人物日瓦戈展开的，都是为呈现中心人物日瓦戈的心灵世界服务的。这一特点使得小说形成了一种"众星拱月式"的内在诗学结构，由众多不同的对话编织起来的对话网呈放射状向日瓦戈这一形象辐辏，在呈现日瓦戈心灵和精神世界完整性的同时，也赋予了小说极大的阅读张力。

以"对话"为主要表现手段的直接引语在小说文本中起着主导的、核心的作用。小说的情节、内容乃至思想主题借助于不同对话形态得以展开，日瓦戈的形象、性格得以塑造，他复杂的内心世界得以展现。深

1.　汪介之：《〈日瓦戈医生〉的历史书写和叙事艺术》，载《当代外国文学》，2010年第4期，第8页。

入把握"对话"这一具有核心意义的人物话语形态有助于我们准确把握小说叙事的话语特点。

在全知全能叙事的独白语小说中叙述者"展现式"的叙事功能是核心的、主导的、压倒一切的，对话是为叙述者的描述性话语服务的。但是，在《日瓦戈医生》中两者的关系发生了根本性的变化：对话成为主导的、核心的叙事手段；叙述者的话语退居其次，为对话服务，起着释解、补充、印证、深化对话的作用，叙述者成为一位聆听者、补充者、评价者。小说中很大一部分叙述者的功能，比如人物安季波夫的生活经历、思想变化、情感心绪的描述都是由不同形式的对话完成的。不同对话形态的运用使小说文本具有明显的戏剧性特征。对话在塑造人物性格、揭示人物思想内涵方面发挥了重要作用。

第二节　非对话性人物话语形态

《日瓦戈医生》除了对直接引语这种传统小说中最常用的对话性人物话语进行创造性运用之外，还恰到好处地运用了现代小说经常使用的非对话性人物话语——自由间接引语和自由直接引语形式，人物话语形式的多样性和丰富性强化了明暗对比的艺术表达效果。

一、自由间接引语

自由间接引语是小说中人物话语另一个重要的表达方式，是介于间接引语和直接引语之间的一种人物话语形式。自由间接引语"在人称和时态上与正规的间接引语一致，但它不带引导句，转述句（即转述人物话语的部分），本身为独立的句子。因摆脱了引导句，受叙事语语境的压力较小，这一形式常常保留体现人物主体意识的语言成分"[1]，如疑问句式或感叹句式、不完整的句子、口语化或带感情色彩的语言成分，以及原话中的时间、地点状语等。这种人物话语表达方式的优点在于"既能与叙事语交织在一起（均为第三人称、过去时），又具有生动性和较强的表现力"[2]。

自由间接引语通过叙述者的声音传递人物声音，两种声音融合在一起；与此同时，人物的情感也同叙述者的情感交织在一起。在表达人物思想时，自由间接引语主要表达人物的冥想，即人物在特定环境下产生的细腻、复杂的内心活动。自由间接引语兼具直接引语和间接引语的优点。间接引语可以与叙述语较好地融合，但缺乏直接性和生动性；直接引语生动、直接，但由于与叙述语的人称、时态不同，两者之间的转换较为笨拙。而自由间接引语却能集两者之长，避两者之短。自由间接引语以上述优势逐渐取代直接引语，成为现代小说中最常用的一种人物话语表达方式。

与全知全能小说的叙述者相比，《日瓦戈医生》中叙述者的角色发生了显著变化。全知全能小说的叙述者通常是干预性的，具有强烈的主体意识（比如托尔斯泰系列长篇小说的叙述者），会不时地站出来表达自己的主观感受与评价，常常会居高临下发表评论，以权威口吻建立其所认定的道德是非标准。而《日瓦戈医生》中的叙述者不以"说教者"的身份说话，往往只充当故事的讲述者和传达者，其主观判断大多都是隐性的、潜在的。在这种情况下，由于同时存在两种声音——叙述者的和

1.　申丹，王丽亚：《西方叙事学：经典与后经典》。北京：北京大学出版社，2010年，第146页。

2.　同上书，第165—166页。

人物主体的，小说中的自由间接引语在某种程度上构成了一种和声，成了叙述者用来隐含自己观点的一种手段。这种情况经常出现在小说对男女主人公思绪、心理、精神世界的描叙上，表达叙述者对男女主人公的审视。

日瓦戈从游击队逃离后，一路上历尽千辛万苦回到尤里亚金寻找拉拉。他趁天还没黑专门去看新政权张贴在街上的法令，以免由于无知触犯某项行政命令而丢掉性命。在日瓦戈看到墙上千篇一律、一成不变的法令时，小说中有这样一段话语：

> ……但这些永无止境的单调的重复把尤里·安德烈耶维奇的头弄昏了。这些都是哪一年的标题？属于头一次变革时期还是以后的几个时期，还是白卫军几次暴动当中？这是哪年的指示？去年的？前年的？他生平只有一次赞许过这种专断的言辞和这种率直的思想。难道为了那一次不慎的赞许，多年之内除了这些变化无常的狂妄的呐喊和要求，他就得付出再也听不见生活中的任何东西的代价吗？况且这些呐喊和要求是不合实际的，难于理解并无法实践的。难道他因为一时过分心软便要永远充当奴隶吗？（369）

这段话运用的是典型的自由间接引语，出现了七个保留人物主体意识的问号，这些在间接引语中无法保留的体现人物情感的标点符号使日瓦戈的情感表达显得尤为强烈和复杂，生动地再现了他纠结、痛苦、悔恨等情感交融的心理状态。它们直接表达了主人公的疑惑，由于政权经常变换，白军和红军交替控制尤里亚金，所以已经分不清这些公告都是什么时候、在谁统治期间张贴了的。两个"难道"引导的反问句包含了叙述者和人物的双重声音：既是日瓦戈对自己当初盲目、"不慎"地称赞革命的反思与忏悔，也是叙述者在为日瓦戈的一度"纵情"而打抱不平，二者都在求得读者的宽容、体谅。在这种双重声音的作用下，读者会不由自主地对主人公的人生遭际与精神迷失产生同情、表示宽容。这段自由间接引语既展现了日瓦戈的思想转变，也隐含了叙述者的评论，同时还道出了隐含读者的心声，可以说是三种声音的共融。多语共存的叙事增强了话语的语意密度，从而取得了其他话语形式难以企及的效果。

上段引文中提及的生平唯一一次"不慎的赞许"是指日瓦戈起初对新政权的期待，是一种兴奋情绪的表露，他称革命为一场"高超的外科手术"。在那段话里使用的是直接引语：

尤里·安德烈耶维奇并没有站起来，一边用小火铲拨弄炉子里的木柴，一边大声自言自语地说：

"多么高超的外科手术啊！一下子就巧妙地割掉了发臭多年的溃疡！直截了当地对习惯于让人们顶礼膜拜的几百年来的非正义作了判决……

"……这是空前的壮举，是历史上的奇迹，是不顾熙熙攘攘的平庸生活的进程而突然降临的新启示。它不是从头开始而是半路杀出，不是在预先选定的时刻，而是在奔腾不息的生活的车轮偶然碰到的日子里。这才是最绝妙的。只有最伟大的事情才会如此不妥当和不合时宜。"（189—190）

我们通过对比前后两处人物话语表达方式的不同，就能强烈地感受到两种不同话语形式在叙事功能上的差异。新政权刚刚成立时，日瓦戈按捺不住内心的兴奋，高声赞叹，直接表达出对新生活无限的憧憬。然而，在经历了政权更迭、连绵的战火、无尽的动乱之后，他对新政权渐感失望，回想起自己当年"不慎的赞许"，心中悔恨、自责、气愤、失望等情绪油然而生，以至于一时难以找到合适的言语来表达。自由间接引语这种人物话语表达形式最有利于表现人物仅感受到但并未形成语言的心理活动。更为重要的是，小说采用直接引语书写日瓦戈当初的兴奋、赞许，表明的只是人物个人的观点，与叙述者无关。而后来当日瓦戈表达追悔与愤懑的心情时，小说采用的却是自由间接引语，暗含了叙述者的观点。两相比照，叙述者的立场就不言自明了。

小说的女主人公拉拉在世俗人生中处于尴尬的境地，但作家将这个身处困境的女人升华到至高无上的理想高度：苦难之女、忏悔之女、圣洁之女。小说中叙述者几次直截了当地表露："拉拉是世界上最纯洁的"（24），"她的心灵无比之美"（45）。对于叙述者而言，拉拉是唯一一个让他由衷赞美的女神。

在拉拉失足，被恶魔科马罗夫斯基引诱前后，叙述者对拉拉的关心和爱怜的情感也通过自由间接引语表露无遗。

> 她始终不曾料到他居然跳得这么出色。那两只乖巧的手，多么自信地拢住你的腰肢！不过，她是决不会让任何人吻自己的。她简直不能想像，另一个人的嘴唇长时间贴在自己的嘴唇上，其中凝聚着多少无耻！
>
> 不能再胡闹了，坚决不能。不要装作什么都不懂，不要卖

> 弄风情，也不要害羞地把目光低垂。否则迟早是要出乱子的。
> 可怕的界限近在咫尺，再跨一步就会跌入万丈深渊。忘记吧，
> 别再想舞会了，那里边无非都是邪恶。不要不好意思拒绝，借
> 口总是能够找到的：还没学过跳舞，或者说，脚扭伤了。(26)

　　这是用自由间接引语形式描述的拉拉第一次受到科马罗夫斯基诱惑后的心理感受。两段描写将拉拉的少女心事展露无遗。第一段的前半部分描写的是情窦初开的懵懂少女对成人生活的向往，后半部分描写的是童心未泯的纯洁少女对成人生活的恐惧与抵触。第二段则是清醒的告诫，"不要装作什么都不懂"（не разыгрывать простушки）、"不要卖弄风情"（не умильничать）、"不要害羞地把目光低垂"（не поступлять стыдливо глаз）、"不要不好意思拒绝"（не стесняться отказывать），四个"不要"（не...）既像是拉拉对自己的提醒，更像是叙述者对拉拉一句句的劝诫。俄文中动词不定式的使用不仅表达了拉拉内心的坚定，也表达了叙述者对拉拉内心想法的坚决支持，而这些话也是同情拉拉、怕其坠入邪恶之网的读者迫切想对她说的话。这段自由间接引语仿佛让读者看到这样一个画面：一位长者在语重心长地教育刚刚踏足社会的少女，少女频频点头，然而心头却鹿跳不止。这段话处处透露出不祥的预感，让读者不由对拉拉能否抵制住诱惑心生担忧。

　　这两段话倘若用直接引语和间接引语改写，在效果上会有很大的不同：直接引语中仅有人物单一的声音，叙述者同情、哀怜、关心、劝诫的成分荡然无存；在间接引语中，叙述者客观冷静的言辞又会在一定程度上压抑人物的主体意识，减弱人物话语中激动、焦虑、不安、惊恐的情绪成分。而在自由间接引语中，不仅人物的主体意识得到充分体现，

而且叙述者的内心想法也通过第三人称和过去时得到了呈现。在引文的一开始，叙述者就把拉拉描述成了被邪恶的科马罗夫斯基诱惑的对象，她始终在内心深处挣扎着要摆脱情欲的恶魔，同时我们也可以强烈地感受到叙述者同情、担忧的心情。叙述者的同情和读者的担忧在小说接下来的情节中得到了印证。

> 　　她一路上迷迷糊糊地走着，只是回到家才明白发生了什么事。
>
> 　　家里的人都已入睡。她又陷入了麻木状态，失神地在妈妈的小梳妆台前坐下来，身上穿的是一件接近白色的浅紫色的长连衣裙，连衣裙上镶着花边，还披着一条面纱。这些都是为了参加假面舞会从作坊里拿来的。她坐在镜中自己的映像面前，可是什么也看不见。然后她把交叉的双手放在梳妆台上，把头伏在手上。
>
> 　　妈妈要是知道了，一定会打死她的。把她打死，自己再自杀。
>
> 　　这是如何发生的呢？怎么会出现这种事？现在已经迟了，应该事先想到。
>
> 　　正像通常所说的，她已经是堕落的女人了，成了法国小说里的那种女人，可是，明天到了学校还要和那些女学生坐在一张书桌后面，同她相比，她们简直是一群吃奶的孩子。上帝啊，上帝，怎么会有这种事呀！（44—45）

悲剧最终还是发生了。拉拉遭遇科马罗夫斯基的魔爪，失去了童贞。这是对她事发之后的心理描写。"迷迷糊糊"（невменяемая）、"麻木状态"（оцепенение）、"失神"（рассеянность）、"什么也看不见"（ничего не видела）这些语词是整段描写的关键词，表现了拉拉由于内心极度恐惧不安而导致身体不适。"这是如何发生的呢？怎么会出现这种事？现在已经迟了，应该事先想到。"接连两个问号表现出拉拉对自己鬼使神差的行为感到震惊、无法相信既成事实的心理，同时读者也能明显感受到叙述者的痛心疾首——仿佛在责备自己未能阻止这场悲剧的发生。"上帝啊，上帝，怎么会有这种事呀！"这是拉拉和叙述者声音的重合，仿佛两人在抱头痛哭。这段话没有引导句，口语性较强，并保留了体现人物主体意识和情感的问号和感叹号，从语言形式来看是较为典型的自由间接引语。叙述者采用自由间接引语是要达到间接干预的效果，将"一语两音"的和声效果作用于读者的情感。在充满同情的叙述者声音的影响下，读者不但不会责备拉拉的"轻浮""不慎"，不会鄙弃她是个堕落的"法国小说里的那种女人"，而只会对她更加同情、怜惜。自由间接引语在这里表现出的情感优势的确是其他话语形式难以企及的。

在小说中自由间接引语的例子还有很多。在小说第7章最后一节的末尾，有一段已成为红军政委的斯特列利尼科夫的内心独白：

　　"可能是我教过的学生。"他心里想，暂时放下了要和站长把话讲完的打算。"长成人了，就来造我们的反。"斯特列利尼科夫盘算着自己教书、参战和当战俘的年数是不是和这孩子的年龄对得上。然后，他通过车厢的窗口在看得到的地平线的背景上寻找河道上游的尤里亚金城门附近的一个地方。那里曾经有他的家。也许妻子和女儿还在那儿？那可应该去找她们！现在立刻就去！不过这是可以想像的吗？那完全是另一种生活。
要想回到原先那种被中断了的生活，首先应该结束现在这种新
生活。将来会有这一天的，会有的。不过，究竟是什么时候，
什么时候呢？（247）

这段话开头的两句"可能是我教过的学生""长成人了，就来造我们
的反"使用的是直接引语，表达了安季波夫明确的价值判断——他显然
是按照阶级对立的矛盾来划分人的。从"也许妻子和女儿还在那儿？"这
句话开始到这段话的结尾则使用了自由间接引语。三个疑问句和两个感
叹句表达了安季波夫内心的挣扎与痛苦。从表面上看，安季波夫是生硬
的、受到严格纪律控制的、毫无感情的人，只懂得按照阶级来划分人，
但实际上他的内心是备受折磨和煎熬的。两个感叹句"那可应该去找她
们！""现在立刻就去！"表达的是安季波夫寻找亲情的坚定。而三个疑
问句"也许妻子和女儿还在那儿？""不过这是可以想像的吗？""不过，
究竟是什么时候，什么时候呢？"表达了安季波夫内心的犹豫。三个疑
问句不仅是安季波夫的疑问，也是叙述者发出的质疑，同时还道出了读
者的心声，似乎人物、叙述者和读者同时在叹气，从内心发问："究竟
什么时候才能结束这一切？"这是三种声音的和声。自由间接引语有效
地缩小了叙事距离，叙述者站在人物的位置，从人物的角度去体验、感
受其内心思想和情感。表现人物主体意识的语言成分，包括疑问句、感
叹句和带感情色彩的口语化的短句，如"那可应该去找她们！"（Вот бы
к ним!）、"现在立刻就去！"（Сейчас, сию минуту!）、"不过这是可以想
像的吗？"（Да, но разве это мыслимо?），以及词汇重复，如"将来会有
这一天的，会有的。不过，究竟是什么时候，什么时候呢？"（Это будет

когда-нибудь, когда-нибудь. Да, но когда, когда?）、语气词（Да, ведь）等，使得人物内心的情感描述更为生动、逼真，也带动了读者的阅读情感。叙述者、读者都深切地感受到战争、革命带给安季波夫的深重的精神创伤：社会动荡击碎了他的幸福人生，使他失去了亲情、丧失了人性。安季波夫内心深处痛恨自己的处境，懊悔自己的人生选择，但同时意识到已无路可退、无法抽身，复杂、艰难的心境展现无遗。这情景令人扼腕叹息，也促人深思。自由间接引语不仅保留了人物的主体意识，而且巧妙地表达出叙述者隐性评论的口吻，表现出叙述者的无奈和同情，并激起读者的共鸣，语意和情感密度大为增强。需要指出的是，小说塑造的人物都是内心挣扎的个体。他们不是毫无瑕疵的完美的人，也不是十恶不赦的人，都是在时代中灵魂挣扎的人。作者力图塑造出的有血有肉的人物形象必须借助于"立体化"层次的话语形态。

除了上述不同人物话语表达方式的单独使用，小说中还常利用不同人物话语表达形式交叉、对比的方式来控制人物心理活动的"明暗度"，以达到刻画人物形象、展现人物复杂心灵世界的目的。

除了表达鲜明的主体意识之外，直接引语的另一个优势是由引号赋予的音响效果，它适合用于表达人物响亮的言语和清晰明确的思想。而自由间接引语没有这种音响效果，且相对缺乏较强的自我意识的表露，更多地适用于表达人物潜意识中尚未形成语言的心理活动。小说在很多地方交叉使用直接引语和自由间接引语，利用二者在音响效果以及自我意识上的强弱差异，着意制造明暗对比，以更好地表现人物心理。如小说中的这个片段：

"真太好了！"拉拉想道，她们和城里其他地方隔绝的这段时间，可以不再见到科马罗夫斯基了。因为母亲的关系，她不能和他断绝来往。她不能够说：妈妈，别接待他。那一切就都公开了。说了又怎么样呢？为什么怕说呢？啊，上帝，让一切都完蛋吧，只要这事能了结。上帝啊上帝！她厌恶得就要昏死在街上。可是现在她又想起了什么呀？！就在开始发生这种事的那个单间屋子里，画着一个肥胖的罗马人的那幅可怕的画叫什么来着？好像是叫《妇人或花瓶》。当然，一点不错。这是一幅名画。要是和这件珍品相比的话，她那时还算不上妇人，后来才是。餐桌摆设得真够排场。

"你要到哪儿去呀，走得这么快？我赶不上你。"阿马利娅·卡尔洛夫娜在后边哭着说，喘着气，勉强赶上她。拉拉被一股什么力量推着，一股骄傲的、令人振奋的力量推动她仿佛凌空疾走。

"枪声多么清脆，"她想道，"被践踏的人得福了，受侮辱的人得福了。枪声啊，愿上帝赐你健康！枪声啊，枪声，你们也该有同感吧！"（52）

在被科马罗夫斯基诱惑之后，拉拉在很长时间内处于羞愧、负疚、耻辱、自责的恍惚状态，内心一直在挣扎。这时终于出现了摆脱魔爪的机会——发生了动乱，拉拉一家住的地方被隔离，所以能暂时摆脱恶魔的控制。引文展示的正是拉拉当时的心理活动。此处交替使用了两种人物话语形式——直接引语和自由间接引语。"真太好了！"（Какое счастье！）这句响亮而意义明晰的欢呼充分地表露了拉拉在抑郁许久之后内心的畅快和暂时的心灵解脱之感。接下来是以自由间接引语表现的人物心理。先是拉拉的犹豫：是继续隐瞒真相、忍受屈辱，还是公之于众、争取自由？接下来的描写更突出了这种心乱如麻的思绪：拉拉又一次不由自主地回忆起自己失身那天的情形，想到房间里挂着的妇人的油画，想到自己变成了妇人，想到那天餐桌上的摆设……自由间接引语恰到好处地表现出人物内心的纠结、犹豫、混乱。然而，清脆的枪声仿佛带给拉拉了断的勇气和重新开始生活的力量，最后她斩断了内心的乱麻，下定了决心。"枪声多么清脆""被践踏的人得福了，受侮辱的人得福了"这些用直接引语形式表达的内心话语掷地有声，具有强烈的音响效果，预示了拉拉摆脱魔爪、寻求心灵解放的开始。我们看到，开始和结尾处带引号的直接引语透出响亮、明确、肯定、明快的色彩，而中间的自由间接引语则表现出怯懦、纠结、摇摆、黯淡的情绪。人物的心理变化通过两种不同的人物话语表达形式呈现出"振奋（明）—忧虑（暗）—坚定（明）"的轨迹。两种话语形式的交替使用极大地丰富了人物心理活动的语义内涵和动态进程。

二、自由直接引语

　　与直接引语一样，自由直接引语这一形式直接记录人物的话语或心理活动，但它不带引号也不带引导句，故比直接引语更"自由"，被称为"自由直接引语"。"这是叙事中干预最轻、叙事距离最近的一种形式。由于没有叙述语境的压力，作者能完全保留人物话语的内涵、风格和语气。"[1]自由直接引语是一种没有对话者的"自说自话"，多是言说者、第一人称叙述者的心灵独白，在现代小说中屡见不鲜，以乔伊斯为首的一

---

1. 申丹、王丽亚：《西方叙事学：经典与后经典》。北京：北京大学出版社，2010年，第156页。

些现代派作家常采用自由直接引语表达人物的意识流动。由于这种人物话语形式享有充分的话语权，且不受他者的干扰与影响，所以是主体性高度张扬的一种叙事话语形式。小说中这种人物话语表达方式的设定最大限度地实现了对人物内心世界的真实揭示，也为读者提供了更大的独立思考空间，因此是现代小说中最常见的人物话语形态之一。日记、札记、书信便是这类叙事话语最常见的形式。在《日瓦戈医生》中，除了大量的直接对话以及必要的间接引语外，作为一种特殊叙事话语模式的札记发挥了特殊作用。札记由第一人称叙事方式进行记录，这一叙事方式最能直接表现人物的情感、思想和隐秘的心灵世界。

小说第9章"瓦雷金诺"共16节，札记部分占了前9节。这些充满了日瓦戈内心独白和思索感悟的文字集中展现了其丰富的精神世界。无论此前还是此后，日瓦戈从未如此直截了当地吐露过自己的心声。札记以日瓦戈的眼睛观察外部世界和生活中发生的一切，而现实中形形色色的事件又是透过日瓦戈心灵屏幕的折射得到反映的。此时日瓦戈的心灵世界成为艺术描绘的凝聚点，主人公从自己的视角观察、感受、思考，我们可以从中看出他对一系列历时性与共时性问题的思考。

札记是日瓦戈在瓦雷金诺写下的。瓦雷金诺是一个世外桃源，它远离时代的喧嚣、裹挟，远离动荡、纷乱，这里有纯净的大自然、静谧的生活、温馨的家庭、让身体变得强壮的田间劳作，以及让心灵变得纯净的文艺创作，这正是日瓦戈的精神理想所在。只有在这样的环境中主人公才能静下心来写作，整理自己纷乱的思绪。这是日瓦戈经历了1905年第一次资产阶级民主革命、第一次世界大战、二月革命、十月革命、苏俄国内战争，经历了颠沛流离的生活之后第一次冷静、充分地表达他对人生的体悟。札记是隐秘的心灵纪事，是主人公关于生活方式、生活态度、生命理想的总结性叙述，是他对生活、劳作、艺术以及人的责任与使命的深刻阐释，是他与时代主流话语的隐性对话。札记对我们理解主人公乃至作家的精神世界有着重要的作用。作为一种特殊的叙事话语形式，札记无论在内容还是结构上都占据着不可替代的重要地位。

> 从清晨到黄昏，为自己和全家工作，盖屋顶，为了养活他们去耕种土地，像鲁滨孙一样，模仿创造宇宙的上帝，跟随着生养自己的母亲，使自己一次又一次地得到新生，创造自己的世界。
>
> 当你的双手忙于使肌肉发胀的体力活儿的时候，当你给自己规定将报以欢乐和成功、体力适度的任务的时候，当你在开阔的天空下，呼吸着灼热的空气，一连六小时用斧子锛木头或用铁锹挖土地的时候，多少念头闪过你的脑海，在你的心里又诞生多少新鲜的想法！而这些思绪、揣测、类比，没记在纸上，转眼就忘了，但这不是损失，而是收获。用黑色的浓咖啡和烟草刺激衰弱的神经和想像力的城市中的隐士，你不会知道最强大的麻醉剂存在于真正的需要里，存在于强健的体魄中。
>
> （274）

这段自由直接引语真切地表明，日瓦戈在内心深处从未屈从过来自外部的干扰，而是独立地寻求自己的人生。他从时代的大潮中抽身而出，回归田间劳作、回归家庭、回归生活、回归生命的本真。在扰攘和动乱的社会中，他从不追随时代话语的潮流，始终对世事和世人保持着清醒的认识，坚守人格的独立和思想的自由。札记没有对动荡的时代进行直接反驳与评判，却以自然的"陈述方式"回应时代的喧嚣，记录与时代话语悖逆的个人话语。事实上，整部小说都是围绕着日瓦戈的精神世界书写的，而小说的札记部分是呈现其精神世界的主体部分。它与以对话为主体的直接引语、自由间接引语构成了互补的另一种话语方式。

日瓦戈在札记中不时地反思时代与自我的关系：

> 什么东西妨碍我任职、行医和写作呢？我想并非穷困和流浪，并非生活的动荡和变化无常，而是到处盛行的说空话和大话的风气，诸如这类的话：未来的黎明，建立新世界，人类的火炬。刚听到这些话时，你会觉得想像力多么开阔和丰富！可实际上却是由于缺乏才能而卖弄词藻。（281—282）

拥有充分话语权的人物的话语真实、自然，与时代的"大话""空话"迥然相异。诚然，日瓦戈无法改变流行于世的"未来的黎明""建立新世界""人类的火炬"等虚无缥缈的乌托邦话语，但时代话语也改变不了他，因为他从不放弃精神的自由和思想的独立。日瓦戈的札记充分表达了一个对现实生活颇为珍视的个体的意识觉醒，透露出一种高度张扬个体价值的生命理念，而这一个体价值的实现是与大自然、田园生活、创造性的劳动以及对艺术的礼赞联系在一起的。

时代生活中美的缺失正是真理缺失的一种表现。这是日瓦戈在札记中对艺术思索的起点，也是他与时代对话的重要内容。在被冰雪覆盖、与世隔绝的瓦雷金诺，在自制烛灯的昏暗灯光下，日瓦戈与家人一起谈艺术，读《战争与和平》《叶甫盖尼·奥涅金》《红与黑》《双城记》等人类历史上伟大的作品。在日瓦戈看来，艺术不是抽象概念的范畴，不是成为艺术现象的集成，而是以艺术手段呈现的真理，是对生活本质的真实确认。他在札记中写道：

> 原始艺术，埃及艺术，希腊艺术，还有我们的艺术，这大约在几千年之间仍是同一个艺术，惟一存在的艺术。这是某种思想，对生活的某种确认，一种由于无所不包而难以划分为个别词句的见解。
>
> 作为构成艺术作品原则的标志，它是作品中所运用的力量或者详尽分析过的真理的称谓。我从来不把艺术看作形式的对象或它的一个方面，而宁愿把它看成隐匿在内容中的神秘部分。（278—279）

日瓦戈赋予了艺术一种永恒的品质，这种永恒的品质是通过表现永恒的真理获得的。对于日瓦戈来说，呼唤永恒的艺术就是呼唤永恒的真理。

日瓦戈崇尚普希金和契诃夫的生活与创作方式，因为他们朴实无华，更看重平静的生活和扎扎实实、毫不张扬的辛勤劳作，他在札记中写道：

> 在所有俄国人的气质中，我最喜欢普希金和契诃夫的天真无邪，他们对诸如人类的最终目标和自身拯救这类高调羞涩地不予过问。他们对这类话照样能理解：但他们哪儿能那么不谦虚——没有那种兴致，况且也不属于那种官阶！果戈理、托尔

斯泰、陀思妥耶夫斯基做好死的准备，他们劳心烦神，寻找人
生的真谛，得出种种结论，然而他们都被艺术家天职所留意的
生活细节吸引开了。(282)

在日瓦戈看来，普希金、契诃夫关注现实，关注人在日常生活中的
所思所虑。他们不涉及"诸如人类的最终目标"(即对人类的未来做出打
算、展望、安排)这类乌托邦话题，不是因为他们没有理想或能力不足，
而是因为这两位作家立足于当下的生活本身。他们是入世的，不是空谈
的；是实际的，不是抽象的；是人间的，不是不食人间烟火的。他们的
文学创作内容具体又充满生命气息。日瓦戈始终认为，简单、朴实、自
然、真切永远是生活的，也是艺术的真谛所在。

除第9章的瓦雷金诺札记之外，在小说的第15章第11节读者还能看到
日瓦戈所写文稿中的另一则颇具深意的札记：

一九二二年我回莫斯科的时候，我发现它荒凉萧索，一半
已快变成废墟了。它经历了革命最初年代考验后便成为这副样
子，至今仍是这副样子。人口减少了，新住宅没有建筑，旧住
宅不曾修缮。

但即便是这种样子，它仍然是现代大城市，现代新艺术惟
一真正的鼓舞者。

把看起来互不相容的事物和概念混乱地排列在一起，仿佛
出于作者的任性，像象征主义者布洛克、维尔哈伦、惠特曼那
样，其实完全不是修辞上的任意胡来。这是印象的新结构，从
生活中发现的，从现实中临摹的。

正像他们那样，在诗行上驱赶一系列形象，诗行自己扩散开，把人群从我们身边赶走，如同马车从十九世纪末繁忙的城市街道上驶过，而后来，又如二十世纪初的电气车厢和地铁车厢从城市里驶过一样。

在这种环境中，田园的纯朴焉能存在。它的虚假的朴实是文学的赝品，不自然的装腔作势，书本里的情形，不是来自农村，而是从科学院书库的书架上搬来的。生动的、自然形成并符合今天精神的语言是都市主义的语言。

我住在人来人往的十字路口。被阳光照得耀眼的夏天的莫斯科，庭院之间的炽热的柏油路面，照射在楼上窗框上的光点，弥漫着街道和尘土的气息，在我周围旋转，使我头脑发昏，并想叫我为了赞美莫斯科而使别人的头脑发昏。为了这个目的，它教育了我，并使我献身艺术。

墙外日夜喧嚣的街道同当代人的灵魂联系得如此紧密，有如开始的序曲同充满黑暗和神秘、尚未升起、但已经被脚灯照红的帷幕一样。门外和窗外不住声地骚动和喧嚣的城市是我们每个人走向生活的巨大无边的前奏。我正想从这种角度描写城市。（467—468）

如果说瓦雷金诺的札记更多的是日瓦戈形而上的精神感悟，那么莫斯科的札记却多是主人公因现实而触发的真实情感的表达，是他对精神理想与残酷现实对立的认知。就小说设定的主旨而言，帕斯捷尔纳克之所以把这些自由直接引语的札记"植入"小说中，显然是要扩大话语主体叙事的内涵。如果说小说中人物的主体叙事部分带有明显日常感性叙事的特质，那么这些书面化的札记则更多地带有一种理性提升的意味。把理性的思考有机地融入小说叙事的进程中，这正是现代长篇小说的特色之一。帕斯捷尔纳克通过对札记这一自由直接引语的运用成功地做到了这一点。从本质上看，这些"旁逸斜出"的札记不仅是主人公日瓦戈的，也是帕斯捷尔纳克的，是作家对生活、时代、历史、艺术、创作等看法的直接表达。

通过考察《日瓦戈医生》运用的不同人物话语形态及其功能，我们有以下发现。第一，直接引语是该小说中人物话语表达的主要形态，《日瓦戈医生》继承了现实主义长篇小说叙事广泛运用直接引语的基本特点。该小说是一部知识分子的心灵史，男女主人公以及主要人物大都属于知识分子阶层，长于思索，善于表达，故而直接引语必然成为他们表情达意、交换思想的主要方式。第二，小说广泛运用了现代小说中典型的人物话语形态——自由间接引语和自由直接引语，以表现人物内心世界的丰富性和复杂性。同时直接引语与自由间接引语的交叉使用增强了人物内心世界的明暗对比和审美效果。

第三节　叙述者的角色及其话语功能

关于《日瓦戈医生》的叙事特色，有俄罗斯学者这样描述："映入每一个善于思考的读者眼帘的，首先是某种蓄意的'超脱'，对长篇小说文体的一种刻意的回避……总的来看，作者并没有产生要与俄罗斯经典小说中的某一具体而鲜明的文体传统，与俄罗斯文学中任何一部伟大的长篇小说风格为伍的想法……"[1]帕斯捷尔纳克在叙事形式、文体、风格上的探索与创新引起了俄罗斯学者的高度关注。在第一章中我们已就这部长篇小说叙事现代性元素之一的空间化特征做了具体分析，空间化的叙事结构决定了小说中叙述者的话语在整个叙事话语形态中具有独特的角色意义和功能价值。《日瓦戈医生》中的叙述者通过其话语扮演着"讲述者""审视者""思想者"的多重角色。

作为"讲述者"的叙述者置身于故事之外，客观地向读者介绍故事发生的时间、场景、人物，讲述一个又一个关于日瓦戈、冬妮娅、拉拉、安季波夫等人物的故事，将多个故事、多个人物以不同的方式串联起来，使故事的讲述呈现出一种相对完整、有序、全景式的长篇结构。作为"审视者"的叙述者采取的是一种若即若离（或旁观者或隐性评价者）的姿态，以一种"凝视"的态度审视世事和世人，以其独有的判断和言说方式发现问题，并揭示人物言行、思想的本质。在这种言说方式中，叙述者既有清醒的旁观式的思考，更有评价者的深入分析，它们能让读者更好地理解文本表象之外的深邃意义。作为"思想者"的叙述者具有高于人物的更为广阔的视野和眼光。他要对整个时代及其人物与社会环境关系做出独到的、常常是形而上的思考，这是叙事话语的深层和作品思想意蕴的聚焦处。作为"思想者"的叙述者具有与作者同样深厚的生活积累、生命体验和同样深刻的思想洞察力，他是作者文化精神的承载者和小说灵魂的载体。

叙述者的这三重角色共同营构了小说的叙事方式、言说意向和价值判断，形成了小说独有的语义形态，即作家通过叙述者的不同角色将日

1.　Кондаков И. В. Шнейберг Л. Я. Русская литература XX века. М.: Новая волна, 2003. С. 357.

常生活层面与形而上层面的思考有机地结合在了一起。巴耶夫斯基说，正是通过小说的叙述者这一角色，"帕斯捷尔纳克在其诗学中将寻常的与极端的、日复一日的与超越时代的意蕴交织在了一起，它既令读者沉浸在日常生活中，同时又将他引领到精神的高端"[1]。

叙述者的上述三种角色分别对应着三种功能：故事情节演进的连缀功能，人物深层情感和心灵世界的诠释功能，强化作者的情感意志、宗教情怀和哲学思辨的表达功能。

一、"讲述者"话语的连缀功能

对应"故事讲述者"的角色，叙述者首先完成的是故事情节演进的连缀功能。美国叙事学家詹姆斯·费伦将其称为"介绍人物、叙述事件"的功能。与传统的命运小说不同，《日瓦戈医生》作为一部空间化叙事模式小说，叙事多呈"碎片状"，即作者聚焦于核心人物日瓦戈以及小说中的一些主要人物，关于他们的情节多是以一块块碎片的拼图方式呈现的，并不完全具有时间进展的连续性和完整性。小说的叙事进程主要以人物变动不居的空间呈现，空间感较为清晰。在舍去了时间连续性、情节连贯性的小说叙事中，叙述者的情节连缀功能便显得尤为重要。日瓦戈的童年生活、日瓦戈与冬妮娅在莫斯科的家庭生活、日瓦戈与冬妮娅在乌拉尔的生活、日瓦戈与拉拉在尤里亚金的生活、日瓦戈被捕后在游击队的经历、日瓦戈与安季波夫在瓦雷金诺的相遇……一块块生活碎片、一次次生命经历无不有着各自的内容与边界，"拼图式"的块状空间

---

1. Баевский В. С. История русской литературы ХХ века. М.: Языки славянской культуры, 2003. С. 278.

结构取代了完整、有序、连贯的时间叙事，这决定了叙述者必然成为故事情节演进的关键。

以人物关系为例。小说中对人物的身份、职业、行踪、过去与现在几乎不做任何清晰有序的交代，人物关系主要依靠叙述者的话语连接，叙述者的话语成为介绍并呈现人物关系的主要手段。

在小说第2章第2节，叙述者讲述拉拉一家租居在黑山旅馆的生活时，突然插入对她们的邻居——大提琴手特什克维奇的介绍，因为正是这个大提琴手促成了还是中学生的日瓦戈与其杀父仇人科马罗夫斯基和日后的心灵伴侣拉拉的首次见面。当时特什克维奇正在参加由格罗梅科（日瓦戈的养父）家举办的音乐会，突然被叫回黑山旅馆帮忙抢救发病的邻居——拉拉的母亲吉沙尔太太，少时的主人公尤拉陪同养父格罗梅科一起去黑山旅馆探访。日瓦戈在那里第一次见到了在其日后的生活乃至整个生命中占有重要位置的灵魂伴侣拉拉，看到了杀父仇敌和日后夺爱的宿敌——邪恶的科马罗夫斯基。叙述者之所以安排尤拉的小伙伴米沙一起跟去，是为了让他认出日瓦戈的杀父仇敌，因为正是他在火车上目睹了日瓦戈的父亲被科马罗夫斯基折磨得精神失常，从火车上跳下去的一幕。读者无从也无须知晓特什克维奇的身世，他在小说中唯一一次出场只是叙述者出于连接人物相互关系的叙事需要。在此次相见中拉拉留给日瓦戈的深刻印象也只是在间隔了12章之后的第14章"重返瓦雷金诺"中才由叙述者做出交代。叙述者这种跳跃式的叙事并不着意于具体展示两人情感关系的演进，而是极大地简化了外在事件的叙事篇幅，从而将读者的注意力牢牢地固着于人物在不同空间的内心感受与思索。

还是在第2章中，坐马车去参加圣诞舞会的日瓦戈路过拉拉的家，窗户上的冰凌被烛光融化出的圆圈映入日瓦戈的视线，引起他内心的莫名的激动。由叙述者叙说的两人的这次无形的"心灵触碰"为他们之后的相见与命运的相连做了有效铺垫。直到第4章，日瓦戈与寻找丈夫的拉拉在一战前线才最终结识。叙述者刻意制造的时间"罅隙"不仅为空间的心灵叙事腾出了叙事篇幅，而且延长了读者的审美时效，将读者的关注从故事情节的进展转移到了人物的命运、心灵的成长上，有效地激发了读者对被悬置情感的追索和对意义探究的兴趣。

此外，在空间场景的置换上，叙述者也同样起到了不可替代的作用。叙述者或借助于对外部环境的描写，或转入对人物内心世界的揭示，或诉诸具有象征意义的意象，实现了故事情节的"块状位移"。

小说中从莫斯科到一战前线梅留泽耶沃小城的空间置换是通过叙述者对战时凄惨的外部环境寥寥数笔的描写完成的："马车夫载着戈尔东经过了许多被毁的村庄，其中一部分已经阒无人迹，另一些地方的村民都躲在很深的地窖里。这样的村落看上去只见一堆堆的垃圾和碎土丘，但却整齐地排成一行，好像当初的房屋一样。在这些被战火夷平的村庄里，有如置身于寸草不生的沙漠中，从这一头可以一直望到那一头。"（107）小说第6章中发生的数次场景转换都是借助于叙述者对主人公日瓦戈内心世界的揭示完成的。从一战的战事空间到日常家庭生活空间的转换是通过叙述者讲述日瓦戈在火车上对战争的心灵感受完成的。从日常家庭生活空间到陆军医院空间的转换是通过叙述者讲述日瓦戈对战时的现实生活和对俄罗斯未来命运的思考实现的。

周围全是些不可靠的指望和不着边际的高谈阔论。平庸乏味的日常生活还在一跛一拐地挣扎着，勉强按照老习惯朝着什么方向走下去。不过，医生看到的生活是未经渲染的。生活的

判决逃不过他的眼睛。他看到自己和自己的环境是注定要完蛋
的。面临的考验甚至可能就是毁灭。他剩下的屈指可数的日子
就在眼前一天天地消融下去。

……

他十分清楚，在未来这个怪异的庞然大物面前，自己是个
侏儒，心怀恐惧，然而又喜爱这个未来，暗暗地为它自豪，同
时又像告别那样，最后一次用深受鼓舞的热切的眼光凝视着天
上的浮云和成排的树木，看着街上的行人，以及这座在不幸中
蹒跚的俄国城市。他做好了牺牲自己的准备，为的是让一切都
好起来，但是无论什么都无能为力。(178—179)

叙述者话语所完成的空间转换一方面是出于故事延展的需要，但更
重要的功能在于揭示日瓦戈内心世界的动态性、统一性和完整性。空间
叙事的叙述者话语建构是以"心灵叙事"的话语结构为旨归的。

借助具有象征意义的意象是叙述者进行空间转换的另一种方式。"花
楸树"是小说第12章中一个十分重要且充满象征意味的意象，通过这一
意象，叙述者把日瓦戈身处的游击队营地空间成功地转换成拉拉生活的
尤里亚金空间。

它一半埋在雪里，一半是上冻的树叶和浆果，两枝落满白
雪的树枝伸向前方迎接他。他想起拉拉那两条滚圆的胳膊，便
抓住树枝拉到自己跟前。花楸树仿佛有意识地回答他，把他从
头到脚撒了一身白雪。他喃喃自语，自己也不明白说的是什
么，完全把自己忘了……(364)

"花楸树"意象具有言外意指的功能。汪介之教授指出："这花楸树看上去是那样经不起风雪的肆虐，既象征着男女主人公高洁的精神境界，又隐喻了他们即便是逃到荒郊僻野，也无法躲避时代风暴的冲击。"[1]花楸树生动地再现了拉拉的风采，象征了她与日瓦戈高尚的人格、至真至美至纯的爱情、悲剧性的人生，还将读者引领到了第13章"带雕像房子的对面"，即日瓦戈与拉拉相处的"情感空间"。

上述这一类连缀人物关系和故事情节的叙事，采用的大都是"平面叙事"，即一种线性的非介入性叙事、一种不提供缘由和结论的一般性叙事。叙述者在"平面叙事"中更多关注人物的外部行为与事件的外在形态。小说中社会环境的呈现、日常生活的叙说、人物言行的交代等都是通过叙述者的"平面叙事"完成的。

二、"审视者"话语的诠释功能

对应"审视者"的角色，叙述者起着揭示、诠释人物深层情感和心灵世界的作用。"审视者"一改"故事讲述者"的角色，转向了冷静的观察与深入的思考。他时刻在凝视，时而在局外，时而在局内，或隐或显，做出符合人物情感特征和价值判断的言说。这一角色与功能在促成小说"心灵叙事""灵魂叙事"的品格中具有十分重要的意义。詹姆斯·费伦将叙述者揭示人物深层情感和心灵世界的功能称作"阐释人物和事件"的功能。

与"平面叙事"不同，作为"审视者"的叙述者多采用"立体叙事"

---

1. 汪介之：《〈日瓦戈医生〉的历史书写和叙事艺术》，载《当代外国文学》，2010年第4期，第12页。

的方式（即一种较为深入的介入性叙事），介入并掌控叙事，强调对叙事深层意义的揭示。这一类叙事方向集中、语义明确。为凸显叙事意图，叙述者会进行由此及彼、由表及里的深层阐发，有时甚至会直接越过叙事而进入本质语义的辨析。

日瓦戈在从一战前线返回莫斯科的火车上望着窗外思考时，叙述者有这样一段话：

> 三年间的各种变化，失去音讯和各处转移，战争，革命，脑震荡，枪击，种种死亡和毁灭的场面，被炸毁的桥梁，破坏后的瓦砾和大火——所有这一切霎时都化为毫无内容的巨大空虚。长期的隔绝之后头一件真实的事就是在这列车上令人心旷神怡地一步步接近自己的家，那是地上的每一块小石子都无限珍贵的、至今还完好无缺地留在世上的自己的家。来到亲人面前，返回家园和重新生存，这就是以往的生活和遭遇，就是探险者的追求，也就是艺术的真谛。（159）

这是叙述者对日瓦戈心灵与情感世界的发掘：他终于摆脱了以毁坏为能事的战事，向生活的本真进发。叙述者将自己的声音融入日瓦戈的声音中。人应该在此岸世界的"家"中实现真实的栖居，这才是人类真正的审美存在。日瓦戈回归途中对"家"的感慨经由叙述者话语的补充、确认和渲染，进入了对生命本质意义的探寻。

在小说中我们常常可以发现，在表达由外部事件而引发的情感和思想的介入性叙事中，叙述者往往会迸发出一种激情，思如泉涌，兴味十足。叙述者这样描述日瓦戈：

他一生都在做事，永远忙碌，操持家务，看病，思考，研究，写作。停止活动、追求和思考，把这类劳动暂时交还给大自然，自己变成它那双迷人的手里的一件东西、一种构思或一部作品，那该有多好啊！那双慈悲的手正到处散播着美呢。（382）

叙述者话语的表层意义是对日瓦戈生命形态的一种展示，日瓦戈不是一个碌碌无为、没有思想的庸人，而是一个有着丰富的心灵世界和生命追求的人。但仅仅停留于此还不能揭示主人公更为深层的人性理想和睿智哲思：大自然是宇宙中一切的先在与超越，日瓦戈充满了对艺术创造与自然创造共融的和谐与美的崇高境界的向往。叙述者话语内在的隐性语义是：置于社会变革、战争语境中的这种崇高、美好追求的正当性遭到了政治伦理的挑战与挤压。显、隐两重叙事和内、外两重视野的观照呈现出丰盈的"立体叙事"语义。

前往尤里亚金的斯特列利尼科夫透过车厢的窗口，寻找城门附近自己的家。叙述者这样描述他当时的心理活动："……也许妻子和女儿还在那儿？那可应该去找她们！现在立刻就去！不过这是可以想象的吗？那完全是另一种生活。要想回到原先那种被中断了的生活，首先应该结束现在这种新生活。将来会有这一天的，会有的。不过，究竟是什么时候，什么时候呢？"（247）这是叙述者话语描述安季波夫内心世界的绝妙的一笔。身为革命武士的他虽冷酷无情，但柔情犹在。他不是表面上的"杀人魔王"，而是被政治蒙住了双眼的人性迷失者，是小说中政治异化人性的可悲人物的代表。叙述者的话语消解了是非二元对立的"历史政治图式"，强化了人物的历史与人性的悲剧性。

　　身处游击队的日瓦戈在听完年轻政委金茨的一番演说后，心情久久难以平静。此时，叙述者的话语具有强大的情感推动作用：

　　　　啊，有时候真是多么希望能远远地离开这些平庸的高调和言之无物的陈词滥调，在貌似无声的大自然的沉寂中返璞归真，或者是默默地长久投身于顽强劳作，或者索性沉湎在酣睡、音乐和充满心灵交融之乐的无言之中！（135）

　　叙述者话语是作家塑造人物心灵世界必不可少的叙事手段。叙述者的代言表达了日瓦戈的心灵失重、思想苦闷与精神煎熬，它与日瓦戈的心声完全融为一体。作者敏锐地察觉到社会价值观的整体性迁移对知识分子个体生命与思想的重大影响，叙述者话语成功地表现了时代风雨之中的人物在精神上苦苦挣扎的窘迫情状。

　　小说结尾，日瓦戈去世后，叙述者对日瓦戈与拉拉的爱情发出了这样的感慨：

　　　　噢，多么美妙的爱情，自由的、从未有过的、同任何东西都不相似的爱情！他们像别人低声歌唱那样思想。

　　　　他们彼此相爱并非出于必然，也不像通常虚假地描写的那样，"被情欲所灼伤"。他们彼此相爱是因为周围的一切都渴望他们相爱：脚下的大地，头上的青天，云彩和树木。他们的爱情比起他们本身来也许更让周围的一切中意：街上的陌生人，休憩地上的旷野，他们居住并相会的房屋。

　　　　啊，这就是使他们亲近并结合在一起的主要原因。即便在

他们最壮丽、最忘我的幸福时刻，最崇高又最扣人心弦的一切
也从未背弃他们：享受共同塑造的世界，他们自身属于整幅图
画的感觉，属于全部景象的美，属于整个宇宙的感觉。（478）

日瓦戈的猝然离世除了给予读者伤感、凄楚的情感体验外，还不足
以使其意识到这场伟大爱情的价值。作者的叙说没有因主人公的死戛然
而止，日瓦戈与拉拉的爱情经过叙述者的言说升华为一种不受制于社会
语境的"形而上"的灵魂之爱，使读者的思绪得以延续和深化，形成强
烈的共鸣。叙述者为读者留存了对美好爱情的向往，同时向读者证实：
人生中理想的爱情、灵与肉不可分离的爱情、以身心自由为本质的爱情
尽管难得，但的确存在。

三、"思想者"话语的思辨功能

对应"思想者"的角色，叙述者的话语还起着概括、升华作者的宗
教情怀和形而上思考的重要作用。《日瓦戈医生》是一部具有浓郁自传
性的小说，文艺理论家利哈乔夫称其为一部"精神自传"，因为主人公
日瓦戈的身上体现了作家的人格、思想、精神和哲思。日瓦戈关于社
会、历史、生命、艺术、宗教等命题的探讨实际上隐含着作家的诸多思
考。小说厚重的人文主题、深切的伦理关怀、深邃的哲理思辨源于叙述
者的思想超越和哲学思辨。在走向思想纵深的叙事表达中，叙述者的话
语在为日瓦戈代言的同时，也在为作家代言。正是由于叙述者的存在，
作者才得以获得一个超验的视点，实现道德、哲学、宗教的形而上的
观照。

刚刚成为父亲的日瓦戈望着生产完的妻子，产生了对伟大而神圣的

母性的思索。在小说中，这一思考不是通过主人公的自白性话语，而是通过叙述者的话语实现的："……她高高地躺在产房中间，仿佛港湾里刚刚下碇就已卸去了重载的一艘帆船；它跨过死亡的海洋来到了生命的大陆，上面有一些不知来自何方的新的灵魂；它刚刚把这样一个灵魂送到了岸上，如今抛锚停泊，非常轻松地歇息下来；和它一同安息的还有那折损殆尽的桅樯索具，以及渐渐消逝的记忆，完全忘却了不久前在什么地方停泊过，怎样航行过来又如何停泊抛锚的。"（101）叙述者由新生命诞生触发的关于伟大母性的感悟是与作家的思考同构的，起着丰富其内涵的作用。母亲所经历的艰辛与苦难决定了生命诞生的隆重与壮美。新生命的诞生是对死亡的否定与超越，是灵魂生生不息、精神永恒的真实验证。叙述者的话语充满了空间文学的想象性，它抽去了具体的历史经纬，隐喻带有极强的抽象性和寓意性。

帕斯捷尔纳克对于人类历史的独特思考也是通过叙述者的话语来表达的："……历史有如植物王国的生活。冬天雪下的阔叶树林光裸的枝条干瘪可怜，仿佛老年人赘疣上的汗毛。春天，几天之间树林便完全改观了，高入云霄，可以在枝叶茂密的密林中迷路或躲藏。这种变化是运动的结果，植物的运动比动物的运动急剧得多，因为动物不像植物生长得那样快，而我们永远不能窥视植物的生长……而在这种静止不动中，我们却遇到永远生长、永远变化而又察觉不到的社会生活，人类的历史。"（436）历史，包括人、动植物、社会生活在内的一切都是运动的、变化的、向上的、前行的，是最终走向光明、美好的，任何风雨严寒、艰难险阻也不会改变这一走向。但是这一运动的、变化的进程应该是自然的、安静的、自由的，任何来自外力的"规训"或"强暴"都会招致疯狂的报复。这象征性的言说既是叙述者代言的主人公的心声，也表达了作者的哲学思考，强调了人类历史发展应该走文化渐进的路线。

叙述者话语还表达了对俄罗斯的认知以及对生活、生存的价值与意义的珍视：

> 院子里是一片春天的黄昏。空气中充满声音。远近都传来儿童的嬉戏声，仿佛表明整个空间都是活的。而这远方——俄罗斯，他的无可比拟的、名扬四海的、著名的母亲，殉难者，顽固女人，癫狂女人，这个女人精神失常而又被人盲目溺爱，身上带着永远无法预见的壮丽而致命的怪癖！噢，生存多么甜蜜！活在世上并热爱生活多么甜蜜！噢，多么想对生活本身，对生存本身说声"谢谢"呀！对着它们的脸说出这句话！（379）

叙述者对充满生命活力的生活近景的描写与对充满哀苦的祖国远景的感慨截然对立，而结论又是高度乐观的——"生存多么甜蜜"，需要"对生存本身说声'谢谢'"。这是叙述者以孩提式的心灵观照民族的生命世界的一种感慨，是身为作者代言人的叙述者倡导回归孩提世界，以期得到身心救赎和灵魂解脱的一种睿智的表达。在这段话语中，"祖国母亲"没有温柔的面容，而是一个怪病缠身、疯痴癫狂的女人。这一独特、复杂、怪异的形象是作为"思想者"的叙述者高度内心化、个人化的想象。这种个人化的体验和感受不具备"通约性"，但其高度"陌生化"的表达方式在审美效果上能引起读者极大的关注、广阔的联想和深入的思索。有研究者指出："这种文不尽言、言不尽意的结构形式，让读者深切地感受到了《日瓦戈医生》既是一代知识分子在特定历史时期人生遭遇的命运史，也是俄罗斯民族的命运史。"[1]

　　小说常常用比喻、象征、隐喻等修辞手段表达作为"思想者"的叙述者的话语。不同的修辞手段或在当下的体验中思考和表达一种箴言式的世界真实、人性真实，或通过对现实生活中事件的差异化表述实现对现实世界理解的超越，或采用一种抽象化、陌生化的叙述方式发掘一种启示性的审美意蕴。叙述者话语中不同修辞手段的运用在强化文本审美功能的同时大大丰富了作家独特的生命体验和思想意蕴。

　　在被困游击队的日子里，日瓦戈十分思念拉拉，他想象中的拉拉是这样被描述的："拉拉的左肩被扎开了一点。就像把钥匙插进保险箱的铁锁里一样，利剑转动了一下，劈开了她的肩胛骨。在敞开的灵魂深处露出了藏在那里的秘密。她所到过的陌生的城市，陌生的街道，陌生的住宅，陌生的辽阔地方，像卷成一团的带子一下子抖开了。"（357）这段话语想象的是拉拉的生命苦难和丰富的人生意蕴，表达的是主人公日瓦戈由爱生成的无限同情、怜悯和思念。拉拉被幻化了的生命是苦难、圣洁、美好的象征。叙述者的象征性话语产生的审美的陌生化效应为读者提供了广阔的思考空间。

　　在小说结尾处，叙述者对日瓦戈的死亡场景有这样一段充满隐喻意味的言说：

　　　　从通向房门的走廊便能看见屋子的一角，那儿斜放着一张桌子。桌上放着一具棺材，它低狭的尾端像一只凿得很粗糙的独木舟，正对着房门……

1.　张纪：《叙事要素的重构与叙事话语的转型——以〈日瓦戈医生〉为例》，载《学习与探索》，2013年第5期，第130页。

......

　　鲜花不仅怒放，散发芳香，仿佛所有的花一齐把香气放
尽，以此加速自己的枯萎，把芳香的力量馈赠给所有的人，完
成某种壮举。

　　很容易把植物王国想像成死亡王国的近邻。这里，在这绿
色的大地中，在墓地的树木之间，在花畦中破土而出的花卉
幼苗当中，也许凝聚着我们竭力探索的巨变的秘密和生命之
谜。……（470—471）

　　这是叙述者对日瓦戈短暂生命的立体性认知，包含着孤独、苦难、
简朴、无私、神性、圣洁等诸多内蕴。隐喻性话语的表层叙事是日瓦戈
灵堂的布设与气氛的渲染，但在深层意义上是对社会政治的反思与批
判。叙述者以日瓦戈人性的至善和人格的至美来映照政治霸权的残忍与
人性的缺失。

　　值得指出的是，表达作者情感意志、宗教情怀和哲学思辨的叙述者
话语常常是以充满诗性的话语呈现的，即表达生活中的诗的意境以及作
者灵动的诗性思绪。帕斯捷尔纳克是现代主义诗人，作品浓郁的诗性
风格正是他与其他小说家的不同之处。叙述者话语充满了强烈的浪漫
诗性，用写意的抒情拓展表意的空间，对小说题旨的表达发挥了重要
作用。

　　叙述者话语中对大自然诗意化的抒情在全书中占了相当大的篇幅。
作家通过写景状物烘托人物的思想情感，展现他们的心灵世界，也实现
了抒发自我情愫、表达精神诉求的潜在意图。

秋天已经在树林中针叶树木和阔叶树木之间划了一条明显的界限。针叶树木像一堵黑墙竖立在树林深处，阔叶树木则在针叶树木之间闪烁出一个个葡萄色的光点，仿佛在砍伐过的树林中用树干修建的一座带内城和金顶楼阁的古代城市。

……

树林里挂满五颜六色的熟浆果：碎米荠的漂亮的悬垂果、红砖色的发蔫的接骨木和颜色闪变着的紫白色的绣球花串。带斑点的和透明的蜻蜓，如同火焰或树林颜色一样，鼓动着玻璃般的薄翼，在空中慢慢滑行。

尤里·安德烈耶维奇从童年起就喜欢看夕阳残照下的树林……（333—336）

这是日瓦戈独自在坍塌的战壕前眺望远方树林时的一段耐人寻味的风景描写。显然，叙述者不仅是在写景，更重要的是在抒情，表达的是被大自然激活的主人公的生命诗意，是他对生命之美的发现。充满诗情画意的和谐的大自然景象从小就印在了日瓦戈的记忆深处。残酷的社会现实与充满诗意的大自然的对峙成为叙述者话语的情感基调，它非但没有冲淡战争的悲剧气氛，反而更映衬出主人公的孤寂与绝望。严酷的生活没有击垮日瓦戈对生活的信念、摧折其生命的翅膀，外在的忧患也未能遮蔽他内心的诗意。

月亮高高地悬在中天，万物之上都洒满了它那仿佛是用白色颜料灌注的浓重的光辉。

……

　　几幢低矮的房屋敞着窗，污暗的玻璃映射出一些亮光。小
圃里栽种的玉米朝窗内探出了濡湿的长着淡褐色毛须的头，晶
莹的花序和花穗仿佛涂了油似的。一排苍白消瘦的锦葵从歪斜
的篱栅后面凝视着远方，像是被炎热从小屋子里赶出来的庄户
人，只穿了件汗衫到外面吸几口凉气。(137)

这是日瓦戈从一战前线返回莫斯科的前夕看到的美丽、宁静的月
夜。叙述者展现了沉浸在恬静、安谧月夜中的日瓦戈的所见所感：

　　沐浴在月光中的夜色是奇妙的，仿佛洋溢出某种预感的温
馨和慈祥的爱抚。就在这神话般清明澄澈的宁静中，突然传来
非常耳熟的、像是刚刚听到的一个人均匀而又断续的讲话声。
这个悦耳的嗓音带着满腔的热望和自信。医生仔细倾听，立刻
就分辨出是谁来了。那便是政委金茨正在广场上讲话。(137)

一边是皎洁宁静的月夜，一边是喧闹不止的人的世界；一边是充满
爱的浓浓的诗情画意，一边是你争我夺的世俗人生。自然与人类社会的
对立使不可调和的矛盾更加尖锐。月夜越是明媚宁谧、清明澄澈，被暴
力的"罪与孽"俘获的金茨的话语便越发显得格格不入，其人性的历史
性迷误也越发鲜明。

　　上文提到的小说第12章中叙述者用诗意的话语描写的那株美丽的花
楸树给读者留下了深刻印象。

　　……就在这出口处有一棵孤零零的美丽的花楸树。它是所

　　有的树木中惟一没脱落树叶的树，披满赤褐色的叶子。它长在泥洼地中的一个小土丘上，枝叶伸向天空，把一树坚硬发红的盾牌似的浆果呈现在阴暗的秋色中。冬天的小鸟，长了一身霜天黎明般的明亮羽毛的山雀，落在花楸树上，挑剔地、慢慢地啄食硕大的浆果，然后仰起小脑袋，伸长脖子，费劲地把它们吞下去。

　　在小鸟和花楸树之间有一种精神上的亲近。仿佛花楸树什么都看见了，抗拒了半天，终于可怜起小鸟来，向它们让步了，就像母亲解开了胸衣，把乳房伸给婴儿一样。"唉，拿你们有什么办法？好吧，吃我吧，吃我吧，我养活你们。"它自己也笑了。（344—345）

　　"花楸树"这一意象生动、传神、形神兼备。这个颇具象征意义的植物被叙述者赋予了人的品格，它以一种亲切、充满母性的姿态示人，进入了读者的心灵。美丽、坚韧的"花楸树"是叙述者对拉拉生命的形象喻指，强大的情感力量与母性自觉是她恪守一生的生命法典。"花楸树"意象承载的是一种世俗亲情，温暖真实、可亲可爱。此后小说的叙事是：为了保护女儿卡佳，拉拉跟随科马罗夫斯基东去，开始了新的一轮苦难。读者也可以想象，她是如何瞒着科马罗夫斯基，倾心保护着她与日瓦戈的女儿塔尼娅，直至最后失去了自己的生命。

　　帕斯捷尔纳克认为，对艺术的钟爱与思考是揭示美好人性、为冷酷世界点缀温暖光晕的重要内容。在小说中叙述者话语成为营造艺术诗性意境的重要手段。

……他（指日瓦戈——笔者注）不可遏止地、像形成漩涡
的激流一定要越转越深一样，渴望着幻想和思考的机会，要在
众多的方面付出辛劳，要创造出美好的事物。如今他比任何时
候都更清楚地看到，艺术总是被两种东西占据着：一方面坚持
不懈地探索死亡，另一方面始终如一地以此创造生命。真正伟
大的艺术是约翰启示录，能作为它的续貂之笔的，也是真正伟
大的艺术。（87）

……

他在删改各式各样旧作时，又重新检验了自己的观点，并
指出，艺术永远是为美服务的，而美是掌握形式的一种幸福，
形式则是生存的有机契机，一切有生命的东西为了存在就必须
具有形式，因此艺术，其中包括悲剧艺术，是一篇关于存在幸
福的故事。这些想法和札记同样给他带来幸福，那种悲剧性的
和充满眼泪的幸福，他的头因之而疲倦和疼痛。（436）

文学创作是日瓦戈生命的重要组成部分，也是他精神世界中十分重
要的思想资源，将日瓦戈对艺术本质的独特思考呈现给读者是叙述者话
语的重要功能之一。艺术探索死亡、创造生命、永远为美服务，艺术是
关于存在幸福的故事——这些对文学创作本质的思考不但丰富了主人公
的心灵世界，也表达了作者的艺术观和人生观。巴耶夫斯基称《日瓦戈
医生》是一部意义丰沛的小说，它提出了"有关道德和政治的、哲学和
美学的、社会和宗教的问题，描绘了莫斯科的广场和室内装饰、乌拉尔
的自然风光、葬礼、家庭音乐会、前线的负伤、霍乱、饥饿、暗杀和毫

无意义的兽性的残害……以及关于上帝、关于生命意义和目的的争论"[1]。

依托"空间化叙事结构"的叙述者话语是理解、阐释《日瓦戈医生》文本的重要链环，也正是在这个意义上，小说赋予了现实主义的传统叙事一种超越性的艺术追求。学者刘小枫指出："叙事家大致有三种：只能感受生活的表征层面中浮动的嘈杂、大众化地运用语言的，是流俗的叙事作家，他们决不缺乏讲故事的才能；能够在生活的隐喻层面感受生活、运用个体化的语言把感受编织成故事叙述出来的，是叙事艺术家；不仅在生活的隐喻层面感受生活，并在其中思想，用寓意的语言把感觉的思想表达出来的人，是叙事思想家。"[2]帕斯捷尔纳克无疑是伟大的叙事艺术家与思想家。

1.　Баевский В. С. История русской литературы XX века. М.: Языки славянской культуры, 2003. C. 271.

2.　刘小枫：《沉重的肉身（第六版）》。北京：华夏出版社，2012年，第233—234页。

第四章

《日瓦戈医生》的叙事伦理

叙事学批评的有效性在于它从小说叙事形式的一系列细部揭示艺术作品的诗学特色，这种以追求艺术形式确定性为目标的研究为我们的审美批评带来了一种新的视角。然而，作为一种充满人文精神的现代文学批评，叙事学研究倘若仅仅局限在叙事艺术的形式层面，将会受到很多限制。这也是西方叙事学从经典的结构主义叙事学走向后经典的人文叙事学的原因所在。人文叙事学者认为，文学研究作为关系人类生存命运和终极关怀的人文研究，它所反映的是社会中人的生存状态与精神世界。特别是进入现代社会之后，个体存在产生了一系列复杂的社会性纠葛。因此小说的叙事学批评还必须在哲学、社会学、文化学等多个层面进行跨界的"伦理"研究，这样才能理性地把握小说所表达的人的生存境遇、人文精神，才能探索人类的终极关怀。因此，没有了叙事伦理的分析和价值判断，叙事学研究便是不完整的。

任何一部小说都有作者在叙事情境中所传达的伦理思想，因此任何一部小说都可以被看作文学的一种叙事伦理文本。一部意蕴丰厚、思想深刻、艺术成就卓著的小说是各种不同叙事话语文本的聚合，而伦理文本是诸多叙事话语文本中非常重要的一种。学者陆建德将文学中的伦理视为一种"可贵的细节"，他说，"谈伦理价值，作家、批评家绝不比哲学家、伦理学家逊色。说到底，文学是对'应该如何生活'这一问题的无比丰沛、细腻而又复杂的探讨"[1]。因此，文学的叙事伦理研究应该成为经典研究的重要领域，而人类"应该如何生活"这一问题应该成为文学叙事伦理研究的核心内容。

俄罗斯的文学叙事研究反对形式主义、结构主义叙事批评割裂作品与社会关系的做法，同时也否定解构主义所认定的"作者已死"、人为地将作品与作者对立起来的论断。丘帕教授在《叙事学视野中的〈日瓦戈医生〉诗学研究》一书中指出："关于生活的叙事乃是一个具有普遍文化价值的创作过程，是对人的经验，即呈现于被叙述的事件和交织在这些事件中的故事的经验的形成、结构、观念化的过程……因此，深入到我们个体的、社会的、民族的和全人类经验叙事的复杂和细微的机制非常重要。"[2]在《日瓦戈医生》中，帕斯捷尔纳克在诉诸各种叙事手段和方法的同时，对个体与国家、人与社会、人与自然、生命与信仰等一系列命题进行了深刻的思考。值得指出的是，作家没有将自己的伦理态度武断地强加给读者，而是以主人公的生命故事为叙事核心，采用独特的结构、多重的视角及不同的人物话语言说方式表达出他的伦理思考，实现作者、叙述者、人物、读者的互动，并鼓励读者做出自己的价值判断。

学者刘小枫提出了文学批评的叙事伦理这一命题，他是这样解释的："叙事伦理学不探究生命感觉的一般法则和人的生活应遵循的基本

1.　陆建德：《文学中的伦理：可贵的细节》，载《文学评论》，2014年第2期，第18页。

2.　Тюпа В. И. и др. Поэтика «Доктора Живаго» в нарратологическом прочтении. Коллективная монография, под ред. В. И. Тюпы. М.: Intrada, 2014. C. 4.

道德观念，也不制造关于生命感觉的理则，而是讲述个人经历的生命故事，通过个人经历的叙事提出关于生命感觉的问题，营构具体的道德意识和伦理诉求。"[1]在他的专著《沉重的肉身》以及文学批评家谢有顺的《中国小说叙事伦理的现代转向》中都将小说的叙事与伦理结合起来阐释，以便呈现两者之间的动态关系。这一动态批评同样可以运用于对长篇小说《日瓦戈医生》的分析中。尽管我们在前三章中涉及了叙事艺术的语义层面，但并未对小说的叙事伦理做整体性分析，我们将叙事伦理的研究单列成章，正是为了对帕斯捷尔纳克在叙事艺术的创新方面进行更为细致的人文研究，更明晰地揭示作者运用一系列叙事手段所要表达的伦理诉求。

帕斯捷尔纳克在谈及《日瓦戈医生》时曾说："我要在这部作品中勾画出俄罗斯近四十五年的历史面貌，同时这部作品将通过沉痛的、忧伤的和经过细致分析过的主题的各个方面，如同狄更斯和陀思妥耶夫斯基这样榜样作家的作品一样——成为表达我对艺术、对圣经、对历史中的人的生命以及对其它等等事物的观点的作品。"[2]可以看出，小说蕴含着作家对历史、生命、个体、人性、宗教、艺术等诸多命题的认知与解读。如巴耶夫斯基所说："《日瓦戈医生》涉及了道德、政治、哲学、美学、社会、宗教等一系列问题。"[3]长篇小说《日瓦戈医生》的确是20世纪俄罗斯文学史上为数不多的具有广阔的社会生活与精神生活容量的史诗性小说。研究小说的叙事伦理，我们一方面需要正视作品中提出的现实问

1. 刘小枫：《沉重的肉身（第六版）》。北京：华夏出版社，2012年，第4页。
2. 帕斯捷尔纳克：《人与事》，乌兰汗、桴鸣译。北京：生活·读书·新知三联书店，1991年，第288页。
3. Баевский В. С. Перечитывая классику: Пастернак. М.: МГУ, 1997. С. 64.

题，另一方面需要从形而上的层面寻求和建构作品自身的伦理观念。我们将从反暴力叙事、自由个体叙事、神性叙事三个维度出发，揭示作者在关怀现实和拥抱生命中体现出的思想魅力和伦理价值。

第一节　反暴力叙事

俄罗斯文学的反暴力叙事源于普希金对18世纪普加乔夫农民起义的思考以及对人类文明发展取"文化渐进路径"的肯定。"上帝保佑，但愿再也看不到俄罗斯的暴动，那毫无意义的和残酷无情的暴动！"——这是普希金在长篇历史小说《上尉的女儿》中借主人公格利涅夫之口发出的强烈的反暴力呼唤。作家通过贵族格利涅夫与农民起义军领袖普加乔夫的友谊，以及格利涅夫与孤女玛莎在女皇叶卡捷琳娜二世的体恤与帮助下终成眷属的爱情故事，消解了贵族与农民、统治者与臣民间的矛盾对立。文学的反暴力叙事在此后陀思妥耶夫斯基和托尔斯泰的创作中都以不同方式得到了强化，并获得了鲜明的宗教神性阐释。

然而，在强大的意识形态政治叙事的引领下，一些苏联作家一度放弃了对人最基本的生存欲望和需求的关切，表现出崇尚暴力的思想和伦理偏差。帕斯捷尔纳克在《日瓦戈医生》中用现代精神观照、反思这一思想的伦理迷误，进一步丰富、发展了俄罗斯文学的反暴力叙事传统。在小说中，暴力叙事指涉三个层面：一是"非实写"的战争暴力，所谓"非实写"是指小说并不以再现战争的血腥场景为目的，作为背景的战事在整体上未被直接、正面地加以描述，小说中重点描写的是战后的废墟和战争导致的人性失落，强调战争造成的灾难；二是政治暴力，它并不以杀戮为表现形式，却以对社会风尚和人的精神、行为、思想的支配来构建人与社会、人与人的关系；三是以时代社会话语为引领的言语暴力，这是一种以"变革伦理"为指导的权力话语对社会、民众行为与话语的规约。小说的反暴力叙事正是从这样三个层面展开的。

一、反战争暴力

《日瓦戈医生》以日俄战争、第一次世界大战、苏俄国内战争、卫国战争为背景，将人物置于残酷的战争暴力的语境中。然而，在介绍小说的历史背景时，作者几乎摒弃了对上述任何一场战争正面、具体的描述，而仅仅是在介绍人物命运的间隙，用寥寥数语交代战事。

"同日本的战争还没有结束，另外的事件突然压倒了它"（21），这是小说中对日俄战争的唯一提示。"这是战争开始后的第二个秋天。第一年取得战绩过后，情况开始不利。集结在喀尔巴阡山一线的布鲁西洛夫的第八军，本来准备翻过山口突入匈牙利，结果却是随全线后退而后撤。"（98）小说就这样简单地描述了人物命运及事件发生的时代背景——第一次世界大战。而对一战进入尾声、革命武装起义即将展开的描述，也仅仅是通过小说中人物的转述完成的："战争进行到第三年，老百姓逐渐相信前方和后方的界限迟早要消失，血的海洋会逼近到每个人的脚下，溅在所有企图逃避、苟且偷安的人身上。这场血的洪流就是革命。"（176）在这些十分有限的关于战事的交代中，作者对战争正义与否并没有直接评判，而是用大量的篇幅描述了战争暴力造成的创伤、灾难，以及人物的悲剧：

> 马车夫载着戈尔东经过了许多被毁的村庄……在这些被战
> 火夷平的村庄里，有如置身于寸草不生的沙漠中，从这一头可

　　以一直望到那一头。那些劫后余生的老年妇女，每人都在自己
　　的废墟中间搜挖着，翻拨着灰烬，不停地把一些东西收藏起
　　来，似乎周围还是墙壁，所以外人看不见她们。她们迎送戈尔
　　东的目光似乎是在探询：这世界什么时候才能清醒过来，什么
　　时候才能过上安定而有秩序的生活？（107）

　　这是小说中叙述者对一战造成的灾难场景的描写。由远及近、由整
体到细部、由环境到人内心的"多层级"叙事呈现了村庄被战火夷平的
凄惨景象。老年妇女目光的询问道出了民众对"人类被战争弄昏了头"
这一残酷现实的深切痛恨和极大忧虑。

　　在一战时期的陆军医院，读者还能看到更为恐怖的关于战争造成的
血腥场景的描写：

　　担架上抬着一个伤势特别吓人、血肉模糊的不幸者。一块
　　炸开的炮弹壳碎片把他的脸炸得不成样子，嘴唇、舌头成了一
　　团血酱，可是人还没死，那块弹片牢牢地卡在削掉了面颊的那
　　个部位的颌骨缝里。这个重伤员发出轻微的、断续的呻吟，
　　完全不像是人的声音，听到的人都会觉得这是在请求尽快了结
　　他，解除这不可想像的拖长的痛苦。（113—114）

　　目睹了这一惨象的日瓦戈说，他难以理解这种一定要相互消灭的血
腥逻辑，而且不忍心看那些受伤的人，特别是那些在可怕的现代战场上
留下的创伤，更难以习惯那些被最新的军事技术变成一堆丑陋不堪的肉
块的畸形人。此后，被苏俄国内战争的风暴裹挟到游击队中的日瓦戈

一次次目睹了残忍的画面，不堪入目的血腥场面加深了日瓦戈对战争暴力、兄弟同胞互相残杀的痛恨与憎恶。在他脑海里始终挥之不去的是一个被白军用极其残忍的方式折磨致死的红军士兵和全城人的疯狂惨叫：

> 人群围着一个砍掉手脚的人。他躺在地上，浑身都是血。他的右手和左腿被砍掉，但还没断气。简直不可思议，这倒霉的家伙竟用剩下的一只手和一条腿爬到了营地。砍下来的血肉模糊的手和腿绑在他的背上，上面插了一块木牌子，木牌子上写了很长的一段话，在最难听的骂街的话当中写道，这是对红军支队兽行的报复……
>
> "……全城的人都在惨叫。他们把人活活煮死，活剥皮，揪住你的衣领把你拖进死牢。你往四外一摸——囚笼。囚笼里装四十多个人，人人只穿一条裤衩。不知什么时候打开囚笼，把你抓出去。抓着谁算谁。都脸朝外站着，像宰小鸡似的，抓住哪只算哪只。真的。有的绞死，有的枪毙，有的审讯。把你打得浑身没有一块好肉，往伤口上撒盐，用开水浇。你呕吐或大小便，就叫你吃掉。至于孩子和妇女，噢，上帝呀！"
>
> （358—359）

帕斯捷尔纳克之所以花费偌大的篇幅一次次对战争暴力的残酷性加以描绘、渲染，是因为在他看来，战争背后隐藏的是非理性的原始本质和暴力法则。小说中的反战争暴力叙事所依据的，不是虚妄的幻觉或任性的想象，不是泛泛的喟叹，而是血腥的事实，是人物亲眼看见的残酷场景，是主人公日瓦戈对战争造成的灾难所做的泣血控诉。

战争暴力也让女主人公拉拉内心感受到了极大的痛苦与幻灭。她在向日瓦戈讲述他们那一代人在战争中的命运时说：

"……我现在深信，所有的一切，随之而来的、至今仍落在我们这一代头上的不幸，都应归咎于战争……信赖理性的声音是愉快的。良心所揭示的被认为是自然而需要的。一个人死在另一个人手里是罕见的，是极端例外的、不寻常的现象。拿谋杀来说吧，只在悲剧里、侦探小说里和报纸新闻里才能遇见，而不是在日常生活里。

"可突然一下子从平静的、无辜的、有条不紊的生活跳入流血和哭号中，跳入每日每时的杀戮中，这种杀戮是合法并受到赞扬的，致使大批人因发狂而变得野蛮。……"（390）

拉拉无法理解，为什么在和平时代只出现在悲剧、侦探小说和报纸新闻里的谋杀等各种非正常的暴力行为，现在却充斥在日常生活中。更令她感到恐惧的是这种杀戮是合法并受到赞扬的，成了公众普遍的社会行为。拉拉正是在一页页地翻阅、检点生活和命运的过程中感受到了战争暴力的血腥和它与人性、人情的背道而驰。作家使女主人公的感性认知与叙述者、日瓦戈的智性审视互为映照，使得反暴力的叙事立体化了。托尔斯泰曾说："在现存秩序和生活理想之间，存在着无数的阶梯，人类沿着这一阶梯不断地前进。人们只有逐渐地日益摆脱参与暴力、使用暴力和对暴力的习惯，才能接近于这一理想。"[1] 显然，帕斯捷尔纳克的反暴力叙事有着托尔斯泰"不以暴力抗恶"的深深印迹。

在小说第17章诗章的《客西马尼的林园》一诗中，日瓦戈借耶稣之口表达了对暴力的认知："收起你的剑，刀枪解决不了争端。"（534）日瓦戈认为，人类之所以要摒弃暴力，是因为暴力不能最终解决问题。使用暴力只会造成暴力的恶性循环，它违反了人类历史的自然发展规律。日瓦戈的精神导师韦杰尼亚平说："……千百年来使人类凌驾于动物之上的，并不是棍棒，而是音乐，这里指的是没有武器的真理的不可抗拒的力量和真理的榜样的吸引力。"（42）与韦杰尼亚平的观点一样，日瓦戈认定人类文明进步应摒弃强制性力量，遵循自然的生命之路，依靠伟大的真理和美的力量，这才是其必由之路。在他看来："历史有如植物王国的生活……树林不能移动，我们不能罩住它，窥伺位置的移动。我们见到它的时候永远是静止不动的。而在这种静止不动中，我们却遇到永远生长、永远变化而又察觉不到的社会生活，人类的历史。"（436）日瓦戈在反驳教训他的游击队长利韦里时，更深化了这一认知："……生活从来都不是材料，不是物质。它本身……不断更新，永远按着自我改进的规律发展，永远自我改进，自我变化，它本身比咱们的愚蠢理论高超得多。"（331）

日瓦戈的话语闪耀着一种真实生活的光泽，他看到了生活的"精神""心灵"，认定生活不是一团需要被人类加工的"粗糙材料"，而是会按照自身的规律不断发展、更新。在他看来，相较于人类历史与人类生

---

1. 陈琛主编：《列夫·托尔斯泰文集（第4卷）：天国就在你们心中》。长春：吉林人民出版社，1995年，第424页。

活的自我改进、自我变化、循序渐进的自然发展规律，任何企图用暴力手段改造它们的理论和实践都显得愚蠢、荒谬。日瓦戈看似平淡的话语蕴含着深刻的思想和智慧，它就像一柄透镜，穿透了生活的外壳，把生活最根本、最原生的质地看得清清楚楚。日瓦戈用质朴的生活常理来体悟生活、感悟生命，通过常识、经验、情理来理解、审视、评判战争、革命等社会事件。批评家沃兹德维任斯基说："无论日瓦戈，还是帕斯捷尔纳克本人，都谈不上是反对革命的人，他们根本谈不上同事件的进程进行争论，谈不上对抗革命。他们是完全以另一种态度来对待历史现实的。这种态度就是按照历史本来的面目来理解历史，既不对它进行任何干预，也不企图把自己的意志强加于它，去改变它，随心所欲地去歪曲它。"[1]

　　个人与历史的冲突是小说着力探索的内容之一，战争为作者提供了进入这个主题的特殊通道。战争是一种激进的表述方式，它造就了历史，也让许许多多的生命个体牺牲了。在疯狂的杀戮中，个体成为符号，被归类到正义与非正义、进步与反动的意义空间，参与战争的生命个体在战争中变得面目模糊。小说中虽然处处是枪声和死亡，但它却不是书写战争的。帕斯捷尔纳克站在对人的敬畏和悲悯的人文立场，试图从天、地、人的整体角度，挖掘被暴力扭曲的历史中的复杂人性，挖掘人与人、人与万物的关系，寻找拯救个体、拯救历史的爱的路径。

---

1. 李毓榛：《〈日瓦戈医生〉在苏联的看法种种》，载《外国问题研究》，1990年第2期，第35页。

二、反政治暴力

反政治暴力是小说反暴力叙事的另一个重要内容，反思政治暴力的酷虐和危害也是小说的重要主题之一。帕斯捷尔纳克通过小说中的一系列人物，特别是日瓦戈的人生遭际，深刻阐释了政治暴力的异常性、非理性和破坏性。

政治暴力的这种异常性、非理性和破坏性在小说中表现为它的专制形式，它所营造的是一种让每一个生活在社会现实中的个体无法置身其外的无形的强制性历史语境。帕斯捷尔纳克认为，强调对抗、排斥宽容，强调斗争、排斥同一，强调特殊、排斥普遍——这就是政治暴力所遵循的政治伦理和人性观。它让个体的生命意志屈从于政治规训；它习惯于对人群进行简单的政治分类和道德评价，造成爱的意识和能力的缺失、对普遍而共通的人性的怀疑，造成平等、自由等精神价值的失落。

小说中的宗教情怀强化了反暴力叙事。日瓦戈具有强烈的宗教情怀，他坚守福音书的箴言，播撒爱的种子，力求用爱化解时代的仇恨。日瓦戈和舅舅韦杰尼亚平一样，把爱当作生命的第一箴言。他坚信，抗拒暴力的唯一途径就是寻求爱的拯救。他倡导以宽恕、爱的精神实现人与人之间的和谐，实现社会的安宁与幸福，以回归人性、回归生命本源的精神坚守自我，从而营构了小说中具有宗教情怀的反暴力叙事。

加利乌林和安季波夫本是童年的玩伴和一战时期同在一个团里服役的战友，但革命爆发后，他们却因选择了不同的政治营垒，开始了你死我活的相互残杀。林中枪战这一情节在小说中所占篇幅不大，却是作家表现政治暴力造成兄弟友爱失落、反目成仇的历史真实和反暴力情怀的重要段落。日瓦戈医生不忍心向白军中的年轻人射击，因为"他们一张张富于表情的、讨人喜欢的脸使他感到亲切，就像见到自己圈子里的人一样"；那一个个年轻的生命"使他想起过去的中学同学……另一部分人他仿佛过去在剧场里或街道上的人群当中遇见过"；"他全部的同情都在英勇牺牲的孩子们一边。他全心祝愿他们成功。这是那些在精神上、教养上、气质上和观念上同他接近的家庭的子弟"（326—327）。但战场的法则使日瓦戈必须开枪，他集中注意力往枯树的树干上射击，不愿将子弹射向一个个年轻的生命。战斗结束后，日瓦戈从被打死的红军士兵和受伤的白军士兵的上衣口袋里发现了同样的纸片，上面写着根据《圣经》赞美诗第91诗篇改写的片段，这是母亲渴望上苍庇佑自己的孩子而为他们缝在衣服上的护身符。原本有着同样的爱的信仰和同样的母爱牵挂的年轻士兵被政治异化为势不两立的仇敌。本着白衣天使的职责和爱的精神，作为红军随军医生的日瓦戈拯救了白军中这个奄奄一息的士兵的年轻生命，然而"敌人的逻辑""阶级的逻辑""政治的逻辑"让这位康复后的战士发誓还要回到白军部队去，继续与红军对立。从这一片段我们可以读出帕斯捷尔纳克在反暴力求索中的痛苦与悲哀。作家通过这一细节表达了他对苏俄国内战争的质疑，发出了回归兄弟之情、回归爱的呼唤。在他记下的人类的、民族的一个个"精神迷误"中潜藏着他深深的忧虑和爱的希冀。

无形的政治"囚禁"几乎成为日瓦戈一生基本的生存状态。无论是在游击队一年多的被俘生活，还是在瓦雷金诺躲避动乱，或是在返回莫斯科后独自在工作室里构思创作，政治暴力始终如影随形，如同恶狼一般向日瓦戈露出狰狞的凶光，威胁他的生存："四只狼并排站着，嘴脸朝着房子，扬起头，对着月亮或米库利钦住宅窗户反射出的银光嗥叫。"（422）即使面对生命威胁，日瓦戈也从未对时代政治轻信与盲从，他从未把自己归于任何一个社会营垒中，而始终以永恒的人性和真善美的原则处事，讲述他所认知的生命的真理。

小说中的另一个重要人物安季波夫实现自我重构和社会定位的人生历程无不是由政治形势左右的，政治暴力导致他人性沦丧、精神异化。他出身社会底层，严于律己、为人正直、意志坚定，原本是一个纯洁、善良、高尚、视爱高于一切的人。他深爱着拉拉，投身革命是因为决心要清洗充满"肮脏，拥挤，贫困"的旧世界，解除恶势力"对劳动者的凌辱，对女人的凌辱"（441）。这是安季波夫试图用自我的眼光完成对世界、社会、时代的认知与改造的开始。在维护新政权的信念下，在血与火的荡涤中，安季波夫的伦理观念在异化，生活方式在转变，自然人性在迷失，爱的情感在消遁。政治暴力将他异化为暴力的工具——斯特列利尼科夫，他变得冷酷无情，在妻子看来，"仿佛某种抽象的东西注入他的面孔中，使它失去了光泽。一张活生生的脸变成思想的体现，原则的化身"（388）。阶级政治不仅戕害了他自己，也毁灭了他本该拥有的幸福家庭。无论安季波夫是作为暴力工具的代表，抑或是作为政治斗争的牺牲品，作者都通过他的悲剧人生十分鲜明地表现了政治暴力对个性的压制、异化和戕害。

小说还通过其他一系列人物的人生沉沦、人性兽化展现了政治暴力生成的"恶之花"，作者在书写这样的人物时充满了悲悯、哀叹。盲目的阶级意识使得士兵帕姆菲尔刻骨地仇恨知识分子、老爷和军官，成了一名嗜血的杀人狂，而他的"凶残被视为阶级意识的奇迹"（341）。阶级意识导致他精神错乱、人性丧失，最终他用利斧砍死了妻子和三个孩子。日瓦戈的好友戈尔东和杜多罗夫精神病变的原因之一亦在于他们对时代政治潮流的趋附。他们在日瓦戈面前对自己遭到流放后的"思想转变"

和"政治进步"津津乐道。小说人物金茨被造就成革命机器，他悲剧人生的根源在于其意欲迎合政治而出人头地的个人动机。革命、斗争始终左右着这个心高气傲的年轻的政治工作者，"一种功勋感和发自内心的要高声呼喊的欲望在他身上已经不自觉地与木板搭成的讲台或者椅子联系在一起，只要一站到它们上面，就能向聚拢来的人群发出某种号召，煽动性的言语就会脱口而出"（149）。不无讽刺的是，即使身陷包围圈面临生命危险，他仍不忘自己的政治身份，习惯性地跳到一堆木垛上，向周围的人群宣讲而最终被打死在"讲坛"上。

小说中政治暴力不仅使一批男性知识分子遭受了肉体和精神的折磨，同时也彻底摧毁了女性的正常生活和家庭幸福。日瓦戈的妻子冬妮娅因为受到家庭成员政治背景的牵连而一生颠沛流离，远走异国他乡，夫妻天各一方，她最终也未能见到猝然离世的丈夫。拉拉为了女儿的安全，最终不得不跟随恶魔科马罗夫斯基走向新政权的对立面，不知去向，最后死在集中营中。小说中女性遭受的苦难越深重，她们在邪恶势力面前的无助表现得越鲜明，来自各个方面的政治暴力对女性迫害的力量也就显得越强大，作品的悲剧氛围也就越强烈。

日瓦戈医生、安季波夫和拉拉这三个知识分子的命运的抗争史、个性的异化史、情感与生命的被戕害史在很大程度上还是个体与权力政治的关系史。尽管每个个体被毁灭的方式不同，但他们终究都没有逃脱被形形色色的政治暴力戕害的悲惨命运。帕斯捷尔纳克在给诗人里尔克的信中曾谈到他对俄国社会变革与个体关系的理解，他说："我们的革命是与生俱来的矛盾、一个时间之流的断裂，是貌似静止但动人心魄的景观。我们的命运也是如此，它静止而短促，受制于神秘而又庄严的历史特殊性，甚至连其最微小、最滑稽的呈现也是悲剧性的。"[1]帕斯捷尔纳克的这一历史观与别尔嘉耶夫一致，后者认为，"人寄期望于革命，渴慕革命把人从国家、强权、贵族、布尔乔亚的统治下解放出来，从虚幻的圣物和偶像下解救出来，从一切奴役中解救出来，但是，不幸得很，新的偶像、圣物和暴君又不断地被造出来，它们不断地奴役着人"[2]。面对着人类无法摆脱的历史政治苦难，作家有着对政治暴力的深刻思考，也试图实现政治伦理的价值重建。

三、反话语暴力

权力政治的意识形态话语是以规训个性话语的社会话语暴力来呈现的。法国哲学家福柯在论述话语与权力的关系时讲过，任何一个时期的文化都有自己的解释系统，社会使用排斥、控制、限制、推行的方式来维护、修改并实现对社会话语的支配[3]。帕斯捷尔纳克在《日瓦戈医生》中通过对话语暴力的呈现，表达了他对暴力的现代性认知，成为小说中反暴力叙事的第三个重要内容。

小说中日瓦戈将社会话语对个体心灵的支配与异化比喻为一种时代的"常见病"，他说，"这是一种现代病。我想它发生的原因在于道德秩序。要求把我们大多数人纳入官方所提倡的违背良心的体系。日复一日使自己表现得同自己感受的相反，不能不影响健康……"（462）日瓦戈对个体生命自由的诉求表现得尤为强烈，他对一切阻碍知识分子自由生活、艺术创作的压抑性力量感受得最为真切并深恶痛绝。他所向往的自

1. Р. М. Рильке, Б. Л. Пастернак, М. И. Цветаева. «Письма 1926 года». М.: Книга, 1990. С. 63.
2. 别尔嘉耶夫：《人的奴役与自由》，徐黎明译。贵阳：贵州人民出版社，1994年，第167页。
3. 刘北成：《福柯思想肖像》。北京：北京师范大学出版社，1995年，第190—201页。

由不是社会学意义上的空洞口号，而是十分具体的，即在生活、工作、创作时拥有不受任何外在话语局限的可能性。他曾不止一次地谈到影响自己生活、自由创作的压抑性力量。在瓦雷金诺隐居、躲避动乱的日子里，他曾写下一篇篇袒露心声的札记，这些札记充分体现了他对当时流行于世的公共性话语的强烈反感。身心疲惫的日瓦戈常常对自己的灵魂知己拉拉倾诉内心世界：

> "……混乱和变动是革命鼓动家们惟一凭借的自发势力。可以不给他们面包吃，但得给他们世界规模的什么东西。建设世界和过渡时期变成他们自身的目的。此外他们什么也没学会。您知道这些永无休止的准备为何徒劳无益？由于他们缺乏真正的才能，对要做的事事先并未做好准备。而生活本身、生活现象和生活的天赋绝对不是开玩笑的事！为什么要让杜撰出来的幼稚闹剧代替生活，让契诃夫笔下的逃学生主宰生活呢？……"
>
> ……
>
> "一度把人类从偶像崇拜中解放出来而现在又大批献身于把他们从社会恶行中解放出来的人，竟不能从自己本身，从忠于过时的、失去意义的、古老的信仰中解脱出来……"
>
> （293—296）

日瓦戈在欢欣鼓舞地赞美革命为一场"高超的外科手术"后，逐渐产生了一种惊恐感，他惊恐人与社会、人与人之间的不正常关系，甚至惊恐时代话语。他发现，时代、人类、未来等宏大而美妙的语词变成了社会的流行语，这些话语被织成一张令人窒息的话语网络，限制并引领个体的思维。一种话语秩序在强制地塑造民众的心灵，吞噬私人话语、个性话语，规范个体的言行和精神世界，并且悄悄地改变人们的价值观。在日瓦戈看来，成为时代流行话语的"世界规模""建设世界""过渡时期"这些只寄寓于未来的大话、空话营构了一种充满幻觉且极具压迫性的社会秩序。盲目的"偶像""信仰"等理念以一种强烈的"世界性"信念作支撑，却缺乏现实生活中最自然、最神圣的规约，它们与昔日的偶像崇拜毫无二致，都远离日常、生活、生命与生存。这种不切合实际的乌托邦话语是"杜撰出来的幼稚闹剧"，它不可能代替真正的生活，"既无任何存在的价值，又缺乏明确的含义，生活本身正是迫切需要摆脱这一切"（135）。

除了流行的时代话语，更有当局颁布的数不清的严酷公告、法令、条规、决定、报告，时刻提醒人们一种权威话语准则和规范的不可抗拒性：

> ……看挂在街上的法令也是很要紧的事。那时，这可不是闹着玩的。由于无知而违犯某项行政命令可能会送掉性命……墙上各式各样的印刷品贴了一大片。
>
> 墙上贴有报刊文章、审判记录、会议演说词和法令……但这些永无止境的单调的重复把尤里·安德烈耶维奇的头弄昏了。（369）

在日瓦戈看来，所有这些政治法令、宣传标语之所以虚幻而有害，是因为它们根本不符合客观实际的情况，无视人们的正常生活，并且营构出一种紧张的压抑力量，压制、排斥个人的情感意志。在这样一种心灵困扰和精神忧虑中隐藏着作家的一种强烈的对个体人格和情感的精神诉求。

与日瓦戈一样，女主人公拉拉也发现了这一话语秩序的虚妄性："那时谎言降临到俄国土地上。主要的灾难，未来罪恶的根源，是丧失了对个人见解价值的信念。人们想像，听从道德感觉启示的时候过去了，现在应当随声附和，按照那些陌生的、强加给所有人的概念去生活……"（391）

从历史的视角看，看待社会生活不仅要站在时代之巅俯瞰沧桑之变，更为重要的是从历史渊源中寻求现实发展进步之根。正视民众的生存生活需求，保障民众的权利，尊重社会成员的主体地位，才是带有根本性、全局性、稳定性和长期性的时代命题所在。倘若在政治话语统辖一切的权威面前，个体放弃自己的声音，按照规定好的法令生活、思考和行动，变成毫无思考能力的庸人，则社会难以发展，文明难以进步。

小说中，游击队队长利韦里教育日瓦戈医生时说：

"然而我斗胆奉劝您一句，参加会议，同我们那些优秀的、出色的人接触，仍然能提高您的情绪。您就不会那样忧郁了……我们的失败是暂时的。高尔察克的灭亡是注定的。记住我的话。您会看到的。我们必胜。打起精神来吧。"（331）

而日瓦戈的回答是：

"你们思想的主宰者爱说成语，但主要的一条却忘记了：强扭的瓜不甜。他们特别习惯解放并施恩于那些并不曾请求他们解放和施恩的人。您也许认为，对我来说，世界上最好的地方莫过于你们的营房以及跟您呆在一起了。我大概还应祝福您，为了我被囚禁向您道谢，因为您把我从我的家庭、我的儿子、我的住宅、我的事业以及我所珍爱并赖以为生的一切当中解放出来了。"（332）

　　话语暴力没有使日瓦戈变成政治意志的顺从者和执行者，人性从未迷失于虚妄的概念之中。他没有接受主流话语的规约，而是一直进行着力所能及的自我抵抗。他逃离话语中心——莫斯科，远走乌拉尔，挣脱游击队的桎梏，努力活在一个没有"红白争斗"的世界中，回归自我，坚守个体价值。日瓦戈、冬妮娅、拉拉、安季波夫等人物的人生悲剧恰恰是个体生存权利、生命尊严、精神自由被话语强权剥夺的悲剧。需要指出的是，帕斯捷尔纳克没有仅仅停留在反话语暴力的叙事上，他还将这一叙事转换到了对个体基本生存权利、生命尊严、精神自由合法性的阐释、确证、捍卫上。从这一转换中我们可以发现小说深层的叙事语义——个体的基本生存权利、生命尊严和精神自由是如何被权力政治遮蔽的，健康、平和、友善的人与人之间的关系是如何被斗争、屠戮摧毁的，正常的家庭生活是如何被社会的政治运动取代的。

　　帕斯捷尔纳克深谙文学家的使命和文学的本质与功能，他以个体的生命叙事质疑社会变革中的暴力，但他的目的不是诋毁革命。日瓦戈没有区分白军、红军的对错善恶，他无差别地拯救一个个生命，没有在阶级立场正确与否的问题上徘徊。日瓦戈身后的帕斯捷尔纳克站在更高层面上思考这样的问题：时代的风暴到底给人们带来了什么？在人类社会发展的整个进程中应该关注什么？什么是社会前进的基本动力？什么是人类幸福的基本要素？刘再复先生说："所谓文学立场的质疑，不是说质疑革命的正当性，革命作为现世的拯救自然有它的理由。文学立场的质疑关乎良知，就像所有现世拯救有它的迷失和偏差一样。帕斯捷尔纳克天才地捕捉到了这一切，这种对人类事务和人心的洞察依靠的不是知识学的立场，而是艺术家的良知和心灵体验。"[1]

作家在对形形色色的暴力进行终极追问的同时，还表现出一种自我忏悔的内省精神。长久沉浸于诗歌和翻译创作的帕斯捷尔纳克一直到二战之后才真正意识到他所肩负的历史责任，《日瓦戈医生》寄托着他的家国之思、黍离之悲。小说通过展现历史时代之悲引出作家对民族乃至人类未来的宏大思考，概念的历史主义在向具体的人道主义回归，虚妄的现代主义在向真实的乡愁主义回归，群体的、社会的语境主义在向个人的文本主义回归。这就是作家的反暴力历史责任感所在。

帕斯捷尔纳克在给一位美国诗人的信中写道："当我写作《日瓦戈医生》时，我时刻感受到自己在同时代人面前负有一笔巨债。写这部小说是偿还债务的尝试。当我慢慢写作时，还债的感觉一直充满我的心房。多少年来我只写抒情诗或从事翻译，在这之后我认为有责任用小说讲述我们的时代——那是遥远的过去，但它仍然浮现在我们眼前。时间不等人，我想把过去写进《日瓦戈医生》之中，并对俄国当年美好而又敏感的一面给予公正的评价。无论是过去的岁月，无论是我们的父辈或祖辈，都一去不复返了，但在未来的繁荣之中我预见到了他们的价值的复苏。"[2]从某种意义上来说，《日瓦戈医生》是帕斯捷尔纳克的"忏悔录"。

---

1. 刘再复，林岗：《罪与文学》。北京：中信出版社，2011年，第93页。
2. 帕斯捷尔纳克：《人与事》，乌兰汗、桴鸣译。北京：生活·读书·新知三联书店，1991年，第365页。

他试图通过写作"还债"，以此激发自我的、民族的罪感意识，呼唤人性良知的回归。"忏悔的态度正是超越的态度，它引导人们从灾难的具体责任范围里超越出来，在道德责任的范围里诉诸良知再反思责任问题。"[1] 忏悔的态度之所以超越，就在于它要追问的并不是"谁之过"这样一些具体的责任问题，"而是从良知上感受到自身是在一个人与人息息相关的社会里，一切苦难与悲剧都与我相互关联，在这种甚深的感知中领悟到灵魂的不安，听到灵魂的呼唤"[2]。帕斯捷尔纳克用一种超越的视角反思那个动荡的时代，他没有追究造成社会灾难、人的精神堕落的元凶首恶，而是以一种忏悔、反思的态度看待历史事件，发出充满良知的呼声。作家瓦尔拉姆·沙拉莫夫曾对帕斯捷尔纳克说："我从未向您提及，我一直认为，您就是我们时代的良心，正如托尔斯泰之于他的时代。"[3]

斯洛宁指出："整部小说（指《日瓦戈医生》——笔者注）是关于历史的宏阔的思考，或者，更准确地说，是关于将人类的意识、良心和善与历史的暴力和残酷做区分的宏阔思考。只有在充满斗争的、不公正的、残酷的世界里保持这种意识，人才能成为人，并且找到常常被事件的铁锤毁灭的真理的足迹。"[4]应该看到也必须指出的是，尽管小说中有很多因为各种暴力造成的苦难、悲剧、杀伐、死亡，但是读者仍然可以在小说的结尾看到"曙光的到来""自由的征兆"。因为有爱的存在，社会仍在前进，人类依然在绵延，文明依然在进步。

1. 刘再复，林岗：《罪与文学》。北京：中信出版社，2011年，第128页。
2. 同上书，导言第19页。
3. 冯玉芝：《帕斯捷尔纳克创作研究》。北京：人民文学出版社，2007年，第135页。
4. Слоним М. Л. Роман Пастернака // Критика русского зарубежья. М.: АСТ, Олимп, 2001. С. 138.

第二节　自由个体叙事

帕斯捷尔纳克有关国家与自由个体问题的思考构成了长篇小说《日瓦戈医生》最为显在的叙事话语之一。《日瓦戈医生》的核心内容是日瓦戈的人生命运以及他是如何认识生活和对待生活的。小说向读者讲述了一个知识分子在社会转型期所经历的生命苦旅及存在之殇，自由伦理的个体叙事令苏联社会震惊，让全世界读者震撼，被美国的帕斯捷尔纳克研究权威威尔逊称为"人类文学史和道德史上的重要事件"[1]。

由"自由主义"这一哲学、政治史术语引申而来的自由伦理的"个体叙事"以个体的生命故事为描述对象，表达自由的生命存在。作者让他笔下的人物在面对生存疑难时，坚守个人价值判断的自由权利，做出符合其自我意愿的选择。自由伦理的个体叙事不去说教，不进行"是非"责任的裁定，不发出应该怎样的道德指引，不塑造客观历史规律的代表人物，而是让人坚守生命的自我。作者在精神维度上维护了个体的自由与尊严，展现了生命的温暖与诗意。

文化的文学中心主义形态、文学强大的意识形态功能、功利主义的经验哲学使得俄罗斯文化与文学具有国家主义思想背景。国家的命运、民族的历史、民族的苦难、民族的精神成为相当多的作家关注、思考、叙说的核心内容。在虚构的文学世界里，作家集体无意识地强化着国家的、民族的、社会的、集体的元素。文学的国家和民族塑型成为相当多的作家在解释历史与现实、评价事件、体察人性时的一个非常重要的美

---

1. 赵一凡：《埃德蒙·威尔逊的俄国之恋——评〈日瓦戈医生〉及其美国批评家（哈佛读书札记）》，载《读书》，1987年第4期，第35页。

学追求和价值取向。故而，"国家主义"的伦理叙事成为俄罗斯文学叙事伦理的一个重要形态，而自由个体的文学叙事却在不同时期被不同程度地边缘化了。巴耶夫斯基说："俄罗斯的经典长篇小说——日常生活的、心理的、社会的、家庭的、历史的——都充满了国家主义（国家性）。以长篇小说为创作体裁的我们的作家们都以卡拉姆辛、恰达耶夫、索洛维约夫、克留切夫斯基这些经典的历史思想家的观点武装自己。俄罗斯长篇小说这一传统的始作俑者是普希金。"[1]巴耶夫斯基认为，不管这些历史学家和哲学家提出的历史理性具有怎样的内涵，他们都有一个共同点，那就是倡导国家的、民族的、社会的历史伦理，即把人们召唤到有着深厚民族历史文化传统的社会现实中来，让俄罗斯人的行为符合国家的、民族的发展需要，让个体不要在社会历史的发展进程中迷失。

多面的普希金也表现出强大的国家主义情怀。诗人的创作中确实存在着被俄罗斯文学史家讳莫如深的鄙弃下层民众、鼓吹泛斯拉夫主义甚至为沙皇歌功颂德的诗歌，如《荒原的自由播种者》《斯坦司》《致俄国诽谤者》《波罗金诺周年纪念日》等。诗体小说《叶甫盖尼·奥涅金》的创作始于危机四伏的时期——十二月党人起义的前夕，结束于"举国沉默、全民失望"的尼古拉一世时代。此间正是普希金的社会历史观渐趋成熟的时期，他的创作由浪漫主义走向现实主义。作家通过对奥涅金无为的人生和悲剧性情感的描叙表达了一种通过纠正现实来寻求社会拯救和贵族知识分子拯救的叙事思路与伦理关怀。它深刻地影响了19世纪俄

---

1. Баевский В. С. История русской литературы XX века. М.:Языки славянской культуры, 2003. С. 281.

罗斯现实主义小说的伦理叙事。在历史长篇小说《上尉的女儿》中，这一叙事伦理有了更为国家化的体现。沙皇军官什瓦布林倒向农民起义军领袖普加乔夫的行为被作家视作不可饶恕也无法予以辩护的背叛，与此相反，他对格利涅夫在同样境遇中所保持的忠于沙皇君主的贵族立场与军人气节表达了由衷的赞美。小说还强调格利涅夫与为国捐躯的白山炮台司令女儿玛莎的爱情和幸福生活是在女皇叶卡捷琳娜二世的恩庇中才得以圆满的。

普希金之后的屠格涅夫、托尔斯泰、高尔基、索尔仁尼琴等作家都有深深的社会情结、民族情结、人民情结。他们都在社会的危机、民族的危难和人民的痛苦中看到了文学家的使命与文学的拯救价值，并传播着他们所认定的道德意识和伦理诉求。俄罗斯文学经典所提出的一系列社会命题，如"谁之罪？""怎么办？""谁能在俄罗斯过好日子？""钢铁是怎样炼成的？""你到底要什么？"等，都是作家代表社会、民族、人民提出的道德问责命题；而经典所塑造的一系列人物，如"小人物""多余人""当代英雄""死魂灵"等，都是在国家化的生存规范中陷入生存困境或道德困境的人。这类小说中关于自由个体的叙事元素较为淡薄，而国家的印记清晰可见。

无疑，托尔斯泰是19世纪俄罗斯文学中最具"生活召唤力"与生命深度、厚度的作家之一，在他的创作中也表现出深厚的国家主义情怀。《战争与和平》中安德烈、皮埃尔、娜塔莎之所以成为俄国贵族青年的优秀代表，原因之一是他们对国家政治与社会道德伦理的认同。以对个体的灵魂探究为己任的陀思妥耶夫斯基对人性的善恶、真假、美丑做出了判断、抉择，但他对个体尊严、生命价值、个人权利、个体自由的关注与追求是以基督思想为归宿的，即他用基督的神性来规定人的个性的可能性。因此刘小枫说:"陀思妥耶夫斯基或卡夫卡……这两位昆德拉推崇的小说大师,都不是人义论的,而是神义论的自由主义小说家:在他们那里,个人的账簿仍然保存在上帝的宝座边。"[1]

有俄罗斯批评家指出,19世纪俄罗斯作家的叙事伦理中还有一种与国家主义互为表里的反自由主义的思想倾向。文学作品中具有自由主义思想倾向的人物大都与虚无主义、无政府主义、暴力恐怖有着天然的联系。当代文学批评家伊凡诺娃说:"如果将俄罗斯的自由主义之根(诺维科夫、拉吉谢夫、赫尔岑)与反自由主义传统进行比较,那明显可以看到俄罗斯历史上的自由派都是与'革命思想'对接的。而在反自由主义的文学中都有不同程度的对俄罗斯自由主义者的怪异的描写,对自由派(包括对他们似乎脱离俄罗斯现实的生活方式)的漫画式的讽刺。比如在陀思妥耶夫斯基和托尔斯泰、屠格涅夫和萨尔蒂科夫-谢德林以及契诃夫和高尔基的小说中。"[2]

国家主义伦理在苏联时期的小说叙事中得到了强化。时代的总体性要求使苏联作家从个体走向社会、国家,国家主义原则更明确地被具体化为忠诚于国家意识形态的社会主义现实主义的文学叙事。《铁流》、《毁灭》、《钢铁是怎样炼成的》、《新垦地》(第一部)等作品就是宣扬国家主义的典范之作。与此同时,也有相当多的作家以各自的方式展现了人在追求个体自由、违逆国家意志的道路上受到的阻碍。可以看出,苏联时期文学叙事的主流伦理取向是国家意识、理性意识,而非个体意识、生命意识。

---

1. 刘小枫:《沉重的肉身(第六版)》。北京:华夏出版社,2012年,第165页。

2. Иванова Н. Б. Невеста Букера. М.: Время, 2005. С. 87.

　　固然，上述话语并非否定俄罗斯文学传统中自由个体伦理叙事的客观存在与创作成就。如果像俄罗斯批评家所说，普希金是国家主义伦理叙事的"始作俑者"，那么我们同样可以确切无疑地说，这位伟大的诗人还是俄罗斯文学传统中自由个体伦理叙事的确立者。以人的全面发展、和谐美好为价值追求的契诃夫在创作中从未掏空生活的意义，从未舍弃对个性、自由、生命的价值探究。即使像屠格涅夫这样的具有高度时代感和社会感的作家也对生活充满向往和期待，对个体价值进行思索，他以神秘主义方式呈现的小说也始终弥漫着朝阳般的诗意。在苏联文学中也存在另外一类小说，如《大师与玛格丽特》《静静的顿河》《一个人的遭遇》《骑兵军》等作品，它们讲的是人的生命故事和深度情感，是对生命本体价值、意义的探究。《静静的顿河》中的葛利高里就是一个坚韧地向往自由、珍视生活和坚持自我的人。然而，这样的作品没有成为苏联文学的主体。深厚的国家主义叙事传统使得这个时期的自由个体伦理叙事被边缘化了。

　　《日瓦戈医生》产生于苏联小说国家主义伦理叙事的文学语境中。其他创作于同时期的大部分小说，无论是爱伦堡的《解冻》、奥维奇金的特写《区里的日常生活》、田德里亚柯夫的《死结》，还是同样具有恢宏气势的列昂诺夫的长篇史诗《俄罗斯森林》、肖洛霍夫的《新垦地》(第二部)、柯切托夫的《茹尔宾一家》等在当时产生了重大影响的作品，都以不同方式表达了对个人意愿与历史需求关系的新思考，表达了社会对个体承担责任的新诉求，但是这些小说塑造的仍然是被模式化了的"正面主人公"，仍然没有摆脱把"正面人物"加以理想化、诗意化的窠臼。在这样一种主流的文学叙事话语中，帕斯捷尔纳克发出了一种"异质"的声音。他没有遵循苏联时期众多作家的叙事逻辑，没有附和时代的总体话语，而是在苏联小说叙事的国家、民族、社会的维度之外，重构起一个关怀存在、追问个体生命意义的叙事维度。帕斯捷尔纳克以其对生命个体存在之殇的深切体验、对个体生命价值的高度尊重与关切、对自由精神的现代性体悟，在《日瓦戈医生》中坚持了一种鲜明的自由个体的小说叙事伦理。

首先，小说采取的是一种"个体叙事"。帕斯捷尔纳克写出了轰轰烈烈的大时代中的个体——日瓦戈的向往、追求、情感及生命存在的价值。小说叙事的核心是日瓦戈、拉拉和其他人物的一个个生命故事，是他们独有的生命热情、情感生活、人生变故，以及种种内在的心灵事件。文学批评家谢有顺说："文学是个体叙事，叙事伦理也应该是个体伦理，它呈现的应该是'模糊'时代中清晰的个人……如何把个人从'群众'中拯救出来，使之获得个体的意义，这是文学的基本使命之一。"[1]

"个体叙事"中的人生描写大都充满了偶然性。小说中每一个人的人生都是由一个个偶然的、千差万别的生活事件构成的。一个人遭遇的不幸或无意中给别人造成的不幸都远远超出人的主观意志和情感意愿。与此同时，人的生命感觉和生存态度又是高度个体化的，是个体性情的必然，它决定了个体的生活道路选择。从为母亲送葬的十岁少年到突然倒毙街头的三十六岁医生、诗人，日瓦戈短暂的一生始终在漂泊动荡之中。无论在莫斯科，还是在乌拉尔；无论在前线战场，还是避难在山林；无论是与拉拉的相遇，与安季波夫的邂逅，还是与马林娜的结合，日瓦戈始终犹如生活海洋中的一叶小舟，听任海上风暴的袭击。然而，他一

---

1. 谢有顺：《铁凝小说的叙事伦理》，载《当代作家评论》，2003年第6期，第28页。

直都按照自己的心性，听从生命的感觉行事。他一生都在逃离、回归的路途中，逃离动荡的社会现实，回归属于自我的精神家园。小说中其他人物的生命故事也莫不如此。拉拉与安季波夫的相遇、结合、别离都缺乏小说描叙应有的逻辑铺垫与情节发展的规定性，显得仓促、突兀。拉拉与日瓦戈的最终别离令读者费解、不知所措。而对拉拉伤害甚深的科马罗夫斯基的突然出现以及她匆匆追随科马罗夫斯基的远东之行也像是鬼使神差，让人不得要领。日瓦戈在瓦雷金诺偶遇了一个叫西玛的女人，这个令他赞叹不已的女神学家俨然是个天外来客。作家通过这样的"偶然性"叙事试图说明，生活并非按照人的理性来设计，一个个事件都是由偶然的机缘促成的。此外，小说中事件与事件之间、人物与人物之间也常常缺乏传统现实主义小说中通常应有的逻辑关联。日瓦戈及其他不同人物的生命故事正是因为其偶然性，所以显得很真实，也很人性。有批评家说："在《日瓦戈医生》里，人是通过他的个人的单一性来表现的，他的生活不是用来说明历史事件，而是作为一场独特和奇异的冒险，是在人的知觉、本能、思想和精神反抗的现实中发生的。"[1]小说描叙的对象不是社会的政治法理，不是理性的观念世界，而是具体可感的个体生命世界和生命之谜。作者要解析的是人的个体、人的生命之谜，正如小说中所说，日瓦戈医生的人生"凝聚着我们竭力探索的巨变的秘密和生命之谜"（471）。

　　除了小说"个体叙事"的形式，更值得我们关注的是小说中"个体叙事"的方法。《日瓦戈医生》不以具体书写20世纪俄罗斯的社会变革为

1．马克·斯洛宁：《苏维埃俄罗斯文学》，浦立民、刘峰译。上海：上海译文出版社，1983年，第241页。

目的，小说中零散的、破碎的、模糊的甚至寥寥数语交代的关于四次战争、三次革命的描叙只是大概勾勒出俄国的社会历史形势。几个与主人公日瓦戈有着重要关联的女性——冬妮娅、拉拉、马林娜，几乎都与社会变革没有直接的关联。小说勾魂摄魄、令人唏嘘不已的不是人物在革命、战争中的经历，而是日瓦戈、拉拉、安季波夫等人在社会动荡的大背景下的个人命运以及情感经历中的人伦纠葛。小说作者采用的不是讲革命故事的方法，他采用的是伦理故事的讲法。两者的区别在于，前者有一种主导的叙事声音——叙说革命的必然和消灭反革命的必要，其他声音都是为应和这一声音服务的，采用这一方法的作品有《铁流》《恰巴耶夫》《苦难的历程》《毁灭》等；而后者却是让小说中的一个个思想家式的人物（人物是思想的载体）讲故事，讲自己或别人的故事、与革命有关或无关的生活故事、个体与外在世界的关系等，读者可以通过人物讲述的故事做出自己的价值判断。

小说中安季波夫的故事令读者震撼和唏嘘之处，不是他作为天才红军将领的功勋、业绩（实际上小说对此只有间接的、多通过其他人之口的介绍），而是他对待情感、生命、幸福的态度，是他寻找生命价值的波澜起伏的人生旅程。他深爱着拉拉，这个工人子弟为了拉拉上了大学，又为了能与拉拉在一起而当了教师；他拼命读书，最终也是因为拉拉走上了革命的道路。安季波夫在结婚当晚，得知妻子曾被科马罗夫斯基蹂躏的事实。拉拉的经历极大地伤害了他的自尊心，让这个男人觉得生活在羞辱之中。他认为必须离开家，离开妻子，到没有人认识他的地方去。于是，他怀着复仇的目的隐姓埋名，投身战场。从安季波夫的故事中可以看出，他是为了化解私人的痛苦才踏上革命之路的。如他自己所说，打仗是"以便为她（拉拉——笔者注）所忍受的一切痛苦彻底报仇，洗清那些悲伤的回忆，以便过去永远不再返回，特维尔大街和亚玛大街不再存在"（444）。为摆脱个人的生命痛苦而起来干革命的情感伦理在苏联文学中可以说是极少存在的。

为了复仇，安季波夫全身心地带兵打仗，甚至炮轰住着妻子、女儿的尤里亚金，很快成了使人闻风丧胆的斯特列利尼科夫。但他逐渐开始后悔自己所做的一切，"想回到原先那种被中断了的生活"（247），因为他最终发现，"我们把生活当成战役，我们为自己所爱的人移山倒海"，结果却是"除了痛苦外我们没给他们带来任何东西"（441）。在从军的六年生活里，对妻子、女儿的思念之情始终是他的未了之情。这个表面上心狠手辣、毫无情感的军官说："我需要付出多大的毅力才能克制住奔向她们跟前，看见她们的愿望啊！……现在只要能再见她们一面，我愿付出任何代价……"（444）这是他在日瓦戈面前倾诉的衷肠，其情之切、其意之坚，可见一斑。六年后，他带着对往事的回忆以及对自己的彻底否定，带着未能解脱的痛苦和新的精神创伤回头寻找妻子和女儿，他不顾生命危险，独身闯入瓦雷金诺。最终他听从内心的道德意识，以自杀的壮烈形式结束了自己的生命。爱情与亲情拯救了他的人性与人伦。情感伦理是塑造安季波夫这一人物的核心叙事伦理，也是最打动读者之处。

自由个体的叙事伦理激发的是个体的伦理感觉，一种独特的生命感受与情感。小说还塑造了两个知识分子形象——日瓦戈儿时的好友戈尔东与杜多罗夫。早年，他们用浪漫主义的道德理想来填充青春的激情，成年后丧失了自我鉴别能力的两人仍把时代的道德理想当作自己的追求，他们的一生都是在"那种昨天好、今天好、永远好、就是好的音乐当中度过的"（461），最终时代吞噬了他们的生命个性，造就了他们的奴性人生。戈尔东、杜多罗夫和日瓦戈对时代、人性、道德等问题的看法不同。从西伯利亚流放归来的杜多罗夫说，经过时代的洗礼，他最终"脑筋清醒，政治上受到再教育，擦亮了他的眼睛"（461），这些时代流行的话语也深得戈尔东的赞赏。而日瓦戈却说："不自由的人总美化自己的奴役生活。"（461—462）他认为，政治文化形成的外在压抑性力量成为两人生存苦难与精神苦难的深层根源，致使他们患上了这种时代流行的"社会病症"。戈尔东、杜多罗夫与日瓦戈有着截然不同的生命态度和生活理念。作家通过他们的人生表明，唯时代话语是从，不听从内心的声音，必然丢失生命的自我。在小说的尾声中，这两个知识分子有所醒悟，感受到了心灵自由的到来。

帕斯捷尔纳克写作的最终目的是以个体的自由主义精神反对形形色色专制的"真理"，以捍卫脆弱的个体生命及其生存的权利。米兰·昆德拉说："小说作为建立于人类事件相对性与暧昧性之上的世界的表现模式，跟极权世界是不相容的……一个建立在惟一真理上的世界，与小说暧昧、相对的世界，各自是由完全不同的物质构成的。极权的惟一真理排除相对性、怀疑和探询，所以它永远无法跟我所说的小说的精神相调和。"[1]在昆德拉看来，反专制真理的小说精神是现代小说的本质特征。正是在这个意义上，《日瓦戈医生》是充满自由伦理精神的现代小说典范。

与专制伦理相反，作家通过日瓦戈的人生故事提出了"生活才是真理"的伦理思想。这一思想不探求生命形而上的意义，而从生活、生命的本身寻找其最原初的价值与意义。小说中两个重要的知识分子人物形

---

1. 米兰·昆德拉：《小说的艺术》，董强译。上海：上海译文出版社，2014年，第18页。

象——安季波夫与日瓦戈生存的差异在于：前者一直在为他所认定的"正义的事业"战斗，忘记了生活本身的价值与意义；后者始终追求的是一种安宁、平静、质朴、真实、自然的生活。日瓦戈把他对生活和生命真理的理解写在了瓦雷金诺札记中："从清晨到黄昏，为自己和全家工作，盖屋顶，为了养活他们去耕种土地，像鲁滨孙一样，模仿创造宇宙的上帝，跟随着生养自己的母亲，使自己一次又一次地得到新生，创造自己的世界。"（274）日瓦戈没有为自己设定伟大的目标和理想，而是在朴实、简单的生活中寻找瞬间的真实，捕捉此刻的幸福，发现生活的真理，实现自我的完善，用自己双手的创造获得新生。日瓦戈的理想闪耀着真实生活的光泽，"如今我的理想是家庭主妇，我的愿望是平静的生活，还有一大砂锅汤"（282），普希金朴实无华的诗句成了日瓦戈的生命理想。

　　"人生来是为了生活，而不是为了准备生活的。"（Человек рождается жить, а не готовиться к жизни.）[1]这是日瓦戈始终坚持的一条生命原则。在他心中，生活是美好而神圣的，因此他说："生活本身、生活现象和生活的天赋绝对不是开玩笑的事！"（293）女主人公拉拉对此也感同身受，她认识到要"信赖最主要的东西，即生活的力量、美和真理，让它们而不是让被打破了的人类各种法规来支配你，使你过一种比以往那种平静、熟悉、逸乐的生活更加充实的、毫无遗憾的生活"（123）。不同人物的人生产生了不同的命运，安季波夫失去了爱情，毁掉了家庭，错过了幸福，失落了人生，而日瓦戈和拉拉赢得了爱情，尝到了生命的快乐，获得了心灵的自由与安宁。

1.　Пастернак Б. Л. Доктор Живаго. М.: Эксмо, 2008. С. 346.

需要指出的是，小说中的自由个体伦理叙事并非个人中心主义叙事。帕斯捷尔纳克没有把日瓦戈塑造成一个充满狂热激情的革命者，但也绝没有把他塑造成一个自我中心主义者，从日瓦戈大学毕业后的职业选择就可以看出这一点。历史和艺术对日瓦戈有极大的吸引力，但他仍然选择了医生这一职业，因为他认为"在实际生活中应当从事对公众有益的工作"（63）。

小说中有一个细节，一战结束，战地医生日瓦戈坐火车从前线回莫斯科，在火车上一个年轻猎人送给他一只野鸭。在闹饥荒的日子里，这只肥鸭变成了难得一见的奢侈品。在只有野鸭和酒精的家庭晚餐聚会上，日瓦戈思考了很多。

> 最引人伤感的莫过于他们的聚会和现时的条件完全不和谐。不能设想街巷对面那一幢幢房子里此时此刻人们也会有吃有喝。窗外就是黝黑沉寂的、饥饿的莫斯科。城里的小吃店空空如也，像野味和伏特加这类东西，已从人们的记忆中消失了。
>
> 看来，只有和周围的生活相似并能不留痕迹地融合其中，才是真正的生活；单独的幸福并不成其为幸福，因为鸭子和酒精在全市已经是独一无二的东西，所以也就失去了鸭子和酒精的滋味。这是最最令人烦恼的。（170）

与他人融合在一起的生活才是真正的生活，大众的幸福才是真正的幸福。日瓦戈的这一想法表明，他始终心系他人，他对自我、社会、时代的思考始终与人民大众所期冀的正常、安宁的生活维系在一起。小说后来的叙事中，他之所以对革命发出由衷的欢呼，称其是一场"高超的外科手术",“割掉了发臭多年的溃疡”,是因为他看到了沙皇制度的罪恶以及沙皇统治下人民大众的不幸与痛苦。他期盼革命能把几百年来给大众带来深重苦难的“非正义”彻底荡涤干净,期待革命能使每一个人获得新生,过上幸福的生活。革命爆发后,当旧秩序和新生活还不合拍,难耐的冬天来临之时,众多医生为了各自的利益纷纷辞职,而日瓦戈却选择留在医院里继续服务,“他做好了牺牲自己的准备,为的是让一切都好起来”(179)。这个心系祖国、民族命运,关心人民疾苦、社会发展的具有责任感的知识分子,以自己的行动支持着社会变革。日瓦戈不是陷入自己小天地中的软弱的知识分子,他始终以一颗善良和博爱之心关注并表达着众生的苦难,他心中时时牵挂着人民,同时放眼祖国与世界、民族与人类。

即使在情感和艺术创作领域,日瓦戈也不是唯我的,主导他行为的是一种对他人的爱、理解、宽容、体谅与尊重。他说:“如果我所敬爱的并同我精神相近的人爱上我所爱的那个女人,我便会对他产生一种可悲的手足之情,而不是争吵或竞争。我当然决不会同他分享我所钟爱的对象,但我会怀着完全不同的痛苦感情退让:这种感情不是嫉妒,不是那么火辣辣的和血淋淋的。我同艺术家接触的时候,只要他在与我类似的工作中以优越的力量征服了我,我也会产生同样的感觉。我大概会放弃我的追求,因为这种追求所重复的正是他已胜过我的尝试。”(386)

需要指出的是,日瓦戈主张和追求的大众的幸福建立在个体尊严、自由、幸福与生命和谐的基础之上,即对个体生命价值高度尊重的基础之上。日瓦戈认为,任何社会变革都应该始终以尊重个体、生命的本质属性——自由和尊严为前提。任何一场目标远大的变革都要以个体的幸福为归宿，不能离开最本质的东西：个人的真实生活，一种自由的、不受任何强制的生活。日瓦戈是一个不断追问自身生命存在意义的思想者和精神探索者。小说中，他自始至终都在思考这样的问题：个体的生命意义与价值何在？个体的尊严与价值如何才能真正实现？他认为，只有维护个体的尊严，才能维护民族和人类的尊严；只有实现个体的拯救，才能实现民族和世界的拯救。

帕斯捷尔纳克以自由个体的生命伦理叙写了一个个生命故事。作家没有让他笔下的主人公用时代的伦理道德束缚自己的人生，而是尽情地让他们的生命在现实中恢复个体的真相。帕斯捷尔纳克所关注的是对个体生命的关怀、对灵魂的抚慰和对人性的剖析。这种叙事伦理的建立为俄罗斯文学重新走向个体生命体验提供了一个范本。作家从批判、谴责、愤怒等简单的情感中超脱出来，没有将自己的视野局限在"是"与"否"、"对"与"错"的现实关怀的判断之上，而是以生命的宽厚和人性的包容来考察、反思人与事。在小说的自由个体伦理叙事中，作家所关注的是历史中的人，也是人的历史；不再只是铁与火，还有血与泪；不只是英雄交响乐，还有悲怆奏鸣曲。

刘再复先生说，"文学是超越的，它的超越首先在于它是个人的。就是说，文学的超越视角首先是一种个人的视角"[1]，"文学作品中的灵魂，归根结底，应当是个体的灵魂，也就是体现在每个生命个体身上的灵魂，而不是群体性的民族灵魂……文学更多地应当是展开生命个体的灵魂冲突。灵魂本来天生是属于个人的"[2]。刘小枫也表达过相似的观点，他

---

1. 刘再复，林岗：《罪与文学》。北京：中信出版社，2011年，第97页。
2. 同上书，导言第7页。

说："也许，所谓小说'存在的唯一理由'，就是个体偶在的喃喃叙事，就是小说的叙事本身，在没有最高道德法官的生存处境，小说围绕某个个人的生命经历的呢喃与人生悖论中的模糊性和相对性厮守在一起，陪伴和支撑每一个在自己身体上撞见悖论的个人捱过被撕裂的人生伤痛时刻。"[1]两位学者都把小说中对个体生存与灵魂的关注和尊重看作文学存在的本质，作为他们评价一部作品深刻与否的尺度和标准。个体叙事、生命叙事、灵魂叙事正是帕斯捷尔纳克在《日瓦戈医生》中坚持的书写方式。他通过对主人公的自由个体书写，以其独有的个体叙事方式填补了长期以来苏联文学中缺失或被边缘化的自由个体伦理叙事。作家将主人公悲剧性的个体生命体验投射到整个文学，这对苏联文学的叙事伦理传统有着重要的现代化更新意义。

第三节　神性叙事

艺术叙事的基本维度并非单一的，而是多重、多维、多义的。卡尔维诺在向新千年推荐新的小说伦理价值时指出，"叙事的繁复，则是一种理解的伦理，让自己陷入多维关系网，充分理解生活释解的多重性和多面性。生命的多面性正是现代伦理的终极世界……"[2]

俄罗斯文学中存在两个叙事的基本维度——叙事的世俗维度和叙事的超越性维度，即神性维度。叙事的世俗维度是指作者认同世俗的社会道德标准（即功利的道德或价值立场）来反映或表现现实与人生，把社

1.　刘小枫：《沉重的肉身（第六版）》，北京：华夏出版社，2012年，第154—155页。

2.　卡尔维诺：《未来千年文学备忘录》，杨德友译，沈阳：辽宁教育出版社，1997年，第49页。

会通用的价值标准当成考量和审视人生、社会事件的最终依据。持世俗视角叙事的作者往往拘囿于现实功利而无法从中超脱、升华出来，他们或迎合、或抗拒现实的利害关系，让文学判断、裁定，甚至解决现实生活中的是非、对错、恩怨。与这一世俗视角相反，俄罗斯文学经典中还存在着一个超越性维度，这个维度摈弃了功利性原则，作家用心灵的良知，以宗教神性的观照来审视人的精神、灵魂。在苦难中发现希望，在罪感意识中寻求拯救，为生命树立起一个神圣的价值参照，这就是神性维度。

帕斯捷尔纳克在《日瓦戈医生》中对人类社会的诸多哲学性问题进行了深入思考，而在所有这些思考中始终贯穿着一种宗教意识，宗教神性伦理是其核心伦理。帕斯捷尔纳克创作的最终旨归不是书写政治与社会变革，在小说中他没有站在对现实问责的叙事立场上，而是采取了一种独特的伦理叙事——神性伦理。作家在小说中倡导的并非东正教的礼仪、礼数，而是一种"非神话化"的基督精神。作家曾表示，"不能从神学角度来观察这部小说"[1]，意指小说并非对某一种神学思想的阐释和演绎，但他坚持认为，作品的气氛是基督精神。作家在与瑞典斯拉夫学者尼尔松谈及《日瓦戈医生》时也曾表示："在短暂的生命中，我们每个人都应该对人类的生存条件有自己的看法。在我看来，这意味着要同19世纪的唯物观点决裂。这意味着：精神世界的觉醒、我们内心生活的觉醒、宗教的觉醒。不是作为教义或教会的宗教，而是作为切身感受的宗教。"[2]显然，帕斯捷尔纳克是把基督教精神与教会教义、礼数区分开来

1.　帕斯捷尔纳克：《人与事》，乌兰汗、桴鸣译。北京：生活·读书·新知三联书店，1991年，第359页。

2.　张晓东：《生命是一次偶然的旅行：日瓦戈医生的偶然性与诗学问题》。哈尔滨：黑龙江人民出版社，2006年，第221页。

的。宗教中的爱的精神是他笔下的男女主人公行事做人的重要原则，也是他们在生命苦难时期力量的源泉。

作家在给友人的一封信中指出，创作《日瓦戈医生》"目的在于更突出、更恰当地把基督教的实质分解出来……"[1]作家通过充满象征性的"基督形象"——日瓦戈对自我灵魂的剖析、对生命终极意义的追寻，表现了俄国知识分子所具有的一种宗教精神，这是帕斯捷尔纳克，也是苏联文学中坚持宗教精神血脉的作家们对陀思妥耶夫斯基和托尔斯泰文学精神的继承和发扬。弘扬并发展俄罗斯经典文学的这一核心意识，让文学的价值判断从现实关怀走向超验的灵魂叩问和永恒追求是帕斯捷尔纳克的小说叙事中最具信仰感与永恒意义的一种伦理价值观。《日瓦戈医生》所呈现的这一宗教神性的伦理价值观并不抽象，它在小说中有着丰富和具体的体现。

一、宗教节日的文化坐标

深入探究小说的叙事时间，我们会发现，小说中的历史时间只是串联小说情节的叙事表象，而宗教时间才是左右叙事时间的审美要素。小说中自始至终都延续着一个独特的宗教节日坐标，四季的更替、生活进程的发展，特别是人物生命成长的重要节点都是以东正教的宗教节日来呈现的，它被作者寄寓了众多深刻的文化意蕴，凸显了俄罗斯民族和个体存在所具有的基督教文化秩序。

小说是从东正教圣母节（俄历十月一日）开始叙事的：尤拉的母亲

1.　帕斯捷尔纳克：《人与事》，乌兰汗、桴鸣译，北京：生活·读书·新知三联书店，1991年，第291页。

玛丽亚·尼古拉耶夫娜的去世"正值圣母节的前夕"（5）。圣母玛利亚是给予耶稣生命的人间之母，日瓦戈的母亲与圣母玛利亚名字的暗合并非偶然，日瓦戈直面苦难、兼济天下的基督身份在此也有所暗喻。埋葬了母亲的第二天，少年尤拉在暴风雪恣肆的夜晚思念亡母而难以入眠。舅舅韦杰尼亚平给他讲起基督与人类历史的故事。小说就这样由圣母节这一宗教节日拉开了"圣母玛利亚"的儿子——"人间基督"日瓦戈充满苦难而不凡的人生的序幕。

母亲去世后，舅舅韦杰尼亚平带小尤拉到达喀山时也正值圣母节，在友人科洛格里沃夫的杜普梁卡庄园，韦杰尼亚平讲起了"信仰""不朽"与"基督历史"，从而揭开了宗教伦理中的三个核心命题。自幼受到舅舅宗教精神熏陶的尤拉在圣母节这个宗教节日里第一次双膝跪地，向上帝祷告："上帝的天使，我的至圣的守护神，请指引我的智慧走上真理之路"，接着出现了叙述者的话语，"他向上天呼唤着，仿佛呼唤上帝身边一个新的圣徒"（12）。这是幼年的日瓦戈第一次意识到生命与上帝息息相关。尤拉的第一个不无朦胧的神性意识为全书奠定了一种超越的、神性氤氲的意向和姿态。

日瓦戈成年后，小说中常提及的一个宗教节日是圣母升天节。他在一战前线当战地医生时，小说中有这样一段描写：

> 这间阳光充足的明亮的主治医师办公室，四壁粉刷得雪白，洒满了金色秋天圣母升天节以后这段时间才有的那种奶油色的阳光。在这个季节，清晨已经让人感到微冻的初寒。准备过冬的山雀和喜鹊，纷纷飞向色彩缤纷、清新明快的已渐稀疏的小树林。这时的天空已经高悬到了极限，透过天地之间清澈

的大气，一片暗蓝色冰冷的晴朗天色从北方延伸过来。世界上的一切都提高了能见度和听闻度。两地之间声音的传播十分响亮、清晰，而且是断续的。整个空间是如此清明透澈，似乎为你打开了洞穿一生的眼界……（179—180）

这段细腻、通透的自然景致描写表达了日瓦戈心中充溢的无限的生命诗意。大自然已经成为一种可解人意，与人声息相通、心灵相通的世界。大自然与日瓦戈有着圆融无碍的和谐，她透着温情，给他以力量与生命的神力。金秋的圣母升天节与其说是深秋、初冬的时节表述，莫如说是一种摆脱世俗混沌，进入清明透澈、洞察一生后的精神状态的呈现，这是日瓦戈医生在前线医院里回应时代情绪、进行诗歌创作时拥有的一种状态，是他与永恒世界之间时而出现的一种神秘的精神呼应。他既有兼济天下的博爱之心，又在潜意识中对文学之乡心怀感念，聆听抵达精神深处的絮语，以此获得生命的超越，抵御外在世俗人生的纷扰，达到心灵疗救的目的。这里，圣母升天节失去了自然时间的意义，而成为人物心灵状态的一种表征。在日瓦戈看来，艺术想象与文学创作是宗教精神的具象与外化形式。

除了日瓦戈，小说的女主人公拉拉生命中的重要节点也都发生在宗教节日里。正是在1911年圣诞节那天，拉拉做出了一个重大的决定，她要"自己去过独立而孤单的生活"（74），也正是在圣诞节这个在东正教中具有特殊意义的节日的夜晚，她才决计开枪打死凌辱她的科马罗夫斯基。这意味着，拉拉在沉沦的羞耻与忏悔中开启了新的生活和新的生命。

与圣母升天节、圣诞节相比较，俄罗斯东正教中的复活节似乎有着更为深刻的宗教意蕴。它一次次地出现在小说人物的话语和叙述者的叙说中，在小说中形成了独特的"复活节时空体"，在小说宗教文化图景的构建中起着至关重要的作用。

日瓦戈被游击队劫掠的日子恰恰是复活节的前夕，"冬季将尽。复活节前的一个礼拜，大斋的结尾"，游击队员在前往宿营地途中的驿道上见到了一个修道院，入口处拱门的圣像周围有一圈金字，上面写着"欢乐吧，有生命力的十字架，不可征服的虔诚的胜利"（304）。然而，不无讽刺的是，爬上圣十字钟楼找敲钟人的男孩们发现，下面房屋墙上贴着的是"最高统治者颁发的征收三种年龄的人入伍的命令"（304）。"不可征服的虔诚"并没有胜利，"有生命力的十字架"并不能保护人类远离各种野蛮和动荡。这是革命使然，抑或是信仰的失落？这十字架是诅咒，还是祈福？在复活节的背景下，征兵场景的呈现更使这一命题得到了强化。

> ……库捷内镇里正欢送征募来的新兵……这项工作由于过复活节停顿了一段时间……
>
> 这是复活节来得特别晚而早春又来得特别早的节后的第三天，温和而宁静。库捷内镇的街上，一张张款待新兵的桌子摆在露天里，从大路的那头开始，免得妨碍车辆通行……桌上铺着垂到地面的白桌布。
>
> 大家合伙款待新兵。款待的主要食品是复活节剩下的东西，两只熏火腿……（316）

作者有意在节日与反节日的对立中进行对比描写，用来表达信仰与祛信仰的思考：人类一旦失去了信仰，世界便会弥漫着混乱与血色。

宗教节日不仅是《日瓦戈医生》前16章的散文部分也是第17章的诗歌部分主要的时空坐标，或者说永恒的精神坐标。诗章是诗人日瓦戈沉浸于诗歌创作的个人化阶段，既是他在现实人生中获得神性关怀的延宕，也暗示着他文学救赎之梦的复活。诗章中出现的"复活节前七日""复活节""圣诞节""受难之日""救主节""基督变容节"等宗教节日不仅承载着宗教节令意义，还成为诗人日瓦戈将"神性"化为"诗性"、将文学救赎与神性启示相融合的方式。他以宗教的文化视角关注和审视人类的精神生活，守护信仰和生命的永恒价值。

帕斯捷尔纳克把宗教节日看作造物主对人类生命存在的刻意安排，是借助于生命不同时刻对基督精神的认知来揭示生命行进和价值意义的一种独特的神性建构。在作家眼中，上帝不再是一个抽象的概念，而通过这些具体的宗教节日变得可感、可悟，使人在一个特殊的时间和场合获得一种"心悟"，生发一种"心问"。作家把宗教节日视作人感知基督存在、与其进行心灵交往的神圣时刻，视作人超越尘世、获得生命超越的一个个"精神节日"。在纷扰不堪的现实世界里，这一个个"精神节日"是让人们超越生存苦难、获得自我认知和内心宁静的重要方式。

二、天启、神示的生命与大自然意象

所谓"天启""神示"，是指生活、生命、自然、世间万象的奥秘不仅要通过人的生命感知来觉察，还需要靠生命感知以外的某种神圣存在的启示来把握。在对生命、自然的理解中，作家通过基督教的关怀视野，试图以神性信仰来填补人性信仰的破灭，揭示自然界的神圣规律，并试图从终极关怀的角度解决宗教希冀与现实异化之间的矛盾，实现自我及人类的救赎。这是小说神性伦理的另一个重要表现形式。

小说中有这样一段话："……人们日复一日地操心、忙碌，被切身的利害所驱使。不过要不是那种在最高和最主要意义上的超脱感对这些作用进行调节的话，这作用也不会有什么影响。这个超脱感来自人类生存的相互关联，来自深信彼此之间可以相互变换，来自一种幸福的感觉，那就是一切事物不仅仅发生在埋葬死者的大地上，而且还可以发生在另外的某个地方，这地方有人叫作天国……"（13）正是来自天国的天启、神示才使人对生命和宇宙产生一种超越现世的神圣且真切的感知。小说中，面对在现实生活中众多无法参透的思想，作者常常会采用另一种不无神秘的方式来表达。这种感悟可以是此岸的，是人对现实存在的感悟，但似乎更像是彼岸的，因为它们涉及的是另外一个超越俗世的神圣世界。

小说中，望着从列车上跳下去摔死的日瓦戈的父亲，季维尔辛娜说："人的命运都是生来注定的……天主要是让他生出个什么傻念头，就一定躲不开……"（15）这个上了年纪的寡妇是小说中第一个认定人命是天定的女人。"活在世界上真是奇妙！……不过为什么又要常常为此而痛苦呢？当然，上帝是存在的。不过，上帝要是存在的话，他就是我。"（18）这是刚刚十三岁的尼卡的遐思，他以儿童天真的思考揭示了"上帝就是我"，即上帝就是"我"的精神依存的思想。他向晃动的杨树发出"上帝"的停止指令，杨树居然立刻"顺从地"一动不动了。让大自然听命的儿童游戏讲述的是有了上帝信仰的人的无所不能。作者通过这两个看似无关紧要的人物提出了上帝将智慧与力量赋予人类的命题，道出了"天启""神示"的神秘性，以及对人的生命存在的重要意义。人性中的"神性"即"灵性"，这种"神性"并非虚无，是个体在对一种伟大真理的真诚信仰中通过对存在本体的感悟而获得的。

生命与大自然是小说中天启、神示的两个核心意象。在作家看来，人或许是宇宙中唯一意识到生死命题，关切"生命如何可能"这一本体论问题的生命存在，而且总会在宗教的审视中表现出一种超越的意向与姿态。米兰·昆德拉说："小说审视的不是现实，而是存在。而存在并非已经发生的，存在属于人类可能性的领域……"[1]帕斯捷尔纳克认为，以基督教上帝为标志的这种神灵恰为个体自由、美好、幸福的充分实现提供了一个形而上的前提，作家正是在这样的文化前提下表达了主人公以及其他人物对生命、自然的思考。

生命是什么？生命是世界神秘的基原，它在冥冥之中支配着人与世界，又在冥冥中无尽地绵延；它既没有社会性，也没有历史性，是本源与永恒。在瓦雷金诺，日瓦戈发现妻子受孕后，在札记中写道："……先前完全置于她控制之下的外表，现在脱离了她的监督。她受到她所孕育的未来的支配，已经不再是她本人了……只好听其自然了。"（277）妻子的怀孕引发了日瓦戈关于生命的思考。他把新生命的孕育和诞生看作极为神圣的事情，认为这是永恒之天道支撑下的人伦道德的体现。其伟大的人伦道德在于，新生命的孕育不仅是自然规律使然，更是一种超越人自我的神迹的显现。"孕育"是生命永恒的象征，所以日瓦戈赞美这种生命规律。在他看来，女性"每次受孕都是贞洁的，在这条与圣母有关的教义中，表达出母性的共同观念"（278）。这是帕斯捷尔纳克对生命之神圣、伟大、不朽与上帝息息相通的理解，是他对人的生命行为的终极关怀。

望着产后的妻子，日瓦戈再次陷入了对生命与死亡关系的深刻思考：

1.　米兰·昆德拉：《小说的艺术》，董强译。上海：上海译文出版社，2014年，第54页。

"……她高高地躺在产房中间，仿佛港湾里刚刚下碇就已卸去了重载的一艘帆船；它跨过死亡的海洋来到了生命的大陆，上面有一些不知来自何方的新的灵魂；它刚刚把这样一个灵魂送到了岸上，如今抛锚停泊，非常轻松地歇息下来；和它一同安息的还有那折损殆尽的桅樯索具，以及渐渐消逝的记忆……"（101）这是日瓦戈对孕育新生命的母性的赞美，是他对新生命诞生的遐想，更是他对生命与死亡关系的深思。在他看来，生命是对死亡的否定与超越。死亡因新生而美丽，灵魂因永恒而伟大。

帕斯捷尔纳克的妻子吉娜依达曾回忆说："他（指帕斯捷尔纳克——笔者注）把宇宙视为最高起源，并把大自然奉为某种永恒和不朽的东西……"[1]作家笔下塑造的主人公也是如此，哲人日瓦戈在宇宙中寻求神谕的生命真理，诗人日瓦戈在大自然中寻求神谕的诗性话语。这是一种以非神学方式表达的宗教精神，即对大自然和宇宙存在的一种形而上的价值重估。在动荡的社会时局中，人的心灵需要抚慰、情感需要寄托，大自然总是以其清新淳朴、知解人意的灵性鲜活地出现在经历一场场浩劫的日瓦戈的面前。

> 尤里·安德烈耶维奇从童年起就喜欢看夕阳残照下的树林。在这种时刻，他觉得自己仿佛也被光柱穿透了。仿佛活精灵的天赋像溪流一样涌进他的胸膛，穿过整个身体，化为一双羽翼从他肩胛骨下面飞出……（336）

---

1. 帕斯捷尔纳克等：《追寻》，安然、高韧译。广州：花城出版社，1998年，第121页。

　　正是大自然中的那道"光柱"消解了被俘在游击队中的日瓦戈心中的郁结、苦闷。在生活没有着落、自由没有希望的日子里，正是美好的大自然给了他生活的信心、勇气与力量，激活了他的生命感。日瓦戈凭借大自然获得了"神灵"寓居心中的感觉，凭借神灵依托于大自然的"言说"和人对大自然神灵的感悟重新变回了生命的"活精灵"，回归了本真。在日瓦戈看来，只有鲜活、美妙、永恒的大自然才能消释人世间的种种"病态"：命运攸关的意识形态政治、动荡的社会生活和难能终了的战争。他感叹道："啊，有时候真是多么希望能远远地离开这些平庸的高调和言之无物的陈词滥调，在貌似无声的大自然的沉寂中返璞归真……"（135）

　　日瓦戈与大自然这种交融无间的情形在小说中有多处表现和描叙。扰攘纷乱的社会时局使他备受内心折磨，常常不能安眠，每当这时正是大自然给了他安宁与抚慰：

　　　　他倒在一块铺满金色树叶的小草地上，树叶都是从周围的树枝上飘落下来的。树叶像一个个方格似的交叉地落在草地上。阳光也这样落在这块金色地毯上。这种重叠交叉的绚烂多彩照得医生眼睛里冒金星。但它像读小字印刷品或听一个人单调的喃喃自语那样催人入睡。

　　　　医生躺在沙沙作响的丝一般柔软的草地上，头枕着垫在青苔上的手臂，青苔蒙在凹凸不平的树根上，把树根变成枕头。他马上打起瞌睡来。催他入睡的绚烂的光点，在他伸直在地上的身子上照出一个个方格。他融化在阳光和树叶的万花筒中，同周围的环境合成一体，像隐身人那样消逝在大自然里。

　　（337—338）

大自然从未被纳入社会之中，被动地臣服于人类，它是现实社会之外的另一个世界，保持着无邪的初心，以其永恒的威严、神性与现实对峙。日瓦戈在大自然中感受到了上帝的存在，看到了美的凝聚与投影："医生觉得，在他眼里田野患了重病，在发烧说呓语，而树林正处于康复后的光润状态。上帝居住在树林中，而田野上掠过恶魔嘲讽的笑声。"（449）人类社会"耕耘过"的田野与"上帝寓居"其中的未被踏足的森林形成了鲜明的对比——"田野没有人照料变成孤儿，仿佛在无人的时候遭到诅咒。树林摆脱了人自由生长，显得更加繁茂，有如从监狱里放出的囚犯"（449）。当"神性"在现实生活中消失，厄运、灾难来临之际，诗人日瓦戈在大自然的"神启"中追寻渐行渐远的上帝隐去的路径，追寻人类失去的神性，以填充生命的意义。"远方闪烁的群星，/无意照亮蜿蜒的路程。/小路盘旋在橄榄山，/脚下水流急湍。/芳草地中断在半途，/后面开始的是银河路。/亮灰色的橄榄果，/要拼命乘风举步……"（533）这是日瓦戈在《客西马尼的林园》中描绘的具有隐喻意义的自然景色。

大自然不断地激发日瓦戈的幻想，带给他已经逝去的美好和幸福的回忆，"在夏天富饶的大自然中，在鸣禽的啼啭中他仿佛听到死去母亲的声音"（437）。他的梦中不时浮现出拉拉的身影："拉拉的左肩被扎开了一点。就像把钥匙插进保险箱的铁锁里一样，利剑转动了一下，劈开了她的肩胛骨。在敞开的灵魂深处露出了藏在那里的秘密。她所到过的陌生的城市，陌生的街道，陌生的住宅，陌生的辽阔地方，像卷成一团的带子一下子抖开了。"（357）这是在日瓦戈的梦幻中，神灵以某种不无荒诞的方式显示出他的爱人拉拉苦难的生命历程，是生命与自然息息相通的见证。这种幻觉伴随日瓦戈的整个生命历程，不断诗化他的人生。

　　小说中作家对一株"孤零零的美丽的花楸树"做了精细描写，它是最能打动人心的大自然意象之一。花楸树"是所有的树木中惟一没脱落树叶的树，披满赤褐色的叶子。它长在泥洼地中的一个小土丘上，枝叶伸向天空，把一树坚硬发红的盾牌似的浆果呈现在阴暗的秋色中。冬天的小鸟，长了一身霜天黎明般的明亮羽毛的山雀，落在花楸树上，挑剔地、慢慢地啄食硕大的浆果……在小鸟和花楸树之间有一种精神上的亲近"（344—345）。花楸树与树上的小鸟是大自然生命真实、美丽、自由、爱的象征，是一种未被玷污、侵蚀的伟大的生命力量，是永不凋谢的自由生命的精灵，包含着强烈的"反变革文明"荒漠的文化意蕴。

　　帕斯捷尔纳克通过诗人日瓦戈对天启、神示的生命和自然意象的感悟，揭示了个体与社会存在的渊薮，实现了个人命运的深沉探寻，展示了个体精神的皈依。正是在天启与神示的生命与大自然中，日瓦戈表达了对顺乎自然的生活方式与生命价值的高度肯定。如果说，社会动荡正在使人远离大自然、远离自然的生活，那么心灵贴近大自然的日瓦戈的生活方式和生命存在方式则在呼唤人们亲近大自然、融入大自然。否定俗世现实而代之以天启、神示的生命与自然意象来表现个体对灵魂的追索，是帕斯捷尔纳克小说的重要写作图式。

三、"基督"形象与博爱思想

　　发掘人类历史、生命存在中永恒的神性本质是帕斯捷尔纳克的创作要义之一，是他在人类历史探索中始终坚持的一种超越性的价值取向，是他坚持个体信仰追求的重要表现。小说中这一神学框架是借助于"基督叙事"完成的。

　　小说第1章就向读者宣告了人类历史与基督的独特关系。韦杰尼亚平在与教育家、作家沃斯科博伊尼科夫的谈话中说，"……一个人可以是无神论者，可以不必了解上帝是否存在和为什么要存在，不过却要知道，人不是生活在自然界，而是生存于历史之中……那么历史又是什么？历史就是要确定世世代代关于死亡之谜的解释以及对如何战胜它的探索"（10）。而后他继续解释道：

> "……远古是没有历史的。那时，只有被天花弄成麻脸的罗马暴君所干出的卑鄙的血腥勾当，他丝毫也意识不到每个奴役者都是何等的蠢材。那时，只有被青铜纪念碑和大理石圆柱所夸大的僵死的永恒。只是基督降生之后，时代和人类才自由地舒了一口气。只是在他以后，后代人的身上才开始有了生命，人不再死于路旁沟边，而是终老于自己的历史之中，死于为了战胜死亡而从事的火热的劳作之中，死在自己为之献身的这个主要任务之中……"（11）

在韦杰尼亚平看来，人类历史起始于人类懵懂时代的结束，一个爱的自觉、自我拯救的时代的开始。"我认为应该忠于不朽，这是对生命的另一个更强有力的称呼。要保持对不朽的忠诚，必须忠于基督！"（10）小说正是由此确立了以基督为中心叙事的"神学框架"。这一神学框架以日瓦戈这一"人间基督"的形象为核心，通过他以及小说中其他人物的话语、行为、思想、精神传递出一种"不可言说的神圣"，表达了一种对终极价值的追问。

《新约·马可福音》中，先知在旷野施洗，传悔改的洗礼，使罪者得赦。日瓦戈幼年起受到神父韦杰尼亚平宗教思想的影响，后者从小说的开始就不断地表达并映衬着成人之后的日瓦戈的基督精神。如同《圣经·新约》中的"施洗约翰",韦杰尼亚平在为日瓦戈进行宗教神性的"洗礼"。神父韦杰尼亚平是这样描绘耶稣的:

> 如今,这个轻快的、光芒四射的人,突出了人性,故意显出乡土气息。这个加利利人,来到这俗气的大理石和黄金堆中。从此,一切的民族和神不复存在,开始了人的时代,做木工的人,当农夫的人,夕阳晚照之下放牧羊群的人。人这个音听起来没有丝毫傲气,他随着母亲们的摇篮曲和世界上的所有画廊崇高地向各地传播。(43)

接受了韦杰尼亚平宗教思想的戈尔东说:

> "……《新约》并不曾规定:要这样,要那样。它只提出一些朴素的、稳重的主张。它提出:你愿不愿意按照以前从未有过的新的方式生活,愿不愿意得到精神上的幸福?结果,上下几千年所有的人都采纳了这个建议。
>
> "当它谈到天国里既没有古希腊人也没有犹太人的时候,难道仅仅说的是在上帝面前人人平等吗?不是的,只为这个也不需要《新约》,在这以前,希腊的哲人、罗马的圣贤和《旧约》的先知早就了解这个道理。不过它说的是这个意思:在深思熟虑的心灵里,在新的生活方式当中,在被称作天国的新的交往范围里,没有民族,有的只是个人。"(117—118)

韦杰尼亚平关注的是耶稣表现出的人性，而不是他身上的神性。日瓦戈拥有与普通人同样的生活经历、生命形态，但同时他又不完全属于这个世界，他象征着不受时空限制的未来的"人子"。他经受了诸多苦难，目睹、审视并抵御着社会中的邪恶。他尊崇自由、独立的人格，坚守善良、正义的原则，以自己的生命方式叙说着一种与社会政治、时代风尚所包含的世界观截然不同的生命感受，伴随着这种生命感受，表达了对抗拒现实社会中各种邪恶的一种期望，并遵从自己的心灵生活、劳动、创作。

韦杰尼亚平一生始终坚守福音书中的道德信条。在他看来，福音书的思想精髓在于："首先，这就是对亲人的爱，也是生命力的最高表现形式，它充满人心，不断寻求着出路和消耗。其次，就是作为一个现代人必不可少的两个组成部分：个性自由和视生命为牺牲的观点。"（11）日瓦戈从舅舅身上继承了焕发着人性光辉和充满道德内蕴的大爱、个性自由和视生命为牺牲的思想，这些思想构成了他理解世界和人的独特视角。

帕斯捷尔纳克的宗教神性伦理叙事始终与生命、个性、社会、世界、宇宙的阐释联系在一起，更重要的是与人的拯救联系在一起。他认为，每一个人，要想使自己摆脱精神困境，使自己的灵魂得到救赎，就必须按照符合心灵意愿的新的方式生活。

虔信宗教的西玛是日瓦戈未曾与之直接交流的一位精神上的志同道合者，不无巧合的是，她与日瓦戈一样，也有着一个如同韦杰尼亚平一样的"施洗者"——舅舅科里亚。在乌拉尔期间，日瓦戈无意中聆听了这位思想深邃的智者西玛的"布道"。

　　　　"……从古代的观点来看是微不足道的人的私生活，何以在上苍看来竟与整个民族的迁移具有同等意义呢？因为要用上苍的眼睛并在上苍面前评价一切，而这一切都是在惟一的圣框中完成的。

"世界有所进展。罗马统治结束了，数量的权力结束了，以武器确定全体人口、全体居民生活的义务废弃了。领袖和民族已成过去。

"取而代之的是个性和对自由的宣传。个别人的生活成了上帝的纪事，充满宇宙的空间。像报喜节的赞美歌中所说的那样，亚当想当上帝，但他想错了，没当上，可现在上帝变成人，以便把亚当变成上帝（'上帝成了人，上帝同亚当便相差无几了'）。"（398）

这是西玛，一个来自底层民间的女性对基督精神的认知与体悟。她用"基督""上帝"解构"领袖""民族"的概念，重构"生命""个性""日常""自由"等观念在宗教神性世界中的重要性。作家通过西玛的话语表明，基督珍视个体，崇尚个性自由，并以个性与个体价值作为评价世事的标准，强调了个性自由与价值在神性世界中的重要意义。西玛曾发出这样的感叹："上帝和生命之间，上帝和个人之间，上帝和女人之间，多么接近，多么平等！"（400）"上帝""生命""个人"是意蕴生动的三位一体，上帝对生命、个人、女人如此亲近，并以平等的态度相待，因为他重视个体价值。这个民间女神学家的宗教思想和生命神学是对世界、生命、个性的充满现代精神的认知，是日瓦戈宗教思想的再现。可以看出，帕斯捷尔纳克关注的是宗教精神的本质要义：人存在的价值、人的精神世界与人的灵魂。

值得注意的是，小说中有一个蕴含着深刻宗教意义的情节。一次林中战斗结束后，日瓦戈在一个战死的红军士兵和一个受伤的白军士兵的身上发现了同样的写着根据《圣经》赞美诗第91诗篇改写的片段的纸片。

诗篇被认为具有不受子弹伤害的神效。上次帝国主义战争时期，士兵便把它当作护身符带在身上。过去了几十年，或在更晚的时候，被捕的人把它缝在衣服里，每当夜间提审犯人的时候，他们便在心里背诵这些诗篇。

······

他解开死者的大衣，把衣襟撩开。衣服上工整地绣着死者的姓名：谢廖沙·兰采维奇。大概是疼爱他的母亲用手精心绣上的。

从谢廖沙衬衣领口垂下挂在项链上的十字架、鸡心和一个扁平的小金匣或扁烟盒，损坏的盒盖仿佛用钉子钉上去的。小匣子半开着。从里面掉下一张叠着的纸片来。医生打开纸片，简直不敢相信自己的眼睛。这也是诗篇中的第九十一篇，不过是按照古斯拉夫体印刷的。（329）

小说的这一情节具有深刻的宗教寓意。日瓦戈没有成为当时时代盛行的阶级思想的追随者，而是一个反思者。作为医生，他心中始终秉承着对每一个生命的爱的信念与人道主义思想。作为红军的战地医生，他不仅试图救活红军战士，还拯救了白军的小战士，因为他在每个个体身上看到的是一个个可贵的生命，一个个不可重复和替代的个性，他没有按照世俗的道德标准判决人世间的是非、善恶，而是试图用爱化解时代的仇恨。

在帕斯捷尔纳克笔下，推动历史发展、拯救世界和人类的不是"武器的真理"，而是爱的哲学与信仰。爱是人之所以为人的本质精神所在。他说："只有在我们能爱别人，并且有机会去爱的时候，我们才成为人。"[1]胸怀大爱让日瓦戈经历了血与火的洗礼，不断探索生命的重要意义——生命个体的独立与完善。爱是日瓦戈生命存在的重要内容，是他心灵富有生机的源泉。美国学者布朗说，这部小说"总括一切的主题就是爱——爱自然、艺术，爱男人和女人，还有全人类"[2]。斯洛宁称"他（指日瓦戈——笔者注）对生活怀着异教徒式的狂喜，以泛神论的态度热爱大自然，又具有基督教徒的灵性和博爱，这就是他的整个人生……"[3]

关于"日瓦戈"这个名字的宗教由来，研究者们已多有探讨。"为什么在死人中找活人呢？"（Что ищете Живаго съ мертвыми?）（《新约·路加福音》24：5）《圣经》里天使们对来到耶稣灵柩前的妇人们这样说。其寓意显然是对耶稣灵魂永恒的救世主精神的一种赞美，也再一次暗喻了日瓦戈的基督身份。日瓦戈死后，他仍以爱的灵魂向世人显现，第17章诗章正是他灵魂永恒的体现。有研究者指出，小说最后一章从第十八到第二十五首的八首诗（《圣诞夜的星》、《黎明》、《神迹》、《大地》、《罪恶的日子》、《忏悔的女人》（之一）、《忏悔的女人》（之二）、《客西马尼的林园》）构建了一个完整的基督故事情节，组成一个小圆环，套置于最后一章全部二十五首诗所组成的大圆环中；尤其需要强调的是，这个小

---

1. 帕斯捷尔纳克：《人与事》，乌兰汗、桴鸣译，北京：生活·读书·新知三联书店，1991年，第23页。

2. 包国红：《风风雨雨"日瓦戈"——〈日瓦戈医生〉》，昆明：云南人民出版社，2001年，第125页。

3. 马克·斯洛宁：《苏维埃俄罗斯文学》，浦利民、刘峰译，上海：上海译文出版社，1983年，第231页。

圆环所构建的基督故事情节与散文部分日瓦戈的生命历程相互参照，显示出日瓦戈与耶稣基督形象的相似性[1]。这一论述的合理性不仅在于论者指出的这一外在结构，更重要的在于散文与诗章两部分始终气韵贯通的"基督精神"。帕斯捷尔纳克张扬主人公日瓦戈的这种基督精神，表达了对传统文化价值体系难以为继、神性伦理体系远离人们的价值标准、基督精神严重缺失的时代的强烈精神焦虑。

在小说中，日瓦戈不仅是治疗人类肉体疾病的医生，更是医治人类精神疾患的医生；他疗救人类的病体，救赎人类的灵魂。日瓦戈短暂的一生就是承受苦难、牺牲奉献、自我拯救与拯救他人的一生。在他的一生中，生活的苦痛如影随形，压得他喘不过气来，但他却"手持解剖刀"，以超乎想象的睿智和冷静将生活中的丑恶一一揭示出来，并加以剖析，使人警醒，让人深思。生活的苦难是他的生命之源、智慧之源，苦难纠缠着他的灵魂，使他始终保持着清醒的头脑，用独特的方式面对时代、政治、社会，表现出柔弱身躯中所负载的难夺其志的强大精神力量。对抗权力，坚持自我，可能失去自由，甚至生命；迎合权力，放弃个人尊严和自由，则必然丧失自我。日瓦戈选择了前者。经历了严酷的战争与革命、诡谲多变的政治、"改造生活"的社会动荡之后，日瓦戈"穿着破旧的衣服"，变成了"民间传说中探求真理的人"（456）。这里再次暗示了日瓦戈的"基督"形象。作为一个有着"先知"眼光的诗人和哲人，日瓦戈深知人身上存在着的永恒的矛盾，懂得宗教神性在个体生命中的巨大影响。他"默默地行进，遥看那旷野的孤灯，内心泛起空冥

---

1. 谭敏：《〈日瓦戈医生〉中宗教原型的互文运用》，载《世界文学评论》，2009年第1期，第129页。

寂静"（497），矢志不渝地追寻真理，始终坚持"以善为善""以爱拯救自我和他人"的理念，一步步向基督靠近，最终走上了殉难之路。日瓦戈棺材的周围摆满了鲜花，"鲜花不仅怒放，散发芳香，仿佛所有的花一齐把香气放尽，以此加速自己的枯萎，把芳香的力量馈赠给所有的人，完成某种壮举"（471）。日瓦戈将他最后所发出的爱的芬芳无私地馈赠给了所有人，在自救和救世的过程中实现了灵魂的永恒。

帕斯捷尔纳克将温暖与爱融进了他的文字中，充满一种伟大的向善情怀。那是一种人与人之间的温暖：男人女人的、家人的、伙伴的、同胞的……那是一种人与上帝的信仰走向，让世俗生活的活水在宽阔的宗教河床里奔流，超越苦难，超越命运，超越世俗，走向永恒。

四、"复活"意识

从日瓦戈母亲的去世到日瓦戈本人和拉拉的离世，小说首尾一致，讲述的是充满深刻的生命悲怆和精神悲怆的"死亡"，前16章的散文文本向第17章的诗歌文本的转换使这种悲剧精神走向了更高的"诗性"层次。然而，在这一悲剧精神之下隐藏的是一种"复活""永生"的伦理精神，强大的复活意识使小说的悲剧氛围获得了一种崇高的希望。

小说中有三次重要的"死亡叙事"，但在每一次对死亡的描叙中，作者始终不重在展示死亡场景本身，而重在展现死亡触发的对生命本质和灵魂永恒的启示。

小说第1章第1节讲述的是日瓦戈母亲的去世。死亡叙事是从送葬队伍的行进仪式开始的，人们唱着"永志不忘"的圣歌，圣歌是对死者的"永恒记忆"，讲述的是人由肉体生命走向永恒阶梯的生命之级，是生者对死者在世间"存在"的记忆。"人们的脚步、马蹄、微风仿佛接替着唱起这支哀悼的歌"（4），整个世界都仿佛加入了这场安葬仪式中。葬礼即将结束的时候，小尤拉没有说话，"这孩子扬起头，从高处失神地向萧瑟的荒野和修道院的尖顶扫了一眼"（4）。从"萧瑟的荒野"到"修道院的尖顶"，那是人的灵魂从人间走向天堂之路。幼小的尤拉已经对死亡有了一种神秘、朦胧的感觉，这是他对母亲的肉体生命结束之后灵魂升天的一种遐想，他期待着死去的母亲能在天国获得安宁。显然，作家的死亡叙事并非重在描写死亡场景本身，而是表达对生命能复活、灵魂能永存的希冀。

小说的第二个死亡叙事讲述的是日瓦戈的岳母安娜·伊万诺夫娜的死。在岳母死前，日瓦戈向她讲述了关于死亡、复活、灵魂永恒的真理。

> "可是，同一个千篇一律的生命永远充塞着宇宙，它每时每刻都在不计其数的相互结合和转换之中获得再生……
>
> "……在别人心中存在的人，就是这个人的灵魂。这才是您本身，才是您的意识在一生当中赖以呼吸、营养以致陶醉的东西。这也就是您的灵魂、您的不朽和存在于他人身上的您的生命……
>
> "圣徒约翰说过，死亡是不会有的，但您接受他的论据过于轻易了……死亡是不会有的，因为这已经见到过，已经陈旧了，厌烦了，如今要求的是崭新的，而崭新的就是永恒的生命。"（65—66）

日瓦戈的这番话语像是神父的安魂之曲，抚慰着即将死亡的岳母的灵魂。他要向岳母表达的思想是：人的生命不只以肉体的形式存在于自然界中，还以精神的形式存在于另一个"天国"世界中。人的肉体会衰亡，但精神和灵魂会永存，因为其美好的思想和善与爱的理念会在后人的身上得以延续、传承、复活。

岳母的死带给日瓦戈的已不是母亲去世时的那种"恐惧与痛苦"，"现在他已全然无所畏惧，无论是生还是死，世上的一切，所有事物，都是他词典中的词汇……如今他倾听着安魂祈祷，仿佛倾听对他说的、与他有直接关系的话"（84—85）。和日瓦戈的母亲去世时一样，这里再次提到祝福逝者灵魂永生的"安魂祈祷"。此时的日瓦戈已经领悟了超越死亡的永生、战胜死亡的复活的含义。日瓦戈独自一人走在送葬队伍的前面，他比任何时候都清晰地领悟到必须要"付出辛劳，要创造出美好的事物"，伟大的艺术的作用就在于"探索死亡""创造生命"（87）。这是日瓦戈对灵魂不朽的诗性把握，他一生都努力用艺术创作探索如何战胜死亡、获得新生。可以看出，对岳母的死亡叙事在于表现主人公对生命与永生力量的探索。

小说第三个死亡叙事在第15章"结局"中，讲述的是日瓦戈自身的死亡。这是小说中唯一一处描写了死亡场景的叙事，但也只用了几行字的篇幅。然而，悼念日瓦戈亡灵不朽的叙事却延续了整整4个小节，对日瓦戈的死亡叙事仍重在对其复活精神的挖掘。日瓦戈死后躺在"一只凿得很粗糙的独木舟"般的棺材里，这只独木舟象征着《圣经·创世记》中的"挪亚方舟"，暗喻日瓦戈虽然肉体消亡，但他的爱的挪亚方舟会使生灵免于灾难；灾难终将过去，生命还会开始。

日瓦戈去世后，留给他的青年时代好友戈尔东和杜多罗夫的是一种无尽的思念与牵挂。日瓦戈坚定的信仰选择与好友信仰的失落印证了人类终极体验上显性的皈依与隐性的摇摆之间的差异。戈尔东和杜多罗夫通过阅读他生前写的作品开始慢慢理解这位昔日的好友，日瓦戈的精神也将会在他们以后的生命进程中得以显现。

又过了五年或十年，一个宁静的夏天傍晚，戈尔东和杜多罗夫又聚在一起，坐在高楼敞开的窗口前，俯视着在暮色渐渐变浓中的辽阔无垠的莫斯科。他们正翻阅叶夫格拉夫编辑的尤里的著作集。他们不止读过一遍了，其中的一半都能背诵。他们交换看法，陷入思考之中。

……

尽管战后人们所期待的清醒和解放没有伴随着胜利一起到来，但在战后的所有年代里，自由的征兆仍然弥漫在空气中，并构成这些年代惟一的历史内容。

已经变老的两位朋友坐在窗前还是觉得，心灵的这种自由来到了，正是在这天晚上，在他们脚下的街道上已经能感触到未来了，而他们自己也步入未来，今后将永远处于未来之中……而他们手中的这本书仿佛知道这一切，支持并肯定他们的感觉。（493）

需要指出的是，日瓦戈的离世只是散文部分的结局，而小说是以第17章"尤里·日瓦戈的诗作"真正结束的。日瓦戈的棺材正放在他生前从事写作的那张书桌上，"屋里没有别的桌子。手稿放进抽屉里，桌子放在棺材底下"（471）。作家以这种方式表明，日瓦戈的肉体虽然寂灭，但他的精神和思想会通过他的艺术创作一代代传承下去，他留下的精神财富使他得以永生于民族的乃至人类的精神世界中。就像日瓦戈对临终前的岳母所说的："……在别人心中存在的人，就是这个人的灵魂……这也就是您的灵魂、您的不朽和存在于他人身上的您的生命……"（66）

除了小说中上述三个死亡场景的描述，"复活"的宗教意识还体现

在小说中反复出现的祈祷重生、赐福、升天等东正教最常见的文化理念
中。在美丽的杜普梁卡，尤拉有一段祷告，希望保护神能保佑他死去的
母亲。"主啊，请让妈妈进入天国，让她能够见到光耀如星辰的圣徒们的
圣容……上帝啊，对她发慈悲吧，不要让她受苦。"（12）岳母去世后，
日瓦戈听到了为她出殡的安魂祈祷，"圣明的主啊，坚强、永恒的上帝，
请赐福于我们"（85）。为死者"祈福"、让死者"进入天国"是植根于东
正教文化土壤的俄罗斯民族精神信仰中复活精神的重要体现。

　　小说中强烈的"复活"意蕴的艺术创构不仅体现在男主人公日瓦戈
的人生命运中，在女主人公拉拉的人生遭际中也得到了鲜明的体现。拉
拉饱尝生活的苦厄与艰辛，受尽屈辱和磨难。这个"戴罪的羔羊"走的
是另一条灵魂的复活之路。与日瓦戈不同，"拉拉并不信奉宗教，也不相
信那些教堂仪式。但为了承受生活的重压，有时也需要某种内在的音乐
的陪伴。这种音乐并不是每一次都能自己谱写的。它是上帝关于生命的
箴言，拉拉到教堂正是去哭它"（48）。拉拉以个体平凡生活的"常道"
来验证基督精神的"常理"，以人世间的真善美的行为实现灵魂在天国的
永恒。如同日瓦戈一生受到舅舅韦杰尼亚平的精神指引一样，拉拉也有
一位精神导师——虔信宗教的西玛。西玛是昔日神父韦杰尼亚平的崇拜
者，民间宗教思想的代表。拉拉在乌拉尔期间，常常聆听这位思想深邃
的智者讲述《圣经》。这位看似平凡的女性身上透露出一种不平凡。她曾
对拉拉讲述抹大拉的马利亚。

　　　　"使我一直很感兴趣的是，为什么就在复活节的前一天，在
　　临近耶稣的死和他复活的时候提到抹大拉的马利亚。我不知道
　　　是什么原因，然而在同生命告别之际以及在生命复返的前夕提

到什么是生命，却是非常适时的。现在您听着，《圣经》中提到
这一点时是多么真诚坦率啊……

　　"……她乞求主道：'请解脱我的责任，像解开我的头发一
样。'意思是说：'宽恕我的罪孽，就像我散开头发一样。'渴望
宽恕和忏悔表达得多么具体！手都可以触到。"（399—400）

　　西玛的这些话语其实是对拉拉精神复活之路的注释。这位"抹大拉
的马利亚"在圣诞节告别了罪恶，在动乱的社会现实中远离时代政治，
以个人在生活中的坚韧操守来对抗强大的历史，最终通过"忏悔"的方
式与日瓦戈共同获得了重生。他们回到了世界的原初状态，在宇宙的深
处获得了灵魂的永生。

　　在诗歌《忏悔的女人》中日瓦戈以抹大拉的马利亚的口吻描绘拉拉
的复活：

忏悔的女人（之二）

节日前都在清扫，

我离开这嘈杂与喧闹，

用一桶尘世的水，

洗濯你的双脚。

我找不到床下的软靴，

只因两眼噙满了泪水，

还有那散开的发卷，

遮在我眼前。

……

　　经过这样的三昼夜，

　　抛落到无涯的虚空，

　　而在这可怕的间隙之中，

　　我要为复活而重生。（531—533）

　　与抹大拉的马利亚在耶稣面前的真诚忏悔得到了主的原谅一样，拉拉的虔诚、忏悔、圣洁的精神也得到了日瓦戈的充分理解与高度赞美。拉拉尽管失足，曾深陷情欲的泥沼，却一直保持着高洁的灵魂。她不仅是饱受苦难的俄罗斯母亲的象征，更是日瓦戈心灵的依托、信念的源泉与生命的力量。日瓦戈在诗中用抹大拉的马利亚的复活暗示了拉拉的精神复活。

　　如果说小说的前16章讲述的是日瓦戈在人间的生活与存在，那么第17章"尤里·日瓦戈的诗作"表达的则是日瓦戈在天国的存在。日瓦戈始终认为通过艺术创作可以探索死亡、创造生命，以此获得灵魂的复活和精神的永生。诗章是日瓦戈以诗性的智慧言说生命不可言说的"神圣"和基督精神，实现自我的心灵救赎，获得精神与灵魂永恒的方式。日瓦戈完成诗歌创作的一瞬间已然"复活"。他渴望真理，从未摈弃众生的心灵，他俯视熙熙攘攘、充满动乱纷争、罪恶屠戮的人间，成为一个洞烛幽微的灵视者、真善美的忠实的守望者。他通过诗歌与神灵沟通而获得"复活"，从而让耶稣的精神在人世间传播。

　　诗章中的《复活节前七日》一诗描述了对复活的渴望："四周仍是

夜的昏暗，/时光还是这般的早。/苍穹悬挂星辰无数，/颗颗如白昼般光
耀。/若是大地有此机缘，/梦中迎来复活诗篇。/……/面对复活更生伟
力，/死神也要悄然退避。"（495—498）这首诗描写的是耶稣复活前大自
然千年的沉寂。通灵的大自然为基督感到悲伤，日夜等待着死亡被复活
的力量战胜，期盼着耶稣的复活，最终这一理想得以实现。

　　整个诗章的最后一首诗《客西马尼的林园》也是整部小说的结束点，
直接用耶稣的口吻传达出的强烈的复活意识：

客西马尼的林园

……

"生命的诗篇已读到终了，

这是一切财富的珍宝。

它所写的都要当真，

一切都将实现，阿门。

"请看，眼见的这些，

都应验了箴言，

即刻就会实现。

为了这警喻的可怖，

我愿担着苦痛走向棺木。

"我虽死去，

但三日之后就要复活。

仿佛那水流急湍，

> 也像是络绎的商队不断,
>
> 世世代代将走出黑暗,
>
> 承受我的审判。"（535）

　　复活的意蕴渗透在男女主人公生命叙事的始终，为整部作品设立了灵魂超越的维度。日瓦戈与拉拉的苦难、彷徨、悲悯不仅仅是两个个体的苦难，也是一代知识分子的存在苦难。他们没有被时代潮流裹挟，而是始终坚守个人的信仰价值。回溯其生命之旅，我们不难看到他们的灵魂求索、朝圣与悟道，感受到一种伟大精神的复归。

　　《日瓦戈医生》起初被帕斯捷尔纳克命名为《死亡是不会有的》（Смерти не будет），因此，它也被称作一部关于"永生"的书，对灵魂永生的向往是小说终极的艺术追求。帕斯捷尔纳克创作《日瓦戈医生》的最终目的不是书写现实社会中的政治斗争与社会变革，也不只是为了呈现社会动荡时期外部生活的复杂、多变，他更为关注的是宗教感化对人精神世界的深刻影响，或者说更注重信仰对个体精神人格的重塑。这与帕斯捷尔纳克自身的苦难记忆有关，记忆带给他的疼痛感纠缠着他的灵魂，使他的创作拥有一种"终极关怀"的神性伦理的向度。

　　从耶稣基督到大自然荒野，帕斯捷尔纳克的小说宗教叙事伦理寄寓着"回归精神家园"的创作意向。《日瓦戈医生》的作者所逼视的，恰是苏联文学数十年来所避讳的，作家借此追求深邃、追求神秘，试图追回一种俄罗斯文学雄浑的神性"魂灵"，通过这种"寻根"达到人文思想的深刻、人生体悟的超拔。

结　语

《日瓦戈医生》不仅是帕斯捷尔纳克对20世纪前半期俄罗斯历史的回望、对人类命运的共时性探究，还是作家对"人"作为个体存在的思考，是以小说形式呈现的作家一生对哲学、美学思想的探索。《日瓦戈医生》出版伊始，其丰富的社会历史意蕴就受到苏联批评家和东西方学者的高度关注和多视角研讨。重新发掘这部长篇小说没有被意识形态政治化的人文价值成为世纪之交越来越多研究者学术思考的出发点，与此同时，跳出历史政治的局限、重建长篇小说形式诗学的努力也成为21世纪帕斯捷尔纳克研究的一个重要方向。在俄罗斯和西方文学批评理论不断更新、发展的历史语境中，我国的外国文学研究如何借鉴俄罗斯的诗学研究传统以及西方"新形式主义"的研究方法，避免历史文化分析与文学形式探究两者之间关系的偏离，实现外国文学批评、研究的良好状态，是一个有待于探索、实践的重要命题。

笔者在本书中试图从一度被遮蔽的帕斯捷尔纳克的长篇小说《日瓦戈医生》的"文学性"入手，揭示其十分重要的审美形式之一——叙事艺术，在叙事形式的阐释中探寻小说独特的叙事艺术背后隐藏的与人类命运相关的永恒的人文价值。本研究的落脚点在于：无论是创作观念、叙事形式，还是人文意蕴，帕斯捷尔纳克的《日瓦戈医生》是苏联时期长篇小说现代性转型的一个"标志性文本"。在苏联作家和批评家仍一味坚持文学创作和批评的社会政治功能的"解冻文学"时期，帕斯捷尔纳克在接续俄罗斯经典叙事文学的人文精神传统的同时，表现出对文学叙述形式的敏感和文学审美品格的关注。作家没有驻足于俄罗斯现实主义文学叙事的传统与过去，没有停留在苏联社会政治现实的当下，小说的文学文本价值具有超越的永恒性。《日瓦戈医生》在20世纪苏联长篇小说的现代性转型中起到了重要作用，这体现在以下几个方面。

第一，小说的创作方法和创作命题。

无疑，长篇小说《日瓦戈医生》是现实主义的，但作者没有沿袭经典现实主义的叙事律例——真实、具体地再现社会历史语境和塑造典型环境中的典型人物，表现社会生活和人物性格的细节真实。我们在涉及三次革命和四次战争的小说中看到的不是详细描述的波澜壮阔的历史图景，而是对时间和历史语境较为笼统的交代。生活在动荡不安的变革语境中的日瓦戈在我们面前没有呈现出推动社会潮流向前的当代英雄的"典型性格"，他既非革命者，也非反动派。小说中的时代、历史、生活、人物、场景、细节等不是为了再现而再现的社会生活本身，而是通过人物的悲剧性命运和苦难的心灵历程揭示出的关于人类命运的永恒思考。

二战后苏联文学发展进程中的迷津和歧途，还有站在当代苏联文学始点的"解冻文学"的涌起，都直接与一种社会政治危机、一种思维方式和创作理念的式微有着密切的关系。但是，始终沿着意识形态政治思维和传统现实主义道路前行的一些苏联作家一如既往地关注当下现实、社会政治，而包括帕斯捷尔纳克在内的另一些作家则从苏联社会的当下现实中背转身去，从深层的民族历史文化着眼，试图展现历史的困境以及历史与个人之间复杂的对话关系。自由、进步、民主、理性、解放等启蒙运动以来深具人文主义传统的现代性观念重新被帕斯捷尔纳克在长篇小说《日瓦戈医生》中提出。他所重申的古典人文主义的传统带着鲜明的现代意识和文学观照，充满了面向未来的复杂的批评精神，让文学在一种更宏伟、更深刻的层面上——不是在现实主义的延长线上，更不是在对社会主义现实主义文学的质疑声中——自觉地实现了对现实主义文学创作理念与审美诗学的创新。

相对于托尔斯泰在《战争与和平》中的历史主义的理性思维而言，帕斯捷尔纳克在《日瓦戈医生》中更重视历史进程中的个体的伦理价值与情感真实，重视那些被历史车轮无情碾压的个体存在。在帕斯捷尔纳克看来，文学最重要的价值在于它拥抱被历史吞没的个体的情感和心灵向往。正是基于这一情感，他不断地对历史进行反思。

我们可以发现，小说中除了关于政治、历史的内容之外，作家关注的还有文学、艺术、生命、爱情、家庭、哲学、宗教等一系列命题，这是帕斯捷尔纳克由政治批评转向文化抗争，由社会政治场转向文化场的结果。小说中日瓦戈说，对生活的思考和肯定是一部艺术作品的"本质、灵魂、基础"所在。作家通过各种非政治叙事所表达和张扬的，正是对生活和生命的一种思考，这种思考超拔于日常俗世生活，穿透了生活的本质，触及了文学的本质。这种本质在于，文学的存在应该成为张扬思想自由、精神独立、幸福美好的生命的存在，为实现真善美的永恒理想而努力的存在。这就是《日瓦戈医生》没有随着时间消逝而褪去其作为一部不朽巨著的光芒的审美意蕴所在。

　　此外，作家对日瓦戈、拉拉、安季波夫这三个主要人物悲剧性的生命遭际和多重的（物质的、精神的、情感的、心灵的）人生苦难的讲述也不仅是从社会历史视角，还是通过对其生命偶然性、荒诞感、碎片性的体验与表达来呈现的，这无意中也与现代主义文学思潮的命题达成了某种契合。

　　第二，现代主义的艺术观念和小说思维使帕斯捷尔纳克另辟蹊径，选择了一种具有现代主义小说元素的叙事结构。小说具有创新意义的叙事结构是在传统的"线性链式"的现实主义叙事框架中，基于现代主义小说的"节点式"空间叙事实现的。"节点式"空间叙事是帕斯捷尔纳克对经典现实主义长篇小说叙事所做的开创性贡献。尽管从整体上来看，《日瓦戈医生》也是一部按照时间先后讲述故事的线性叙事小说，但其线性叙事已明显不同于单一的"时间性"叙事，而呈现出时间、空间并置，并以空间叙事为主的结构形态。由于小说的叙述焦点由情节叙事转向内心言说，所以冗长、沉闷、缓慢的线性叙事已不能立体、丰满地展现人物的内心世界。单一的线性叙事逐渐淡化，而此时空间所蕴含的文学价值越来越强大，迁徙、漂泊、羁旅——频繁的空间迁移形成了主人公"无家可归""徘徊与迷惘"的人生意象。不同地域，如莫斯科与乌拉尔，是作家对时代中心与社会边缘话题的思考，是喧嚣与宁静、人为与自然、隔膜与亲近的情感对立；空间的置换还是实现不同人物、不同命题对话的重要条件之一。

　　遵循"节点式"空间叙事的原则，帕斯捷尔纳克不在历时性的时间变化中去表现事件或人物外在的矛盾冲突过程。小说结尾高度的开放性和不确定性无不得益于这种叙事方式。正因为小说的叙事动力和张力均来自那些与历史意蕴、人物命运相关的重要"节点"，情节之间的关联必然不会像传统现实主义小说那么紧密，故事中人物活动的严密的时间、逻辑和因果关系的缺失也就势在必然。这恰恰是作家在遵循传统现实主义文学叙事之时吸纳和融汇现代主义叙事手段的一个例证。

第三，散文叙事与诗歌抒情的交融。

《日瓦戈医生》中的散文叙事与诗歌抒情的交融不仅表现为散文部分与诗歌部分两种文体的融合，还表现为小说散文部分中诗性的呈现，作家善于将小说独有的深邃的历史思考、生命哲思与精致幽微的诗情、诗意、诗思贴合、沁润在一起。

帕斯捷尔纳克是现代主义诗歌大家，毕生都在创作诗歌，所以无论在他早期的中短篇小说创作中，还是在他生命晚年的长篇小说里，他都有意或无意地保留着诗歌的特点：关于时空的哲思、关于历史的象征、关于艺术具体与空灵的风格评赏、关于审美激情的言说、关于生活的娴雅评判、对旧事的怀想、充满智慧的诗性对话等等。作家的宏观瞻视与诗眼观心始终结合在一起。

小说主人公日瓦戈作为现实层面和精神层面的"漂泊者"，保持着永远的"行吟者"姿态，而"回归自我"是他行进在短暂人生路上的最终方向。诗人的"行吟"有着地理空间和文化的双重含义，而"回归自我"则是他心灵的归处，即寻找和守望灵魂的自我。在充满诗意的散文文本中，既有日瓦戈反思社会动荡、人类烽烟的精神焦虑，又有对大自然宁静、安详、和谐的感慨，还有他与世界、宇宙、上帝的心灵对话。而诗歌文本则是他运用宗教文化力量超度灵魂、回归自我的一种精神复活。小说中不同人物对话的多义性或衍生性、生活性和宗教性、象征性与隐喻性都与诗歌的诗性本质有关。作者把意义的诠释权交付读者，恢复意义的直接性和转义性都需要拥有理解、感悟和把握诗歌的能力。

散文叙事与诗歌抒情的汇流与20世纪中后期的苏联农村小说、心理小说的抒情化倾向和诗意化特征不谋而合，在促进此后俄罗斯长篇小说叙事的抒情性中起到了不可忽视的作用。

第四，多重的叙事视角。

《日瓦戈医生》"精致主义"的叙事风格在很大程度上取决于它极富独特性和创新性的叙事视角。作家改变了长期以来苏联作家因过分关注作品的社会历史意义与急切表达道德教诲而一味采取全知全能叙事的传统模式，多种视角的巧妙使用大大拓展了小说的叙事张力和内在的审美意蕴，极大地增强了小说的对话性、开放性，为读者的审美期待和创造性阅读提供了广阔的空间。

在现代小说叙事中，人物不仅是叙述者的叙事对象，更是小说叙事的十分重要的视角主体，这是20世纪现代小说叙事的一个重要发展。《日瓦戈医生》重于对主人公日瓦戈内心世界的揭示，小说中叙述者的视角往往伴随着日瓦戈的人物视角。这种叙述者视角和人物视角的结合使用极大地增强了小说的表现力和人物形象的真实性，使主人公日瓦戈的心灵世界得以由外而内全方位展示。日瓦戈在被叙述者讲述的同时，他本人也参与到讲述自我、讲述时代的过程中，以主观的视角展现现实世界和自我心灵世界；而具有更强的逼真性和客观性的摄像式视角让叙述者暂时退场，将舞台完全交给人物，这种新颖的作用方式极大地调动了读者阅读的积极性。叙述者的全知视角勾勒出半个世纪的历史风云以及以日瓦戈为核心的不同人物的人生沉浮和心灵历程，但需要指出的是，有时全知叙述者会主动限制自己"全知"的叙事权力，有意设置一些叙事谜团，制造悬念，将读者引入主动、积极的阐释过程。叙述者的全知视角对于历史重大事件的交代通常是极为简略的，而更加重视和关注个体感受。

叙事视角的多样性、复杂性、变换性是小说叙事的重要特征。多重视角为作品构建出纵横交错的立体叙事和一个个流动的故事画面。各种叙事视角如同影视艺术中的长短镜头、俯仰、特写等拍摄手段，有着强烈的审美效果和艺术感染力。此外，多种体裁元素——戏剧、札记、诗歌等的融入也使叙事视角更为多样和复杂。帕斯捷尔纳克不仅善于根据主题表达和人物刻画的需要选择不同类型的叙事视角，而且还根据作品思想表达和艺术效果的需要，使各种视角相互转换、交织、融合、呼应，以此控制叙事距离，提高人物刻画的丰满度。这充分显示了作家运用叙事视角的高超技巧，也体现了作者对读者主体性阅读的充分尊重。

第五，独特的叙事话语形态。

《日瓦戈医生》在继承俄罗斯传统现实主义小说叙事传统的同时，也对传统的叙事话语做出了独具个性的创新，增加了现代性元素。使小说具有创新意义的叙事话语体现在不同人物及叙述者的话语形态及审美功能上。

同样的人物话语，如果使用不同的表达方式，就会产生不同的效果，每一种讲述方式都会在读者身上唤起独特的情感效应。小说中最具特色、最突出的是直接引语、自由间接引语和自由直接引语的使用。作者对直接引语这种传统小说中常用的人物话语形式进行了创造性的运用，使用了三种不同的对话类型："自白性"对话、"论争性"对话、"映衬性"对话。需要指出的是，在传统全知全能叙事的独白语小说中，叙述者"展现式"的叙事功能是核心的、主导的、压倒一切的，对话是为叙述者的话语服务的。但是，在《日瓦戈医生》中两者的关系发生了根本性的变化：对话成为主导、核心的叙事手段，叙述者的话语退居其次，为对话服务，起着释解、补充、印证、深化对话的作用，叙述者成为一位聆听者、补充者、评价者。小说中叙述者的很多功能，比如对人物生活经历、思想变化、情感心绪的描叙都是由不同形式的对话完成的。不同对话形态的运用使小说文本具有明显的戏剧性特征，它们在塑造人物的性格、揭示人物的思想中发挥了重要作用。除了对直接引语这种传统小说中常用的人物话语形式进行创造性的运用外，作家还恰到好处地使用了现代小说青睐的自由间接引语以及自由直接引语。小说还常通过不同人物话语表达形态的交叉、对比的方式来强化明暗对比的艺术表达效果，以达到刻画人物性格、展现人物复杂心灵世界的目的。

《日瓦戈医生》中的叙述者通过其话语扮演着"讲述者""审视者""思想者"三种角色，分别对应着故事情节演进的连缀功能，人物心灵世界的诠释功能，以及作者情感意志、宗教情怀和哲学思辨的代言功能。叙述者的三种角色及其功能在小说的叙事方式、言说意向和价值判断中发挥了重要作用。作家通过叙述者的不同角色将日常生活层面的与形而上层面的思考有机地结合在了一起。需要指出的是，与传统全知全能小说的叙述者相比，《日瓦戈医生》中的叙述者的角色发生了明显变化。传统全知全能小说的叙述者通常是干预性的，具有强烈的主体意识（比如托尔斯泰长篇小说中的叙述者），会时不时地站出来直接表达自己的主观感受，居高临下地发表评论，以权威口吻建立其所认定的道德是非标准。而《日瓦戈医生》中的叙述者不以"道德说教者"的身份说话，即使扮演"审视者""思想者"的角色，也从无充当"裁判"角色的意图，而往往只充当故事的讲述者和传达者，其主观判断大都是隐性的、潜在的。叙述者具有高度个性及智性色彩的"自白性"话语是提供给读者思考的。叙述者不对自己笔下的人物（如韦杰尼亚平、日瓦戈、拉拉、安季波夫－斯特列利尼科夫、戈尔东、杜多罗夫）做直接的、意义单一的评价，而是通过多种视角进行审视。叙述者扮演的不是"审判官"，而是"观察者"，他的作用是阐明人物意向的多样性。

第六，帕斯捷尔纳克在小说中坚持个体叙事、个体伦理，接续并发展了长期以来在苏联文学中被边缘化了的自由个体的叙事伦理，这对当代俄罗斯文学叙事伦理的转型有着重要意义。

作为一个小说家，是重视外在的社会事件层面，给予历史全景的描述，还是立足于人内在的、感性的、个性的东西，重视在历史洪流中的个体身心？是向外看历史进程，还是从个体内心看历史？帕斯捷尔纳克均选择了后者。

苏联时期小说叙事的主导原则是国家主义，国家主义原则明确地被具体化为忠诚于国家意识形态政治的社会主义现实主义的文学叙事。《铁流》、《毁灭》、《钢铁是怎样炼成的》、《新垦地》（第一部）等作品就是将国家寓言、时代英雄寓言神话化的典范之作。与此同时，作家们以各自的方式展现了人在追求个体自由道路上遇到的阻碍。与《日瓦戈医生》同时期创作的许多小说，无论是爱伦堡的《解冻》、奥维奇金的特写《区里的日常生活》、田德里亚柯夫的《死结》，还是列昂诺夫的长篇史诗《俄罗斯森林》、肖洛霍夫的《新垦地》（第二部）、柯切托夫的《茹尔宾一家》等在当时产生了重大影响的作品，都以不同的方式表达了对个人意愿与历史需求关系的新思考，表达了社会对个体承担责任的新诉求。但是这些小说歌颂的仍然是代表时代话语的"正面主人公"，未曾在国家与个体的关系上构筑新的叙事伦理。

在这样一种主流的文学叙事话语中，帕斯捷尔纳克以其非同寻常的勇气，发出了一种"异质"的声音，重构起一个关怀存在、追问个体生命意义的叙事维度。他因对生命个体存在之殇的深切体验、对个体生命价值的高度尊重与关切、对自由精神的现代性体悟，在《日瓦戈医生》中展现了文学与历史，人与时代、社会之间新的对话关系，坚持了一种鲜明的自由个体的小说叙事伦理。他所坚持的历史观和伦理观在于把历史还原到自由个体的心灵体验上，把历史的主体性当作历史性的基础建构，把个人的生命要义当作历史要义的基本构成。正如海德格尔在他的《存在与时间》里所强调的："人的此在是历史的首要'主体'。"[1]

《日瓦戈医生》的主题是"个体的我""我的人民""我的上帝"。"人民"在小说里已经不再是一个先验的、抽象的范畴，它是作家个人情感及经验体认和选择的结果，是具体、真切地与"我"一起生活、一起快乐或痛苦的人们。而"上帝"也不是空泛无依、绝对理性的神学概念，而是"我"在生命中独自寻得、时时陪伴着"我"的精神力量和生命指向。这部长篇小说源于个体思维、个性伦理的叙事伦理是对苏联文学叙事的家国伦理的一种超越，充分代表了现代小说的发展方向："从整体叙事走向个人叙事，从现实真实走向虚构叙事，从形式崇拜走向个体私语……从'人民伦理的大叙事'走向'自由伦理的个体叙事'。"[2]

---

1. 马丁·海德格尔：《存在与时间》，陈嘉映、王庆节译。北京：生活·读书·新知三联书店，2014年，第432页。
2. 谢有顺：《文学的常道》。北京：作家出版社，2009年，第132—133页。

参考文献

外文文献:

Friedman N. Point of View in Fiction: The Development of a Critical Concept[J] // PMLA, 1955, №5.

Jones D. L. History and Chronology in «Doctor Zhivago», 1979. Vol. 23. №1.

Phelan J. Experiencing Fiction: Judgments, Progressions, and the Rhetorical Theory of Narrative. Columbus: Ohio State UP, 2007.

Альфонсов В. Н. Поэзия Бориса Пастернака (2-е издание) . СПб.: САГА, 2001.

Амелин Г. Г. Лекции по философии литературы. М.: Языки славянской культуры, 2005.

Анисова А. Н. Особенности художественного пространства и проблема эволюции поэтического мира (на материале лирики Б. Пастернака) . Дис. на соиск. учен. степ. к. филол. н. Спец. Тверь, 2002.

Аристотель. Риторика. Поэтика. М.: Азбука-классика, 2007.

Арутюнян Т. В. «Крестный путь» Юрия Живаго (К пробл. христиан. назначения личности в романе Б. Л. Пастернака «Доктор Живаго») . Ереван: ЕГУ, 2001.

Бавин С. П., Семибратова И. В. Судьбы поэтов Серебряного века. М.: Книжная палата, 1993.

Баевский В. С. Идеология этатизма как структурный элемент русского романа // Филологические науки, 2000, №6.

Баевский В. С. История русской литературы XX века. М.: Языки славянской культуры, 2003.

Баевский В. С. Перечитывая классику: Пастернак. М.: Издательство МГУ, 1999.

Бакулов В. Д. Утопизм как превращенная форма выражения положительной утопии // Философские науки, 2003, №3.

Барыкин А. В. Лирика Б. Л. Пастернака 1910-1920 годов: «онтологическая» поэтика метафоры. Дис. на соиск. учен. степ. к. филол. н. Спец. Тюмень, 2000.

Батыгин Г. С. Метаморфозы утопического сознания // Квинтэссенция: Философский альманах. М.: Прогресс, 1993.

Бахтин М. М. Собр. соч.: в 7 т. Т.1. М.: Русские словари, 2003.

Бахтин М. М. Эстетика словесного творчества. М.: Искусство, 1979.

Бахтин М. М. Литературно-критические статьи. М.: Художественная литература, 1986.

Берковская Е. Н. Мальчики и девочки 40-х годов: Воспоминания о Б. Л. Пастернаке // Знамя, 1999, №11.

Бертнес Ю. Христианская тема в романе Пастернака «Доктор Живаго» // Проблемы исторической поэтики (Вып.3) . Евангельский текст в русской литературе XVIII-XX веков. Петрозаводск: ПетрГУ, 1994.

Большев А. О. Куда стрелял доктор Живаго? // Нева, 1997, №5.

Борисов В. М. Пастернак Е. Б. Материалы к творческой истории романа Б. Пастернака «Доктор Живаго» // Новый мир, 1988, №6.

Буров С. Г. «Повесть о двух городах» Ч. Диккенса в «Докторе Живаго» Б. Пастернака // Русская литература, 2004, №2.

Буров С. Г. Образ сада в поэтике романа Б. Пастернака «Доктор Живаго». Петрозаводск: ПетрГУ, 2006.

Буров С. Г. Пастернак и Чаадаев. Пятигорск: ПГЛУ, 2009.

Быков Д. Л. Борис Пастернак. М.: Молодая гвардия, 2006.

Вагеманс Э. К. Русская литература от Петра Великого до наших дней. М.: РГГУ, 2002.

Вигилянская А. В. Второе рождение. Об одном философском источнике творчества Бориса Пастернака // Вопросы литературы, 2007, №6.

Вильмонт Н. Н. О Борисе Пастернаке: Воспоминания и мысли. М.: Советский писатель, 1989.

Власов А. С. «Стихотворения Юрия Живаго» Б. Л. Пастернака, Кострома, КГУ имени Некрасова, 2008.

Власов А. С. Дар живого духа (Стихотворения Б. Пастернака «Август» и «Разлука» в контексте романа «Доктор Живаго») // Вопросы литературы, 2004, №5.

Власов А. С. Явление Рождества. (А. Блок в романе Б. Пастернака «Доктора Живаго»: тема и вариации) // Вопросы литературы, 2006, №3.

Гаспаров Б. М. Борис Пастернак: по ту сторону поэтики (Философия, Музыка, Быт) . М.: Новое литературное обозрение, 2013.

Гаспаров Б. М. Временной контрапункт как формообразующий принцип романа

Пастернака «Доктор Живаго» // Дружба народов, 1990, №3.

Гаспаров Б. М. Литературные лейтмотивы. М.: Наука, 1994.

Геллер Л. Ю. Утопия в России. СПб.: Гиперион, 2003.

Герштейн Э. О Пастернаке и об Ахматовой // Литературное обозрение, 1990, №2.

Гинзбург Л. Я. О психологической прозе. М.: Intrada, 1999.

Голубков М. М. Русская литература XX века. После раскола. М.: Аспект-пресс, 2001.

Горелик Л. Л. «Миф о творчестве» в прозе и стихах Бориса Пастернака. М.: РГГУ, 2011.

Дубровина К. М. С верой в мировую гармонию: образная система романа Б. Пастернака «Доктор Живаго» // Вестник Московского университета, Сер. 9. Филология, 1996, №1.

Дунаев М. М. Православие и русская литература (в 6-ти частях) . М.: Христианская литература, 2000.

Есаулов И. А. Категория соборности в русской литературе. Петрозаводск: ПетрГУ, 1995.

Есаулов И. А. Мистика в русской литературе советского периода (Блок, Горький, Есенин, Пастернак) . Тверь: Твер. гос. ун-т, 2002.

Есаулов И. А. Пасхальный архетип русской литературы и структура романа «Доктора Живаго» // Евангельский текст в русской литературе XVIII - XX веков. Петрозаводск, 2001.

Есаулов И. А. Русская классика: новое понимание. СПб.: Алетейя, 2012.

Жданова А. В. Нарративный лабиринт «Лолиты» (Структура повествования в условиях ненадежного нарратора) . Тольятти, 2008.

Земляной С. Н. Философия и художество: «Доктор Живаго» и его интерпретации // Свободная мысль, 1997, №8.

Зорин А. Л. Между даром и долгом: Перечитывая «Доктор Живаго» // Континент, 2004, №4.

Иванова Н. Б. Борис Пастернак и Анна Ахматова // Знамя, 2001, №9.

Иванова Н. Б. Борис Пастернак: Времена жизни. М.: Время, 2007.

Иванова Н. Б. Невеста Букера. М.: Время, 2005.

Иванова Н. Б. Смерть и воскресение доктора Живаго // Юность, 1988, №5.

Исаев С. Г. Композиция текста в романе Б. Пастернака «Доктор Живаго» // Филологические науки, 2005, №3.

Ким Юн-Ран. Своеобразие сюжета и композиции в романе Б. Пастернака «Доктор Живаго». Дис. на соиск. учен. степ. к. филол. н. М., 1997.

Клинг О. А. Борис Пастернак и символизм // Вопросы литературы, 2002, №2.

Ковалев О. А. Нарративные стратегии в литературе (на материале творчества Ф. М. Достоевского). Барнаул: Алт. ун-та, 2009.

Кожевникова В. М. и Николаева П. А. (Гла. Ред.) Литературный энциклопедический словарь, М.: Советская энциклопедия, 1987.

Колобаева Л. А. «Живая жизнь» в образной структуре романа «Доктор Живаго» Б. Пастернака // русская словесность, 1999, №3.

Кондаков И. В. Роман «Доктор Живаго» в свете традиций русской культуры // Известия АН СССР. Сер. лит. и яз, 1990, №6.

Кондаков И. В. Шнейберг Л. Я. Русская литература XX века. М.: Новая волна, 2003.

Контрерас Толедо Виктор Мануэль. Роман Б. Пастернака «Доктор Живаго»:

мировосприятие и концепция личности. Дис. на соиск. учен. степ. к. филол. н. М., 1992.

Косиков Г. К. О принципах повествования в романе // Литературные направления и стили (Сборник) . М.: МГУ, 1976.

Котенко Е. В. Сравнение в лирике Б. Пастернака: опыт системного лингвопоэтического анализа. Дис. на соиск. учен. степ. к. филол. н. Минск, 2000.

Кристофер Д. Б. Пушкин и Пастернак // Континент, 1999, №102.

Лавров А. В. «Судьбы скрещенья»: теснота коммуникативного ряда в «Докторе Живаго» // Новое литературное обозрение, 1993, №2.

Лейдерман Н. Л., Липовецкий М. Н. Современная русская литература: 1950-1990-е годы. В 2 т. М.: Академия, 2006.

Лилеева А. Г. Поэзия и проза в романе Б. Л. Пастернака «Доктор Живаго». (Интерпретация стихотворения «Зимняя ночь») // Русская словесность, 1997, №4.

Лихачев Д. С. Размышления над романом Б. Л. Пастернака «Доктор Живаго» // Новый мир, 1988, №1.

Лобков Е. Ф. Двадцать шестое стихотворение доктора Живаго // Зеркало, 2009, №34.

Лотман Ю. М. Об искусстве: структура художественного текста. СПб.: Искусство-СПБ, 1998.

Лотман Ю. М. Стихотворения раннего Пастернака и некоторые вопросы структурного изучения текста // Труды по знаковым системам. IV. Ученые записи ТГУ. Вып. 236. Тарту, 1969.

Лотман Ю. М. Структура художественного текста. М.: Искусство, 1970.

Ляляев С. В. Роль ментативных компонентов в романе Б. Л. Пастернака «Доктор Живаго» // Новый филологический вестник, 2010, №12.

Магомедова Д. М. Соотношение лирического и повествовательного сюжета в творчестве Пастернака // Известия АН СССР. Сер. лит. и яз, 1990, №5.

Маслова А. Г. Аспекты анализа хронотопа лирического произведения (на примере поэзии Б. Л. Пастернака): учеб. пособие к спецкурсу. Киров: Вят. гос. гуманитар. ун-т, 2006.

Молчанова Н. С. Внутритекстовые семантические связи слов в монологических высказываниях (на материале романа Б. Пастернака «Доктор Живаго»). Дис. на соиск. учен. степ. к. филол. н. Псков, 2004.

Неклюдова Н. Б. Роман Б. Л. Пастернака «Доктор Живаго» : Пути истолкования. Дис. на соиск. учен. степ. к. филол. н. М., 1999.

Николюкин А. Н. (главн. ред.). Литературная энциклопедия терминов и понятий. ИНИОН РАН. М.: НПК Интелвак, 2003.

Новиков В. Л. Повесть о настоящем Пастернаке // Дружба Народов, 2001, №6.

Орлицкий Ю. Б. «Доктора Живаго», как «проза поэта»: опыт экстраполяции одного якобсоновского термина // Материалы международного конгресса: 100 лет Р. О. Якобсону. Москва, 1996.

Пастернак Б. Л. «Доктора Живаго», с комментариями В. Борисова и Е. Пастернака. М.: Тройка, 1994.

Пастернак Б. Л. Доктор Живаго. М.: Эксмо, 2008.

Пастернак Б. Л. Собр. соч.: В 5 т. М.: Художественная литература, 1989-1992.

Подгорская А. В. Иосиф Бродский и русская рождественская поэзия. Магнитогорск: ГОУ ВПО «МГТУ», 2009.

Попофф А. О «толстовском аршине» в романе Пастернака «Доктора Живаго» // Вопросы литературы. 2001, №2.

Поспелов Г. Н. Проблемы литературного стиля. М.: МГУ, 1970.

Пропп В. Я. Исторические корни волшебной сказки. Л.: ЛГУ, 1986.

Пропп В. Я. Кумулятивная сказка // Фольклор и действительность. М.: Наука, 1976.

Птицын И. А. Творческая эволюция Бориса Пастернака // Традиции в контексте русской культуры (Межвузовский сборник научных статей) . Вып. IX. Череповец: ЧГУ, 2002.

Романова И. В. Семантическая структура «Стихотворений Юрия Живаго» в контексте романа и лирики Б. Пастернака. Дис. на соиск. учен. степ. к. филол. н. Смоленск, 1997.

Сафонов В. И. Борис Пастернак: Мифы и реальность. М.: Анонс Медиа, 2007.

Седакова О. А. «Неудавшаяся епифания»: два христианских романа - «Идиот» и «Доктора Живаго» // Континент, 2002, №112.

Синева О. В. Стилистическая структура художественной прозы Б. Л. Пастернака (Роман «Доктор Живаго») . Дис. на соиск. учен. степ. к. филол. н. М., 1995.

Скоропадская А. А. Античные и христианские традиции в изображении природных образов леса и сада (на примере романа Б. Пастернака «Доктор Живаго») . Петрозаводск: ПетрГУ, 2010.

Слоним М. Л. Критика русского зарубежья. М.: АСТ, Олимп, 2001.

Слоним М. Л. Роман Пастернака // Критика русского зарубежья. М.: АСТ, Олимп, 2001.

Смирнов И. П. Кинооптика литературы // Видеоряд. Историческая семантика кино. СПб.: Дом «Петрополис», 2009.

Смирнов И. П. Роман тайн «Доктора Живаго». М.: Новое литературное обозрение, 1996.

Смирнов И. П. Текстомахия: как литература отзывается на философию. СПб.: Дом «Петрополис», 2010.

Соколов Б. В. Кто вы, доктор Живаго? Расшифрованный Пастернак. М.: Эксмо, Яуза, 2006.

Степун Ф. А. Б. Л. Пастернак // Литературное обозрение, 1990, №2.

Суханова И. А. Интертекстуальные связи в романе Б. Л. Пастернака «Доктор Живаго». Дис. на соиск. учен. степ. к. филол. н. Ярославль, 1998.

Суханова И. А. Структура текста романа Б. Л. Пастернака «Доктор Живаго». Ярославль: Издательство ЯГПУ, 2005.

Тамарченко Н. Д. Событие сюжетное // Поэтика: словарь актуальных терминов и понятий. М.: Кулагиной, Intrada, 2008.

Тамарченко Н. Д. Структура произведения // Теория литературы: В 2 т. Под ред. Н. Д. Тамарченко. Т. 1. М: Академия, 2004.

Томашевский Б. В. Теория литературы (поэтика) . М.: Аспект-пресс, 1996.

Тюпа В. И. и др. Поэтика «Доктора Живаго» в нарратологическом прочтении. Коллективная монография, под ред. В. И. Тюпы. М.: Intrada, 2014.

Тюпа В. И. Мифологема Сибири: к вопросу о «сибирском тексте» русской литературы // Сибирский филологический журнал, №1. Барнаул - Кемерово - Новосибирск - Томск, 2002.

Тюпа В. И. Нарратологические проблемы чеховского повествования // Известия РАН. Серия литературы и языка, 2010, т. 69, №4.

Тюпа В. И. Нарратология как аналитика повествовательного дискурса. Тверь, 2001.

Тюпа В. И. Фазы мирового археосюжета как историческое ядро словаря мотивов // От сюжета к мотиву. Новосибирск, 1996.

Урманов А. В. Творчество Александра Солженицына. М.: Флинта-Наука, 2003.

Урнов Д. М. Доктора Живаго. Год 1988-й // Наш современник, 2008, №4.

Фарино Ежи. Как сфинкс обернулся кузнечиком: разбор цикла «Тема с вариациями» Пастернака // Studia Russica XIX. Budapest, 2001.

Фатеева Н. А. Поэт и проза: Книга о Пастернаке. М.: Новое литературное обозрение, 2003.

Финкель В. М. Борис Пастернак: Трагедия великого поэта // Слово, 2006, №53.

Фомичев С. А. «Вперед то под гору, то в гору бежит прямая магистраль...» Железная дорога в романе Б. Пастернака «Доктор Живаго» // Русская литература, 2001, №2.

Франк В. С. Поэтическое мировоззрение Пастернака // Литературное обозрение, 1990, №2.

Франк В. С. Реализм четырех измерений // Мосты, 1959, №2.

Фрейденберг О. М. Поэтика сюжета и жанра. М.: Лабиринт, 1997.

Чумак О. С. Корреляция концептов «жизнь» и «смерть» в идиостиле Б. Л. Пастернака (на материале романа «Доктора Живаго») . Дис. на соиск. учен. степ. к. филол. н. Саратов, 2004.

Шмид В. Нарратология. М.: Языки славянской культуры, 2003.

Якобсон Р. О. Заметки о прозе поэта Пастернака // Якобсон Р. О. Работы по поэтике. М.: Прогресс, 1987.

中文文献：

［俄］阿格诺索夫：《20世纪俄罗斯文学》，凌建侯等译。北京：中国人民大学出版社，2001年。

［荷］米克·巴尔：《叙述学——叙事理论导论（第二版）》，谭君强译。北京：中国社会科学出版社，2003年。

［俄］巴赫金：《文本对话与人文》，白春仁等译。石家庄：河北教育出版社，1998年。

白春仁：《巴赫金——求索对话思维》，《文学评论》1998年第5期。

包国红：《风风雨雨"日瓦戈"——〈日瓦戈医生〉》。昆明：云南人民出版社，2001年。

［俄］德·贝科夫：《帕斯捷尔纳克传》，王嘎译。北京：人民文学出版社，2016年。

［俄］别尔嘉耶夫：《俄罗斯思想》，雷永生、邱守娟译。北京：生活·读书·新知三联书店，2004年。

［俄］别尔嘉耶夫：《俄罗斯思想的宗教阐释》，邱运华、吴学金译。北京：东方出版社，1998年。

［俄］别尔嘉耶夫：《历史的意义》，张雅平译。上海：学林出版社，2002年。

［俄］别尔嘉耶夫：《人的奴役与自由》，徐黎明译。贵阳：贵州人民出版社，1994年。

［俄］别尔嘉耶夫：《自由的哲学》，董友译。上海：学林出版社，1999年。

［俄］别尔嘉耶夫：《自由精神哲学：基督教难题及其辩护》，石衡潭译。上海：上海三联书店，2009年。

［英］以赛亚·伯林：《俄国思想家（第二版）》，彭淮栋译。南京：译林出版社，2003年。

［俄］勃洛克：《知识分子与革命》，林精华、黄忠廉译。北京：东方出版社，
　　2000年。

陈琛：《列夫·托尔斯泰文集（第4卷）：天国就在你们心中》。长春：吉林人民出
　　版社，1995年。

陈建华：《中国俄苏文学研究史论（第3卷）》。重庆：重庆出版社，2007年。

陈太胜：《新形式主义：后理论时代文学研究的一种可能》，载《语言的幻象：后
　　理论时代的文学研究》。长沙：湖南人民出版社，2016年。

陈晓春：《帕斯捷尔纳克的迷误——兼论作家的主体认识与文学真实性的关
　　系》，《文艺理论与批评》1989年第2期。

陈新宇：《〈日瓦戈医生〉经典性之形式特质》，《外国文学研究》2014年第5期。

陈永国：《互文性》，《外国文学》2003年第1期。

邓鹏飞：《〈日瓦戈医生〉的历史主题》。成都：四川大学文学与新闻学院，
　　2004年。

刁绍华：《二十世纪俄罗斯文学词典》。哈尔滨：北方文艺出版社，1999年。

董小英：《叙述学》。北京：社会科学文献出版社，2001年。

董晓：《〈日瓦戈医生〉的艺术世界》，《艺术广角》1998年第2期。

董晓：《〈日瓦戈医生〉：我心目中的经典》，《俄罗斯文艺》2000年第4期。

［美］詹姆斯·费伦：《叙事判断与修辞性叙事理论——以伊恩·麦克尤万的〈赎
　　罪〉为例》（申丹译），《江西社会科学》2007年第1期。

［美］詹姆斯·费伦：《作为修辞的叙事：技巧、读者、伦理、意识形态》，陈永
　　国译。北京：北京大学出版社，2002年。

［美］詹姆斯·费伦，彼得·拉宾诺维茨：《当代叙事理论指南》，申丹等译。北
　　京：北京大学出版社，2007年。

冯玉芝：《帕斯捷尔纳克创作研究》。北京：人民文学出版社，2007年。

冯玉芝，薛兴国：《帕斯捷尔纳克与肖洛霍夫小说艺术比较》，《俄罗斯文艺》
2002年第1期。

［美］约瑟夫·弗兰克等：《现代小说中的空间形式》，秦林芳编译。北京：北京
大学出版社，1991年。

傅星寰：《〈日瓦戈医生〉中的"俄罗斯男孩"主题刍议》，《外国文学研究》2010
年第2期。

高建华：《论〈日瓦戈医生〉的生命体验与启示录精神》，《当代外国文学》2013
年第1期。

高莽：《帕斯捷尔纳克——历尽沧桑的诗人》。长春：长春出版社，1999年。

郭小宪：《从格利高里到日瓦戈——〈静静的顿河〉和〈日瓦戈医生〉主人公之
比较》，《西北大学学报》（哲学社会科学版）1988年第3期。

［俄］哈利泽夫：《文学学导论》，周启超等译。北京：北京大学出版社，2006年。

［德］马丁·海德格尔：《存在与时间》，陈嘉映、王庆节译。北京：生活·读
书·新知三联书店，2014年。

［德］马丁·海德格尔：《谢林论人类自由的本质》，薛华译。北京：中国法制出
版社，2009年。

何满子，耿庸：《关于〈日瓦戈医生〉的对话》，《外国文学评论》1988年第2期。

何云波：《二十世纪的启示录——〈日瓦戈医生〉的文化阐释》，《国外文学》
1995年第1期。

何云波：《回眸苏联文学》。长沙：湖南人民出版社，2003年。

何云波：《基督教〈圣经〉与〈日瓦戈医生〉》，《俄罗斯文艺》1999年第3期。

何云波，刘亚丁：《精神的流浪者——关于俄罗斯知识分子的对话》，《俄罗斯文
艺》2001年第3期。

何云波，刘亚丁：《知识者的寻求——20世纪俄罗斯知识分子的选择与命运》，

《俄罗斯文化评论》2006年辑。

胡凤华：《〈日瓦戈医生〉中的俄罗斯命运》，《山东外语教学》2006年第1期。

胡亚敏：《叙事学》。武汉：华中师范大学出版社，1994年。

黄伟：《〈日瓦戈医生〉精神谱系探源》，《江西社会科学》2005年第6期。

黄伟：《使徒和圣愚：日瓦戈形象原型的跨文化阐释》，《求索》2004年第11期。

［英］特伦斯·霍克斯：《结构主义和符号学》，瞿铁鹏译。上海：上海译文出版
　　社，1987年。

季明举：《生命的神性书写——〈日瓦戈医生〉中的价值超越维度》，《当代外国
　　文学》2010年第2期。

［伊朗］拉明·贾汉贝格鲁：《伯林谈话录》，杨祯钦译。南京：译林出版社，
　　2002年。

金亚娜等：《充盈的虚无：俄罗斯文学中的宗教意识》。北京：人民文学出版社，
　　2003年。

［意］卡尔维诺：《未来千年文学备忘录》，杨德友译。沈阳：辽宁教育出版社，
　　1997年。

［美］乔纳森·卡勒：《结构主义诗学》，盛宁译。北京：中国社会科学出版社，
　　1991年。

［德］恩斯特·卡西尔：《人论》，甘阳译。上海：上海译文出版社，1985年。

［英］迈克·克朗：《文化地理学》，杨淑华、宋慧敏译。南京：南京大学出版社，
　　2005年。

孔耕蕻：《简论西方后期现实主义小说创作中的现代主义倾向》，《文艺理论研究》
　　1988年第1期。

［法］米兰·昆德拉：《小说的艺术》，董强译。上海：上海译文出版社，2014年。

李华：《历史与人性的冲突：读〈日瓦戈医生〉》，《社会科学战线》1998年第2期。

李辉凡，张捷：《20世纪俄罗斯文学史》。青岛：青岛出版社，1998年。

李明滨：《俄罗斯二十世纪非主潮文学》。太原：北岳文艺出版社，1998年。

李明滨：《二十世纪欧美文学史（3）》。北京：北京大学出版社，2001年。

李毓榛：《20世纪俄罗斯文学史》。北京：北京大学出版社，2000年。

李毓榛：《〈日瓦戈医生〉在苏联的看法种种》，《外国问题研究》1990年第2期。

梁工：《基督教文学》。北京：宗教文化出版社，2001年。

廖宇蓉，廖婷：《现代小说叙事模式探析——以伍尔夫的〈达洛卫夫人〉为例》，
　　《江西社会科学》2010年第7期。

刘北成：《福柯思想肖像》。北京：北京师范大学出版社，1995年。

刘建军：《西方长篇小说结构模式论》。长春：东北师范大学出版社，1994年。

刘锟：《基督教文化背景下的〈日瓦戈医生〉》，《西南民族大学学报》（人文社科
　　版）2004年第6期。

刘士林：《生命：沉重的象征——读帕斯特尔纳克的长篇小说〈日瓦戈医生〉》，
　　《郑州大学学报》1990年第4期。

刘守平：《〈日瓦戈医生〉：主体命运的反思》，《国外文学》1998年第4期。

刘文飞：《苏联文学反思》。北京：中国社会科学出版社，2005年。

刘小枫：《沉重的肉身（第六版）》。北京：华夏出版社，2012年。

刘雅琴：《"日瓦戈医生"：精神探索者》，《名作欣赏》2012年第6期。

刘亚丁：《苏联文学沉思录》。成都：四川大学出版社，1996年。

刘亚丁，何云波：《雷雨中的闲云野鹤——关于帕斯捷尔纳克的对话》，《俄罗斯
　　研究》2001年第3期。

刘玉宝，万平：《〈日瓦戈医生〉的诗意特征》，《俄罗斯文艺》2007年第2期。

刘再复，林岗：《罪与文学》。北京：中信出版社，2011年。

鲁有周：《〈日瓦戈医生〉的艺术魅力浅探》，《江淮论坛》1995年第3期。

陆建德：《文学中的伦理：可贵的细节》，《文学评论》2014年第2期。

罗钢：《叙事学导论》。昆明：云南人民出版社，1994年。

吕同六：《20世纪世界小说理论经典（下卷）》。北京：华夏出版社，1995年。

［美］华莱士·马丁：《当代叙事学》，伍晓明译。北京：北京大学出版社，
　　2005年。

［美］希利斯·米勒：《解读叙事》，申丹译。北京：北京大学出版社，2002年。

倪稼民：《从建构到失语——文化传统背景下的俄罗斯革命知识分子与斯大林模
　　式》。南昌：江西人民出版社，2007年。

［俄］帕斯捷尔纳克：《人与事》，乌兰汗、桴鸣译。北京：生活·读书·新知三
　　联书店，1991年。

［俄］帕斯捷尔纳克：《日瓦戈医生》，力冈、冀刚译。桂林：漓江出版社，
　　1986年。

［俄］帕斯捷尔纳克：《日瓦戈医生》，蓝英年、张秉衡译。北京：人民文学出版
　　社，2006年。

［俄］帕斯捷尔纳克：《日瓦戈医生》，白春仁、顾亚铃译。上海：上海译文出版
　　社，2012年。

［俄］帕斯捷尔纳克：《最初的体验：帕斯捷尔纳克中短篇小说集》，汪介之等译。
　　南京：译林出版社，2014年。

［俄］帕斯捷尔纳克等：《追寻》，安然、高韧译。广州：花城出版社，1998年。

潘知常：《我爱故我在——生命美学的视界》。南昌：江西人民出版社，2009年。

［俄］普罗普：《故事形态学》，贾放译。北京：中华书局，2006年。

［俄］丘帕：《〈日瓦戈医生〉的类诗结构》（顾宏哲译），《俄罗斯文艺》2013年第
　　3期。

［法］热奈特：《叙事话语 新叙事话语》，王文融译。北京：中国社会科学出版

社，1990年。

任光宣：《俄国文学与宗教》。北京：世界图书出版公司，1995年。

任光宣：《俄罗斯文学简史》。北京：北京大学出版社，2006年。

任光宣：《小说〈日瓦戈医生〉中组诗的福音书契机》，《俄罗斯文艺》2007年第

　　3期。

任光宣，张建华，余一中：《俄罗斯文学史》（俄文版）。北京：北京大学出版社，

　　2003年。

［英］拉曼·塞尔登：《文学批评理论——从柏拉图到现在》，刘象愚等译。北京：

　　北京大学出版社，2000年。

尚必武：《叙事性》，《外国文学》2010年第6期。

申丹：《从叙述话语的功能看叙事作品的深层意义》，《江西社会科学》2011年第

　　11期。

申丹：《对叙事视角分类的再认识》，《国外文学》1994年第2期。

申丹：《究竟是否需要"隐含作者"？——叙事学界的分歧与网上的对话》，《国

　　外文学》2000年第3期。

申丹：《西方文体学的新发展》。上海：上海外语教育出版社，2008年。

申丹：《叙事、文体与潜文本——重读英美经典短篇小说》。北京：北京大学出

　　版社，2009年。

申丹：《叙事学研究在中国与西方》，《外国文学研究》2005年第4期。

申丹：《叙述学与小说文体学研究（第二版）》。北京：北京大学出版社，2001年。

申丹：《叙述学与小说文体学研究（第三版）》。北京：北京大学出版社，2004年。

申丹，王丽亚：《西方叙事学：经典与后经典》。北京：北京大学出版社，

　　2010年。

［俄］维·什克洛夫斯基：《散文理论》，刘宗次译。南昌：百花洲文艺出版社，

1997年。

〔俄〕维·什克洛夫斯基等:《俄国形式主义文论选》,方珊等译。北京:三联书店,1989年。

〔美〕马克·斯洛宁:《苏维埃俄罗斯文学》,浦利民、刘峰译。上海:上海译文出版社,1983年。

〔美〕马克·斯洛宁:《现代俄国文学史》,汤新楣译。北京:人民文学出版社,2001年。

谭君强:《叙事理论与审美文化》。北京:中国社会科学出版社,2002年。

谭敏:《〈日瓦戈医生〉诗歌文本与散文文本的互文解读》。南京:南京师范大学外国语学院,2007年。

谭敏:《〈日瓦戈医生〉中宗教原型的互文运用》,《世界文学评论》2009年第1期。

〔美〕艾娃·汤普逊:《理解俄国:俄国文化中的圣愚》,杨德友译。北京:生活·读书·新知三联书店,1998年。

童真:《论〈日瓦戈医生〉的自传性》,《四川师范大学学报》2000年第1期。

〔俄〕列夫·托尔斯泰:《列夫·托尔斯泰文集(第15卷)》。北京:人民文学出版社,1989年。

〔美〕伊恩·瓦特:《小说的兴起》,高原、董红钧译。北京:生活·读书·新知三联书店,1992年。

汪介之:《俄国现代主义小说的流变》,《南京师范大学学报》(社会科学版)2004年第4期。

汪介之:《非人工所能建造的纪念碑——我心目中的20世纪俄罗斯文学经典》,《俄罗斯文艺》2000年第2期。

汪介之:《关于〈日瓦戈医生〉的一种跨文化诠释——论艾娃·汤普逊对作品的误读》,《当代外国文学》2012年第1期。

汪介之：《〈日瓦戈医生〉的历史书写和叙事艺术》，《当代外国文学》2010年第
　　4期。

汪介之：《诗人的散文：帕斯捷尔纳克小说研究》。北京：北京大学出版社，
　　2017年。

汪介之：《世纪苦吟：帕斯捷尔纳克与中国知识者的精神关联》，《探索与争鸣》
　　2007年第9期。

汪磊：《试论〈日瓦戈医生〉的时空叙事艺术》，《国外文学》2015年第1期。

汪磊，王加兴：《俄罗斯关于〈日瓦戈医生〉叙事诗学研究概述》，《当代外国文
　　学》2013年第3期。

王步丞：《风波·悲剧·思考——漫谈〈日瓦戈医生〉》，《河北大学学报》1987
　　年第2期。

王加兴：《俄罗斯文学修辞特色研究》。北京：北京大学出版社，2004年。

王家新：《承担者的诗：俄苏诗歌的启示》，《外国文学》2007年第6期。

王家新：《为凤凰找寻栖所——现代诗歌论集》。北京：北京大学出版社，
　　2008年。

王家新：《夜莺在它自己的时代》。上海：东方出版中心，1997年。

王阳：《寻找叙述者——与申丹同志商榷》，《外国文学评论》1997年第1期。

王志耕：《日瓦戈与圣愚》，《外国文学评论》2006年第2期。

王志耕：《宗教精神的艺术显现——苏联文学与宗教》，载《苏联文学反思》，刘
　　文飞编。北京：中国社会科学出版社，2005年。

吴笛：《论帕斯捷尔纳克的风景抒情诗》，《外国文学研究》2003年第4期。

吴为娜：《论〈日瓦戈医生〉附诗与全书内容的关系》，《青年文学家》2009年第
　　4期。

吴晓东：《20世纪外国文学专题》。北京：北京大学出版社，2002年。

吴晓东：《历史：缺席的"在场"——〈日瓦戈医生〉与俄罗斯精神传统》，《名作欣赏》2010年第16期。

夏忠宪：《对话语境中的帕斯捷尔纳克研究》，《俄罗斯文艺》2003年第6期。

萧功秦：《知识分子与观念人》。天津：天津人民出版社，2002年。

潇涓：《帕斯捷尔纳克，伊文斯卡娅和〈日瓦戈医生〉》，《俄罗斯文艺》1989年第1期。

谢地坤：《绝对与人类自由——谢林〈自由论〉探析》，《现代哲学》2004年第1期。

谢有顺：《重构中国小说的叙事伦理》，《文艺争鸣》2013年第2期。

谢有顺：《从俗世中来，到灵魂里去》。郑州：郑州大学出版社，2007年。

谢有顺：《铁凝小说的叙事伦理》，《当代作家评论》2003年第6期。

谢有顺：《文学的常道》。北京：作家出版社，2009年。

谢有顺：《中国小说的叙事伦理——兼谈东西的〈后悔录〉》，《南方文坛》2005年第4期。

谢有顺：《中国小说叙事伦理的现代转向》。上海：复旦大学，2010年。

谢周：《从"多余"到"虚空"——俄罗斯文学中知识分子形象流变略述》，《俄罗斯文艺》2008年第3期。

谢周：《现实主义与现代主义视野下的〈大师与玛格丽特〉研究》。上海：上海外国语大学，2005年。

徐葆耕：《叩问生命的神性：俄罗斯文学启示录》。桂林：广西师范大学出版社，2009年。

徐岱：《小说叙事学》。北京：中国社会科学出版社，1992年。

徐凤林：《俄罗斯宗教哲学》。北京：北京大学出版社，2006年。

薛君智：《从早期散文创作到〈日瓦戈医生〉——兼论帕斯捷尔纳克的文艺观

点》,《苏联文学》1987年第5期。

薛君智:《回归:苏联开禁作家五论》。北京:社会科学文献出版社,1989年。

薛君智:《帕斯捷尔纳克的生活与创作道路——兼论〈日瓦戈医生〉》,《外国文学研究》1987年第4期。

薛君智:《〈日瓦戈医生〉其书及其他》,《外国文学评论》1987年第1期。

阎嘉:《文学理论精粹读本》。北京:中国人民大学出版社,2006年。

杨衍松:《〈日瓦戈医生〉的毁誉与沉浮》,《理论与创作》2000年第1期。

[俄]叶夫多基莫夫:《俄罗斯思想中的基督》,杨德友译。上海:学林出版社,1999年。

叶水夫:《苏联文学史(第二卷)》。北京:中国社会科学出版社,1994年。

易漱泉:《一代知识分子的命运——评〈日瓦戈医生〉》,《理论与创作》1989年第4期。

虞非子:《帕斯捷尔纳克:创作〈日瓦戈医生〉的心迹》,《书摘》2008年第8期。

[苏]德·扎东斯基:《向心力》,载《20世纪世界小说理论经典(下卷)》,吕同六主编。北京:华夏出版社,1995年。

张纪:《〈日瓦戈医生〉的细节诗学研究》,《俄罗斯文艺》2013年第2期。

张纪:《〈日瓦戈医生〉中诗意的叙述主体》,《南京师范大学文学院学报》2010年第2期。

张纪:《叙事要素的重构与叙事话语的转型——以〈日瓦戈医生〉为例》,《学习与探索》2013年第5期。

张建华:《俄国现代化道路研究》。北京:北京师范大学出版社,2002年。

张建华:《俄国知识分子思想史导论》。北京:商务印书馆,2008年。

张建华:《新中国六十年帕斯捷尔纳克小说研究之考察与分析》,《外国文学》

2011年第6期。

张建英：《新俄罗斯文学的叙事框架》，《沈阳大学学报》2006年第3期。

张杰，汪介之：《20世纪俄罗斯文学批评史》。南京：译林出版社，2000年。

张抗抗：《大写的"人"字》，《外国文学评论》1989年第4期。

张敏：《多元文化的立体融合——20世纪俄罗斯现代主义小说之特质》，《黑龙江
　　社会科学》2009年第6期。

张沁：《帕斯捷尔纳克和〈日瓦戈医生〉》，《国外文学》1989年第1期。

张珊：《〈日瓦戈医生〉中的环形结构》，《俄罗斯文艺》2013年第3期。

张薇：《海明威小说的叙事艺术》。苏州：苏州大学，2003年。

张薇：《〈洛丽塔〉的叙事奥秘》，《当代外国文学》2004年第1期。

张晓东：《苦闷的园丁："现代性"体验与俄罗斯文学中的知识分子形象》。北京：
　　人民文学出版社，2009年。

张晓东：《生命是一次偶然的旅行：日瓦戈医生的偶然性与诗学问题》。哈尔滨：
　　黑龙江人民出版社，2006年。

张寅德：《叙述学研究》。北京：中国社会科学出版社，1989年。

赵一凡：《埃德蒙·威尔逊的俄国之恋——评〈日瓦戈医生〉及其美国批评家（哈
　　佛读书札记）》，《读书》1987年第4期。

赵毅衡：《当说者被说的时候：比较叙述学导论》。北京：中国人民大学出版社，
　　1998年。

周成堰：《诗的小说，心的自传——论〈日瓦戈医生〉》，《四川外语学院学报》
　　1991年第2期。

周宪：《超越文学——文学的文化哲学思考》。上海：上海三联书店，1997年。

周晓：《结构主义诗学视野下的〈日瓦戈医生〉》。济南：山东大学，2012年。

朱达秋：《俄罗斯知识分子现象的文化透视》，《解放军外国语学院学报》2004年
　　第5期。

朱光潜：《悲剧心理学》。合肥：安徽教育出版社，2000年。

朱洪文：《普希金叙事文学的叙述学研究》。长沙：湘潭大学，2004年。

朱维之：《圣经文学十二讲——圣经、次经、伪经、死海古卷》。北京：人民文学
　　出版社，1989年。

附 录

俄罗斯学者论《日瓦戈医生》的叙事艺术[1]

（一）《日瓦戈医生》聚焦的特点[2]

热奈特提出的"聚焦"这一术语指的是叙述信息在结构方面的限定，即受接受特点制约的被叙述世界的细节。在现代叙事学中，"聚焦"与其他一些概念，如视野、视角、透视，被看作具有相似的意义。叙事的视角研究对叙事学研究来说非常重要，因为被叙述世界的"观照"方式直接取决于叙事策略。

在帕斯捷尔纳克的这部长篇小说中叙述者的视野是借助相交织的两种视角构成的。叙事或以个人生活视角展现，此时叙述者扮演一级评判者的角色，对事件做出主观评价，或以永恒视角（指全知全能视角——

1　附录中的两篇文章均译自《叙事学视野中的〈日瓦戈医生〉诗学研究》一书。（Поэтика «Доктора Живаго» в нарратологическом прочтении. Коллективная монография, под ред. В. И. Тюпы. М.: Intrada, 2014.）

2　本文作者Г. А. 日莉契娃，译者孙磊，译自《叙事学视野中的〈日瓦戈医生〉诗学研究》的第二章第三节。

译者注）展开。因此，叙述者在做出一些判断时常常会用这样的词语，如"可想而知""好像""似乎""也许"，而其他的判断则多是对事态的一种描述，那是人物视角无法企及的："这些年他早就有的心脏病发展得很严重，其实他生前就诊断出自己有心脏病，但却不知道它的严重程度"[XV，1]。不同视角的并置不会造成多声的不协调，反而能形成对被叙述对象的整体认知，这种整体性认知是在情态认知的叙述过程中实现的。

通常，叙述方式的交织意味着这种或那种视角交织方法总是与一定的叙述结构形式有关。在这部长篇小说中，一种类型的微观话语（比如对大自然的描写）可以同时采用托尔斯泰式的陌生化方式和普鲁斯特式的对存在瞬间的领悟方式。

因此，甚至在概括性的叙述者视角占主导的片段里也可以保留着人物的接受："昏黑的傍晚景色很像是一幅炭笔画。已经落到屋后的太阳，忽然像用手指点着一样，从街角照出路上所有带红颜色的东西：龙骑兵的红顶皮帽，倒下的大幅红旗，洒在雪地上的一条条、一点点的血迹。"[II，9]

这里的叙述用的是超主体的上帝视角，不存在叙述者可以汇入的人物视角，陌生化效果是通过巨大的空间距离——太阳的视角实现的。但是也明显存在着主观的视角：现实转变为用炭笔和鲜血绘制的一幅画，也就是说，这里画面被一些意象重塑了，而对于此刻缺席的主人公的思维而言，这些意象是十分典型的。（让我们回忆一下日瓦戈关于雪中连续的脚印、糖渍的红莓浆果、狼留下的爪印的思考以及他的诗歌中的绘画主题。）进入叙述者视角中的太阳意象融汇了两个引喻——长篇小说《复活》的陌生化–史诗化的叙事开头中太阳与人们以及他们的行为构成了对立（"太阳照暖大地，青草在一切没有锄绝的地方死而复生……被阳光照暖的苍蝇沿着墙边嗡嗡地飞"），以及《马雅可夫斯基夏天在别墅中的一次奇遇》对像人一般的星球落在地球上的描写（"……我坐着，与星球从容不迫地聊着天"）。

另一方面，那些传达人物感知的片段也是叙述者沉思的内容，具有**概括性**："这儿真是个迷人的地方！每时每刻都能听到黄鹂用三种音调唱出清脆的歌，中间似乎有意停顿，好让这宛如银笛吹奏的清润的声音，丝丝入扣地传遍四周的原野。馥郁的花香仿佛迷了路，滞留在空中，被溽暑一动不动地凝聚在花坛上！这使人想起意大利北部和法国南部那些避暑的小村镇！"[I，6]

这个片段传达的是渐渐接近"峡谷"的尤拉的感受，叙述的个性视角是通过词语"这里"以及大量表示声音、气味的词句呈现的：世界不是按照预先设定的样子被描述的，而是按照"这里"和"现在"被发现的样子呈现的。但是这些句子的紧凑感、韵律感和几近诗歌的结构特色显示出，这不是一个小男孩的意识流，而是叙述者所看到的场景。在这段话语中人物话语归属标记的缺失也说明了这一点。尤拉第一次通过间接引语和准直接引语展开的深思在22个小节之后的第3章才出现。

除了叙述层级的相互交织，小说中还出现了主人公叙事功能的多样性。日瓦戈不仅可以被视为小说中的人物，还可以被认为是抒情主人公，也就是主体，他的世界观比叙述者的视角更接近隐含作者。

言语主体的这种安排导致了整个聚焦细节体系的复杂化，因为它们的功能不仅在于成为情节的一部分，还在于成为内聚焦的标志。而且，对于叙述者视角意义重大的细节和其他类似的细节之间产生共鸣，这些类似的细节被设定为人物世界观的基础，直到一些象征性的标志在日瓦戈的诗歌和小说的散文部分中达到完全吻合。

　　传统叙事话语的交际模式能做到让叙述者视角相比人物视角被使用得更多，使叙述者更好地传达作者的立场。但是在帕斯捷尔纳克独特的叙事中，叙述者的视角经常与日瓦戈的感知重叠。

　　比如，描写葬礼的章节中就出现了叙述者和人物视角的差别。人物把注意力集中在死亡的场面上，被看作"观众"，向尸体"投去告别的眼光"；而叙述者注重的却是事件的另一层意义，将其视为墓地花园里的马利亚和基督。在基督还未被认出的思考的瞬间，在真理的洞见和事实的接受之间产生了某种断裂："*马利亚起初没认出从棺材中走出的耶稣，误把他当成了墓地的园丁*"[XV，13]。对死亡事件两种阐释的重要性被基督"情节"强化：死亡事件的真正含义并没有立刻显现出来，不是所有人都立刻理解了被叙述的情节中福音书原型的真正含义。尽管在与日瓦戈告别的这些片段里出现了他的尸体火化的信息，叙述者却使我们将注意力聚焦在了日瓦戈复活的可能性上。

　　叙述者在第15章"结局"的开头中表现出其叙事的客观性和对事件外在线索的关注，最大限度地远离内视角叙事（这致使主人公在莫斯科的行为动机显得扑朔迷离），但在死亡和葬礼的场景中又突然开始表达他对事件的个人看法。该章第13节结尾所提供的是他由此时此地所参悟的幻觉、幻象："*很容易把植物王国想像成死亡王国的近邻。这里，在这绿色的大地中，在墓地的树木之间，在花畦中破土而出的花卉幼苗当中，也许凝聚着我们竭力探索的巨变的秘密和生命之谜。*"[XV，13]

　　而且，类似的象征性的思想观念非常接近已经死去的日瓦戈的视角和他的抒情诗中的情节。这里重复的不仅是主人公关于植物王国的认知或者他关注的复活主题，还有对现实的双重接受的原则：

> 同是这一条路径，
>
> 几名天使也在行进，
>
> 他们的身影虽然隐去，
>
> 雪地上依然留下足迹。[XVII]

对所有人可见的事情和少数人才能发现的思想所进行的交替描写拉近了叙述者和人物的距离。

诗歌《圣诞夜的星》中的天使是勃洛克《十二个》一诗中隐身基督的独特指代，勃洛克的诗歌对于小说中的主人公来说是非常重要的。但是，与此同时叙述者也指出日瓦戈和天使之间的相似性（在林中篝火旁的场景，阳光穿过主人公，化为一双羽翼从他肩胛骨下面飞出），小说情节中的许多节点都与勃洛克的创作相关。

在创作激情勃发的片段中，主人公一边思考勃洛克，一边想象自己是"俄罗斯的一代星相家……还有严寒、狼群和黑黝黝的枞树林"[III，10]。狼—云—勃洛克—星相家构成一个情节体系。小说第1章第1节中站在母亲坟头的小男孩被比喻成"小狼崽"，而对与主人公对抗的大自然客体的描写也不是偶然的，"迎面飞来的一片乌云洒下阴冷的急雨，仿佛用一条条湿漉漉的鞭子抽打他"[I，1]。"狼崽子"和"云"两个词在发音和词源上都很接近（волочь-оболочка）。

值得注意的是，讲述尤里·安德烈耶维奇死亡的章节"重复着"第1章第1节关于主人公与世界的联系的暗示。主人公坐上"开往尼基塔街方向"的电车，但是迎面而来的是"一块越升越高的黑紫色的乌云"[XV，12]。云彩和乌云的出现显示出个人与超越个体之间的界限，这里重要的既是隐藏在云幕之外的东西，还有一点是，大自然将注意力集中到了主人公身上。

被叙述世界的双重聚焦不仅是描绘世界的一种方法，也是小说情节中的描绘客体。因此研究帕斯捷尔纳克的学者经常谈到他的艺术世界中被高度关注的物体以观察者[1]的眼光呈现时的主客体相融合的倾向。比如，日瓦戈在看这个世界时，那么世界就会在他面前展开，映入他的眼帘："他在这里白白浪费宝贵的时间，眼看着窗外被一阵阵秋风搅乱的左右歪斜的雨丝……天还不很黑。尤里·安德烈耶维奇眼前看到的是医院的后院、洁维奇田庄几所住宅的有玻璃棚顶的凉台和一条通向医院楼房后门口的电车线。"[IV，5]

与此同时，周围的空间也在"观望"主人公，显示出对他的生活的兴趣："瓦雷金诺的园子一直延伸到仓库跟前，似乎为了想看医生的脸一眼，向他提醒什么事……预示着分离的新月，象征着孤独的新月，几乎挂在他的眼前，低垂到他的脸庞。"[XIV，11]

上文指出的内心世界中的圣像画（"对星相家和狼的崇拜"）在主人公第二次到瓦雷金诺的片段里转变成了现实情节（词语的字母顺序重新排列与圣像一词相关）[2]，灾难性的生活环境将狼变成了对抗主人公的原始自发力量（参见本书[3]第5.5节——作者注）。但是日瓦戈的创作天赋为描写赋予了双重的音响效果，又像是一种对自然的恐惧

1.　См: Фатеева Н. Поэт и проза. Книга о Пастернаке. М., 2003.

2.　关于小说的绘画密码详细请参见：Фарино Е. Живопись Кологривской панорамы и Мучного городка (Археопоэтика «Доктора Живаго» 4) // Studia Filologiczne. Zesryt35. Bydgoszcz, 1992.

3.　Поэтика «Доктора Живаго» в нарратологическом прочтении. Коллективная монография, под ред. В. И. Тюпы. М.: Intrada, 2014. ——译者注

感。狼仿佛成了诗歌创作完成后的一种不详后果、周围空间的一种响应。（在那些狼出现之前，尤里·安德烈耶维奇正在写《圣诞夜的星》这首诗。）

有趣的是，只是在观察者的视野中，雪中的黑影才变成了狼的模样，并且开始"作为响应"在看他：

> 一片毫无遮掩的白雪在月光下<u>晶莹耀眼</u>，起初晃得他睁不<u>开眼</u>，什么也看不见。但过了一会儿，他听见从远处传来从胸腔里发出的、模糊的呜咽，<u>并发现峡谷后面的雪地边上有四个看起来不比连字符号长多少的影子</u>。

> 四只狼并排站着，嘴脸朝着房子，扬起头，对着月亮或米库利钦住宅窗户反射出的银光嗥叫。它们一动不动地站了几秒钟，但当尤里·安德烈耶维奇明白它们是狼时，它们便像狗一样夹着尾巴小步从雪地边上跑开，<u>仿佛它们猜到了医生的心思</u>。[XIV，8]

狼的影子被称作"连字符"，这也是在强调视域的主题：主人公永远不会出现在视域外的空间中，也永远不会超越这个界限，哪怕是目光也不会，因为最后一次能看到远去的拉拉（在远处夕阳照到的视域）的地方正好是先前狼群站着的那个地方。"如果来得及，如果太阳不比平时落山早（在黑暗中他看不清他们），他们还会闪现一次，也就是最后的一次了，在峡谷那一边的空地上，前天夜里狼呆过的地方。"[XIV，13]

此外，与狼的见面意味着文本空间与现实空间的界限，因为词语"连字符"为风景赋予了人为写作的特点，被描述的空间成为书写的空间。需要指出的是，这个片段很像对帕斯捷尔纳克来说典型的对创作冲动"肉眼可见"的直观描写：一开始，什么也看不见乃是对白天繁忙劳碌的一种摆脱，随后目光进入空间，直至最后一种思想出现。因此被看见的狼群最后变成了诗歌的主题，又逐渐演化为龙的意象。

屠龙勇士的作用是解释日瓦戈名字的语义（参见本书第4.1节——作者注）。在现实领域恶龙有相似的人物代表——科马罗夫斯基，他夺走了拉拉。诗歌具有"先知"的预言功能，《童话》一诗的分别场景中人物的晕厥和木然是通过日瓦戈静止的状态展现的："医生一只肩膀上披着皮袄站在台阶上……使劲攥着门廊下面的花纹柱颈。他全神贯注于旷野中远方的一个小黑点上。"[XIV，13]

在斯特列利尼科夫自杀后，日瓦戈医生看到了"血珠同雪花滚成红色的小球，像上冻的花楸果"[XIV，18]，他意识到必须返回莫斯科。花楸树成了日瓦戈离开游击队去寻找拉拉的标志，而现在医生正在走一条相反的路——离开拉拉返回莫斯科，去往死亡之地。有趣的是，在斯特列利尼科夫自杀的那一刻，熟睡的日瓦戈朦胧中觉得，他在朝狼群射击。

让我们再回忆一下这个情节：主人公从游击队脱身是在帕姆菲尔变成非人的兽类之后。"他（指帕姆菲尔——译者注）是在黎明的时候从游击队中消失的，就像一头发病的野兽离开自己一样。"[XII，8，结尾]医生在这一背景中的离去（第9节结尾）是以一种平行的倒叙方式讲述的。描写从游击队出逃和从瓦雷金诺离开这两个情节的聚焦的相似性使作者得以在小说的时空体中展示主人公的空间转换原则。为了使日瓦戈离开，必须使情境达到极致。与反英雄角色的会面便说明这种形势达到了一种负面的极致。兽性大发的帕姆菲尔杀害了自己的全家人后从营地离开，而日瓦戈却回忆起自己的亲人，从而逃离了营地；被比作兽类的斯特列利尼科夫（对他展开"围剿"）以自杀告终，而起初好像"打定主意一定要弄死自己"[XIV，15]的日瓦戈，却应该回归生活。

在"结局"一章叙述者强调医生两次回归的平行的相似性："他比游击队回到尤里亚金的时候还要瘦弱，还要孤僻，脸上的胡子也更多。路上，他又渐渐把值钱的衣物脱下来换面包和破烂衣服，免得赤身露体。这样他又吃完了第二件皮袄和一套西装。"[XV，1]

主人公的"野人化"、脱下皮袄的物质化隐喻似乎获得了新的意义，将读者带回狼－云体系的寓意中，像是内心世界－外部世界的分界。值得注意的是，如果在与拉拉的第一次相遇时主人公对于世界来说是透明的、可被认知的，那么在他与拉拉分离的时刻，相反，他变成了一个"被蒙上了毛毡的"（毛茸茸的、兽类的）躯壳，心灵是不可知的："噢，他的心跳得多厉害，跳得多厉害，两条腿发软。他激动得要命，*浑身软得像从肩上滑下来的毡面皮袄*！"[XIV，13]

除了与马雅可夫斯基的《穿裤子的云》中的隐喻可能产生的联想有关，这个片段在细节层面上（严冬的森林、十二月）还与"勃洛克式"的对俄罗斯星相家的崇拜[1]有关。与拉拉的分别转变成了"被蒙上了毛毡的"，意味着从他人世界中"人的生活"向完成人生使命的悲剧结局转换。分离场景和死亡场景的平行并置性在一致的天空颜色中显现出来：瓦雷金诺椴树般黑紫色的黄昏、尼基塔大街上空黑紫色的乌云，而在梅

---

1. 阿维林采夫指出，在早期基督教艺术中星相家被描绘为戴着圆形狼皮帽的形象。
（Аверинцев С. С. Волхвы // Мифы народов мира: Энциклопедия. Т. 1. М., 1991. С. 244.）

留泽耶沃时极力"撮合"男女主人公的弗列里小姐的那件紫色外套也强化了平行并置的效果。

回到童年的题旨标志着一种新生。在第14章"重返瓦雷金诺"的第13节（"返回"这一概念被展现在了标题中），医生"像孩子一样哭了"。在第14节他听到了拉拉的声音，这使他想起童年时代的幻听（母亲的声音）。在第18节他做了一个"童年时代的梦"，记起了"那幅意大利水彩画般的风景"（这使读者回忆起主人公在峡谷中对妈妈的祷告，峡谷的风景让尤里·日瓦戈想起了意大利的博尔迪盖拉）。在回莫斯科的路上主人公感觉眼前出现了童年时幻想中的林神形象。

日瓦戈和与他相对立的人物不同，没有加入"对抗"狼群（或狗群）的战斗中，而是把它们置于诗意化的视野中。他总是向前挺进，直到可能发生灾变，没有与非人为伍（没有变成"狼"[1]）。最终充满敌意的世界的法则对他而言不再重要：从游击队逃离归来后肆虐的老鼠搅扰医生，但从瓦雷金诺离开的路上的老鼠和身后狂吠的野狗已经不再引起他的任何关注了。

我们再回顾一下，在主人公的眼中，森林不是野兽出没的隐喻，而是人化了的宇宙。对他而言，外在世界的森林转变为具有个体意义的森林的过程也很重要："现在他已全然无所畏惧，无论是生还是死，世上的一切，所有事物，都是他词典中的词汇。他觉得自己是条顶天立地的汉子……"[III，15]主体的形成与半兽性的信念转换为个人的信念，消融在大自然中的过程被外部世界的内心化过程取代（所有的一切都进入自己

1.　拉拉的话："听说有狼。可怕。可人呢，特别是像安季波夫和季韦尔辛那样的人，现在比狼更可怕。"[XIII，16]

的词典中）。主体与"森林"时空体的区分并不取消与其的联系，而是提供了一种新的交流方式——与宇宙平等对话。

即使日瓦戈痛苦地沉浸在自我的悲剧性时刻——"他继续站在台阶上，脸对着关上的门，与世界隔绝了"，叙述者这时也强调人物转向创作、发现并与超越自我的思想相遇的可能性：

> ……冬天的夜晚，像一位同情一切的证人，充满前所未有的同情。仿佛至今从未有过这样的黄昏，而今天头一次，为了安慰陷入孤独的人才变了似的。环绕着山峦的背对着地平线的树林，仿佛不仅作为这一地带的景致生长在那里，而是为了表示同情才从地里长出来安置在山峦上的。
>
> 医生几乎要挥手驱散这时刻的美景，仿佛驱散一群纠缠人的同情者，想对照在他身上的晚霞说："谢谢。用不着照我。"[XIV, 13]

主人公在努力创作的过程中进入"勃洛克式"的圣诞的画面，试图从中获得生命的意义。但是关于主人公的情节之路还没有走完，星相家与基督之间仍有距离，这距离只有在日瓦戈的抒情诗中才会消失。需要指出的是，随着故事的进展，道路变得越来越艰难。起初主人公乘坐备远程使用的四轮马车、短途的敞篷马车、火车行进，之后医生不得不走路前行。在死亡的场景中电车已不能前进，停了下来。叙述者一步步地数着主人公生命的最后几步："迈出了第一步，第二步，第三步。"

主人公在叙事的最开始就失去了生活空间中自己的位置，这也说明了道路的超价值功能。并且，尤里·安德烈耶维奇也没有机会在生活空间中获得最终的定位——在文本中最终也没有说他的坟墓在哪里。但是包罗万象的永恒中的位置（"只有这本书知道一切"）填补了用"日瓦戈"这一词语为世界上众多事物命名的空白[1]。

将注意力集中在"生活道路"这一观念上（"度此一生绝非漫步田园"）尤其深刻地体现在主人公穿过"地狱"（"田野上掠过恶魔嘲讽的笑声"）向前行进的时候：

> 这是一片没有火光的火红色的田野，这是一片无声呼救的田野。已经进入冬季的广阔的天空，冷漠而平静地从天边把它们镶嵌起来，而在天上不停地飘动着长条的、当中发黑两边发白的雪云，仿佛从人脸上掠过的阴影。
>
> 而一切都在有规律地慢慢移动。河水在流动。大路迎面走来。大路上走着医生。云层沿着他行进的方向移动。就连田野也不是静止不动的。[XV，2]

世界的运动和主人公的迁徙交融在一起。相似的题旨还可以在《神迹》一诗中找到："胜过海水的苦涩他已饱尝，彩云伴着他在这土路上奔忙。"医生恢复了走向衰亡、空旷无人、布满老鼠足迹的道路的意义。

小说"尾声"一章（"该把故事讲完了"）加快了叙述的节奏，目的是使主人公的生命之路结束（生命应获得外在的终结）。日瓦戈的棺材

1.　"当初那个时代，许多风马牛不相及的东西都要冠上他家的姓氏，不过那时他还是个很小的孩子呢。"[I，2]

正好安放在那间曾燃烧着蜡烛的屋子里，他人生的命运正是从蜡烛开始的，这一情节加强了生活道路的重要性。

因此，双重聚焦得以强化主人公的"双重存在"——日常性与永恒性的共存。不同视角的细节所产生的"共振"更加凸显了不同视角主体展现在读者面前的意义的相互对照性。叙述者和主人公视角趋同性的并置还体现在，同样的细节既存在于叙述者视角中，也存在于主人公视角中。情节中直观的符码标记决定了小说视角的独特性，这些符码标记在趋同性并置方面有着特殊的意义。

启示性的叙述策略显然是通过一系列与直观地接受世界有关的细节实现的。帕斯捷尔纳克的"直观诗学"不止一次地引起研究者的关注。洛特曼就说过，在帕斯捷尔纳克看来，直观性是创作反思的最重要的原则之一："建构帕斯捷尔纳克艺术世界的真正的联系……就是直观的联系。"[1]斯米尔诺夫在谈及这部长篇小说的电影诗学时说："主人公的使命是一个观察者，一个正在撰写视力生理学文章的大学生，他看到了很多发生在这部长篇小说中的各种各样的故事……由此可见，尤里·安德烈耶维奇……是个电影观众，而且是一个全知全觉的观众。"[2]

的确，拥有创作视觉的能力才能将作者、叙述者和主人公联系在一起。然而，尽管小说中存在着电影光学的、绘画的、戏剧的潜文本，但在故事情节中主人公去电影院、博物馆或去看演出的场景是缺失的。日瓦戈和全家人乘坐火车去往尤里亚金，在即将抵达目的地的时候，"巨

---

1.   Лотман Ю. М. Стихотворения раннего Пастернака и некоторые вопросы структурного изучения текста // Труды по знаковым системам. IV. Ученые записи ТГУ. Вып. 236. Тарту, 1969. С. 227.

2.   Смирнов И. П. Кинооптика литературы // Видеоряд. Историческая семантика кино. СПб., 2009. С. 318.

人"电影院里发生了火灾，日瓦戈离开游击队后去上班的途中路过一座影剧院，但也并没有注意到它。"如同演戏般的矫揉造作，丑角戏，木偶喜剧，以滑稽角色为主角的喜剧，矫揉造作的腔调，木偶剧，耍戏法，老调重弹"，这些词语都用在否定性的上下文中，意味着或是矫揉造作的行为，或是空洞的高谈阔论。

必须指出的是，在主人公与装腔作势、矫揉造作的演员式人物会面的情节中突出了一个转折的主题。斯米尔诺夫说，"就像柏拉图在对话中所说的山洞里的被囚禁者一样，日瓦戈医生也进入了一个虚幻的世界，在那里很难将现实与表演出的世界区分开来……对于日瓦戈而言，利韦里扮演的是广场小丑的、耍戏法的人的形象"[1]。

丑角戏是戏剧、可视艺术的原型。在长篇小说中所有可以确定为"小丑式"的人物将恐吓性的情节消融在了自身中。因此，看门人马克尔的行为被冬妮娅称为纯粹的小丑，马克尔与安娜·伊万诺夫娜的死亡和尤里·安德烈耶维奇在生命最后阶段的屈辱状态相关。

与小丑代码相关的还有科马罗夫斯基。在小说的开始尤拉看到了一幕哑剧，科马罗夫斯基控制着拉拉："他仿佛是耍木偶戏的，而她就是任凭他耍弄的木偶。"[II，21]科马罗夫斯基最后一次在医生生命中出现的时候换了一幅新的面容——丑角式的、凌乱不堪的上髭和大胡子，而且他还如愿地导演了一出男女主人公永别的场景："您假惺惺地在话里表露出准备让步，装出您可以说服的样子……必须让她相信您也走……您假装跑去套马。"[XIV，12]日瓦戈以令人信服的方式受科马罗夫斯基的控制，失去了自己的"超视力"："现在惟一能做的是机械地附和您，盲目而懦

1.　Смирнов И. П. Роман тайн «Доктор Живаго». С. 113.

弱地服从您。"[XIV，12][1]

克林佐夫－波戈列夫席赫在火车里表演了一场真正的小丑戏
（"出现了一个幻象"）。他是一个健谈的猎手，在日瓦戈看来，像陀
思妥耶夫斯基笔下的人物（散发着彼得·维尔霍文斯基的气息）。彼
坚卡的名字使人联想到木偶彼得鲁什卡，而且这个人物还有小丑般的
嗓音："降下来变成带点金属味道的假嗓音。"[V，14]这个学会了说
话的聋哑人象征着语言的死亡界限，因此文中他的言语和手势带有很不
自然的特点："此人最大的特点就是出奇地喜欢讲话而且好动……他边
说边像坐在弹簧上一样全身上下颤动着。"而且，他用自己说教的腔调
提到了利韦里·列斯内赫，在小说后面的情节中后者滔滔不绝的高谈阔
论让医生痛苦不堪，加剧了被囚禁的日瓦戈的痛苦心境（"喋喋不休
单调无味的话""魔鬼"）；他还提起了安季波夫－斯特列利尼科夫（变
身大师），他的梦魇般的"形而上的论说"让日瓦戈无法入眠。

在小说情节中，不仅戏剧化的现实，还有照相式的描绘，都与死亡
的语义联系在一起。比如，在"带雕像房子"的对面的卧室里医生因为
看见了以前统治者的照片而觉得自己是个"多余的陌生人"："他在墙上
这些放大相片上的男人和女人的注视下突然感到不大舒服。"[XIII，7]看
到斯托尔本诺娃·恩利茨女公爵家里的照片，日瓦戈感觉到"它不怀好
意地看着我，迟早要让我倒霉似的"[III，4]。

照片和看到它们会倒霉这样的意象在住在照相馆旁边的加卢津娜的
视野中被有趣地按字面意义理解了："茄克和施特罗达克合伙开了一家照

1．斯米尔诺夫发现了"科马罗夫斯基扮演的耍木偶戏的演员的角色和霍夫曼的短篇小说
《沙人》中的加别里乌斯律师的相似性"。（Смирнов И. П. Олитературенное время. (Гипо)
теория литературных жанров. СПб., 2008. С. 146. ）

相馆……在院子的木仓库过道里搭了一间实验室。从红指示灯可以看出他们正在那儿干活，指示灯一闪，窗户也微微一亮。"[X，4]

在"黑山旅馆"的房间里，在鲁芬娜·奥尼西莫夫娜的公寓中，拉拉被墙上的照片包围着，但是她却没有注意到。叙述者用讽刺的语调评价鲁芬娜这个"先进女人"的去世的丈夫："挂在墙上的许多照片当中有一张是她丈夫的，她称他为'我的善良的沃伊特'。这照片是在瑞士的一次群众游乐会上和普列汉诺夫一起拍摄的。两个人都穿着有光泽的毛料上衣，戴着巴拿马草帽。"[II，2]

与日瓦戈和拉拉不同，对于帕沙·安季波夫来说，照片非常重要，他可以不回到妻子身边，只要有张照片就行："在安季波夫留下来的东西当中，有许多张妻子的照片。"[IV，9]有趣的是，加利乌林在前线遇到安季波夫后发现巴维尔似乎变成了一个"镜头"，在他的目光中凝滞着过去的痕迹："有时，加利乌林望他一眼就乐意发誓说，在安季波夫深沉的目光里，仿佛在一扇窗的深处还有他的另一个化身，似乎可以看到藏在他心中的思想。"[IV，9]"藏在他心中的思想"把他束缚住了，把他变成了"某个第二个人"的复制品，预示了他将来会变成斯特列利尼科夫。而对于日瓦戈，根据他所写的《相逢》一诗可以看出，他不需要照片——拉拉的面容已经深深地镌刻在他的心中。

我们可以再回顾一下，利韦里·米库利钦也对拍摄的照片很感兴趣：他找到了一台照相机，拍摄下"乌拉尔的景色"。而医生正好是被利韦里的游击队抓去的。

小说中此类片段象征着与其他不真实的人的会面，谁也不可能用那种照相式的眼光把尤里·安德烈耶维奇看清楚，因此，任何人与他都不可能有真正的交流。照片上的人物只能留下一次性的、永远被记录下来的瞬间面容。日瓦戈只能在"另一个自己"的视野中接受"最终完成"的形象（比如，他愿意成为拉拉手中的"作品"）。

日瓦戈对拍摄的照片不感兴趣，因此在小说中没有对主人公看自己影像的描写。小说的第3章有冬妮娅和尤拉试穿新衣服的片段，可以推测出有镜子的存在，但是文中却始终没有提及。还是在第3章的一个场景中，镜子终于在理发店里出现在了日瓦戈手中，但是叙述者却始终没有说主人公从中看到了什么。在小说中日瓦戈的外貌是通过他的爱人——冬妮娅和拉拉展现出来的，这两个女性人物起着映照真实的功能。

与主人公不同，其他人物则是通过这种或那种方式与镜子产生关联。小说中的次要人物（成衣部的女士）照镜子，安季波夫在镜子面前更衣，戈尔东住的房间里放着带镜子的衣柜。人物就像一面面镜子一样，安季波夫小时候会滑稽地模仿所有人，瓦夏·布雷金听说的所有东西都能在脸上映现出来。

有意思的是，拉拉只有在误入生活迷途的情境中才会出现在镜子前，变成一个"法国小说"中的女人（在描述中出现另一个虚假的标记——"假面舞会"）。但她没有看到镜中的自己："她又陷入了麻木状态，失神地在妈妈的小梳妆台前坐下来，身上穿的是一件接近白色的浅紫色的长连衣裙，连衣裙上镶着花边，还披着一条面纱。这些都是为了参加假面舞会从作坊里拿来的。她坐在镜中自己的映像面前，可是什么也看不见。"[II，12]

我们不能把日瓦戈归结为一种平面的描绘，他没有把注意力集中在自己身上，他的目光是面向世界的。与虚幻相比，他更喜欢现实的景象，这些景象不是做作的、人为的，而是有机的：他出现在"解剖实验室"，从那里了解到生命存在的秘密；在库巴里哈魔幻般的"想象"中拉拉的形象才能展现生存的奥秘。叙述者具体地描写他所观赏到的窗外的风景、森林里的篝火、一路上的全景，如同仔细描述梦和幻觉一样。因此直观的视觉隐喻获得了认知真理的意义，而在剧院看戏的消遣被剧院上演的神秘剧取代（古墓的场景[XI，7]出自《哈姆雷特》一诗），其中的露天戏台就在森林中（多神教神秘剧），以及在城市里（中世纪的传统）。也就是说，作为一个观众的日瓦戈把生活理解为一出"自然的"戏剧，像是经历了从幻想的场景到真理的景象之路，而欧洲剧院走的却是反向的演进之路[1]。

首次出现在主人公眼前的尤里亚金就像是幕布升起的戏剧舞台：

这时，雾已经完全消失了，只有远方东边天际的左侧还留下一丝痕迹。就连这一部分也开始像剧场的帷幕一样移动着分开了。

离拉兹维利耶三俄里远、比城郊地势更高的山上，露出一座不小的城市，规模像是区的中心或者省会。阳光给它涂了一层淡黄色，因为距离远，所以轮廓看上去不很分明。整个城市阶梯式地一层层排列在高地上，很像廉价木版画上的阿丰山或是隐僧修道院，屋上有屋，街上有街，中间还有一座尖顶的教堂。[VII，29]

此时必须注意的是，层层垒筑起来的尤里亚金既像椴树色的雅典山，又像一个露天剧场。这里会引发对卡拉姆辛在中篇小说《可怜的丽

---

1. "在戏剧领域'希腊神话'建立在竞技场主体的建造上，建筑体综合了众多视角的特殊的古希腊罗马的整体性，它作为'智慧视角'的形式由欧洲从希腊人那里继承而来。但是在文化体系的作用下古希腊罗马的剧院获得了视觉镜头的形态，张开了想象的翅膀。剧院由理解现实的方法变成了现实的镜子。"（Шевченко В. Становление объектива. URL: http://www.veer.info/52/shevchenko-4.htm [дата обращения 20.08.2012].）

莎》中那段著名的对莫斯科描写的联想，这种描写奠定了俄罗斯小说的一种传统，即将故事发生地比作一个"舞台"："站在那座山上，往右边几乎能看到整个莫斯科和房子、教堂的巨大建筑物，莫斯科在人们的眼中像是一座宏伟的露天剧：多么美妙的画面，特别是在阳光照耀着整座城市的时候。"[1]

尤里亚金拥有了这样的原型，成了一个"元城市"：文学之乡，神圣的山城。

现实的舞台空间模式使这部长篇小说与《当代英雄》颇为接近：毕巧林在他的日记中经常使用词语"露天剧场""舞台""景象"。在经典的情节中叙述者为了强调生活中一些方面的人为特点常常使用戏剧式的隐喻，而帕斯捷尔纳克笔下的聚焦者恰恰相反，他看到的是真正艺术的自然性、有机性，以及大自然的创造性和艺术性（打个比方，主人公看到的景色与现代的绘画艺术更为接近）。

这是《日瓦戈医生》非常重要的聚焦特点。如果帕斯捷尔纳克笔下的主人公将世界看作神秘剧的舞台启示，那么在其他后象征主义作家的小说中使用的是视觉主题的另一个象征层面——强调幻觉、滑稽的隐喻，或者相反，与剧院的宣传和标语联系在一起的形象。日瓦戈可以说是隐喻幕布的两面：既取观察者的立场，与此同时幕布后面还有别人的眼光在审视他。现代主义小说的特点是内部视觉的象征化（关注意识和记忆的眼睛），通过观察者不断变化的视角来描绘变化的世界。亚姆波尔斯基把普鲁斯特作品中的视觉直观性称作借助于"翻转的眼睛"[2]而获得的虚假镜头

1.　Карамзин Н. Бедная Лиза. М., 2010, С. 74.

2.　Ямпольский М. О Близком (очерки немиметического зрения). М., 2001. С. 147.

所见。但与此相反，帕斯捷尔纳克叙事中的双重视角象征着主体对世界的开放性和世界对主体的开放性，呈现的是一种"反自恋"的启示策略。

细节，即最小的事件性元素，在小说叙事中会重复出现，起到了补充意义关联的作用，形成了独特的"词语张力"——由各个局部构成的整个体系，各个局部具有类似于韵脚（还有诗歌的其他因素）的交际功能。作为"讲述事件"的叙事不仅仅交代事件，而且还能保持文本空间距离较远的片段间横向关系的连续性。特别是在诗人的小说中此类有序化叙事非常明显。

因此，在这部长篇小说中，与狼群主题相关的各种细节可以理解为情节范式的一部分：它们是曲折情节、灾难性的精神状态、关于叶戈尔勇士的古老情节的体现。通过对文中连续出现的细节的分析可以发现它们对展现情节的补充作用。一系列具有等值意义的词语，狼—云—勃洛克—星相家的排列表达的是主人公对世界的接受和描绘的方法，同时也是整体的一种话语交际策略（启示策略）。总之，这些细节要完成如下几个功能：揭示隐藏在外部生活事件下的主人公超越时间的"抒情"本质，展现元文本的系列（产生对勃洛克创作和帕斯捷尔纳克本人抒情诗的联想），呈现主人公与叙述者的相关性（日瓦戈诗歌和叙述者沉思中的细节也是按照类似的方式被使用的）。

（二）《日瓦戈医生》的叙事策略[1]

"策略"这个概念常常被用得相当随意，往往被排除在范畴之外。

---

1   本文作者В. И. 丘帕，译者李暖、孙磊，译自《叙事学视野中的〈日瓦戈医生〉诗学研究》的第二章第一节。

事实上，这是一个借鉴军事学的概念，指的是军事活动家对基本作战导向的筹划做出的选择。然而，与多变的自由战术迥然不同的是，军事家做出战略选择之后，往往严格按照策略对创造性活动做出规范调整，因此，策略在许多方面决定着最终结果。将叙事策略的概念用于叙事实践中有助于我们区分叙述者与作者。作者的策略定位得以保证交际事件的整一性，这种整一性是通过叙述者（有时是若干叙述者）和人物的各种不同的言语行为实现的。

借用巴赫金的说法，叙事策略是"讲话人在某种指物－意义领域中的积极立场"，绝不能简略地概括为"讲话人的言语意图"，因为在交际行为中，"讲述的主观因素与表述的客观指物－意义方面相结合，形成不可分割的统一体"，同时又与各主体间的"言语交际情景"相结合，且"首先通过选择来实现"[1]。策略选择的关键在于由交际认知主体（即作者）确定的讲述者主体（即叙述者）对叙述客体和叙述受体的定位。

如此看来，叙事策略乃三种相互制约的因素的安排：1）叙事的"世界图景"；2）叙事的"模态"；3）叙事的"情节"[2]。

1

在叙事行为中，作者的叙事能力首先表现在对他而言十分重要的、提供了事件规模的"世界图景"[3]。

1.　Бахтин М. М. Эстетика словесного творчества. М., 1979. С. 263, 256-257.

2.　См.: Tjupa V. Narrative Strategies // Handbook of Narratology. Berlin, New York: Walter de Gruyter, 2014.

3.　Лотман Ю. М. Структура художественного текста. М., 1970. С. 283.

　　例如，在《日瓦戈医生》中，尤里·安德烈耶维奇与拉拉两个个体的结合是自然而然的过程，因此在讲述主人公人生故事的时候，他们的恋爱关系不足以构成事件：当日瓦戈下决心与拉拉断绝关系时，我们才知道两人相恋，"他们彼此相爱是因为周围的一切都渴望他们相爱：脚下的大地，头上的青天，云彩和树木"[XV, 15]。因此，构成事件的是男女主人公的邂逅，特别是他们的别离。这部小说的个体世界图景正是如此。

　　至于叙事行为的策略模式，叙事的世界图景是关于我们存在的共同先在条件和共同处境的一系列原假设的综合体。它决定了事件或进程（包括自然发展进程、社会仪式进程等）的转换，构成叙事对象的情境发生了由此及彼的过渡。叙事的世界图景类似于巴赫金所思考的假定的数学时间和空间，它"保证所有可能的（对存在的事件性的——作者语）判断具有可能的意义的统一性"[1]。主体间的"话语认同"（萨伊姆·佩雷尔曼语[2]）通过某个视角限定了认识世界的可能的广度，且向受话人提供一种世界图景，这一图景在交际者的意识互动时作为共同的思维空间参照系而在其意识中被激活。

　　神话世界图景话语所讲述的事件，如《伊利亚特》，是一种现成的，"具有内在完整性的世界，行为就在这个世界的场域中被推进"[3]。荷马所讲述的事件让这个世界不会发生改变，而是以一种先例的现象展开。在这里，事件的每个参与者完成的恰恰是他能够且应当做的事，因为他"受

1. Бахтин М. М. К философии поступка // Философия и социология науки и техники. М., 1986. С. 126.
2. См.: Perelman Ch., Olbrechts-Tyteca L. Rhétorique et philosophie. Paris, 1952; Perelman Ch., Olbrechts-Tyteca L. La nouvelle rhetorique. Paris, 1958.
3. Гегель Г. В. Ф. Эстетика: в 4 т. Т. 3. М., 1971. С. 472.

制于自己的命运，个体和命运是一个统一体，命运使个体展现出非个性的一面，而个体的行为仅揭示出命运的内涵”[1]。

在这部长篇小说的事件场域中有许多命运的表征，它们不为角色所知，对叙述者来说却显而易见，比如“人生之路的岔路口”。斯米尔诺夫认为，“作者将其阐发至元情节的高度”[2]：“死去的这个五官残缺不全的人是预备役的士兵吉马泽特金，在树林里吵嚷的那位军官是他的儿子加利乌林少尉，护士就是拉拉，戈尔东和日瓦戈亲眼目睹了这一切，他们都同在一个地方，彼此就在近旁，可是互相都没有认出来，其他人更是永远也不会知道，他们当中有些事永远无法确定，有些事只有等下一次机会，等另一次萍水相逢，才会知道。”[IV，10]

然而，我们无须谈超越个体命运的宿命以及它们直接的先例（例如，尤里·日瓦戈可视为圣乔治的“重现”，部分可以说是基督的“重现”），因为在受革命震荡的全民族灾难性命运的背景下，个人主观反抗的野心、能动性和彼此相悖的各种指令的作用过于强大。尽管尤里·安德烈耶维奇和拉丽萨·费多罗夫娜的生离死别不可避免，主人公也痛苦地意识到了这一点——他感觉到，“他在瓦雷金诺长期居住的幻想无法实现，他同拉拉分手的时刻一天天临近，他必将失掉她”[XIV，9]——然而，这次诀别的场景实则是他个人选择的结果。

可以断定的是，斯特列利尼科夫酷似黑格尔所说的“与自我目标合而为一的个体”[3]，然而，直至生命结束，他的精神肖像仍有些许安季波

1. Гуревич А. Я. О природе героического в поэзии германских народов // Изв. АН СССР. Сер. лит. и яз. 1978, №2. С. 145.

2. Смирнов И. П. Текстомахия: как литература отзывается на философию. СПб., 2010. С. 151.

3. Гегель Г. В. Ф. Эстетика. Т. 3. С. 471.

夫的影子——一种另类的精神气质，以及同世界秩序的相互关系中的异样的个性。

洛特曼以中世纪文本为依据，将事件描述为"已经发生，尽管也可以不发生的事"[1]，甚至从中看到了对禁忌的悖逆——对常规世界的"无情节结构所确立的禁忌边界的跨越"[2]。无论是犯罪，还是建立功勋，或是创造奇迹，都可视为这样的定义。在中世纪的叙事中，一切主观动机都是虚假的。中世纪寓言类叙事为迷误和犯错提供了极为广阔的自由空间，却预设了存在着唯一正确的道路。叙事世界图景中贯穿着绝对的道德说教色彩，沿用佩雷尔曼的说法，它可被称作"必须绝对服从"的律令。在这种情况下，行为参与者始终在做选择，这种选择通往价值观单一的道路：只能在"应当"或"不应当"中做出抉择。

在《日瓦戈医生》中，以绝对律令式图景为特征的生平叙事传统表现得十分明显[3]。然而，面对绝对的道德律令，小说主人公（日瓦戈、拉拉、安季波夫－斯特列利尼科夫）的价值取向却是双重的。他们人生轨迹的终结方式合乎艺术逻辑，然而却不能武断地说，他们的人生之路别无选择，或这是他们的行为所导致的事件链条的必然结果，因为这些事件链条在很大程度上具有偶然性。

纳·达·塔马尔钦科从非教育长篇小说文本的叙事经验出发，对黑格尔定义的"事件性"概念做了具有本质意义的拓展，从该范畴中排除了"仅仅发生"却"没有实现特定目标"[4]这层含义，将事件定义为"情节

1.　Лотман Ю. М. Структура художественного текста. С. 285.

2.　Там же. С. 288.

3.　См.: Демкова Н. С. Из историко-литературного комментария к роману Б. Пастернака «Доктор Живаго»: Древнерусские темы и параллели // Ars philologiae. СПб., 1997.

4.　Гегель Г. В. Ф. Эстетика. Т. 3. С. 470.

情境的变化……表现为由事件本身的活跃性或是环境的'活跃性'（包括生物学变化、对手们的行为、自然的或历史的变化等）导致的人物所置身的条件的改变或变形"[1]。对于事件概念的类似解释不仅与目标世界图景有关，还尤其与"偶然的"世界图景（佩雷尔曼语）有关。在这种情况下，冒险性的事件链是由个体的主观能动性、别出心裁（如科马罗夫斯基或萨姆杰维托夫这一类人物），或具有表达自由意志意愿的人物所犯的错误，以及巧合、偶然性等因素组成。

安娜·伊万诺夫娜家中灵柩形状的衣柜的出现可归为这类复杂事件。灵柩预示着她的死亡，正如她自己在戏谑中预言的那样。然而，这一伪预言当中并没有任何宿命的成分。偶然出现在家中的旧衣柜是女主人公的丈夫出于善意的动机买给她的礼物；此外，她在安装衣柜时"忽然心血来潮，想给马克尔帮个忙"[III，1]，导致她摔倒受伤，健康大大受损。

守在日瓦戈棺材旁的拉拉意识到"他们彼此相爱并非出于必然"（像神话中的主人公那样），也并非"被情欲所灼伤"（具有冒险意味的偶然的相爱）。他们的结合"属于整幅图画的感觉，属于全部景象的美"，"属于整个宇宙的感觉"[XV，15]。从原则上讲，这是另一种类型的世界图景，与上文所述的情形不同。它在个体的面前展开了具有多种潜在可能性的非绝对律令谱系，在各种可能性当中，有一种可能性会因个体特质和外在环境影响而得以实现。例如，创作诗歌时，诗人日瓦戈感受到"世界诗歌的现状"，预感到诗歌"在其历史发展中它所应做出的下一

1.　Тамарченко Н. Д. Событие сюжетное // Поэтика: словарь актуальных терминов и понятий. М., 2008. С. 239-240.

步"[XIV, 8]，而这一步注定由他来完成。然而，事件由可能变为现实，正如创作获得成功一样，绝不是本该如此。这是一种"或然的"世界图景，它不会对个体自由提出异议，却赋予个体将展现在眼前的前景变为现实的责任[1]。对事件性的或然观使我们联想到保罗·利科所下的定义："事件是可以按照另一种情况发生的事。"[2]

从协同论视角看，或然世界图景建立在自然科学观的基础上，聚集于"分叉点"周围。这就是被讲述的故事的分叉点：生命状态具有不稳定性，故而此后发生的事件改变是不可避免的，并非预先设定的。正在发生的改变有可能按照另一种状态发展，这就导致整个故事呈现出另一番景象。在这种情况下，事件则意味着"不均衡"（协同论术语）情景的变动不居的潜质变成了现实。"一切都发生了变化，变成另一种样子。"[XIV, 9]这句话相当准确地传达了或然世界图景的"不均衡性"。此类事件性的基本要求就是要承担从未来生活进程的众多方向中做出一种选择的责任。

在《日瓦戈医生》中，或然世界图景的特点首先表现为"祝福"在潜在可能性变为现实的过程中发挥的决定性作用。拉拉说："爱的才能同其他才能一样。它也许是伟大的，但没有祝福便无法表现出来。"[XIV, 7]祝福因素作为协同论的"吸引子"（即吸引所讲述的事件朝某方向潜在

---

1. 据米·波里万诺夫的考证，1959年，帕斯捷尔纳克 '谈起自己的新剧作时说，昔日的经典文学表现的是事件由起因向结果的运动。然而这不重要，他想要 '本着必然论描写缺失的原则' 讲述一个整体，讲述整体的运动和实现抑或不实现的可能性。他说，本质恰恰蕴含在整体的运动中，蕴含于潜在的可行性的脉搏之中'（Поливанов М. К. Воспоминания о Б. Пастернаке. М., 1993. С. 507-508.）。上述观点确实是或然世界图景的情况之一。

2. Рикёр П. Время и рассказ. Т. 1. М.-СПб., 1999. С. 115.

发展的引力极）之一，将偶然性和先决性同时排除在外。然而，祝福不是绝对定律，它促进而非强迫事件的发生。

整体来看，《日瓦戈医生》的情节由若干分叉点构成。分叉点在某种意义上比事件本身更重要，至少有更强的艺术感染力。这部小说中分叉点最集中的部分是尤里和拉拉居无定所的同居生活，在这段情节中，他们异乎寻常的亲密关系充满安静的迷乱气息，与此同时孕育着未来人生经历的无限可能。这是因为保持现状从原则上讲是不可能实现的——这不仅出于日常逻辑的考虑，从历史语境来看也是如此。

在瓦雷金诺度过的矛盾而幸福、动荡而自由的十二天是关于男女主人公故事发展过程的整个或然事件谱系中的基准点。而在第十三天发生的唯一事件是离别，它是作者想象、讲述者讲述的这个世界中的主要吸引子——创作的吸引子。痛苦难耐的分离是灵感的源泉，是最终日瓦戈的记事本中那些不朽诗歌诞生的原因。

整体来看，与科马罗夫斯基有关的情节显得最为理性，目的性最明确，然而，他做的决定导致的沉痛后果却由日瓦戈来背负："我干了什么？我把她送走了，舍弃了，让步了。"[XIV, 13]与此同时，对拉拉被带走的那一幕以及对尤里·安德烈耶维奇痛苦挣扎的描写充满了具体的细节，这与利科对事件概念的理解遥相呼应，因为"可以按照另一种情况发生的事"恰恰要求事件参与者格外注意细节："心灵的悲伤使尤里·安德烈耶维奇的感觉变得异常敏锐……周围的一切都具有罕见的独一无二的特征。"[XIV, 13]

这部小说讲述的世界是由一系列着墨不多、不尽对等（甚至包括不太重要的背景事件）却彼此相似的情景构成的事件网。例如，"住宅里的陈设是奢侈品与便宜货的混杂物"（这一环境是不确定性的表征），屋主为各种各样的情形感到烦忧："妻子的病，即将开始的搜查，以及他对医学和医务人员超乎寻常的尊重。"[VI，11]还有一个关键情景发生在"十字路口"这个含义深远的场所，在这里，斯特列利尼科夫决定了日瓦戈今后的命运。

在小说文本的众多主题当中，"十字路口"主题的出现并非偶然："十字街头的上空，那儿的天空比拉长了的街道上的天空更辽阔"[XIII，17]。广阔的天空意味着个体命运的多种可能，宿命的实现则是自然环境中和社会历史境况下个体自我定位的结果。

2

叙述者（如讲述者、记录者）的叙事功能是各种叙事策略的关键环节，因为"事件的主要行动者就是见证者和评判者"[1]，在他的意识中，所发生事件的意义的合理性才变得重要。

叙述者的策略定位是由作者语言行为的叙事模态决定的。荷马不可能成为特洛伊战争的直接见证者，然而，《伊利亚特》的叙述者却在叙事认知模态中见证了这些历史事件的发生，获知了意识内容。这种意识内容并不取决于意识本身，它没有被人物化，而是被口口相传。根据黑格尔对有效事件的理解，类似的讲述事件表现为"拟定目标的完成"[2]。这个目标对于受众来说显而易见，与叙述者的策略和事先确定的神话世界图景相吻合。叙述者的身份类似于合唱团中领唱人的身份，他对为受众所知的事情的讲述比其他人物效果更好。由荷马式的说书人实现的全知叙事策略可以称作合唱式叙事策略。

---

1. Бахтин М. М. Эстетика словесного творчества. С. 341.
2. Гегель Г. В. Ф. Эстетика: в 4 т. Т. 3. С. 471.

　　帕斯捷尔纳克的叙述者视野无疑比主人公视野更宽广。例如，他把日瓦戈不可能知道也永远不会知道的事情告诉了拉拉。然而，他的视野的潜在广度并不意味着全知全能。比如，按照日瓦戈的意愿再现自己的札记，写到城市像是"我们每个人生活的广阔无垠的大序曲"时，叙述者带着一种作者所没有的困惑评论说："在保存下来的日瓦戈的诗稿中没有见到这类诗。也许《哈姆雷特》属于这种诗？"[XV，11]日瓦戈的弟弟叶夫格拉夫对日瓦戈生活的干预和"若干奇异的命运交叉点"（《冬之夜》）对于叙述者来说就像对日瓦戈医生一样，是神秘莫测的。

　　有时，叙述者甚至会犯错："一切都让他们觉得这是今后再也不会见到的这幢房子里度过的最后一个夜晚。在这一点上他们都想错了，不过，当时是在不愿让对方伤心而彼此都不承认的迷惘心情的影响下，每个人都在心中重新回顾在这个屋顶下所过的生活，都强忍着在眼睛里打转的眼泪。"[Ⅶ，5]然而，小说中的人物没有错，他们确实再也没能回到这座房子。

　　带有明显或隐含说教意图的叙事是在见解的模态中展开的，这样的意识内容与意识的主体性是一体的。见解与知识相对立：知识并非认知主体独有的，而见解则总是某个人的，它属于一个主体。如巴赫金所说，在"见解"这个词语中，"能够感到一种完整的、界限严格的意义体系"；这个词"指向意义的单一性：……实现的是直接的评价……这个词中只有一个声音……它存在于现成的、有稳定差异性和确定性的世界中"[1]，与之相符的是绝对律令式的叙事世界图景。在这种情况下，叙事性不是目的本身，它与童话故事或荷马史诗有所不同，它是为"人生课堂"

1.　Бахтин М. М. Литературно-критические статьи. М., 1986. С. 513.

服务的，叙述者通过叙事完成其"评判"功能，凌驾于"见证者"功能之上。

小说的见解模态叙事一方面是由韦杰尼亚平和他的追随者西玛·图恩采娃完成的，另一方面是由革命者马克西姆·波戈列夫席赫和利韦里·列斯内赫等人物完成的，还包括帕维尔·斯特列利尼科夫。男女主人公与叙述者本人都不属于这类叙事模态。

按照佩雷尔曼的观点，为阐明偶然世界图景的含义，需要有一个个人交际意愿主体，该主体的叙述在一定程度上是"盲动的"。面对如此多样、范围如此之广的事件，事件的叙事掌控的实现必须借助更富弹性、不追求绝对真理或不容争辩的见解模态。个人意见是极度个体化的意识内容，可能会受到质疑，但其主观性色彩却是十分珍贵的。

若想使事件的讲述具有一种结论性意见的性质，则必须考虑它与一系列其他可供选择的意见之间的现实意义或潜在相关性。正如在赌博游戏中，参与者从原则上讲不可能对游戏可能发生的种种变数做出同样的估计，因为出牌的方式如果对一方有利，就必定对另一方不利。在这种叙事策略的框架下，叙述者或讲述者"见证和评判"（其中占主导的是见证功能）的意见不具权威性，而只是个人的主观意见而已，是建立在"想象"上的。同样，这个"不可靠叙述者"（韦恩·布斯语）不会剥夺受话人相对独立的见证者立场，恰恰相反，会唤醒并激发受话人对讲述的事件重新进行深入思考的意识。作者运用这类讲述人时，"与可靠叙述者相比，对读者的推理能力提出了更严格的要求"[1]。

---

1. Booth W. C. The Rhetoric of Fiction. Chicago; London, 1968. p. 169.

比如，纳博科夫在《洛丽塔》中采用不可靠叙述者形象的叙事策略"在于通过文本结构本身使读者能动地对蕴含其中的潜在内容做出猜测，实现共同创作，并使读者完成作者的某些功能（隐含作者由于妒羡而细心分解的这部分功能）"[1]。

激发读者参与共同创作，这显然超出了契诃夫之前的俄罗斯经典小说中形成的规则，但它却是帕斯捷尔纳克长篇小说所具有的特色。受话人的能动性在这里并没有被"妒羡而细心分解"。《日瓦戈医生》的叙事策略具有更为开放的特质，并且似乎并不在上文列举的若干特征之列。

首先，帕斯捷尔纳克小说中的主要叙述者无论如何也不能被归为"不可靠叙述者"一类，甚至连插叙主体也不属于这一类（例如，与医院女工塔尼娅有关的文本在言语选择上明显区别于小说文本的主要部分）。

与此同时，叙述者并未被赋予传统叙事策略所必需的全知视角或见解。对于拉拉生命的终结，叙述者并不知情，仅仅对此做出猜测。他拒绝全知视角，以免与主人公的世界观出现太大差距："也许当初就是这样，或者是医生往日的印象又加上一层后来岁月的经验，不过事后回想起来，他觉得当时人们一群群地拥挤在市场上并没有什么必要，而只不过是出于一种习惯。"[VI，1]

从此类视角定位可知，帕斯捷尔纳克继承了契诃夫的传统。正如彼得·詹森所说，"托尔斯泰描写娜塔莎·罗斯托娃消磨时间的方式时……

---

1.   Жданова А. В. Нарративный лабиринт «Лолиты» (Структура повествования в условиях ненадежного нарратора). Тольятти, 2008. С. 61.

选择了被描绘情景之外的事物作素材……契诃夫则相反，他与自己的主人公处在同样的认知情景之中"，采取的是"对所描绘的各种情景中的某个人物采用有限认知"[1]的做法。

因此，帕斯捷尔纳克小说的叙述者虽然知道革命的灾难性后果，知道革命会以新经济政策告终，知道"这是苏联历史上最难于捉摸和虚假的时期之一"[XV，1]，然而，他没有超越事件本身，却谈起了夜晚树木的喧嚣："这原来就是在上面的卧铺辗转反侧的尤里·安德烈耶维奇所思考的，是关于越来越广泛地席卷整个俄国的信息，是关于革命及其面临的不祥而艰难的时刻，关于这场革命可能取得的伟大结局。"[V，15]

不能说叙述者的视角仅仅局限在一个人物身上。叙述者将两个甚至更多人物的视野纳入其视角中，从而使视野得到显著扩展。韦杰尼亚平回莫斯科这段情节起初是以日瓦戈视角叙述的，但接下来，叙事提升到更高的视点（托尔斯泰式的视点）："这是由家族的亲缘关系连接着的两个具有创造力的个性的相逢，尽管往事的云烟再度升起而又获得了活力，种种回忆纷至沓来，分别期间发生的一桩桩的事也浮现在眼前，但是只要话题一转到主要方面，接触到有创业精神的人都熟悉的事情上，两人之间除了惟一的亲缘关系以外的一切联系都消失了，舅舅和外甥的身份隐退了，年龄的差距不见了，剩下来的只有彼此几乎相当的气质、能力和基本信念。"[VI，4]

小说的叙述可能完全不同于日瓦戈的视野，如第10章、第2章第19节等，有时主人公还会成为观察对象："这个穿着破旧的衣服、高大瘦弱的

1.　Йенсен П. А. Проблема изменения и времени у Толстого и Чехова. К постановке вопроса // История и повествование. М., 2006. С. 207.

医生，在年轻的伙伴陪同下，很像民间传说中探求真理的人。"[XV，1]
在帕斯捷尔纳克的叙事中，叙述者的视野包含了许多各不相同的视角（如
第2章第13节，叙事是以科马罗夫斯基的视角展开的），然而通常却定位
在（或暂时集中在）某个人物的立场上。

帕斯捷尔纳克笔下的长篇小说叙事所遵循的不是认知模态、见解模
态或意见模态，而是"理解模态"。作者对主人公的内心状态的深刻体
察并非像托尔斯泰那样以创作者的身份对人物做出评价，而是从生活
见证者的立场出发，与主人公地位平等，不具备全知视角，却能渗入
人物的"私人秘密"[1]之中。想要清楚地划分视角之间的界限是件不容易
的事，但仍是可行的。例如："尤里·安德烈耶维奇眼前看到的是医院
的后院、洁维奇田庄几所住宅的有玻璃棚顶的凉台和一条通向医院楼房
后门口的电车线。"[IV，5]引文中提到的电车线用于应对紧急情况，特
别是危及生命的情况。电车线是整个文本意义的顶点，在日瓦戈医生生
命的尽头扮演着重要角色。这对于作者来说一目了然，但无论是叙述者
还是主人公（他应当知晓电车线的用途）此时此刻却都不知道电车线
的含义。

作者将叙述者视为理解的主体，对于所叙述的生活来说是"相对外
位性"（巴赫金语）的人物。可以说，这样的叙述者意识到了大自然介入
人生的特殊视角："冬天的夜晚，像一位同情一切的证人，充满前所未有
的同情。"[XIV，13]

若想实现对他者的透彻理解，必须摆脱自身的局限性。按照西
玛·图恩采娃的说法，要看到正在发生的事，"用上苍的眼睛……这一切

---

1. 参见契诃夫的《带小狗的女人》中关于个体秘密的观点。

都是在惟一的圣框中完成的"[XIII, 17]。这无疑是从永恒的立场产生的视角，在帕斯捷尔纳克的文本中，永恒视角绝不预先决定事件的时间（历史）走向。在传统小说中，生命总是在永恒和死亡的两极之间摇摆，以此揭示出生死这对彼此对立的概念间的戏剧性张力。

如斯米尔诺夫所说，把叙述者置于"上苍"的地位，从而构建出"元情节的高度"。从这一高度的视角看，小说情节中存在的大量个体人生道路的惊人巧合和交织绝非整个存在建构的偶然性花絮式图景。然而，这又没使叙述者变成一个对所讲述的世界全知全能的作者的透明面具。可以说，就像《哈姆雷特》这首诗中的抒情主人公一样，叙述者力求深入理解自己的叙事目的和叙事素材，力求与作者的构思达到同样的高度。

理解模态作为一种叙事模态，不同于得到客观证实的认知，它的特点是人称性：它总是某个人的理解，与主体意识密不可分。《日瓦戈医生》中的叙述者不同于史诗的讲述者，不是普罗透斯式的多变形象，也并非绝对公正。他的好恶没有被过分强调，但他爱憎鲜明。例如，提及老布尔什维克季维尔金和安季波夫，小说中写道："他们一声不响地坐在那里，像两个严厉的木偶，但从他们身上流露出来的政治上的傲气是每个人都能感觉到的。"[X, 6]对清扫道路的阶段做出评价时，叙述者认为这是他们旅程的最佳时刻（对"新烤的""喷香的面包"[VII, 15]做了充满赞美的描写）。与其说叙述者对事态做出客观评价，不如说通过生活中简单的快乐表达了居无定所的主人公的感动。上文列举的这两种评价都表现出对事件进程的理解，表达出各不相同的价值判断。

理解模态不同于认知模态（如"荷马式"），它始终具有价值判断色彩，但又与见解模态不同。理解模态永远是相对的，它只是关注对象的情境真实，而非不容辩驳的判断。从第15章开头我们得知，在日瓦戈医生生命的最后几年，"他越来越衰弱，越来越邋遢，渐渐丧失医生的知识和熟练技巧，也逐渐失掉写作的才能"[XV，1]。然而，接下来，叙述者充满热情地为我们讲述了日瓦戈医生贪婪写作的状态，"医生住的房间便成为他精神的宴会厅"[XV，10]。对主人公生平遭际倾向性各异的理解，其可靠性具有相对性，因而得以互相补充。

　　然而，与意见模态不同的是，理解型叙事不是主观的，而是具有主体间性。理解是一种能够与他人分享的意识内容，能够成为两个甚至更多个有关联的意识的交汇点。这首先表现在研究文本的接受层面。鲍·米·加斯帕洛夫认为，《日瓦戈医生》的读者"应当自主理解这部小说具有的那种'沉默言说'的含义，自己找到情节脉络的交汇方式，猜出交织构建出的图景，因此，这部小说的阐述永远不会形成最终的、一成不变的形式：它的解读始终会因其内在必然而具有假定性和多样性的特点"[1]。这种叙事效果只有在理解模态（动态认知）中能够达到，既有的认知或不容争辩的结论则不具备这种功能。

3

　　受话人对叙事话语的接受能力是由叙事话语的情节编排所赋予的。根据利科的观点，我们对叙事事件的参与是由"我们追踪故事的能力"，即一种"熟识叙事传统的能力"[2]决定的。因为故事的新意只有在某种隐含的范式——亦即受话人对结局的期待中才可能被接受，这一结局将所叙

1．Гаспаров Б. М. Литературные лейтмотивы. М., 1994. С. 259.

2．Рикёр П. Время и рассказ. Т. 2. М.- СПб., 2000. С. 63.

述的事件链的开头和结尾维系在了一起。"在这个意义上，《圣经》是讲述世界历史的宏大情节，任何一种文学情节在一定程度上都是大情节的显微缩影，这一大情节将启示录与《创世记》联系在了一起。"[1]这种情节在于事件序列的张力，而张力激发读者的接受期待，并设定"作品情节动态发展带来的期待的满足"[2]。这不是主人公冒险行为的故事情节，而是阅读本身的故事情节，类似于冠军和锦标赛获奖人创造的体育冠军赛的情节。

曼德尔施塔姆说得好，叙事情节作为"激发兴趣的动力"[3]，构成了叙事话语省略推理[4]的选择性对立。省略推理法往往对事件链的发展避而不谈，而读者却很容易判断出事件的走向[5]。

这样一来，从叙事接受层面来看，情节其实是对读者期待的建构。这类叙事行为具有两种功能：一方面，打破连续不断的叙事流；另一方面，通过分形叙事，将细碎的情节片段连接为叙事整体。这两类叙事功能虽方向各异，但均不可避免，因为讲述的时间和被讲述的时间不仅跨度不同，而且性质迥异：历史时间是多维的、连续的，话语流却是单维的、不连贯的。因此，"情节构筑的片段层"[6]是无法避免的，然而这并非叙事话语的缺陷和弱点，而是叙事话语的思想资源，是生成特殊意义的源泉。

1.　Рикёр П. Время и рассказ. Т. 2. М.- СПб., 2000. С. 31.

2.　Там же. С. 30.

3.　Мандельштам О. Э. Слово и культура. М., 1987. С. 72.

4.　在亚里士多德的修辞学中，"省略推理"用来指称省略型论证，论证缺失的部分是显而易见的，应该由听众自行补全。

5.　参照《别尔金小说集》的结语："读者将使我免去表述故事结局的多余义务。"

6.　Рикёр П. Время и рассказ. Т. 1. С. 186 (курсив Рикёра).

　　叙述文本中情节构筑的片段具有不可避免性，主要是由于事件必须从连续不断的现实过程中分离出来，亦即揭示事件的时空边界及其中心题元和语义。这样或那样的叙事结构往往隐含着普泛的意义，并使独立于作者意志的被叙述的一系列事件也具有同样的意义。按照利科的观点，故事"为获得讲述的逻辑"，必须"指向约定俗成的文化构型，指向一种叙事范式……只有借助于这种叙事范式，事情才能被讲述清楚"[1]。

　　如今业已形成区分两种普遍适用的情节结构的固定说法："累加结构"和"循环结构"。累加结构系指同一事件的情节片段的强度不断增加，最终导致灾难性后果，这是由普罗普提出并做出阐释的一个概念[2]。灾难的价值地位在叙事话语历史中经历了本质性的改变，累加结构成为读者感兴趣的冒险－奇遇情节或成长教育类传记情节的主导性结构。

　　循环结构模式包括两种类型：若"中间环节与人物在异己的世界和/或穿越死亡（在这两种类型中，死亡既是字面意义的，也是隐喻含义的）的经历有关"，那么结构框架的两个环节"或是朝向另一个世界的去而复返的过程，或是从危机状态走向重生的过程"[3]。

　　显然，第一种形态通过古代史诗可追溯至更为久远的思维结构，即三个阶段的先后有序的叙事逻辑：失去—寻找—获得[4]（此过程尤其关注主人公的功勋——主人公对初始情境的重建或对整个世界秩序的重建），重现神之死和神之复活这一普遍性的神话元素[5]。

1.　Рикёр П. Время и рассказ. Т. 2. С. 50.

2.　См.: Пропп В. Я. Кумулятивная сказка // В. Я. Пропп. Фольклор и действительность. М., 1976.

3.　Тамарченко Н. Д. Структура произведения // Теория литературы: В 2 т. Под ред. Н. Д. Тамарченко. Т. 1. М., 2004. С. 204.

4.　См.: Гринцер П. А. Древнеиндийский эпос: Генезис и типология. М., 1974. С. 246-279.

5.　См.: Фрейденберг О. М. Поэтика сюжета и жанра. М., 1997. С. 225-229.

　　生命的重生意味着主人公地位的变形和更换，这一变体可借助于童话追溯至神奇故事中的成人礼。诸神之死和诸神复活无疑是这种仪式的原型，然而，在这场仪式中，人不会像永生的神明一样复活，而是发生改变或死亡。神奇故事对成人礼这一古老象征符号的吸纳从原则上促成了另一种情节结构的生成[1]。这种结构关注的不是初始情境的复原如何发生，而是主人公是否能经受死亡的考验。

　　从本质上来看，我们可以得到两种各自独立的情节范式：一种是复原初始情境的循环模式；另一种是事件链展开的阈限模式[2]（门槛模式），这种模式的高潮环节是象征符号式的死亡，亦即跨越生与死的语义界限。后来，这一情节模式被文学文本吸纳，形成对于文学作品读者的期待来说更高效的叙事情节："复活中的"主人公面临的要么是自我修复和地位改变，要么是灭亡。

　　然而，《日瓦戈医生》的叙事情节不可简单归结为上述普遍类型中的任何一种。

　　先讲述诗人的生平经历，随后将其诗歌公之于众，显然，这种情节安排须以人生经验的积累这种累加结构为前提，诗歌则是诗人生命经验的表征。然而，日瓦戈的诗歌只包含了他人生经历的极小部分。况且，小说的情节容纳了比主人公人生经历更广的生活素材，主人公的人生故事比小说的全部情节结束得更早。此外，第7章"旅途中"将路上发生的事和该章结尾处的被捕事件连为一体，足够明确地展现了累加式情节结构。

1.　Подробнее см.: Тюпа В. И. Фазы мирового археосюжета как историческое ядро словаря мотивов // От сюжета к мотиву. Новосибирск, 1996.

2.　См.: Тэрнер В. Символ и ритуал. М., 1983. Гл. 3.

如果莫斯科就像读过主人公诗歌的戈尔东和杜多罗夫认为的那样，是"长篇故事中的一个主角"[XVI，5]，那么这种叙事的情节结构就是循环模式：从逐渐被摧毁的莫斯科和莫斯科人的生活方式到后来对"这个神圣的城市"产生"一种幸福而温柔的平静"[XVI，5]。日瓦戈的诗歌印证了这一状态。这种情节结构使日瓦戈获得了文化英雄和精神秩序重建者的身份，他就像莫斯科的神圣守护者——俄罗斯壮士歌中的勇士叶戈尔。然而这一原型并没有在这部小说中起到情节建构的作用。

在研究《日瓦戈医生》的情节时，阈限情节格外值得关注。从阈限情节模式中可以辨认出由童话生成的古老的叙事结构——四段式事件链。詹姆斯·弗雷泽[1]和普罗普[2]都对此做过专门研究。

四段式中的第一阶段是分离阶段。除了外部空间意义上的分离或近代文学作品中常见的遁世，它还可以表现为主人公与以前的人生断绝联系，或与往昔的关联强度发生实质性减弱的一种内心状态。在《日瓦戈医生》中，符合这一阶段的是小说第1章的基本情节——主人公在幼年时期失去双亲。

第二阶段是引诱考验阶段。这一阶段既包含主人公受到诱惑，也意味着他积累了生活经验，在生命存在层面获得提升和完善。这一阶段常会出现新的伙伴，构建新的主体间关系（譬如，主人公遇到"助手"和/或"破坏分子"）。在这种情况下，主人公往往会做出不成功或不恰当的行为尝试，这些尝试使其在随后情景中的行为成功、恰当。在文学叙事中，引诱考验阶段可以是一个相当长的过程，且具有连续

1.　Фрэзер Дж. Дж. Золотая ветвь. М., 1980. С.180.

2.　См. Пропп В. Я. Исторические корни волшебной сказки. Л., 1986.

性。随着情节的发展，日瓦戈经历了一系列引诱和考验，首先是拉拉被科马罗夫斯基引诱的场景，当时还是中学生的日瓦戈偶然成为这一幕的见证者。

第三阶段是"门槛式考验"的阈限阶段，它可以采取主人公死亡这一象征符号。这种古老的形式，亦即主人公造访彼世的"死亡之国"的形式（有时会是梦境和"暂时死亡"的形式），可能激化为致命的危险（如疾病或决斗），也可能简化为与死亡的间接邂逅或其他形式。阈限式情节始终围绕着生死之间的转换展开。

小说中，主人公人生经历的阈限阶段表现为日瓦戈被掳掠（面临立即被枪决的威胁）参加游击队的情节。这部分情节内容分别被安排在三个章节中：第10、11、12章。在第10章中，日瓦戈医生的名字甚至没有被提及，他从情节中消失了（第16章也是如此），人生线索中断了。在描写主人公的游击队生活时，事件发生的地点已经不是乌拉尔，而是西伯利亚。在俄罗斯经典文学中，西伯利亚被神话化为"死亡之国"——一种成人礼的象征符号空间[1]。主人公身不由己地成了"林中战士"[2]，被迫住在窑洞中（窑洞是墓穴的相似体），"必须遵从现实的秩序，服从发生在他眼前和周围的事件的法则"[XI, 4]，这里发生了许多起死亡事件。还有一系列更为个人化的阈限主题——这一切都证明了主人公被游击队俘虏的情节等同于象征符号式的死亡。值得注意的是，"林中战士"一章恰恰是整个布局结构的黄金分割点。

第四阶段是蜕变阶段，这一阶段可以视作归零阶段（比如，非象征

---

1. См.: Тюпа В. И. Мифологема Сибири: к вопросу о «сибирском тексте» русской литературы // Сибирский филологический журнал, №1. Барнаул - Кемерово - Новосибирск - Томск, 2002.
2. 参见普罗普《神奇故事的历史根源》中的《绿林兄弟》一章。

符号式的死亡与不可挽回的灭亡）。在这一阶段，正如主人公在过渡仪式的最终环节中获得重生并被授予了新的名字，我们也可以发现主人公地位的转变——外部地位（如社会地位）的转变，或是在现代作品中尤为常见的内心状态（如心理状态）的改变。具有象征意义的新生（尤其是成人礼）往往伴随着主人公回归故里，重建昔日被切断或被弱化的关系。在这一背景中强调的往往是主人公新生活的开始，在古老的情节中通常表现为结婚。

逃出游击队营地的情节对于日瓦戈医生来说是回归之路的开始——回到尤里亚金和瓦雷金诺，最终重返莫斯科，与拉拉的关系则逐渐发展为家庭关系，这实质上是主人公不合法的第二次婚姻。至于主人公的新身份，我们在第14章首次看到，尤里·日瓦戈是以诗人的身份出现的。在此之前，读者已经知道主人公在进行诗歌创作的练笔，比如，"尤里满怀热望预先体会到"[III, 17]投身创作的那一刻。如今，读者成了主人公创作活动的直接见证者，见证了诗人在创作过程中对以前写下的手稿进行修改的过程。此时，主人公写下了关于拉拉的哀歌，与《童话》一诗共同构成诗人得以保存下来的手稿的主体。

然而，接下来日瓦戈在莫斯科的生活很难被解释为蜕变阶段的延续。第15章的标题为"结局"，首句提纲挈领，从很大程度上减弱了读者期望的强度：

> 只能讲完尤里·安德烈耶维奇死前最后八年或十年相当简单的故事了。这段时间他越来越衰弱，越来越邋遢，渐渐丧失医生的知识和熟练技巧，也逐渐失掉写作的才能。有一个短时期，他从抑郁和颓丧的心情中挣脱出来，振作精神，恢复先前

的活力，但不久热情便消失了，他又陷入对自己本人和世界上
的一切漠不关心的状态中。[XV，1]

类似的开头指向的更多是传记累加式情节。无论如何，我们应当承
认，累加式情节并没有将小说的整个文本囊括其中。在因革命动荡而变
得兽性化的世界中，人与人关系中人性的丧失和复归构成了典型的循环
式情节，它不仅时刻渗透进累加式情节中，而且在第16章"尾声"中成
为主导情节。然而，我们所探讨的循环式情节是不完整的，因为核心主
人公是缺失的。借用马克尔的话，尽管日瓦戈在前线表现英勇，但诊疗
活动从根本上有别于勇士的职能。随着情节的展开，日瓦戈不止一次刻
意回避自己的医生职业。虽然斯特列利尼科夫把自己看作循环情节的实
施者，但这一想法是无根据的。

在帕斯捷尔纳克的这部长篇小说中，死亡是一个主导命题，而战胜
死亡是整个文本结构的基石，它推动着叙事情节的意义建构。小说从描
写葬礼开始，结尾则预见了主人公"百年"（阈限式的重生）后的生活
图景。小说文本中的宗教哲学家韦杰尼亚平将基督诞生之后的历史形容
为"历史就是要确定世世代代关于死亡之谜的解释以及对如何战胜它的
探索"[I，5]，而主人公在人生最紧要关头思索的是："现在上莫斯科去，
第一件事是活下去。"[XIV，13]

在这一语境中，主人公象征符号式的一次次死亡无疑具有阈限意
义，而四段式情节模式在这种情况下始终是一个不断重复的循环过程。
普罗普在童话故事的结构模式中发现了这种重复性的情节建构序列，并
称其为"进程"。在小说的叙事结构中，日瓦戈患过两次重病，每次都失
去知觉：一次是举家离开莫斯科的前一天晚上，一次是从游击队逃脱，

逃往尤里亚金。两次重病都预示着社会身份的转换和主人公生活面目的根本性变化（既包括外在变化，也包括内在变化）。

在小说的上卷，阈限情节表现为清晰的四段式结构。如上文所说，小说第1章对应的是分离阶段。接下来的章节是引诱考验阶段的累加式情节链条，这一部分最重要的情节是主人公与拉拉的两次邂逅（第2章和第3章），与身份为"安季波娃护士"的她相识（第4章），羞涩地承认与日俱增的爱慕之情，与她"情意相投，心意相通"[V，8]；最后在第6章中，他表达了对革命的赞叹。在诸多引诱与考验当中，我们可以发现一处带有"考验"色彩的阈限式情景——主人公在前线受伤。这一情景虽未使主人公走向蜕变阶段，却使安季波夫发生了改变[1]。第6章以阈限阶段结尾——重病昏迷之后，医生试图写一首关于基督死亡与复活之间的状态的长诗，暗自思忖："应该苏醒并且站立起来。应该复活。"[VI，15]蜕变阶段对应的是第7章，日瓦戈对变革感到失望，有了新的人生观：举家迁往穷乡僻壤，隐姓埋名，寻找安宁[VII，11]，务农为生；为了个人自由，不再行医。

然而，第四阶段是典型的倒叙：它描写的并非传统叙事中的那种回归，而是离去的过程（"离去"本该属于第一阶段），且伴随着一系列阈限情景——偶然被捕后与斯特列利尼科夫的谈话明显表现出主人公处于生死之间。然而，这一场景在情节中发挥着另外的作用：主人公与斯特列利尼科夫第二次会面时（第7章末尾），两人都完成了各自的累加式情节"进程"。只不过这一状态下主客角色发生明显变化，斯特列利尼科夫没有杀死日瓦戈，而是选择了自杀。

1.　参见："有人说仿佛上帝的鞭子，上天的惩罚，这里的斯特列利尼科夫委员就是复活了的安季波夫。"[VIII，10]

　　小说下卷的事件链是主人公社会地位改变的结果——变革要求个体表现出积极的社会立场，日瓦戈却选择离开变革的中心。此外，如耶尔齐·法里诺所说，日瓦戈"根据神话诗学规律，经历了蜕变……'瓦雷金诺'恰恰始于再造'宇宙'和'自我再造'的主题"[1]。

　　主人公逃离历史，投入大自然的怀抱，这预示着累加式情节进入了新阶段。这部分情节的主题是爱情，而非家庭社会。同第一部分一样，情节围绕着拉拉展开，冬妮娅则被排除出日瓦戈的视野（日瓦戈完成逃离后，来到拉拉身旁，并没有回归家庭）。分离阶段不仅包括主人公在札记中对自我的深入探索和在尤里亚金的暂时躲避——尽管上述内容在功能上对整个情节起着重要作用——这一阶段更重要的是日瓦戈被掳掠参加游击队而与拉拉分离的情节。此外，需要指出的是，主人公的医生身份（亦即抗拒死亡的社会功能）再次成为他不自由的原因。

　　在游击队军营的经历是整部小说情节的累加式考验阶段，与此同时，它也在整个情节的爱情线索框架中承担着结交新伙伴的功能，这一阶段之后是主人公在尤里亚金第二次患上严重疾病的情节。在生病失去意识之前，日瓦戈想："问题就在于什么占上风，生命还是死亡。"[XIII, 8]接下来，蜕变阶段对应着日瓦戈和拉拉生活和思想的结合，在这一过程中他成了"第二个亚当"[2]。"我同你，"拉拉说，"就像最初的两个人，亚当和夏娃。"[XIII, 13]与古代原型相呼应，蜕变与回归故里（瓦雷金诺）的情节紧密相连。在瓦雷金诺，日瓦戈医生变成了

1.　Faryno Jerzy. Как Ленский обернулся Соловьем Разбойником (Археопоэтика «Доктора Живаго». 3) // Пушкин и Пастернак. Budapest, 1991. C. 149.

2.　在基督教传统中，"第二个亚当"往往用来指耶稣基督本人。

真正的自己——诗的使者，实现了"世界思想和诗歌"[XIV，8]潜在的互动。

在生命最后的阶段，日瓦戈的第三个妻子出现了，他们组建了新的家庭，这似乎意味着累加式情节又出现了一条支线，然而情况并非如此。累加式叙事情节在第14章激化到极致，引发了第15章的开头。在接下来的叙事中，叙述者打断了原有的情节脉络，因此，主人公的第三次死亡（不会引发任何蜕变的真正的死亡）失去了其累加意义，因而也不足以造成主人公象征性的贬损"降级"。

在上文讲述的阶段之后，小说进入第15章，叙述了日瓦戈医生致命的心脏病恶化的过程。在此之前，疾病作为不可分割的表征伴随他进入新的状态，因而不具备累加式考验阶段的作用。接下来，我们读到了日瓦戈医生从偏远的乌拉尔返回莫斯科的经历，这样的情节通常意味着蜕变阶段的终结和整体情节的结束。从累加式情节的视角考察第15章"结局"，我们也许会觉得这一章违背了累加式情节的规则：第15章开头似乎对应着第四阶段，接下来似乎进入第二阶段，继而进入第一阶段（叶夫格拉夫帮日瓦戈安排了隐居生活来进行诗歌创作），最后是假想中的第三阶段（主人公之死）。

然而，在考察这部小说叙事的整体结构时，我们绝不能否定累加式情节的重要作用。况且，累加式情节编排决定了安季波夫－斯特列利尼科夫的情节线索，同时还决定了拉拉情节线索的开端。如许多学者指出的那样，拉拉酷似陀思妥耶夫斯基作品中的女主人公，然而在下卷中，这个角色的功能发生了显著变化，她成了日瓦戈医生的诗歌缪斯的化身。

4

　　为了更充分地阐释《日瓦戈医生》的情节，显然，我们必须从事件链"预设"的本事层面转向情节片段的"布局"层面，这些片段通过读者意识（利科语）直接促使情节朝故事"预设"的方向发展。

　　按照利科的观点，情节片段自然而然地起着叙事事件链话语断裂、话语关联等主要作用。情节片段实质上是文本的一个个段落，各段落"在行为发生的地点、时间、参与者构成等方面各不相同"[1]。也就是说，任何由叙述者表达的空间位移、时间跳跃或人物构成的变化都可能是情节段落界域的标志。界域则是作为叙事基本特征之一的建构情节片段的要素。在尽可能地浓缩叙事时，事件往往被压缩为一个情节片段，然而它总能扩充为某个事件链或更为复杂的片段性事件体系。

　　片段序列中隐藏着把握叙述者视点的钥匙，视点的含义远不是焦点（即将叙事聚焦在某个细节或局部上）所能涵盖的，片段序列还有助于理解叙事受话人的立场。叙事文本中等距离展开的一系列故事发展单元（即本事单元）构成了特定的意义生成体系，如递增或递减序列，阶段性交替、重复或相似、对比。与此同时，某些片段其实标志着情节的初始点、终结点、核心或黄金分割点。

　　情节片段的分界线往往标志着被讲述世界的折断分裂，如时间断裂、空间断裂、行为断裂，抑或同时出现两三种类似的断裂。故事的断裂总能激发读者期待的张力，即便是极其微小的断裂也能起到同样的作用，因为任何一种语义停顿（类似口头讲述时语调和语流的停顿）都会造成持续发展的不同前景中"分叉点"的形成，使事件或

1.　Поспелов Г. Н. Проблемы литературного стиля. М., 1970. С. 54.

好或坏的发展超出读者的预想（读者的预想在多数情况下是无意识的行为）。

19世纪经典文学往往使用宏大而清晰的情节片段，这些片段在事件中的地位不容置疑，而情节安排一目了然、清晰明确。然而，在契诃夫的笔下，情节片段化的诗学已经换上另一副面貌，含混而有序的微型情节片段在事件链条中承载的意义越发显著[1]。

帕斯捷尔纳克的叙事诗学继承了契诃夫的传统。像契诃夫的小说一样，文本基于大章和小节的布局切分增强了叙事情节安排的"预设"效果：大章和小节的结尾与开头强调了情节片段的分界，加重了叙事的语义停顿。与此同时，各种位于布局分界的叙事因素都愈发彰显出重要的作用。

我们不妨来看看小说各章节的结尾。每个章节的结尾无不巧妙地运用了叙事省略推理法。然而，在16个章节中，只有5章的结尾能激发读者对主人公个人命运累加式发展的期待，它们分别是第2、3、6、12和13章。

"尤拉想的是那个姑娘和未来，而不是父亲和过去……他们坐上车走了。"[II，21]对于累加式情节的初始阶段来说，与过去的内部断裂和对未来的向往显得意味深长。

"尤拉满怀热望预先体会到一种乐趣，那就是在一两天之内完全从家庭和大学里消失，把此时此刻生活赋予他的无意间的感受写成追荐安娜·伊万诺夫娜的诗句，其中应该包括：死者的两三处最好、最有特色

1.　Подробнее см.: Тюпа В. И. Нарратология как аналитика повествовательного дискурса. Тверь, 2001; Тюпа В. И. Нарратологические проблемы чеховского повествования // Известия РАН. Серия литературы и языка, 2010, т. 69, №4.

的性格，身穿丧服的冬妮娅的形象，从墓地回来路上的几点见闻，从前风雪怒号和他小时候哭泣的地方现在已经成为晒衣服的地方了。"[III，17]这里值得注意的不只是过去与未来价值两极间被激活的张力，还是一种对创作偶然性的预感。成年后，诗人日瓦戈放弃了文学写作的程式，并开始不停地"删改"[XIV，14]这样的程式。呈现在我们眼前的不是创作过程本身，而是累加式情节安排第二阶段固有的一种引诱考验。

"就在这一年的四月，日瓦戈全家出发去遥远的西伯利亚，到尤里亚金市附近原先的领地瓦雷金诺去了。"[VI，16]迁居到另一个充满考验的空间——这是第二阶段最典型的展开形式。

"夜是明亮的。月亮在天上照耀。他继续穿过树林向朝思暮想的冷杉走去，挖出自己的东西，离开了游击队营地。"[XII，9]"离开"是累加式情节安排另辟新情节片段的明显表现。

"尤里·安德烈耶维奇不由自主地呻吟起来，双手抓住自己的胸膛。他觉得要跌倒。他摇摇晃晃地走到沙发跟前，昏倒在沙发上。"[XIII，18]叙事在主人公进入累加阶段（具有象征意义的死亡）的重要节点出现明显的断裂。

第14、15章的结尾恰恰相反，没有为读者留下期待的空间。人物的生命线终止了——先是斯特列利尼科夫，然后是拉拉。

"四外喷出的血珠同雪花滚成红色的小球，像上冻的花楸果。"[XIV，18]对于日瓦戈来说，花楸树的引喻是拉拉的拟人化。此外，在他从游击队营地逃离时，花楸树也标志着空间的分界，有着深刻的寓意。经历了第二场成人礼（这时，斯特列利尼科夫也成了逃兵）的两个主人公的价值取向构成了相互比照的平行结构：一个成功经受住了考验，另一个则注定要死亡。

"看来那几天她在街上被捕了。她已被人遗忘，成为后来下落不明的人的名单上的一个无姓名的号码，死在北方无数数不清的普通集中营或女子集中营中的某一个，或者不知去向。"[XV, 17]又一条情节线终止了，尽管它才刚刚进入累加模式。在第2章（分离和引诱阶段）、第3章（考验阶段）和第4章（蜕变阶段）中，拉拉经历了这一模式的所有阶段。此外，值得注意的是，根据叙述者的意图，与斯特列利尼科夫的死不同，读者并没有在文本中直接见证女主人公的死亡。

小说叙事的结构布局出人意料，这无疑值得我们关注：这部长篇小说的16个散文章节中，有一半是以出乎叙述者和主人公意料的言语或想法结束的，这明显弱化了主人公命运的累加式情节特征。

小说第4章以"革命"一词结尾，该词是从一个受惊的残废者（显然，"残废者"是一个有独立意义的称名，因为军医院的病人常被称为"伤员"，而非"残废者"）口中说出的。下一章的结尾则是叙述者的话语，然而仍包含着明显的革命因素："这位聋哑人把那只野鸭递给日瓦戈，外面包了半张不知是什么内容的铅印传单。"[V, 16]这两个章节的结尾首先将读者的注意力引向主人公的循环情节模式，形成主人公个人人生经历和历史进程之间的对比。然而，从文本结构布局来看，该循环情节并非主导。

在第1章结尾和上卷结尾（即第7章结尾）这两个地方，在带有明显的标志处，在叙事布局停顿之前是人物（杜多罗夫和斯特列利尼科夫）的准直接引语。他们彼此呼应，意味深长。恐怖分子的儿子——幼年的尼卡·杜多罗夫自诩是未来的革命者，"他似乎觉得最需要的是什么时候能和娜佳再次一起滚到水里去，而且现在就情愿付出很大的代价，以弄清这个希望是否会实现"[I, 8]。而真正的革命引领者安季波夫想的却是妻子和女儿："那可应该去找她们！现在立刻就去！不过这是可以想像的吗？那完全是另一种生活。要想回到原先那种被中断了的生活，首先应该结束现在这种新生活。将来会有这一天的，会有的。不过，究竟是什么时候，什么时候呢？"[VII，31]

斯特列利尼科夫的思绪激活了循环情节模式，他把自己推到了中心主人公的位置，以与革命隔绝的方式建立了功勋。然而，由于童年时期对未来没有信心而导致的怀疑以疑问语气的提问形式一再重复，显然有损于他成为英雄的渴望，也有损于这一情节模式的重要性。而他在第14章结尾的自杀最终完成了这一"贬损"过程。

还有重要的一点值得我们注意——下卷的前4章总体上都以次要人物或更次要人物的对白语结尾，他们分别是伊丽娜·普罗科洛夫娜·米库里岑娜（第8章）、卡缅诺德沃尔斯基（第9章）、科西卡·涅赫瓦林内赫（第10章）和帕姆菲尔·帕列赫（第11章）。这种类型的结尾消解了读者累加式的期待效果。

除了游击队联络官卡缅诺德沃尔斯基直截了当的回答，其余非叙事结尾（包括上文列举的叙述者所叙述的人物心理活动）的共同点是不确定性："可是谁又说得准呢？什么事都可能发生。"[VIII，10]"……就知道该怎么办了。说不定还能回答。"[X，7]"记不清了。"[XI，9]然而，在卡缅诺德沃尔斯基回答之后，叙述出现停顿，紧接其后的下一章的开头也具有不确定性的特征，在这种情况下，导致不确定性的是空间的无限延展："公路两旁散落着城市、乡村和驿站……一条驿道穿过这些村镇。"[X，1]

仔细查看便不难发现，"不确定性"主题——直截了当的或隐晦含混的问话所呈现的几乎全是叙事结构的断裂处。

斯特列利尼科夫的自杀引起的叙事停顿是一个例外。在对宛如冻僵的花楸果的血滴的描述（此句标志着一条情节线的终结）之后，紧跟着的是具有充分确定性的一句话："只能讲完尤里·安德烈耶维奇死前最后八年或十年相当简单的故事了。"[XV，1]主人公的情节线也同样在确定性中终结了。然而，正如上文所说，累加式情节的终结并不意味着文本的终结。

第16章结尾有着独特意义："他们手中的这本书仿佛知道这一切，支持并肯定他们的感觉。"[XVI，5]小说叙事部分的最后一章最后一节形成了非规范的读者期待——期待衰颓、死去的主人公的诗歌能奇迹般地保存下来。读者在阅读日瓦戈医生的"诗歌手稿"[XVI，5]时，会看到叙述者讲述的诗人人生的另一番景象——与其说叙述者的视角来自诗人生活的内部，不如说叙述是从永恒视角展开的，那些关于福音书的诗句充分说明了这一点。

日瓦戈诗歌的精神来源是"那个在他之上并支配着他的力量"[XIV，8]，它们具有灵魂化身的地位——不仅是他个人生命意义的一种话语体现，也是个体存在意义的概括性表达[1]。在他的诗歌中出现了一种宁谧的豁达，将"个别的情形提高到大家都熟悉的空泛的感受上去了"[XIV，14]。然而，这种类型的诗歌结构在叙事文本中也许只能以宣叙的形式呈现。在标志着小说话语行为结束的最终章，这些诗歌的内在结构展现在读者面前，就像奥秘最终被揭开：备受摧残的生命的奥秘、生命战胜死亡走向永恒的奥秘，还有叙事本身所蕴含的奥秘。可以说，读者在小说的第15章和第16章猜想到的现实的成人礼情节被一种虚拟的化身式情节取代。

1.　在第14章第14节的高潮部分，诗人日瓦戈想，"艺术其实是对幸福生命的讲述，悲剧的艺术也是如此"。

斯米尔诺夫准确地将《日瓦戈医生》定义为"奥秘小说"，他令人信服地写道："帕斯捷尔纳克几乎偏执地多次将奥秘主题化，而且似乎并不总是出于审美的考虑，他唤醒读者的意识，让读者在思考中将奥秘放大，更强烈地沉浸其中。"[1]

在这部长篇小说中，奥秘主题由那些对于情节构筑来说微不足道的细节维系在一起，比如，"说话必须用很大的力气才能压过缝纫机的嗒嗒声和窗拱下面笼子里的金丝雀的鸣叫声。大家都管这只鸟叫基里尔·莫杰斯托维奇，至于为什么取了这么个名字，先前的主人已然把这个秘密带到坟墓里去了"[II，3]。在这段指向金丝雀的鸣叫等一系列诗意意象的引喻性文字当中，出现了一系列重要主题，随着叙述的展开，它们的作用逐渐彰显。叙述者偏爱对背景人物进行详细描述（见本书第1.3节——作者注），此外，还有几处值得注意的意象："金丝雀"（喻指真正的歌手——瓦雷金诺的夜莺）在"笼子里"（"不自由"的引喻）"鸣叫"（鸟鸣是古老的诗歌原型），在"天穹之下"（崇高精神的引喻）。另外，整部作品中"奥秘"与"坟墓"的交织也是意味深长的。

奥秘与坟墓在小说开头葬礼那一幕中的交织就至关重要，而在第3章已经变得更加明显：

> 从那些直挺挺的尸体的不可知的命运直到隐藏在这里的生
> 与死的奥秘，到处都给人一种神秘的感觉，仿佛这里就是奥秘
> 之家，它的大本营。
>
> 这种神秘的声音压倒其余的一切，折磨尤拉……[III，2]

1.　Смирнов И. П. Роман тайн «Доктор Живаго». М., 1996. С. 38.

对哭悼死去的日瓦戈的拉拉来说，"生命的谜，死亡的谜"同样意味着"某种巨大的、无法取代的东西"[XV，16]。

最后，我们不应忘记，若是没有"一种看不见的神秘力量"[IX，9]，日瓦戈带有启示录意味的诗歌就不可能被保存下来，更不会为读者所知。这股"神秘力量"被拟人化，化身为叶夫格拉夫。

叙述者让他的主人公走过的道路与其说是成年礼之路（尽管这一情节很重要），不如说是虚拟的化身之路——化身为一种"平静的声音"（《八月》）。对日瓦戈来说，第二次迁居瓦雷金诺的经历并非阈限式的（第一次迁居是阈限式的），而是有意识的转折性的，"从不幸转向幸福，或从幸福转向不幸"[1]，这是"我们同我们所珍惜的一切告别，同我们习以为常的概念告别，同我们如何幻想生活、良心又如何教导我们的一切告别，我们同希望告别，我们互相告别。我们再互相说一遍我们夜里说过的那些悄悄话，伟大而轻微的话，宛如太平洋这个名称"[XIV，3]。这些"悄悄话"在诗歌中再次出现在我们面前，不过已经是变形后的"悄悄话"："目前咱们有一个歇脚的地方，"拉拉请求道，"为我最近几个晚上牺牲几小时，把你在不同时期凭记忆给我朗读过的一切都写出来。"[XIV，7]保存下来的具有启示录色彩的诗歌形成了一个有目的、有秩序的序列，这些不朽的杰作填补了诗人日瓦戈生命结束后留下的空白，男女主人公的爱情和别离便获得了全人类的意义[2]。小说的情节中有大量神秘的机缘巧合，同样，若是没有这对恋

---

1. 参见Аристотель. Риторика. Поэтика. М., 2007. С. 176。《日瓦戈医生》叙述者的话语可以被理解为一种情节编排策略的元特征："尤里·安德烈耶维奇刚睡时醒，短暂而又令人不安地交迭着苦乐不同的心境，恰似这多变的天时和今晚这个捉摸不定的黑夜。"[IV，14]

2. 日瓦戈和拉拉人生轨迹的相关性是亚当与夏娃、基督与圣母、叶果利与伊丽扎维塔（关于格里高利·兹梅耶勃列茨的民间"宗教诗歌"中的人物）的比拟。

人在祖国历史灾难性转折关头的这些故事，就不会有叙述者公之于世的诗歌。

通过以上的分析，笔者认为，在上述一系列情节原型中，还需补充一种具有启示录色彩的"神秘情节"[1]，或者换言之——"奥秘"情节。奥·米·弗雷登堡敏锐地感受到了这种情节类型在小说中的重要作用。她写道："我感到恐惧，因为最后的秘密随时都可能被揭开，这是伴随每个人一生的终极秘密，每个人都想将它表达出来，期待它在艺术或科学中得到诠释，却至死都心存畏惧，因为它本该是个永恒的谜。"[2]

神秘情节不具备先验阶段，但也不能简化为增加叙事张力的累加原则。显然，它的结构模式在于一系列叙事片段的转折性交替，这些片段可能有助于奥秘的解读或意义的诠释，或是相反。也就是说，在叙述者的安排下，隐瞒与发现、隐藏与揭示、无意义与领会意义的瞬间交替出现。典型的例子是探案情节，根据威斯坦·休·奥登的观点，这种情节模式源于通过转折揭示的悲剧情节[3]。

《战争与和平》尾声的第二章让我们知道，托尔斯泰在他所说的"非小说"叙事中追求的正是一种揭示型情节。作者对历史奥秘做出的总结性论断起到点睛作用，总结了小说人物随着情节发展而得到的一系列个人独有的启示，这无疑与《日瓦戈医生》第17章有许多相似之处，皮埃尔·别祖霍夫的论著就是一个明证。然而，在阅读过程中，《战争与和平》的大多数读者仍然忽略了结尾的这一叙事特点，把这部

---

1. "帕斯捷尔纳克的这部长篇小说整体上建筑在谢林的'启示哲学'上。"（Смирнов И. П. Роман тайн «Доктор Живаго». С. 61.）

2. Переписка Бориса Пастернака. М., 1990. С. 250.

3. См.: Auden W. H. The Guilty Vicarage. URL: http://harpers.org/archive/1948/05/the-guilty-vicarage/ (дата обращения 17.01.2013).

作品当成了"超小说",当成了循环情节（史诗情节）和诸多阈限情节的交织。

我们在一定程度上可以将客人们猜到瓦雷金诺女主人伊莲娜秘密的这一情节视作理解《日瓦戈医生》整体叙事结构的一把钥匙[1]。在日瓦戈对民间歌曲思考的叙述中出现了准直接引语："限制住不断发展的内容的进度""一段唱完马上又开始另一段，让我们感到惊讶"[XII，6]。我们可以将其视作文本对帕斯捷尔纳克的叙事特征主动做出的元评价。

只要对这类情节稍做分析，就能将这部长篇小说叙事部分所有的结构分界归纳为一般的奥秘情节模式，整个故事情节始于"圣母节的前夕"[I，2]，而叙事结构充满了大量的隐性隐喻（圣母节隐喻）和显性隐喻（启示录隐喻）（参照本书第5.1节——作者注）。与此同时，主人公把得到同时代作家继承的"约翰启示录"看作"真正伟大的艺术"[III，17]。此外，在革命形势高涨的时刻，他将革命称作"启示"[VI，8]。而叙述者将日瓦戈医生在莫斯科最后的居所形容为"精神的宴会厅、疯狂的储藏室和灵感的仓库"[XV，10]。

奥秘情节不断蓄势，逐渐将阈限情节和几乎被遗漏的循环情节、累加情节挤出叙事视野，使批评家感到不解甚至不满的叶夫格拉夫形象不仅显得恰到好处，而且成为根本不可或缺的形象（这个形象在文本布局结构中处于核心位置，详见本书第1.1节——作者注）。叶夫格拉夫是神秘的化身，他"支支吾吾，闪烁其词，没有说一句正面回答的话"[IX，9]；他见证了哥哥的一切悲伤和流离的经历，"尤里·安德烈耶维奇的失踪和隐藏起来便是他的主意"[XV，9]。

---

1.   Горелик Л. Л. «Миф о творчестве» в прозе и стихах Бориса Пастернака. М: РГГУ, 2011. С. 309-310.

　　奥秘情节模式将各具特色的插入性文本有机地融入整体叙事语流中——插入文本包括瓦夏·伯雷金的讲述、医院女工塔尼娅的讲述、瓦克赫或库巴里赫辞藻华丽的演说。奥秘情节模式为拉拉在小说人物体系中的重要性超越冬妮娅（日瓦戈医生将拉拉视作"惟一的爱人"[XIV，13]）做了铺垫。冬妮娅并"不逊色"，但她太真实、太可理解了，与丈夫一同长大，在他的眼中就像个姐姐，对他来说不够神秘[1]。拉拉也并"不优越"，但她带着神秘感出现在日瓦戈的生活中——"姑娘屈从的情景显得不可思议的神秘"[II，21]——于是她作为奥秘的化身留在了日瓦戈的想象中。"拉拉的左肩被扎开了一点。就像把钥匙插进保险箱的铁锁里一样，利剑转动了一下，劈开了她的肩胛骨。在敞开的灵魂深处露出了藏在那里的秘密。"[XII，7]对日瓦戈来说，对一个"禁果似的秘密天使"的爱成了生命意义的启示，拉拉则是理想生命形态的化身[2]："你那时候照亮我心中的迷人的光芒……成为洞察世间一切的钥匙。"[XIV，3]

　　日瓦戈的诗歌本质上是对世界万物的洞察（我们可以参照《冬之夜》这首诗，其创作渊源在于诗人在窗户玻璃上看到了被烛火融化出的一个圆圈，屋里站着的是拉拉）。日瓦戈不仅是主体，也是客体，更准确地说，是洞察和理解的媒介："仿佛活精灵的天赋像溪流一样涌进他的胸膛，穿过整个身体，化为一双羽翼从他肩胛骨下面飞出。"[XI，7]

　　《日瓦戈医生》是由一连串"巨变的秘密和生命之谜"[XV，13]所构成的断断续续（有时被中断，有时被修复）的长链，同时也是一条揭示和认知"有关自己和生活更多新时刻的"[XIII，10]长链。

1.　拉拉与杜多罗夫之间也有着类似的关系——"他和拉拉相似，引不起她的兴趣"[II，18]。
2.　参见："'拉拉'！他闭上眼睛，半耳语或暗自在心里向他整个生活呼唤……"[XI，7]

在这条长链的众多环节中，有一条娜佳·克罗格利沃娃的简短的情节线值得我们注意。在第1章（情节发生在使拉拉着迷的杜普梁卡），童年时期的尼卡·杜多罗夫和娜佳这对带有引喻色彩的人物首先登场，此时的娜佳是女性温柔的化身。在第2章，她帮助拉拉摆脱了科马罗夫斯基的纠缠。最后，在第4章，娜佳出现在拉拉的婚礼上，"她是那么鲜嫩迷人，浑身似乎散发着杜普梁卡的铃兰花的芳香"，"她从手提包拿出一个用纸包着的首饰匣"，"递给拉拉一串精美出奇的项链"[IV，4]。盒子装着的项链是具有象征意义的神秘珍宝。娜佳在送这件礼物之前，几乎从文本中完全消失了，此时她突然出现，就像传递接力棒一样，把女性奥秘的化身这一情节功能传递给了拉拉（还有一个重要细节，翻遍拉拉东西的强盗竟然没发现这条项链）。

在这一语境中，"珍宝"这个词可以被视为一个符码。在第2章，在回忆起《妇人或花瓶》这幅画时，小说中这样写道："要是和这件珍品相比的话，她那时还算不上妇人，后来才是。"[II，19]这最后一句话包含两层意思：拉拉不仅成了一个女人，还成了对于日瓦戈来说具有存在意义的珍宝。日瓦戈在窗户冰凌上融化的小孔中发现了拉拉点燃的蜡烛，"住宅的窗玻璃外面蒙了一层霜，里面亮着灯光，像是一个个用烟水晶做成的贵重的首饰匣子"[III，10]（"ларец"这个词具有双重联想功能：在语音上与"拉拉"的读音相似，在语义上则指"盒子""匣子"）。

在同一段落中，我们还可以发现帕斯捷尔纳克转折式叙事原则的间接证明："'桌上点着一根蜡烛。点着一根蜡烛……'尤拉低声念着含混的、尚未构成的一个句子开头的几个词，期待着下面的词会自然而然地涌出。然而后面的词没有出现。"[III，10]然而，读完这部小说，我们就明白了，意义的模糊性随着时间的流逝逐渐转化为一种启示，它促成了诗歌杰作的诞生。

这部长篇小说以启示录式的诗歌创作为结尾，启示在"朴实无华的文风"[XIV，9]的遮蔽之下，这的确是一种创新。这种创新的结尾赋予奥秘情节模式（还很少有人从诗学角度对这种情节模式进行研究）惊人的深度和广度。如加斯帕洛夫所言，"若对文本进行'平面'考察，文本的表层结构很容易被误认为是凌乱和衰颓，但它却有崇高的意蕴"[1]。被高度强化的诗歌文本结构（参照本书第1.1节——作者注）以及类似于诗歌的主旨重复诗学[2]强化了启示录式情节的艺术效果，将模态各异、看似混乱无序的繁复多样的叙事素材匀称且坚实地维系成一个整体，就这一点而言，任何一种较为传统的情节模式都无法做到。

1.　Гаспаров Б. М. Литературные лейтмотивы. C. 267.

2.　帕斯捷尔纳克的文本中有大量重复，相同的结构，固定的首语重复，常常返回到同一个主题……与阅读这类文本最相符的方式是倒着读，从结尾开始阅读，因为最后一部分的变体（最后的说明）也就是开头的最后的、真正的语义。（Фарино Ежи. Как сфинкс обернулся кузнечиком: разбор цикла "Тема с вариациями" Пастернака // Studia Russica XIX. Budapest, 2001. P. 314.）

后 记

2008年，我读大学三年级，在俄留学期间于库班国立大学旁边的书店买到一本《日瓦戈医生》，从此与此书、此书的作者结下了始料未及的文学之缘。

2010年我考上研究生后，最终确定俄罗斯文学为研究方向。《日瓦戈医生》作为20世纪俄罗斯文学的经典，是必读书目之一。当我再次拿出当年在俄罗斯买的那本原文书，翻开它时，离第一次的阅读已经过去了三年。最初读得很不顺畅，时有停顿、跳跃，不少地方看得云里雾里。当时的感觉是，小说写得并不吸引人，叙述时间被拖得很长很慢，空间被拉得很大很宽，人物、情节纷繁错乱。我看完小说后很难形成一个整体印象，想要完整地、按照时间顺序从头到尾把故事情节讲清楚都不容易。我借着记忆被唤醒的熟悉感，重新阅读这本书时，却有了一种似曾相识的感觉。作者对广阔的俄罗斯大地、大自然的描述勾起了我对俄罗斯的回忆。但是破解小说的叙述路径与叙述逻辑对于我这个知识与智识储备显然不足的阅读者来说，依然费力。小说画面的破碎，人物与人物、情节与情节、故事与故事之间关联性的缺失，空间叙事的异常都为深入理解小说设置了障碍。读到最后，除了在情感体验上的忧怜和思想智性上的启迪，我还未关注到章法、结构、叙事、视角等"技术"层面，这种全新的叙事方式于我是陌生的。我把每一章每一段的内容按照时间顺序分别排序，然后串联在一起，将不同空间出现的不同人物及情节做仔细梳理，最后做了一张复杂的图表，这才将小说中的人物体系（包括小说中出现的所有人物）、情节发展与时间、空间串联在了一起。在梳理小说的过程中，我发现了很多值得深思的地方，逐渐对这部小说产生了浓厚的兴趣，最后决定毕业论文以这部小说为主题。

随后我用了一年多的时间读完了几乎所有关于帕斯捷尔纳克的回忆录以及关于作者和这部长篇小说最主要的评论文字，在阅读过程中对帕斯捷尔纳克这位有独特个性的艺术家有了更为具体、深刻的认知。帕斯捷尔纳克是极富个性魅力的，他正直善良、真诚坦率、敢爱敢恨。他冷峻与炽热的、绝对谦卑与绝对高傲的、高贵与朴实的、深刻与简单的矛盾个性，他对生活的重视和热爱、他对生活至上主义的看法以及他身上独有的艺术气质深深吸引了我。帕斯捷尔纳克崇尚个体价值，认为一个人若想真正地独立于这个世界，必须听从自己的内心。他作为艺术家的伟大成就得益于他敢于成为自我、敢于做出独立选择的个性。

帕斯捷尔纳克在逝世前一年写给一位美国诗人的信中写道："当我写作《日瓦戈医生》时，我时刻感受到自己在同时代人面前负有一笔巨债。写这部小说是偿还债务的尝试。当我慢慢写作时，还债的感觉一直充满我的心房。多少年来我只写抒情诗或从事翻译，在这之后我认为有责任用小说讲述我们的时代——那是遥远的过去，但它仍然浮现在我们眼前。时间不等人，我想把过去写进《日瓦戈医生》之中，并对俄国当年美好而又敏感的一面给予公正的评价。无论是过去的岁月，无论是我们的父辈或祖辈，都一去不复返了，但在未来的繁荣之中我预见到了他们的价值的复苏。"他对父辈和祖辈的生命价值始终怀着亲情般的留恋与痛楚，把不变的爱与忧伤统统融进了小说里。写完了《日瓦戈医生》，帕斯捷尔纳克才觉得赎了自己的罪，他说："我很幸运，能道出全部。"他一直相信，相对于生活的当下，还有另一种生命的存在：在语言中延续一切消逝事物的存在，是诗人和艺术家的另一种存在。在这个意义上，日瓦戈通过小说最后一章的诗歌获得了新生，而他的创造者帕斯捷尔纳克则在《日瓦戈医生》中获得了重生，超越了死亡，在非自由中见证了自由——心灵的自由。

从2013年开始，我准备着手撰写博士论文，即这本书的主体部分。如何在前辈研究者大量的思想发现和艺术发现中写出论文的新意来，这是我思考了许久的一个问题。将这部长篇小说简单地放在经典现实主义的框架内，或者给予作家一个新的写作标签，无论如何创新、深化，对于理解帕斯捷尔纳克的创作都是一个自我封闭的过程。这部长篇小说的现代性表明，帕斯捷尔纳克的艺术创新是多领域的，而其中最打动我的是作家源于对历史中"人"的深邃思考而产生的巨大恐慌和心灵的无所依傍感。以他本人的生命遭际为本事的写作，隐含着对所悖反之物的暗中依恋。他的写作是以主人公"逃离"的方式完成的，却又以此来呼应历史文化的巨大震荡。整部小说的写作都是对历史中"人"的存在的体悟，是对高尔基"文学即人学"理念的新的思考、想象与延伸。这涉及从创作观念、艺术思维直至形式的变革，还有从潜在到显在过程中所附着的情感、伦理，而这正是一个较少被人关注的综合命题。正是出于这种思考，我最后才形成了这样的想法——把帕斯捷尔纳克作品中内在的情感伦理放置在新的呈现形式中来理解他作为一个杰出艺术家的叙事思路。

这本尚不成熟的书凝聚了众多良师益友的帮助。我当年选定《长篇小说〈日瓦戈医生〉的叙事话语研究》作为我的博士论文题目时，也曾怀疑过对一部长篇小说的研究是否能支撑起一篇博士论文。记得张建华教授说，20世纪的这部最伟大的经典之一，无论是思想容量还是艺术价值都相当丰富，尽管对这部长篇小说的研究已经很多，但是国内还没有一本专门研究它饱受争议的诗学特色的书，这个题目值得深挖。研究对象的确立是我研究信心确立的前提。我忘不了老师在我的读书笔记上写下的一句话："自惜自珍，勤而有度；读而思，思而录；成就文章从词、句、段起始，成就学问从每一篇文章着手；以简洁、通达、漂亮为追求。"我会谨记老师的教导，在学术之路上踏踏实实、认认真真、一步一个脚印地走下去。感谢张老师在本书的写作中给予我的无私的帮助与指导，老师严谨的治学之道、宽厚仁慈的胸怀、积极乐观的生活态度是我一生学习的榜样。

2014年我在莫斯科高尔基文学院进修，这期间有幸得到了高尔基文学院叶萨乌洛夫教授的指导。叶萨乌洛夫教授主要从事文学的宗教文化研究，他对我理解这部长篇小说的宗教意蕴启发很大。俄罗斯国立人文大学丘帕教授在2015年初便将他刚出版不久的《叙事学视野中的〈日瓦戈医生〉诗学研究》一书赠予了我。这本堪称当代《日瓦戈医生》诗学研究集大成的集体著作恰好为资源贫乏的俄罗斯叙事学研究提供了强有力的思想资源，尤其是书中由丘帕教授主笔的《长篇小说〈日瓦戈医生〉的叙事策略》一文对我的启发很大。这也是我将此文的译文置于本书附录中的原因所在，希望读者与我一样，也能从中获益。借此机会，我衷心感谢两位俄罗斯教授给予我的帮助，他们都是我非常敬佩的学者，他们的作品和人品都是我仰慕的范本。

黄玫教授不仅是我的博士生导师，于我而言，她还是一位守护者。我作为一个被她守护的学生，对她充满了感激。一个人在不同的成长阶段总有各种各样的愿望、梦想在其中穿行，让我安静地在书桌前坚守、在艰难中顽强、在生活中自信的人就是黄玫教授。与老师讨论论文、聊天谈心的场景至今仍历历在目，谈话总能让我感受到走出学问迷津的快乐和思想皱褶被抚平后的轻松，感受到生命前行的美好。三年的博士读书时光让我从老师身上不仅学到了知识，更学会了做人、做事。她的人格魅力深深地影响着我，使我终身受益。

《长篇小说〈日瓦戈医生〉的叙事艺术》一书从2014年开始写作，2016年完稿，前后经历了大约三年，算上硕士期间第一研究阶段的两年，再加上成稿后将近一年的修改、完善，总共已有六年的光景。这是一段或许称不上苦难，但确是艰辛的日子。阅读，特别是真正读懂、理解、把握一部原著经典非常不易；写作，特别是写一部言之有物的学术论著，更是艰难。无论是前者还是后者，除了理性思考的能力，还需要一种心智的品质，需要除去浮躁，简化与净化心灵。我很喜欢《美的沉思》里的一句话："我们面对一件艺术品……都同时在面对一个通过了无数时间劫毁的生命，于是，艺术品本身是暗含着在时间中挣扎的意义的。"对于欣赏者、研究者而言，本书也是"劫毁""挣扎"后的一次新生。

这本书的写作虽已告一段落，但我对帕斯捷尔纳克的研究并没有结束，而我的学术之路才刚刚迈出了第一步。我始终觉得文学研究也有缘分的因素。每次去俄罗斯，当我捧着鲜花站在帕斯捷尔纳克墓前，看着他冷峻的目光，每每有一种震撼感，他严峻的目光中还有一种柔软，包含着一种宽容、柔韧和永不消失的温暖。帕斯捷尔纳克传记的作者贝科夫说，他创作的动因是"希望看到自己和帕斯捷尔纳克出现在同一封面上"，接近他，靠近他，感知他。靠近伟大的灵魂、伟大的精神，谁不想呢？从2008年到2018年，这是我青春岁月最美好的十年，也是与帕斯捷尔纳克相伴的十年，我深深感谢他精神上的陪伴。

　　人在青春岁月，思想上总有很多不成熟的地方，这本书亦是如此，稚嫩有余，成熟不足。阅读和研究经典时兼顾思想价值与审美价值，真正揭示经典把握生活的独特形式和思想纹理，使得文学在本体论意义上得到强调，做到有思想发现和艺术发现，我要走的路还很长。

　　在拙著出版之际，还要感谢首都师范大学的刘文飞教授，北京师范大学的张冰教授，北京外国语大学的汪剑钊教授、王立业教授，他们以其深厚的学养对我的博士论文选题、内容严格把关，提出了很多宝贵的建议，在学术上给我启发和引导。本书的问世有他们智慧的点拨，在此向他们表示诚挚的谢意！

　　感谢师兄王宗琥、张兴宇，师姐柏英、于正荣，他们亦曾关注我的博士论文写作，提出了宝贵的意见。

　　感谢挚友张猛、李春雨，在写作最艰苦的日子里，他们给予了我极大的鼓励与支持。他们不仅是我的书稿的第一批读者，还是与我一起讨论问题的学术智谋，让我领悟了友情的可贵。

　　北京外国语大学王佐良外国文学高等研究院是年轻学者之家，是孕育学术新思想的温床、产出学术新成果的摇篮。我是最先的得益者之一，在这里表示深深的敬意。承蒙高研院的厚爱，将我的专著收入"外国文学研究丛书"中，对我来说，这不仅是莫大的荣幸，同时也是极大的鼓舞与激励，我会更加努力，不负信任。

　　最后，我要对外语教学与研究出版社的李亚琦编辑等为本书的出版所付出的辛勤劳动表示深深的谢意！

孙磊

2018年8月